U0955107

蓝月纪元

LAN YUE
JI YUAN

洛城东◎著

上海科学技术文献出版社
Shanghai Scientific and Technological Literature Press

目录

第1章　蓝月天启

轰隆——

青玄卫城的城门历经千年战火，已被血染成暗红，此刻被缓缓推开。数道沙哑的吼声响起："小夜，我们都是一把老骨头，死不足惜。可你天赋极佳，品行端正，不该死在叶家狗贼的手里！快走！莫要回头！"

浑身浴血的少年被一双双苍老的手推出城门。城门以内，叶家骑军已至。

"万叔！庞叔！"

林夜望着那群头发斑白的老兵，心如刀割。从军十载，朝夕相伴的那些老兵们，用血肉之躯将他挡在城门外。个个面露死志！"砰！"厚重的城门关上。凄厉咒骂、不甘的咆哮，也被尽数关在里面。林夜攥紧的拳头在滴血，可身上的疼痛不及心痛万一！但他同样明白，此刻唯一能做的，就是逃！

往回逃！

……

青玄卫城，是归月王朝北方二百七十座卫城中，极为重要的一座。位于天坠之桥以南，千里腹深之地。三千年来，始终扼守在冰峰之间。越过青玄卫城，南下就是直通王都天誉城的大道。冽风呼啸，林夜奔逃出数里，回头最后望一眼这座被鲜血染红的卫城。一片孤城万仞山。依稀可见，城头那具高高悬挂的尸首！

"杨叔，林夜为您报仇了。叶镇山被我击杀了，下去陪您去！"

脑海中再度浮现杨飞龙惨死的画面……

那一日，刑场，军民一片悲愤。台上的叶镇山却志得意满！“这个狗贼！”林夜恨意难平，“叶家，才是真正的国贼！”

三千年来，归月王朝与天坠之桥以北的雪月帝国，几乎十年一战，百年必有兵灾席卷整个弦月大陆。身为青玄卫城卫将，叶镇山却仗着近年北方太平，大肆压榨部属。上报王朝八千兵，实际不到三千人。不仅如此，他身为叶家嫡系高手，胆大包天，卖掉空头人数的物资不说，更将一些重要物资走私至雪月帝国！

老兵凋零，热血未凉，以杨飞龙为首的老兵发起抗争，却惨遭叶家亲卫骑军镇压！杨飞龙被当众凌迟，悬挂城头示众。

十年啊！六岁那年，林夜被杨飞龙带入军队，一路北上。林夜早已将这个玄元境的普通武者视如父辈。此仇不报，誓不为人！于是，他趁着叶镇山及其亲信欢庆之际，盗取军中冰魄灵符弩，一击偷袭，射杀叶镇山。但，随之而来的，是叶家幽屠十三骑的追杀！

……

暮色四合，林夜在野林之中踉跄奔走。他受伤极重，武魂青眸白虎的魂光几乎熄灭。连续十日的南逃，早已令他筋疲力尽。天地之大，除了青玄卫城，只有林家村是他的归处。当年，怀孕中的母亲流落至此，生下他后死去，他是被村民养大的。后来，在他六岁时，战将阶二品武魂觉醒，青眸白虎，堪称武道天才！不久后，杨飞龙所在的军队前往北方驻守，路经林家村。杨飞龙一眼看中他的天赋，带他一路北上。后来，杨飞龙成了老兵，数年前，林夜随他入驻青玄卫城。

……

林夜不眠不休，十日逃亡，回到林家村。等待他的，竟是满目猩红！尸体七零八落，空气中弥漫着腐臭气息。昔日玩伴，死不瞑目！为他缝制百家衣的雪三姨，身首异处！甚至，连婴儿都没被放过！这——是真正的屠村！林夜疯了。

“谁……是谁干的！？”

悲吼回荡，直冲云霄。林夜忽然想到了什么，连滚带爬冲向村后那座小山丘。纵然心中有所预料，可当看见那座小小坟头已被刨开，林夜还是血气翻涌，几乎癫狂……

那是他母亲的坟！如今，只剩一座土坑……

“你娘的尸骨，早已被我挫骨扬灰。林夜，你是个什么东西？也敢与王朝六大世族之一的叶家为敌？”低沉的声音骤然响起。身后，一名中年武者缓缓走来，显然是等候多时了。

林夜闻言转身，一眼认出此人。叶家幽屠十三骑之一，叶元青，一位气海境高手！比林夜的玄元境整整高出一个大境界！寻常武者的武魂多是低一阶的玄兵阶，纵使他的武魂是战将阶，可对方是气海境高手，林夜毫无胜算。更何况，逃亡十日，林夜早已力竭。

月色皎洁，上弦月似一柄死神的镰刀，高悬天穹。叶元青逆着月光，大步上前，一掌压来。他甚至不必催动武魂，气海境强大的威压便如滔天巨浪，迎头拍下。

轰！

林夜浑身衣甲骤然碎裂，腿骨、肋骨，无一完好。一只脚狠狠踩在他背上，用力碾压。

“你这种贱民，怎么会懂我叶家这等世族的强大？你以为，叶家会查不清你的底细……”

林家村两百里外，才有一座二等辅城，村民不过百余人。 没人会注意到这个小地方。除非……

“你们……搜魂！”林夜眼角流出恨泪，艰难说道。

“哈哈哈哈……”叶元青仰天大笑，爽快承认，“狗一样的贱命一条，你可以去死了。”话音落下，脚尖用力踩下。

咔……一声轻响，少年便再无动弹。叶元青不再多看一眼。转身，离开。

夜风带腥，扫过村落。食腐的幽翎鸦盘旋，发出寂寥难听的丧音。黑翅扑棱着，落在少年的肩胛骨。一片衣甲碎片被啄开，露出了背后天生的弯月胎记。

哧——

幽翎鸦忽地被惊飞。它惊疑未定，低头看着那抹弯月胎记，又抬头看向空中那轮弯月。不知何时，天上皎洁的弦月，竟染上蓝色。两轮弦月天地相隔，却在此时交汇。

嗡!

林夜弥留中的意识陡然苏醒，脑域中，武魂所在的魂府内，忽地映出一座恢宏殿堂。蓝月照耀下，少年粉碎的骨骼噼里啪啦爆鸣。断骨重续，伤势以肉眼可见的速度恢复。脑域魂府，那座恢宏殿堂外，是奄奄一息的武魂青眸白虎。那座如神明国度般的殿堂中，传出一道浩荡之声。

“大荒太古，玄武天启，蓝月在天，纪元之争，群魔逆乱，诸神归位……”

……

后天觉醒武魂后，脑域将被开辟出一片天地，作为武魂栖息之地，这便是武者的魂府。魂府中，青眸白虎奄奄一息，魂光黯淡。点点烁烁的白色魂力，似繁星般映亮虚空。虚空中央，悬着一座伟岸殿堂！殿脊起伏连绵，琉璃飞瓦。金色巨匾刻着气息滔天的文字，个个狰狞张扬，形态奇古，似是传说中的龙章凤篆。不知为何，林夜竟下意识认出那四个大字——“诸神殿堂！”林夜心神俱震，目光又落在殿前立着的一块碑上。

“万古一帝，诸神至尊！天启大帝，魂归之处……”

天启大帝！那位在太古纪元率领诸神镇压群魔，战到太古大陆破裂的万古一帝！

古老的神话传说中，太古纪元终结时，天启大帝陨落，神性分散，化为珍宝、功法，成就无数人族武者，开启人族大辉煌时代。

“这可能么？”

诸神殿堂，居然会在他的魂府中觉醒！

轰隆隆隆！

自那诸神殿堂中，倏地出现一条金色光河。无数金色液滴汇集，凝成一具身影。它在上升，变得高大、伟岸、磅礴！璀璨金光落下，金甲金面显露出来。一道手拄重剑、寒瞳肃杀的身影，赫然呈现在眼前！其气质之崇高，如同一位盖世君王！林夜心神撼动！

“神帝武魂……帝天……”奇古的声音冲击林夜的意识。

金甲身影脚下的光河升起，化作一轮金光，浮在其背后，光河金轮里流淌的，是一道道晦涩难辨的符文，玄奇精妙，林夜多看一眼便觉心神剧震，难以抵御。并且，一股洪流般的讯息，陡然涌入他脑海，与意识交融！

“神帝武魂！第九品！称之为……神魂？”林夜近乎眩晕过去。

“这金甲巨人，是武魂，且是武魂五阶中的最高阶，神帝阶的最高品级！它叫……帝天！我的天……这……算是我觉醒的，还是继承了什么伟大存在？”林夜思绪凌乱。

武魂，代表天赋，也代表实力。武魂有玄兵、战将、霸君、天王、神帝五阶。每一阶九品，每三个品级是一道门槛。至于每一阶之间，更是天壤之别。林夜的青眸白虎武魂，是战将阶第二品。如此，已经堪称天才！而神魂帝天……

“不对！”林夜的狂喜很快又压制下去，“神魂帝天有问题，它处于极衰弱的状态！但是……神魂帝天，是最强武魂！武魂天赋——无上帝令！可以符诏天下，令谕万物！无上帝令，可统御万魂，吞炼万魂……”

嗡嗡嗡嗡嗡……

正当此时，神魂帝天陡发震荡！一层层金光，从它背后的光河金轮中流出，飞向林夜，轰进他的丹田！哗啦啦！“天地精元！这是天地精元啊……”林夜内心震动，“天地有精华，淬炼归本元！武道修炼，汲取的便是天地精元，在丹田酝酿为玄气！所以，武道第一境，叫作玄元境！”

所有伤痕，在呼吸间便消失。血肉重生，玄气升腾！玄元境五重天！玄元境六重天！突破……林夜身上的伤全部恢复，直接跨越到玄元境六重天！

轰隆！

林夜一跃而起，脚踏地面，踩出巨大龟裂纹路，地颤如雷鸣。离去不远的叶元青猛地转身，双目圆睁，骇然道：“还活着？”

不仅活着！林夜还变得生龙活虎！一声怒哮，丈长的青眸白虎武魂祭出，浮在林夜身后。

“叶元青，你罪恶滔天，把狗命留下来，祭奠村民！”林夜恨到极点，厉声吼道。

“不愧是从小跟着那些老兵打磨，养出来一身贱骨头，又臭又硬！现在杀你，还来得及！”叶元青在幽睛乌蹄马上，提起丈长的骑枪，玄气爆发，骑枪似一道黑电，投杀向林夜。

林夜脑域中，诸神殿堂前的神魂帝天微微一震。一股讯息，涌入林夜意识。竟是一篇强大的功法！并且，林夜瞬间领会！他双手合拢，身躯腾跃，双拳如重锤一般，狂暴轰压！神魂帝天的背后，一轮鎏金光轮转动，飞出一道金色光流，凝聚在林夜合如重锤的双拳上。

“大帝开山！”

这是神魂帝天，传给他的一招。林夜似乎看见，在古老的时代，有一尊伟大的帝王，迎面是插天大岳，他怡然无畏，简简单单，打出一拳，于是雄山崩塌，大道自成。这一拳，从林夜手中打出……一击将叶家幽屠十三骑之一，一名气海境高手的骑枪，生生打爆，炸得粉碎！

叶元青惊怒交加，猛抽出一口狭长长刀，跃马而起，便是一刀。

“万叶飞杀……”

这是叶家成名的武道杀招。刀芒四面交飞，如凌厉叶片，杀得一团空气爆炸，林夜被覆盖在内，逃无可逃！然而，一头狰狞猛虎，咆哮着从中硬生生撕开一道口子！林夜仿佛一尊魔神，冲了出来。抬手，又是一拳！大帝开山！

“这都不死？区区玄元境，就算有战将阶武魂……我又不是没有！”叶元青厉吼道，“云罗五锋！”

唰！

叶元青头顶腾起一条浓黑雾气。雾气之中，飞旋着一轮一尺直径的罗盘，罗盘边缘伸出五枚獠牙般的锯齿！

叶元青的武魂，竟是异形兵刃类武魂，颇为罕见！

嗤喇喇喇喇……

云罗五锋，绞得空气爆炸，放射出电火。

“气海境……”林夜深吸一口气，“杀的就是你气海境！”他又是一拳！大帝开山！

轰——砰！

一个交击，云罗五锋被一拳打崩！

林夜心中狂喜：神魂帝天，实在是……太强了！而叶元青，则是像见了鬼般，眼中流露出难以置信之色。金色光流从林夜的双手涌出，化为金色光轮，快得离谱，猛地裹住叶元青的头颅。

扑哧！叶元青被当场绞杀！甚至，他的武魂也被金色光轮挟裹，硬生生抽出，拖进林夜魂府中。

“这，这又是什么？”林夜惊呆了。

下一刻，魂府中的神魂帝天翻手一压，一股精粹的魂力涌出，猛地灌入青眸白虎武魂体内。林夜迅速明白过来：“这是……大帝开山之后，神魂帝天的另一技能：炼魂！”

一番冷静，林夜终于平复下来。他动作很快，将叶元青搜刮一遍。得到一口灵器级别的长刀。还有不少金贝、银贝、铜贝，是一笔不小的财富。居然还有几瓶灵药！

“该走了。”林夜眼神痛苦，“养育我的地方……”林夜深吸一口气，趁着夜，将村民们一位一位找到，亲手挖坟，将他们逐一埋葬。他跪地重重叩头。

“母亲！乡亲们！你们的仇，我报了一部分！但还远远不够！从今日起，我林夜，与天誉城叶家，不共戴天！我不仅要报你们的仇，我也要报杨叔的仇！况且，叶家大肆压榨部属，里通敌国，为祸边疆，罪孽滔天！不将叶家拉下马，我林夜誓不为人！”

……

以幽睛乌蹄马为坐骑，林夜一路向东南而去。十日之后，他抵达一座大城。城下，守卫森严。一张巨大的画像张贴在城墙下，引起围观。

“列兵林夜，袭杀青玄卫城卫将，通敌叛国，意图谋反！青玄卫城老兵营集体叛国，全数伏诛！叛贼林夜在逃，上报林夜踪迹者，赏金贝千枚！”

林夜拉下斗笠，转身离去。这座大城，叫万叶城，是归月王朝三十三座主城之一。通往王都天誉城，必须穿过万叶城。因为万叶城三面环山，若不想穿城而过，便只能跨越广阔的玉叶山脉。

“可惜了。”林夜非常遗憾。叶家，是王都六大世族之一，但万叶城，才是叶家发家之地，是叶家祖堂所在！王都的叶家，每年也会回万叶城祭祀。

“将我和杨叔他们，全部判为叛国罪？叶家，颠倒黑白……”林夜深吸一口气，放弃幽睛乌蹄马，深入丛林。

王都！那里就在叶家眼皮子底下，但林夜相信，最危险的地方，也可能是最安全的地方。他要去王都天誉城，终有一日，清算叶家的罪孽！

山势起伏，密林森森。声声惨吼忽地传来，打断林夜的思绪，林夜连忙收敛声息。远处，山林深处，辟出一片开阔之地，赫然建立着一座巨大祠堂，高悬着“叶家祖祠”的匾额。

林夜大吃一惊，叶家祖祠，竟然建在玉叶山脉中？此刻，叶家祖祠外，正在进行一场拼杀。一名白袍中年男子，手持长刀，连续出刀，将猝不及防的五人连续斩杀！全部一刀枭首！

“灵师！竟然都是灵师……”接下来的一幕，令林夜震骇万分。白袍中年男子运手猛抓，从五颗头颅中，各抽出一道晶莹光华！那是灵魄！

灵师，非天生灵魄者不能修炼。强大的灵师，灵魄纯净，以灵魄之力运用符、咒，乃至操纵妖类，包括炼药、炼器，配置阵法，都是灵师的手段。在归月王朝，灵师远比武者稀少。即便是叶家这等大世族，也会将灵师奉为上宾！可此刻这一幕……

白袍中年男子身后，是一座巨阵。五根石柱上，血迹斑斑，石柱之间，以某种诡秘的阵法纹络相连。他陡然出手，将五个灵魄分别注入石阵中。这座阵法中间，坐着一名黑衣青年。随着阵法运转，突然，五道清光轰进他头顶，他猛然起身！

“啸风魔刃……”青年猛地祭出他的武魂。一道长达一丈，扭曲如蛇的刃形武魂，呈现在他身后，狂暴的风啸四面席卷。

“父亲，我的啸风魔刃武魂，成功晋级到战将阶了！”青年仰天大笑，“我叶承天也将列入天才之流，可以进入银月学府！天誉城，才是我叶承天争战的地方！”

“当然，有血祭大阵，承天你提升武魂天赋，远比武道境界提升重要！你去了银月学府，一定要让王都那一支看看，我们祖堂叶家的风采！我叶云生执掌叶家祖堂……”白袍中年得意大笑。

“家主，王海龙长老他们要到了。”忽地有叶家护卫前来，低声禀报。

“这么快？”白袍中年男子收敛笑容，肃然道：“收拾一下，不能留半点痕迹！”

……

片刻过后，一群身着绣银月纹白袍的人到来。叶云生展露笑容，迎上前去。

“辛苦王长老了，叶家叶云生感激不尽。”

“叶家主。”为首面容肃穆的老者轻轻点头，“叶家祖堂的公子，要进银月学府，也不算什么大事，何必兴师动众，要在叶家祖祠？叶公子何在？”

“学子叶承天，拜见王长老。”叶承天自信上前，身躯一震，背后青光熠熠。

铮——

青色扭曲魔刃裹挟劲风，漂浮在半空中。战将阶二品武魂——啸风魔刃！

“不错。”王海龙面露笑意，“不愧是万叶城叶家，有此等天才。”

“谢王长老夸奖。”叶承天的笑容极为得意，叶云生脸上也是遮不住的笑意。

林夜远远看着，心下冷笑不已。天才？以邪法血祭灵魄，强行提升武魂品阶，算个屁天才？

“用邪魔禁之法，强行提升的战将阶武魂，也配叫天才？何况，战将阶的武魂，也不过尔尔……”忽然，林间传来一串清脆声音。是少女的悦耳笑声，字字带着嘲讽味道，也字字如林夜心中所想。

“谁？是谁在胡言乱语？”

“来人！给我搜！”叶家父子面色陡变，目光霎时阴沉下来，数十名黑衣护卫立即出动，向林间搜索。

“糟了！”林夜心中暗惊，立刻纵身向远处退去。

嗖——

一支利箭破空而来！林夜催动玄气，一拳轰爆箭矢，转身向山林深处逃去。

“来人，跟我追！”叶承天怒喝一声，带领黑衣护卫紧追而来。

“这叶承天实力比我强，还有护卫相助，我正面迎敌，绝无胜算！”林夜只能不停在山林中闪躲。

嗖嗖嗖……

可箭矢越来越密集，已是闪躲不及。一根利箭，箭头泛着绿光，直刺林夜的背后！

“箭上有毒！躲不开了！”林夜身在半空，无处借力。

铮——

正在此时，远处飞来一道蓝色剑光，破空而至，斩断箭矢。剑光随之一转，悬浮在林夜身前。一柄三尺长剑，通体幽蓝，剑刃之上光芒流转，如波澜四起。

“跟着我的剑。”林夜耳畔响起少女的声音，幽蓝长剑随之破空而行。是方才那名出声讥讽的少女！林夜略微迟疑，咬牙跟随长剑而去。长剑兜转，深入山林，轨迹神秘莫测。山势越发陡峭，林木茁壮密集，竟摆脱了追兵，幽蓝长剑忽然悬停。

“好了，他们已经追不上你了。”林夜耳畔响起银铃般的笑声，一道黑影落下，幽蓝长剑盘旋一周，入鞘。这是一名身着黑色劲装的少女。她背负剑匣，笑吟吟地看着林夜。笑容之下，是凌厉的气势，如出鞘利剑！

“谢谢姑娘出手相助，请问姑娘芳名，林夜日后定当答谢。”林夜长舒一口气，说道。

“我姓路。”路姓少女绽开笑容，向林夜挥挥手，“方才我若是不出声，你也不会暴露，是我不对在先，你不必道谢。倒是我心中有愧，想给你点补偿。”她指指身后山洞，说道：“这里面才是叶家真正的祖祠，我带你进去找宝贝。拿了他叶家的宝贝，也算是给你解气，怎么样？”说罢，她转身走入山洞中。

“叶家真正的祖祠？”林夜皱眉，感觉这路姑娘有些神秘。

“林夜，赶紧跟我来。”漆黑山洞中，路姓少女呼唤一声。

“你认识我？”林夜瞳孔收缩，精神瞬间紧绷。

“整座万叶城到处都是你的通缉令，谁还能不认识你？”路姑娘轻笑道，“我无心害你，否则何必救你？跟不跟我来，你自己决定。”

林夜略微犹豫，还是跟了进去。山洞阴森昏暗，钟乳石倒挂，不时传来水滴声。路姓少女快步走在前面，林夜试探道：“路姑娘，叶家祖祠可是叶家的秘闻，不知你是如何得知的？”

“不用试探我。”路姓少女回眸浅笑，“同样是身负秘密之人，何必相互追问？我不在意你的逃犯身份，你也不要问我的来历。等取到叶家祖祠的宝物，我们平分，然后各奔东西。”

这少女不但神秘，还很有意思。林夜嘴角勾起一抹轻笑：“路姑娘说得对。”

半炷香后，两人走到山洞深处，路姓少女突然停下，微微仰头。林夜也随之顿足，抬眼看去。一面石壁，阻挡了去路。石壁之上，刻着一些繁复的图案。图中有无数星辰坠地，又有日月同时当空。那些日月星辰，竟真的在发光，点点光斑散发着诡谲的紫光。只是看着，便有一种心神被摄夺的感觉，林夜连忙收回目光。

“这里面就是叶家的祖祠所在。”路姓少女扭头，“等会我打开石壁，可能会有危险，你自己小心。”

“好。”林夜神情肃穆，后退两步，催动玄气等待。

随后，路姓少女取出小瓷瓶，顺手泼洒在石壁之上。“砰”的一声轻响，瓷瓶破碎，一片鲜红浸染石壁。

“人血？”林夜皱眉问道。

路姓少女点头，说道：“这是叶家嫡系子弟的血液，只有他们的血才能打开石壁。”

嗡！石壁上的血液缓缓消失，紫色光芒大起，如同触手凝结缠绕。

“来者何人，报上姓名。”紫光凝成一道人形虚影，睁开猩红双眼，扫视林夜二人。

“这是叶家老祖留下的守墓人，除了叶家嫡系子弟，会袭杀任何闯入者。”路姓少女飘身后退，向林夜露出灿烂笑容，“接下来，就由你解决了。”

林夜一时错愕，不及反应，便见一道黑影亡命般扑杀向他。

“擅闯祖祠者！杀！”一声威严，随之双拳轰出。正是守墓人凌厉一击！

林夜心中一惊，连忙后撤数步，堪堪躲过。守墓人一击落空，轰在石壁上，竟是将坚石直接打碎！

“气海境？”林夜眼中精光闪烁，“守墓人的气息，比幽屠十三骑还要强！”

“死！”守墓人双手一扬，再度扑杀而来，速度极快！

“不好！”林夜双手交叉格挡，闪避不及，只能硬抗！一击落下！他硬生生后退数丈，双脚在地面犁出两道深壑。丹田内，玄气翻腾，林夜已然受了重伤！

“死！”守墓人不知疲倦，高声嘶吼，又一击轰来！他手中光芒涌动，化作一口湛蓝长刀！刀身有玄气炸开，隐隐带着死亡气息！危急关头，林夜却无比冷静：“神魂帝天！”

嗡!

登时,他的脑域之中,神魂帝天豁然睁开双眼,金光璀璨。背后,鎏金光轮流转,浩荡威势碾压而下！武魂天赋——无上帝令！林夜四周刹那间金光四射，气势如同山岳，碾向守墓人。

轰!

守墓人轰然跪地,砸碎地面。无上帝令,号令万魂！守墓人是叶家祖先的武魂,用秘法祭炼，才得以留存。神魂帝天，天生压制它。

“这，这是什么力量？”守墓人跪伏在地，挣扎数次，也没能起身。

林夜伸手按在守墓人的头顶，手腕光芒湛湛，瞬间将守墓人吞噬！武魂天赋技——炼魂！精纯魂力流入神魂帝天体内，背后金轮流转，一道金光破空而出，轰击在诸神殿堂的大门之上。

轰!

殿门赫然开启。“诸神殿堂，打开了！”林夜心中一动。大殿之内，飞出一道玉色流光，没入林夜意识之中。疼！剧烈的疼！他的意识似乎被撕裂开，山海一般的讯息，灌了进来。林夜牙关登时咬紧。

“不朽雷霆诀……这是一篇炼体功法！专门锻造身躯，磨炼肉体！”

不朽雷霆诀！达到“霸君级”的武道炼体功法。分为三层：第一层，若练成，玄气之中,滋生雷霆！第二层,若是成就,则雷霆炼化进骨髓深处,达到“雷霆天伐”的境地。若是第三层也成就，则整个肉身雷化!

一旦第三层达成，便炼成“雷霆裁决体”！与雷霆裁决体齐名的，还有风暴天行体、赤玉不破体以及青木长生体。四大传闻中的炼体功法，都是霸君级！如若能将四大炼体功法融汇一体，就能超越霸君级，练成天王级的躯体——天兆武神躯!

“天兆武神躯练到极致，更可以精进至神帝级，窥视神的境界！”林夜的震骇达到巅峰。

“但，现在不是修炼的时候……”意识迅速退出魂府，林夜环视四周。路姓少女早已不见踪影，而前方的石壁角落，却有一个狭口出现。

“被骗了！”林夜面色骤变，身形一闪，立刻冲入洞口。一入其中，他便被眼前的一幕所震慑，径直停下脚步。叶家祖祠内部，竟是一座极其豪奢的宫殿！金砖长廊，尽头是一面大壁，其上布满碑石。两侧更有无数金玉雕塑。这，便是叶家祖祠！

“不对！那位路姑娘呢？”祖祠内不见少女身影，林夜只在近前青石上找到一块手帕。手帕上有数行文字，明明是女子手书，却如剑刻文，满是锐气。

“林夜，这次我能拿到想要的东西，还要谢谢你。日后有机会，必当答谢。对了，你眼前这块青石，就是叶家先祖所留秘宝，留给你了。”

林夜收起手帕，沉声低喃：“路姑娘，有意思……还是先看看叶家宝贝。”接着，他转头看向青石，双手覆上青石，滚滚玄气奔涌。

嗡！

青石表面顿时亮起刺目光芒。紧接着，一道光幕自其中投射而出，悬立半空。一股难言的威压骤然散开。光幕中，一个个紫青色字符浮现。林夜脑域突然一颤。

“吼——”

青眸白虎武魂从中跃出，旋即，它便出现到林夜背后，却不似虚影，更加真实。在林夜惊诧的注视下，青眸白虎血盆大口一张，竟是硬生生将光幕吞下！

砰！

青石顿时炸开！而青眸白虎却是腾空而起，在林夜头顶闭上眼睛，开始炼化！

咔！

它竟突破了！战将阶第三品。“武魂的品阶，竟然还能提升？”林夜震惊至极点，“而且，还是以这种方法！这，简直是闻所未闻！”

武魂品阶，即是天赋。武者觉醒武魂后，品阶提升极为困难。除非拥有“炼魂”这等罕世的武魂天赋，或是，利用某些稀世珍宝！

诸神殿堂前，青眸白虎武魂悬在半空，一道紫青色光芒将它萦绕。在其背后，左右各有一个拳头大的突起，其上有裂痕。

“咔嚓——”

“咔嚓——”

突然，两声炸响。青眸白虎背后两处突起猛然破开，一对雪白长翼伸展开来……

“吼——”

青眸白虎陡地睁开双眼，放声咆哮。气势比起之前，更加强悍、凶横，雄风凛凛。

林夜惊喜道：“这竟是共生魂器——风雷之翼！”

魂器，乃是武魂所用之兵器！其能够增加武魂强度，激发更强大的战力。极其珍贵！而共生魂器，炼化后可成为武魂本身的一部分，且能和武魂共同成长，更加罕见。比起寻常魂器而言，共生魂器价值更高！

“这件魂器，现在已经是九品玄器，成长以后，价值更高！”

魂器与武者的兵器一样，分为玄器、灵器、宝器、王器、神器五阶。每阶又有九品。九品玄器已经是玄器中的极品，更何况还能成长！这确实是一件稀世珍宝！

“吼！”

正在此时，青眸白虎突然一声惨叫，周身光芒炸开。背后双翼，流散出道道紫青雷电，带着肃杀之气，似要将青眸白虎绞杀。

“不好，炼化出问题了！”林夜顿时一惊，连忙运转玄气，准备注入青眸白虎体内。

砰!

然而，他还没有接近青眸白虎，瞬间被紫雷击退。风雷之翼带有风雷之力，寻常玄气，根本帮不了青眸白虎。

“风雷之力十分狂暴，此事棘手……”林夜眼中精光一闪，“不朽雷霆决拥有雷霆之力，也许可以一试！今之计，只有练成雷霆裁决体，才能帮青眸白虎渡过难关！”

不朽雷霆诀是霸君级，且是以难以修炼著称的炼体功法！林夜距离修炼霸君级武道功法，差得远。除非逆转周身血脉，以命相搏!

“没有第二条路！拼了！”林夜猛然睁目，眼中一片猩红，周身大脉反向运转!

寻常武者看到这一入门之法，恐怕就会吓得退却。血脉逆转，或许能破而后立，但在此之前意味着全身的脏器、筋膜、骨髓、甚至脑域，都接受一次血液的反向洗礼。轻则伤及本源，重则当场暴毙！一旦成功，哪怕仅是第一层，也将拥有“气拟雷霆”，将玄气转为雷霆之力的能力。

林夜没有犹豫。事到如今，他还有什么输不起。青眸白虎，一定要解救。血海深仇，一定要报！不朽雷霆诀，能给他带来巨大帮助，必须要练成！他毫不犹豫，运转周身大脉!

唰!

林夜感到玄气忽然一滞。接着，全身的血液调转方向，逆流而上！一瞬之间，他感到自己似乎燃烧了起来！痛苦！无法言喻的痛苦。逆流的血液与血脉暴力消磨，身躯中的每一处，都在发出剧烈炸响。像雷霆在奔走！一丝丝细微的鲜艳红色雷光，渐渐滋生！林夜在恍惚之间，几乎以为自己被彻底分解，碎为了一粒粒微尘。

“我要变强！我要拯救青眸白虎！我要复仇！这点痛苦，又算得了什么？”林夜低吼着，周身赤红，血液逆流翻腾，全身绽开一道道伤口，鲜血和玄气不受控制地溢出……而青眸白虎痛苦嘶吼着，身躯被风雷之力轰击。半晌后，青眸白虎跪倒在地，奄奄一息，生命力飞速流逝。它到了极限！

轰！

此时，林夜身上溢出的鲜血和玄气忽地凝聚，化为一道鲜艳的红色雷光。

“成了！”他挺直身躯，龙行虎步向前，玄气从双手间奔腾而出，激发出雷霆爆炸之声。体纳雷霆，玄气带电！脑域中，神魂帝天散发出无尽威严。不是神，却近乎神。

“雷霆裁决体！天兆武神躯！”神魂帝天的声音沉浑有力，回荡在这座殿堂中。接着，整座诸神殿堂猛地一颤，一股极其精纯的力量涌现出来，凶猛地轰进林夜的体内！玄气立即奔腾狂暴，不仅所有创伤瞬间恢复，玄气更比之前再进一步，突破至玄元境七重天！

“痛快！”林夜全身激烈颤动，“现在，我仅是身体的力量，便不逊于玄元境八重天武者！加上玄气滋生雷霆之力，不借助帝天之力，也可以肉体轰杀玄元境九重天的武者！”

唰！他大踏步而出，速度比此前快了至少一倍。一拳轰出，玄气缠绕着雷光，轰在青眸白虎头顶。雷霆之力轰进它身躯中。

“吼——”

绚丽白芒包裹住青眸白虎，荧光流转。不朽雷霆诀的雷霆之力，与这件共生魂器交轰，不断将其压服。青眸白虎身上的紫青色雷电，终于逐渐溃散。片刻后，炼化成功！青眸白虎长啸一声，展开双翼，其气息竟增强了一倍有余，堪比寻常战将阶四品武魂！

林夜顿时大喜过望：“青眸白虎炼化共生魂器，不但获得了羽翼，实力还暴增！”

忽然，上方传来窸窣之声。

“有人来了！叶家的人？肯定是！既然秘宝已经到手，青眸白虎得到巨大好处，不如先走，以后再研究。”林夜一念及此，青眸白虎化作一道流光，回归脑域。他也飞身掠出。与此同时，入口外不远处，正有一队铁骑疾驰而来。林夜当即精神绷紧：“叶承天！”

“林夜？！”叶承天勒马悬停，旋即冷笑道：“没想到，竟然是你！你杀了我叔叔，还敢来万叶城找死？给我上！宰了他！”叶承天露出喜色。擒杀林夜，可是大功一件！

“想杀我？要看你有没有那个本事！”林夜心中微沉，折身没入丛林之中。

“你跑不掉的！”叶承天冷笑一声，身后黑衣护卫翻身下马，追入林中。

林夜收敛起气息，悄然在树冠间穿梭。

“去哪了？”

“前面，我看到他了！上！”

两名黑衣护卫锁定林夜方向，身形一闪，拦在他的面前。“别费力气了，你逃不出去的！”

“呵，我也没想逃……只不过是要逐个击杀你们！”林夜话音未落，目光微凝的同时，一拳轰然击出！雷霆咆哮，行若闪电，不朽雷霆诀！那黑衣护卫根本来不及反应，头颅崩裂，被当场击杀！

“暴烈冰破拳！”剩余那名黑衣护卫震撼之余，慌忙出手。他运手猛抓，一股股冰寒气息涌出，迅速凝结在他拳上。一拳击出，漫天冰爆如暴雨梨花，猛击向林夜!

“米粒之光！”林夜冷哼一声，强悍地直面破碎的冰爆之拳，撞出漫空冰雾。杀到近前，一拳又是将其头颅击碎，红白之物迸射而出!

“找死！”其余黑衣护卫终于追上来。见同伴被杀，也不啰唆，直接围攻而来。然而，他们中的最强之人，已被林夜一击灭杀，剩余之人，根本无一战之力。

林夜拳出如龙，雷霆炸响。几个呼吸光景，此地余下的叶家高手，全数被歼灭。

“林夜，你真是狗胆包天！”一股极强的气息，从林夜后方爆发。

气海境强者！林夜心中一凛。但见叶承天厉喝一声，如鬼魅一般紧追而来。

“林夜，你勾结雪月帝国，杀我叔父，叛国谋反，罪该万死！”他周身玄气汹涌翻滚，大手一张，抓向林夜。

林夜闪身躲开，冷声道：“你那叔父叶镇山，克扣军饷，贩卖军资，才是真正的叛国谋反！如果我没猜错，贪污的那些军饷，也有你们万叶城叶家一份。”

叶承天不慌不忙，哂然一笑：“克扣军饷又如何？整片北境，都被我叶家掌控，我叶家在这里就是天！别说是军饷，就算我们杀光了青玄卫城的人，也不会有人敢管！”

“好个叶家！今日，我就先杀了你！”林夜目光冷冽，体内雷霆之声爆响，玄气似大河奔腾，滔滔不绝。

“呵，想杀我？你恐怕还不够格！”叶承天不屑冷笑，区区玄元境七重天，还敢在他面前大言不惭。杀他，如同宰鸡。一双肉掌盖下，玄气喷薄，竟如囚牢一般，将这片空间四面锁死，在轻蔑的笑声中，朝着林夜拍打而来。

林夜一手攥拳，眼前如见雄山大岳，却仍是一往无前，重拳轰出。拳掌相击，无形的波荡辐射八方。

笑容在叶承天的脸上顷刻凝固，眼中满是惊骇：“你，怎么可能……”他倒退数步，面上红润消退，变得异常苍白。双手垂落，手腕处传来蚀骨之痛。

林夜的一拳，不仅将他击退，更碎了他的双手骨骼。叶承天眼中惶恐，连连后退，“林夜，今日，算是我栽了。如若你肯放我离去，我还能给你谋条活路，但你若是敢对我下杀手……”

“呵，还想要威胁我？”林夜眼中杀意几乎溢出，气势凌厉，步步紧逼。

“公子！”

“贼子住手！休要伤我儿！”远处，叶云生几人带着护卫赶来，见此一幕，立即厉声喝止。

林夜转头瞥了一眼，目光冷厉，笑道：“今日，我要杀他，天王老子也拦不住！”话音未落，他陡然暴起，身姿夭矫，拳出如龙。爆发的玄气中，滋生着雷霆之力，不断炸响。一拳轰杀，叶承天的无头尸体，软倒在地，远处滚落的头颅上，一双眼睛圆睁，死不瞑目！

“天儿！”叶云生一愣，随即暴怒嘶吼：“贼子，你，你竟敢杀我爱子，我要你偿命！”

一股磅礴威压，轰然碾至，将林夜笼罩！

轰！

林夜双肩猛然一颤，似有万斤巨力压在肩头，心中升起一股彻骨寒意。叶云生的实力，远胜叶承天。两人虽然都是气海境，但叶云生的气息十分古怪，要强横许多。以林夜如今的实力，最多只能抗衡气海境一重天。

“不行，我不是他的对手，得暂避其锋芒！”林夜当机立断，直接转身竭力逃遁。

“玄风夺魄符。把你的狗命，给我留下！”叶云生大手伸出，一缕缕碧绿色劲气涌起，凝成十数道半臂长的碧绿色符篆，辉光闪烁，破空而去。碧绿符篆速度极快，眨眼间追上林夜，四面围杀！

“灵师！”林夜心中剧震！

武者，是由后天觉醒武魂者修炼而成，灵师则非天生灵魄者不可，对天赋的要求更为苛刻。灵师天生灵魄，凭借着符、咒、阵等横行，更掌握着炼药、炼器等关键秘术。任何强大的家族，都拼命蓄养灵师。一名灵师的价值，太大了！

“这就是气海境灵师的符？速度太快了，我根本无法逃离！只能硬碰硬！”林夜目光微凝，瞬间发了狠。

“青眸白虎！”

一声低吼，青色劲风四起，一道白色身影飞遁而出，盘旋一周后，落到林夜面前。雪白双翅展开，翎羽泛起寒芒，将他包裹其中。

轰轰轰……

雷霆爆鸣，风雷之力，瞬间将绿色符箓抵消。不愧是共生魂器，竟能抵挡气海境灵师的攻击！

“风雷之翼！你怎么会有我叶家先祖的魂器？”叶云生怔然片刻，随后惊怒交加，咆哮道：“你去了祖祠！孽畜，你动了我叶家祖祠？你竟敢对我叶家祖先大不敬，你该死！”

是个机会！林夜见叶云生暴走，心中一阵大喜。他陡然转身，玄气奔腾，凝于一拳。“大帝开山！”一拳轰出！雷霆之声炸响，顿时有数道碧绿符箓炸开！

“给我死！”叶云生已然大怒，恨不得将林夜扒皮抽筋。怒喝一声，周身青绿色劲气疯涌，呼吸之间，又有数十道符箓杀出。符箓之多，即便青眸白虎展开双翼，也未能全部挡住！

轰轰轰！

符箓打在身上，发出的声音如雷鸣一般。青眸白虎身受重伤，哀嚎一声，瞬间被击飞出去。武魂与主人同气连枝。林夜此时也感觉喉咙一甜，一口鲜血涌出。

嗖嗖嗖！剩余符箓在半空中停顿，陡然转向，直取林夜首级！

“你这次插翅难逃！”叶云生狰狞笑道，“林夜，受死！”

他的话音刚落，突然面色骤变。一名白袍中年男子降临当场，对着叶云生一掌击下。滚滚玄气如长虹贯天，叶云生的必杀一击瞬间化为乌有。

第2章 少女如剑

“谁？谁敢拦我叶家行事！”叶云生身躯一颤，后退数步，看清来人，不禁神色微变，但仍是怒声质问：“王长老，你为什么要救这小畜生？”

出手之人，正是王海龙。

王海龙缓缓落下，沉声说道：“你暂时不能杀他，我要向他印证一件事情。”

“王长老，此子是叛国逃犯，且杀害我儿，还擅闯我叶家祖祠！还需要印证什么？”叶云生情绪激动，恨意滔天。

王海龙目光微寒，声音渐冷：“叶家主，你这是在质疑我？”

“不敢！”叶云生顿时心中一惊，不敢再言语。银月学府乃是王都天誉城五大学府之一，势力之强，天誉城叶家都不敢轻易得罪，更何况是他叶云生。

王海龙仔细打量着林夜，问道：“你就是青玄卫城的那位天才，林夜？三年前，我曾经去边疆各大卫城，挑选良才，听说过你，但是你当时年岁不够，所以并未找你。”

林夜点头，说道：“林夜见过王长老。”

王海龙淡淡说道：“我方才看到，你的武魂也是战将阶？不知道，可否让我看看？”

他要看我的武魂，难不成要收我入学府？林夜眼前一亮，立刻应道：“自然可以，王长老请过目。”

吼——

青眸白虎武魂一声长啸，腾飞而出，盘旋一周，收拢双翼，虎踞林夜身前。

“战将阶三品武魂，不错！不错！”王海龙欣喜点头，连声称赞。

与此同时，一丝丝虽然微弱，却如沧海横流般的伟岸气息，从林夜体内溢出。

“这气息如此高古、浑厚！比这青眸白虎还要强，有着难以言喻的潜力啊！”王海龙眼神充满惊诧，赶忙追问：“林夜，你还有一道武魂？”

没想到，王海龙感知如此敏锐。林夜目光闪烁，摇摇头，说道:“我也不太清楚，好像是有……但我从未觉醒。”神魂帝天，绝不能暴露。

“肯定是双武魂！”王海龙欣喜若狂，“双武魂天赋，百年不遇，极为罕见，第二武魂觉醒时间也各不相同，这并不稀奇。只要你日后多加修炼，总能觉醒第二武魂！”他的目光灼灼，直直盯着林夜。

“林夜，我以银月学府长老身份，批准你入银月学府！你，可愿跟我回学府？”

林夜深吸一口气，道:“多谢王长老！我愿意去学府求学。”如果去了银月学府，便能躲过叶家追杀，更有机会成长，为杨叔他们报仇。这等事情，他又怎么可能拒绝。

“王长老，不可！”叶云生快疯了，再也压不住怒火，“这孽畜杀我爱子，我今日定要杀了他！”

然而，他还不及动手，便被王海龙挥手一震，击退数步。“叶云生！你以为我看不出，你儿子的武魂，是用禁术提升而来。你们使用邪魔禁术，若是被王族得知，那就是株连九族之罪。万叶城叶家，好大的胆子啊！”

叶云生心中发寒，怒火顿时消退。今日之事，怕是要就此作罢。想至此，叶云生只得含恨低头，道：“王长老莫要生气，我等知错，日后会去天誉城请罪。”

“哼！记住你说的话！”王海龙冷哼一声，振声说道，“倒是这林夜，的确是天纵奇才啊！不仅觉醒战将阶武魂，且还是双武魂！今日，我若带走林夜，你要挡我？”恐怖威压升腾，笼罩向叶云生。叶云生面色剧变，恨得咬牙切齿，却是不敢反驳。

“好自为之！”王海龙冷哼一声，转头向林夜挥袖，“林夜，跟我走！”

“好。”林夜松了一口气，冷冷瞥了叶云生一眼，转身随王海龙离开。

“王海龙，你救他一时，救不了他一世！还想我去请罪？这孽畜盗取我叶家祖传宝物，待我通知天誉城，你们都要死！”看着二人离去的背影，叶云生目光如刀，恨不得将他们千刀万剐！

……

万叶城，通源客栈。王海龙推开一间客房，说道：“林夜，你先住在这里休息。”

“多谢王长老相助！”

王海龙摇了摇头，微笑说道：“我也是受人之托，前去解你之困。”

“受人之托？”林夜愕然。

“是一位姑娘，她说她姓路。”王海龙长老目光中泛着些许深意。

居然是她？林夜闻听不由一怔，随即露出释然一笑。这位路姑娘，倒也不是完全没良心，起码还知道帮忙搬救兵。

“林夜，我要跟你说清楚，除了受人之托，我救你，也是因为你有天赋！你只有通过考核，成功进入银月学府，我才能继续庇护你，否则……”王海龙眼中隐隐露出复杂之色，“你若是能在学府内好好表现，到时候，需要你为我外府做一件事，你的身份，很合适。”

林夜眉心微动，若有所思。银月学府内，也非一团和气，长老之间争斗不休。他若能表现出众，对王海龙自然也有好处。林夜暗忖，王海龙或许是这个目的？他没有太多犹豫，受人恩惠，有所回报，也是理所当然，他沉声说道：“明白！

我不会让王长老失望的！”

“好，你且休息一夜，明早我们启程前往天誉城。”王海龙点了点头，就此离去。

林夜回到房间，立刻盘膝而坐，静修稳固境界。时间缓缓流淌，日落月出。天上弦月散发淡蓝色光辉，映入屋中。林夜的吐息越来越悠长、浑厚，玄元境七重天巅峰的境界逐渐牢固。

轰！

轰轰轰！

忽然，他脑域深处，传出激烈震荡。在他的背后，那弯月胎记隐隐放射出蓝光，鼓胀蠕动，似是在生长。林夜意识一沉，遁入脑域。魂府之中，崇然巍峨的诸神殿堂，流动着金光，殿门大开，震荡不休。

“诸神殿堂在呼唤我？”林夜心神震动，“殿门打开后，我还没有进去过，应该进去看看。”这是一条极长的甬道，甬道两侧，是鎏金的墙壁，上面镌刻着无数繁复的图纹。有如神灵般伟岸的巨人，亦有只流传于神话中的诸多圣魔、道主，还有凶气滔天的荒古巨妖。然而，所有这一切强大存在，皆被一道身影镇压，践踏于足下！

他是高不可攀的帝王霸主，是主宰一切的神。他的身影并不算高，却伟岸得摄人心神。他拥有无上的威压，他的身影横亘于时光的长河中，穿梭古今，镇压所有。

“天启大帝！”林夜的意识震颤，几乎因此散乱。良久之后，他才恢复平静。终于，他感觉到自己进入了这座古殿中。脚踏实地，他竟是真实地进到这座诸神殿堂！通过甬道，出现一道高大的青铜门，上方有一块青铜牌匾，雕刻“梵天神殿”四个大字。林夜目光微凝，伸出手，缓缓推动青铜大门。

轰！

殿门敞开，无穷金光涌现！其中，一级级台阶如浮在虚空，通往高处。神秘而圣洁！“诸神殿堂当中，究竟还有什么？”林夜思考片刻，没有半点犹豫，大步拾阶而上。

台阶足有九十九级，他每一次落脚，都会激发出一道光芒。而林夜体内的玄气也随之涌动，仿佛诸神殿堂中有什么东西，正在召唤他。片刻过后，他终于来到第九十九级石阶前。当他踏足最后一级石阶，“轰——”，巨响回荡四周。林夜眼中，所有事物消融，完全沉沦进黑暗中。等他回过神来，已然来到一处大殿中央。

“这是……”他环顾四周，眼中所见，竟是一个个黑黢黢的监牢！黑暗，深沉不可驱散，弥漫其中。林夜身前不远处，一座琉璃高台缓缓升起。高台上，一枚卷轴悬空而立，光芒烁烁。他顿时精神抖擞，暗忖道：“这又是一卷修炼功法？”

“啊吼——”这时，伴随着一声震人心魄的怒吼，一道黑影轰然撞开牢门，飞扑而来！

“看来想要得到这卷轴，没有那么简单！”林夜后撤数步，躲过这一击，心内了然。而等他再次抬头，眼中却掠过一抹愕然之色：“叶承天？他为何在这里？”

对方周身黑气浓郁，赫然是叶承天的模样。“林……夜，死！”看到林夜，叶承天目光猩红，一拳轰出，似滔天巨浪拍岸而来。林夜不敢怠慢，侧身躲过，对方一击落空。

“死！”叶承天周身黑气缠绕，猩红的双眼死死地盯住林夜，黑气凝于右拳之上，再度杀来！

“大帝开山！”林夜来不及细想，飞速运转不朽雷霆诀，周身玄气鼓荡。隐隐还有电光萦绕，雷霆爆声。一拳轰出，拳劲凶横如龙蛇起陆，不可阻挡！

“嘎——”

就在这时，一声无比难听的刺耳尖叫传出。林夜面前的黑影猛然停滞，黑气散开，竟是一只只乌鸦。

“这是什么东西？”

他瞳孔微缩，扭转腰身，一拳轰向身后。这一拳，看似寻常，却硬生生抗住了对方的偷袭。一拳打在了刀身之上，只见那群乌鸦，再度凝合，成为一道人形，手持一柄长刀，竟是叶镇山的模样！

“林……夜……”“叶镇山”张口，声音低沉，透着莫大的杀意。

林夜微微后拉半步，目光凝沉。“传说，太古时代有幻魔存在，能够变幻各种形态，莫非这就是幻魔？诸神殿堂的第一层，镇压的便是这等妖魔？”

他目光环顾，落在那一间间牢房，嘴角掀起一抹笑意。越来越有意思了！

而这时，“叶镇山”陡地一刀直劈，背后红光映现。一头红色鹰隼出现，双翼铺展间，便有火焰自虚空燃起。

武魂，玄兵阶八品，赤焰鹰。林夜一拳打出，堪堪抵住“叶镇山”一刀，却没挡住这武魂之力。踉跄之间，连连后退。他眼中满是讶异之色：“连武魂都能模拟？看来这幻魔的能力，确实不凡！”

“叶镇山”眼中满是得意之色，一步步走来，武魂升腾，长刀锋冷。林夜心下一沉，旋即冷笑道：“畜生！真当我不是你对手？”他眼中决然，右手紧攥成拳，一拳轰出。

“大帝开山！”

玄气狂涌，雷声刺耳。林夜的身形，拉出一道残影。拳劲再度杀出，如龙蛇破空，气焰无双！

“砰！”

幻魔的攻势，被硬生生碾压，打爆。“叶镇山”身躯散开，化作一只只乌鸦，故技重施，想要逃窜，但林夜的拳太快。它们还未散开，就被带着雷霆之力的拳劲击中，顷刻间全部打散！

“不过如此！”林夜轻声冷笑，一手抓起卷轴，微微一抖。卷轴之上，起头便是一句：大梵天九转玄功！

“确实是玄气修炼功法！”林夜惊喜万分，卷轴中一道光芒映现，钻入他眉心。紧接着，脑域中一枚枚龙章凤篆飞舞。林夜立即盘膝，进行参悟。

“这功法，竟是如此霸道！”片刻过后，他便睁开双眼，面色震动。大梵天九转玄功，古老修炼之法，超越寻常品阶的存在。顾名思义，若想要修炼至圆满，必须要进行九次转变！

每一次转变，就是一次蜕变。每次修炼抵达关口时，都需以妖兽血髓作为引介，若是林夜决心修炼此功法，当他从玄元境突破到气海境时，便需进行第一次蜕变。梵天九转，第一变：虎啸变！那，需要一头气海境的虎类妖兽之血髓。

“虎类妖兽，通常都颇为强悍！想要击杀一头气海境虎类妖兽，取其血髓，可不容易啊！但……”他突然咧嘴一笑，眼中掠过一抹狠色。下一刹那，他周身玄气猛地逆转！

“梵天九转，先气后血，气逆周身，血变无敌！”林夜眼中满是灼热光芒。“这大梵天九转玄功，一旦开始修炼，便能使战力拔升，至多可达数倍！”但这其中的痛苦、代价……

人不疯狂枉少年，不就是九次气血逆变？林夜神情坚毅。他有大意志，大深仇。既开始，则无畏！

他双目紧闭，浑身通红。玄气如海啸般凶横，猛攻着他的筋脉、骨膜、血髓……剧烈的痛楚，比起修炼不朽雷霆诀时，更甚！他的血液几近沸腾，头顶蒸汽如沸，凝结成云，四面弥散。

“此等修炼之法，实在太暴戾了！”林夜死死咬牙，面孔都扭曲了，内心却明白，正是因为其暴戾，所以才足够强大。

一身原本温和的玄气，逐渐转化为暴戾，充满攻击性。但他身上的气息，却是再一度上涨，玄元境七重天初期、玄元境七重天中期、玄元境七重天巅峰！林夜背后的那轮蓝月印记，也不断蠕动、增长，丰盈了许多。

……

日出东方，天光微亮。

“呼——”林夜缓缓吐出一口浊气，睁开双眼，“这大梵天九转玄功所需玄气太多，虽然修炼成功，但距离第一重圆满还需很久，只能慢慢修炼。但即使如此，也让我修为大增，可见其强悍！”

笃笃！

此时，房门被敲响，门外响起王海龙的声音：“林夜，我们该启程了。”

林夜推门走出，跟王海龙来到街道之上。平日里熙熙攘攘的街道，此时却不见人影，异常冷清。万叶城内外城门，悉数关闭。城中一座巨大高台，旗杆高耸，旌旗飘荡。

一道修长身影，腰携长刀，正立在高台中央。四周鼓声震天，响彻城池。街道两旁涌出数百名黑衣护卫，持刀将林夜、王海龙等人重重包围。

“叶云生？”林夜看清楚高台上之人，瞳孔骤然收缩。

王海龙眉头微皱，高声喝道：“叶云生，你这是什么意思？”

“什么意思？”叶云生眼中满是冷意，“林夜那小孽畜！胆敢拿我叶家祖祠的东西，一定要死！王海龙，如果你执意要保他，你们几个也走不出去！”

昨日，他搜寻数遍祖祠，都未找到叶家祖先传承之物。承传之物极为重要，能让整个叶家拼命！

“你以为，凭你能拦住我们？”王海龙淡然轻笑，身后众位长老纷纷催动玄气，气冲云霄。八位气海境的强者，足以屠灭万叶城！

“不试一下又怎么知道？”叶云生全然不惧，挑眉看向城头，“我叶家已经派来高手，即将激活万叶城的万极杀阵！别说只有你们八个气海境，就算再来十个，也一样要死在这里！”

东城之上，几道人影伫立，气势强横，不比王海龙他们差！

“果真都是灵师！”王海龙脸色骤变，沉声道，“传闻叶家先祖自创万极杀阵，只需灵师催动，就能绞杀数以倍计的同境强者。”

“城墙之上，为首之人是叶家上一代颇具名气的天才灵师，叶镇羽。”身后几位长老也面色沉重，“王长老，若是他真催动万极杀阵，我等可能抵挡不住。叶镇羽是成名的气海境灵师，由他催动大阵，我等可能无法抗衡……我们要放弃林夜吗？”

众人的目光落到林夜身上，他瞬间心中一紧。

“都住嘴！”王海龙冷冷环视众人，“说这种话，不怕给学府丢脸吗？所有人跟我去城头，阻止叶镇羽发动大阵。”他回眸看向林夜，重重开口：“林夜，你负责抵挡叶云生，如果你实力不济死在他手中……不要让我失望。”话毕，王海龙等人冲身而起，直奔东城。

高台上，叶云生缓缓抽出长刀，目光凶狠，“林夜！将你从我叶家祖祠偷走的东西交出来，我留你一个全尸！否则，我就将你抽魂炼魄，让你生不如死！”

太狠了！杀人之后，连魂魄都不放过，这是要让林夜永世不得超生！其余人闻听，皆是骇然！

林夜跃上高台，冷声道：“你们若是有这个本事，尽管来便是！”

叶云生眼神冰冷，咬牙切齿道：“林夜，今日我就要给我儿报仇！”说罢，他踏步而出，猛然一声高喝。

“金炎蟒！”

随着一道耀眼金光，烈焰铺展，数丈长的巨蟒厉声嘶吼，凶悍扑杀！凶焰扫荡而出，消融金铁！玄兵阶九品武魂——金炎蟒！

“家主一出手，就是全力以赴！连武魂都召唤出来！”

“林夜这一次，必死无疑！”

高台之下，众护卫目光漠然，都在等着林夜陨落。

叶云生挥动手中长刀，其上绿色符篆浮现，似是锁链，疾射而出，袭向林夜！

“我这精魄吞魂刃，能增强三分实力，绞杀你如碾死蝼蚁般简单！”符篆比昨日数量更多，威势也更强。如果在昨日，林夜刚刚突破境界，不能发挥全部实力，绝对应对不下。但今时不同往日。如今，他境界稳固，而且实力又有所增长。杀一个叶云生，不在话下！

“是吗？”林夜冷笑一声，不退反进，飞身而起，一拳轰出。玄气咆哮而出，拳劲强悍破空，一拳轰出，似乎空气中都掀起阵阵涟漪！

砰！

符篆锁链轰然破碎，金炎蟒凄惨嘶吼，被瞬间撕裂！叶云生目露惊恐：“你——”惊骇之言还未出口，却是吓得面部扭曲。

林夜这一拳余威不停，撕裂金炎蟒后，径直洞穿了他的胸口！叶云生的尸体，颓然倒地，目中满是不解、惊恐。在场所有人，看着这一幕，都震惊到说不出话！林夜，赢了？且，仅是一拳，就直接将叶云生轰杀？碾压！众人无不被震慑！

这时，林夜低头看向叶云生的尸体，默然。叶云生父子也不过是马前卒，别人手中的刀而已。仅仅是这样，还不够，下一个要面对的敌人，是天誉城叶家！

“叶云生已死！万叶城叶家大势已去！”林夜望向台下众侍卫，冷声高喝，“你们，还不快滚！”声如闷雷，惊得台下一片慌乱。

“家主，死了……”

“这小子太厉害，我等不是对手！逃！快逃！”

叶云生一死，叶家群龙无首。

轰！

正在此时，忽然一阵地动山摇，整座城镇都在震颤。

“叶镇羽，你疯了！”

东城传来一名银月学府长老的惊恐呼喊声。紧接着，一道光柱冲天，搅乱风云。嗡嗡嗡……南城、西城、北城三处，同一时间出现筒灯异象，将整座城池包围。

“不好！”林夜面色一滞，立刻飞身而起，踏上楼阁顶端，向东城遥望。东城之上，长发飘飞的黑衣中年，脚踏红色阵符，手提两名灵师的灵魄，仰天长啸。身旁的灵师已然死绝，但他却不慌张，而是满脸癫狂。王海龙身边也仅剩两人能站立，其他人则生死不知。显然，方才经历了一场激战。

“叶镇羽，你不惜拿叶家灵师来祭阵，这样做值得吗？”王海龙大怒，厉声呵斥，“你若停手，我可当无事发生。”

“无事发生？”叶镇羽眼中寒意逸散，发声如雷，“我叶家的承传之物都丢了，怎么可能当作无事？无论如何，今日我都要杀了那个叫林夜的小畜生，拿回祖传至宝！”

既无解，那就鱼死网破！王海龙眼中闪过一抹杀意，立刻冲身而起，一拳轰出。拳劲如龙蛇起陆，气劲爆鸣！

轰！

可当开天之势砸在那阵符之上，却只泛起了一丝涟漪。

“没用的！”叶镇羽狰狞笑道，“用我叶家子嗣的灵魄，发动万极杀阵，是破釜沉舟之举。镇杀之人不死，大阵永不停歇！”

轰隆！

话音刚落，四道光柱凝结，笼罩整座万叶城。城中弥漫紫红流光，一尊尊苍老面容，自紫红光芒中浮现，竟有上百之数。慑人的威势，从这些苍老面目中散发出，弥天极地。天幕之下的云层似要凝滞，然后沉坠下来。城中万民匍匐，震颤祈祷。

“这是什么？”强大的威势，让林夜心头发颤。

“叶家的祖灵们！”王海龙三人也是倒吸一口凉气。

叶镇羽腾空而起，立于云幕之中，玄气自他体中溢出，正在沟通祖灵。

王海龙面色一沉，高喝道：“绝不能让他继续催动阵法！”

“王长老，你来打头阵，我等助你！”另外两名长老齐喝一声。

三人全力催动玄气，冲天而起，催动武魂全力一击。顿时，虎啸龙吟，三道巨大光影凝结而出，遮天蔽日。半空中，王海龙周身玄光交织，身前凝成硕大拳影，狠狠砸向云幕中的叶镇羽。

叶镇羽双眼紧闭，周身阵符变幻，云幕越发低沉。

“镇！”云幕缓缓绽开，一尊苍老面容忽然睁开双眼，目光灼灼如焰，反手压下。猩红手掌光影，如山岳倒悬，狠狠碾压而来。

轰！

手掌以拉枯摧朽之势，瞬间轰碎拳影。王海龙三人口吐鲜血，如断线纸鸢，坠落而下。

“王长老！”林夜目光凝寒，起身要动。

“不要过来！”王海龙强忍反噬之力，接住身旁两人，轰然落在街道之上。瞬间碎石纷飞，地面龟裂，砸出一个深坑。

“林夜，立刻出城，去银月学府汇报，叶家大逆不道，屠杀学府长老！我也许能挡住一击，你借机突围！”王海龙踉跄起身，哇的一声又吐出口鲜血。即使如此，他依旧目光如炬，冷冷盯着那云幕。

“王长老……”林夜咬咬牙，转身欲走。

“走？你们一个也走不了！”云幕之中，叶镇羽陡然睁开双眼，露出凶狠目光。背后云幕翻涌，劲风横扫城楼，如浪潮般跌宕奔涌。

“是谁，唤我等苏醒？”氤氲的紫红流光中，一尊尊叶家祖灵纷纷睁眼，其眸如火焰跳动，落在叶镇羽身上，“是我叶家后辈？”叶镇羽沉声道：“后辈叶镇羽，是叶家天誉城嫡系！今日，请老祖宗苏醒，为我镇杀强敌，取回祖传至宝！”

云幕翻涌之间，叶家祖灵纷纷露出怒容，声如滚雷，“何人敢抢我叶家祖传至宝？找到他们！尽数灭杀！”

轰隆隆！

天空中云幕滚动，电闪雷鸣，一道道血色光柱从天而降，成百上千。光柱在城池中摇摆，似是寻找什么。王海龙瞬间被光柱镇压在地，动弹不得。而此时，林夜夺命狂奔，向无人看管的西城而去。

嗡！

一道光柱落到林夜身上，只感觉万斤巨力压在肩头，轰然砸落在地，双腿深陷进地面，根本没有反抗之力。他紧咬牙关，艰难抬头，仰望云幕。那一尊尊苍老面容，紧紧盯着他，脸上满是怒色。

“找到一个……不对，还有一个！”叶家祖灵调转目光，远处另一道光柱落在西城边缘，越发粗壮。

铮——

随着一声剑鸣，光柱破碎，一道灵动身影脱困而出。

“没想到，你们叶家能出这么大手笔。”楼阁之上，淡蓝色长剑悬停，那人娇笑，如画中仙子。

“路姑娘？”林夜目光微凝。

“交出我祖传至宝，饶你不死。”叶家祖灵纷纷转目看向路姓少女，似乎有所忌惮。

“想拿回去，要看你们的本事。”路姑娘身前长剑一抖，飞身而起。

云幕之中，叶家祖灵面色迟疑，神念交流，“他是路家那老家伙的后人，若是动了她，恐有祸患！”

“那也要杀！先绞杀那无名小卒，再来对付她！”片刻间，云幕中伸出数根巨臂，张开山岳巨掌，向林夜碾压而下。

“不好！”强横威压之下，林夜瞬间皮开肉绽，“我扛不住这一掌！”

千钧一发之际，林夜的脑域陡然一颤。脑域中，神魂帝天猛睁双眼，金光湛湛。豁然抬头，双眼中金光破空而出，射向叶家众祖灵。

叶家祖灵全数激烈震颤。

“这……”林夜自己也惊呆了。他竟有一种感觉，自己能制约这些叶家祖灵！

“这股气息……竟然让我畏惧？”路姓少女转头看来，面色一怔，“林夜？他到底什么来头，竟然能压制叶家祖灵控制的万极杀阵？”

神魂帝天的武魂天赋——无上帝令，不仅能号令诸天神魂，连祖灵这等魂体，亦能统御！

“怎么回事？”叶镇羽发觉不对，此时的大阵正在与他失去联系！

林夜却是在运转玄气，勾连脑域中的神魂帝天。他突然伸手，登时，一轮金色光轮凝结于他的手腕之上，无数神秘符文涌动。武魂天赋技，无上帝令，催动。脑域之中，神魂帝天双目金光流转。

“无上帝令！谁敢不从？帝令指引！”

这一刹那，叶家祖灵阵中的所有祖灵，齐齐一转方向。他们飞腾而起，化作一道道紫红光束，涌入林夜的体内。武魂天赋——炼魂！

哗啦啦！

林夜体内经脉顿时拓开数倍，玄气激流，奔腾无前。天地间的元气，也如江河入海一般，飞速涌来，林夜的气息立刻暴涨。强暴的玄气在经脉中乱窜，他来不及多想，立刻运转大梵天九转玄功，炼化玄气。天幕之中，紫红色光芒逐渐褪去，气势骤然降低数倍。

“这小子到底做了什么？竟然禁锢了我叶家祖灵？”叶镇羽不明所以，看向林夜的眼中尽是震惊。

“叶镇羽，没了祖灵相助，你这大阵可困不住我！”此时，路姓少女莞尔一笑，手中长剑陡地刺出。剑光破天，长虹贯日！

“没有祖灵相助，我照样镇杀你们！”叶镇羽反应过来，暴怒万分。挥手间，云幕落下紫红色雷霆，与少女战作一团。

而林夜紧闭双眼，身上气息涌动，隐隐凝聚成形。片刻过后，他周身玄气逐渐成形，凝成一尊仰天长啸的巨虎。

“吼——”

劲气四散，虎啸震天，林夜骤然睁开双眼，随巨虎仰天长啸。一道金色光柱冲天而起，刺破云幕！

光柱之中，叶家祖灵残魂痛苦地咆哮、嘶吼。整片云幕瞬间被撕裂，四方光柱轰然破碎，光耀城池。叶家祖灵随着云幕，一同消散在天地间。与此同时，叶镇羽也喷出一口血，摇摇欲坠。蓝色长剑疾驰而来，一剑斩断他的胳膊。

“啊——”叶镇羽捂住断臂，满眼猩红看向路姓少女，“这笔账，叶家会找你们算的！”

话音未落，他捏碎一块白玉符咒，身影瞬间消失。

“哼！跑得倒是挺快！”路姓少女轻哼一声，叹息低喃，“用了飞遁符，他现在已在十里之外，想追也没用了。倒是这个林夜，身上好像有什么秘密……”

街道之上，满地碎石，深坑巨大。坑底，林夜缓缓起身，欣喜道：“没想到，这叶家祖灵如此强，不但助我突破到玄元境八重天，还让我将大梵天九转玄功第一变练至圆满！如今，气海境一重以下的武者，我可随意斩杀！只是有些可惜，这祖灵之力太过强大，我只能吸收一小部分，很多残魂都消散了。”

嗖——

此时，一道蓝色流光破空而来。其中蕴含玄气，极为锐利，赫然是一道剑光！

林夜心头猛跳，立即后退半步避让，随即眉头锁住，“又是你？”

一道倩影落在他身前，面带笑容：“林夜，我们又见面啦。”

眼前一切事情，都因这路姓少女而起。林夜眼中浮现一抹忌惮之色：“你究竟是谁？”

路姓少女淡淡一笑：“想知道我是谁，可以来天誉城找我！对了，你路上小心点，我们都拿了叶家的东西，那个叶镇羽既然逃走了，就会通知天誉城叶家。你今后的路，可不好走了。”

“你说清楚，你到底拿了什么？”林夜还想追问，忽然气血翻涌，“哇”的吐出一口鲜血，“姓路的，你，你坑我……”他眼前发黑，栽倒在地，晕了过去。

“我什么时候坑你了？”路姓少女面色怔然，赶忙扶住林夜，“还真是够拼的，体内竟然如此多隐疾！这是强行突破太多次，根基受损了。既然你帮过我，也该救你。”她忽然轻笑，取出一颗丹药，给林夜服下。片刻后，林夜面色逐渐红润，呼吸渐缓。

“叶家不会就此罢休，他想去天誉城，还得再帮帮他。”路姓少女灵眸闪动，目光看向远处踉跄起身的王海龙。

……

“姓路的！你坑我！”不知过了多久，林夜突然睁开双眼，弹身而起。

“林夜，不要激动，战斗已经结束了。”

林夜恍然回神，环顾四周。狭小的车厢摇动，外面的马蹄声不断，这是在马车里，他看向身旁的王海龙，沉声询问：“王长老，我怎么会在这里？”

“你已经沉睡一天了，昨日战后，你身上的暗疾发作，多亏路姑娘用灵药救下你。”

原来，昨日是暗疾发作，还以为是那姓路的下手。林夜目光闪烁，又问道：“路姑娘呢？”

“路姑娘有要事在身，去了边塞。”

“王长老，我们这是要去哪？”林夜撩起帘幕，探头看了一眼，外面是官道。

“去驿站，找人帮忙。”王海龙目光深沉若水，“我们杀了万叶城叶家的人，天誉城叶家定然不会罢休，在没回到银月学府之前，将会十分危险。路姑娘让我们去找一个人，也许能帮我们渡过难关。”

马车疾驰，很快便来到一处驿站。

“地龙兽！”两人下车后，林夜面色讶异，低呼一声。

驿站之前，赫然趴伏着十多头皮肤如灰色岩石，体型庞然的巨型蜥蜴。它们的背上，装载着大量货物。这是一种妖兽，名为地龙兽，性格温驯。地龙兽的价格极高，是寻常马匹的数十倍，只有底蕴极深的商会，才会用它来载物。

林夜环视一周，看到驿站中数十道身影或坐或立，正中则坐着一位身穿锦缎长袍的中年人。这时，锦袍中年人立刻起身，满脸笑意，“王长老，许久不见！”

“钱会长客气。”王海龙笑着拱手说道，“这一次，就要麻烦你了！”

锦袍中年人连忙摆了摆手，说道：“既然是路姑娘拜托我的事情，就不能说是麻烦。”说着，他又看向一旁的林夜，问道：“这位就是林公子吧？青玄卫城之事，已然传开，林公子年少有为，令钱某大为佩服啊。”

王海龙颔首说道：“林夜，这一位，是天誉城多宝商会的钱宝山会长。”

林夜顿时吃了一惊，这锦袍中年人，看着不显山不露水，竟是大有来头，多宝商会的会长，在天誉城，亦是地位一等一的大人物。

林夜不敢怠慢，连忙道：“钱会长，幸会！”

“幸会幸会。”钱宝山微微一笑，眼中浮现一抹思量之色。能让路姑娘和王海龙如此看重，想必这少年绝非寻常天才。这一路上，若能与林夜交好，待他成长之后，也是一桩善缘。钱宝山打定主意，和蔼说道：“接下来一路同行，若是招待不周，还请林公子多多担待。”

林夜连忙说道：“钱会长不必如此客气，称呼我姓名即可。”

“哈哈，那我便托大，称呼你一声林小友。”钱宝山爽朗一笑，扭头喝令道：“既然二位已经到了，那我们便出发！”

“老爹，我听说有一个银月学府的同窗来了？”这时，一个懒洋洋的声音传来。

林夜闻言，立即转头看去。只见一个身材臃肿，圆头圆脑的痴肥少年，迈着八字步走过来。

“多金，你刚才去哪儿了？”见到少年，钱宝山眼中宠溺，语气却带着一抹愠怒，“赶紧过来，给王长老打声招呼。”

“这……人有三急嘛，很正常的。”痴肥少年嘿嘿笑了几声，赶忙来到王海龙面前，拱手行礼，“学子钱多金，见过王长老，方才有事来迟了。”

王海龙点头笑道：“钱公子不拘小节，不必在意。”

随后，钱多金的目光落在林夜身上，上下打量，“这位兄弟，你也是银月学府的学子？”

林夜语气淡然，说道：“还未通过入门考核，称不上银月学府的学子。”虽然王海龙已经认可他，但若想真正进入银月学府，还需经过一场考核。因此，林夜并未托大，语气带着谦虚。

“真是缘分，我也是还未通过入学考核。”痴肥少年笑道，“多宝商会，钱多金。”

林夜微微一笑，道：“林夜。”

见二人颇谈得来，钱宝山也很满意。

“多金，那就由你好好招待林小友。林小友是贵客，你可千万不要怠慢了！”

“老爹，你放心吧，我和林兄，以后可就是同窗了。来人，带王长老和林兄去休息。”钱多金笑了笑，立刻唤来一名下属，带林夜离去。

二人很快被带到一只地龙兽前，龙兽的背脊上是一间单独的凉亭。抬头望向四周，只见除却钱宝山父子之外，都是数十人挤在一头地龙兽背上。

“能让钱会长做到如此地步，路姑娘的面子还真是不小。”王海龙不由赞叹道。

林夜心中越发好奇，询问道：“王长老，这位路姑娘到底什么来历？”

“你竟然不知道？”王海龙微微一怔，随后笑道，“还是以后让路姑娘亲自告诉你。”

路姑娘，你到底是何方神圣？林夜知道王海龙精明，不愿透露，也不再多问，而是转头看向远处。

呜——

不多时，一名领队吹响号角，高声大喝：“多宝商队，出发！”

驿站前，数十头地龙兽摇摇晃晃站起身，开始出发。其速度极快，而且无比平稳。林夜坐在凉亭中，没有一丝摇晃，只觉如履平地。

“最多半个月，就能抵达天誉城。到了那里，必须要迅速进入银月学府，抓紧机会变强！”林夜眉头皱起，遥望远处，心中思绪纷飞。天誉城叶家不会放过他，而他，更不会放过天誉城叶家！

青玄卫城近千名铁血老兵之仇，岂能就此忘却？但如今的他，想要与天誉城叶家对抗，无异于螳臂当车。只能借助银月学府的庇护，暂且获得一些喘息空间，尽快变强。

报仇之路很难，无异于登天！“再难，我也要做到！”林夜眼神坚定，心中暗自起誓。

……

地龙兽耐力极强，商队几乎是昼夜前行，尽量不作停留。

这一夜，地龙兽突然受惊，嘶吼乱踏。多宝商会前方的地龙兽上，有一名壮汉拔身而起，高声呵斥：“大胆贼人，竟敢在……”话未过半，便戛然而止。

嗖——

一支冷箭陡地袭来，瞬间来到林夜面前，杀气凛然！

“是谁？”林夜猛然睁眼，伸手一抓，将箭矢硬生生折断。他抬头看去，只见一片漆黑之中，有几道冷光骤现。紧接着，一道甲胄身影破空而来，一跃上了地龙兽。此人背负长弓，一拳轰来，玄气光芒涌现，凝成凶横拳劲，浩浩荡荡，如大日临空。

“林夜，受死！”那人低吼，须臾间靠近林夜。

林夜双眼微眯，看向来人。只见对方带着黑色鬼面，额头上刻有一个红色铭文，诡异瘆人。一击未中，来人周身玄气奔涌，反手又是一拳！

砰！

拳掌相接，气劲爆鸣！

王海龙飘身挡在林夜面前，拂袖击退鬼面人。但他的脸色忽然苍白，气息起伏不定。此前万叶城一战，王海龙也身负重伤，并未痊愈。

“这是鬼影，是叶家最为出名的暗杀者！”王海龙幽幽叹息一声，说道，“果然还是无法摆脱他们！林夜，你自己小心！”

“叶家，还真是阴魂不散！”林夜目光凝寒，瞬间周身雷霆奔走。

远处，钱宝山眉头紧锁，起身遥望：“是叶家鬼影！该来的，终究是要来。”

……

来敌周身玄气汹涌，威势悍然！而在其身后，还有数道黑色甲胄身影，额头上如出一辙，都镌刻红色铭文，正奔袭而来。这群人，竟然都是气海境强者！

“钱会长，麻烦您出手相助！”王海龙低喝一声，飘身杀入人群之中。数名鬼影围攻其上，与之缠斗，一时间王海龙也落了下风。

“林夜，你逃不掉的！”鬼影铁骑后方，一道修长身影忽然飘飞而起，身前凝出符阵，数道紫红色光矛，破空而来。

嗖嗖嗖——

紫光长矛凌厉，笼罩而下！

“大帝开山！”林夜翻手握拳，不朽雷霆诀运转，玄气狂啸而出，凝成一式拳劲！

砰！

一声闷响，光矛震颤，瞬间破碎！

“这等实力……怪不得能袭杀我堂兄！”来人独臂，目光凶狠，低声喝道，“交出我祖传至宝，我还能让你死得痛快点！否则，我要让你生不如死！”

“叶镇羽？”林夜眼睛微眯，心中暗道，“此人虽然在万叶城被迫逃走，但他实力远超叶云生，我不是他对手。若想脱身，还要想办法。”

“别以为有多宝商会能保住你！”叶镇羽冷声道，“我叶家已下必杀令，就算你逃到天涯海角，也没用！”

“敌袭——”

“敌袭——”

就在这时，哨鸣猛然响起。一盏盏火光摇曳闪亮，钱宝山愤怒的吼声传来：“叶家，果真是你们！你们可知，这是在做什么？莫非，要和我多宝商会翻脸不成？”说话间，他疾掠向林夜的位置。

“钱宝山，是你多管闲事！”叶镇羽杀意凛然，周身数道符阵漂浮，嗡嗡作响，玄气如浪涛迭起！见面就使用如此底牌，很显然，今夜不打算善了！

“杀！”

叶镇羽大手一挥，鬼影铁骑齐齐抽出长刀，猛然杀来。

第 3 章 暗渊森林

其中四人缠绕住钱宝山，另外八人，则是去纠缠多宝商队内的两名供奉。钱宝山察觉到他们的意图，面色剧变，暗叫一声：“不好！”他们三人，是多宝商会此行之中，最强的三人！鬼影不求相抗，只求能够缠住三人片刻，便能腾出空间，斩杀林夜！

叶镇羽讥笑道：“林夜，这一次，可没有人帮你了！”说话间，他大手一抓，玄气奔涌，阵符被他紧紧攥在手中，一步踏出，身形拉出一道残影，在夜色中掀起阵阵波动。

“死！”一掌轰出，如有闷雷在掌心炸开！阵符中光矛疾射，比起之前，赫然强大了几乎一倍！

林夜眉头顿时紧锁，一咬牙，浑身玄气汹涌而起，凝成拳劲！

“大帝开山！”他再度打出这一拳，手臂却立即传来一阵剧痛！

砰！

交轰之下，林夜被轰退，飞出地龙兽后背。喉头涌起一阵腥甜，被他硬生生压了下去，心绪起伏，“他这一拳，已经要了我半条命。我如今，要如何胜他？”

半空当中，林夜忽地拧转身子，落地狂奔。“不，根本没有机会！我只能跑，只能拖延时间。等到王长老脱身，我就还有机会！”

叶镇羽微微一怔，怒喝道：“跑！你能往哪跑？”他语气阴沉，立即追杀林夜。

而林夜刚刚落在地面上，此时一道臃肿身体狂奔而来。

钱多金手握一个小药瓶，塞进林夜手中，说道：“林兄，你快点走！这群人的目标是你！他们叶家不敢拿我们多宝商会怎样！”

嗖——

话音未落，一道光矛，破空而来，叶镇羽目中寒芒一闪：“今日谁敢挡我杀林夜，谁就先死！”

“钱兄，快躲开！”林夜立刻大吼。箭矢速度极快，如闪电破空。

“啊……”

钱多金的身上，顿时响起咔嚓脆响，随即涌起一道金光，弥漫成光罩。

“灵符！”林夜眼中光芒一闪。

灵符，一般而言，只有气海境以上的灵师才能制作，难度颇高，因此极其珍贵。尤其是防御性灵符，更是有价无市。钱多金不愧是多宝商会的少当家，家底深厚，竟有如此底牌。

砰！

这时，传来一声重响。箭矢落在光罩上面，砰然将其击碎，而箭矢也彻底裂开。光罩中的钱多金倒退出数步，面色苍白。他是多宝商会的少当家，自幼被精心培养，实力也是不俗，可与叶镇羽相比，还是差了许多！

叶镇羽可是气海境三重的灵师，虽然断了一臂，实力大不如之前。但是，想要镇杀林夜两人，依旧绰绰有余！

钱多金眼中满是怒焰：“你敢动我？你知不知道，我是……”话未说完，叶镇羽已然跃身杀来，掌心阵符浮动，光矛直刺！

“别说了！快走！”林夜一把拉住钱多金，转身狂奔。

“为了我得到的那件魂器，天誉城叶家，不惜与多宝商会彻底翻脸？不对，这件事没这么简单！”林夜一路奔逃，拉着钱多金，脑中却掠过那位神秘少女的容颜，“叶家的传承，绝不仅仅是一件共生魂器那么简单！那名姓路的少女，肯定是拿走了其他东西，以至于让叶家误以为东西在我手上！”

一念及此，林夜将手中药瓶捏开，仰头将瓶中灵药灌入口中，治愈伤势，恢复玄气。他脚下的速度，则又加快了几分。茫茫夜色中，一追二逃，不断向西奔行。前方是一片茂密的森林，黑黢黢，隐隐有红光浮现，夜幕之下，透着一股难言的瘆人之感。

嗡——

两人刚靠近森林边缘，红色光芒大作。红光绵延千里，形成一道光幕，将整座森林笼罩，其中有古拙符文浮动。

“如此庞大的阵法，竟然是依照山脉走势建立！”

此举堪称神迹。林夜怔然，举步维艰，是阵法在阻止他前行。

“林兄！”钱多金见到这森林，面色顿时一变，喝道，“不可再继续向前了！这是归月王朝的五大禁地之一，暗渊森林，无比凶险！若是进入其中，即便是气海境的强者，都九死一生……”

“暗渊森林，我当然知道！”林夜也是眼中凝重，却只能咬牙道，“钱兄！事到如今，只能进暗渊森林一搏！”

钱多金苦涩一笑：“我们就算是想进去，也进不去！暗渊森林千年前被封印，大阵由数万名灵师联手刻画。别说是我们，就算是洞玄境的强者，也不可能打破。”

“总要试一试！”林夜深吸一口气，玄气奔涌，一拳轰出！

砰！

拳劲如龙蛇起陆，狠砸在光幕之上。但光幕毫无反应，甚至是连一片涟漪都未泛起。

“没用的。”钱多金沉声叹息,回眸看了一眼身后。黑夜中,远处紫红符阵闪烁,异常刺眼。

“逃啊！继续逃啊！怎么不逃了，你们这是无处可逃了？”叶镇羽狞笑着，紧追而来。

林夜转身，眼神决然：“那就拼死一搏！钱兄，你是被我拖累的，我留下挡住他，你赶紧走！”

“抛弃朋友，那是懦夫的行为，我钱多金不是这等人！”

钱多金又取出一枚灵符,与林夜并肩而战。林夜心中涌起暖意,眼前有些模糊。他仿佛看到了杨叔、万叔、王叔的面容，除那群老兵之外，林夜第一次感受到被人关心的感觉，“钱兄，若是今夜不死，我日后定当与你以命相交！”

“等你们死了，再谈相交不迟！”此时，叶镇羽狰狞大笑，冲到两人身前，周身数以百计的光矛漂浮。他要一击必杀，强横威压，让林夜两人心头猛颤。

“林兄，这一击最少是气海境三重，甚至四重的水准。我的灵符，可能扛不住！”钱多金笑容越发苦涩，甚至眼神中有了绝望。

林夜暗自沟通神魂帝天，心中发了狠，就算拼上这条命，也让钱兄活下去！

嗡——

正在此时，两人身后光幕忽然震动，整座森林都在震颤，光幕骤然消失！

“大阵关闭了！”钱多金怔然。

“暗渊森林的封印，怎么会消失！”叶镇羽更是面色大惊，慌忙退后。

“不进去是死，进去还有一点生机！拼了！”林夜眼前一亮，拉起钱多金，冲向暗渊森林。

嗡——

光幕只消失了一瞬，两人身影没入后，立刻再度浮现。

“到底怎么回事？”叶镇羽紧随而至，立刻驻足，目光幽幽，“暗渊森林！哼！两个小孽畜，以为这样就能活？我在外面等你几日，就算我进不去，你们也出不来。几日过后，就算我不进去，以你们的实力，也必然会死在里面！”

……

暗渊森林。二人刚刚踏入，迎面便撞上一头野猪般的妖兽。此妖兽周身被暗褐色气流萦绕，露出锋锐獠牙，嘶嚎着扑面而来，散发出难言的恶臭。

林夜一拳轰出，狠狠砸向那野猪的头颅。玄气流转，卷起呼啸劲风。野猪的头颅轰然炸裂！

钱多金喘着粗气，说道：“据说在暗渊森林中，有强大的太古巨魔，不断散发魔气，污染生灵！哪怕是寻常野兽，只要沾染上魔气，都会变得实力非凡！我们要尽快想办法，离开此地。”

林夜眉头微皱，沉声道：“封印忽然消失，但我们进入后又再度封印。其中原因必定不简单，也许弄清楚，我们就能出去了。”

钱多金面色凝重，说道：“林兄你说得有道理，但，我们从何找起？”

吼！吼！吼！

远处，低沉的怒吼声不断传来，一道道黑影在林间跃动。是妖兽暴动！

“那边有动静！”林夜体内玄气呼啸而出，冲向声源处。他接连出拳，身形闪动如雷霆，玄气次次炸开。每一拳落下，便有一朵金色妖花绽放。

林夜双手开阖，边冲边杀，口中大喝：“钱兄，跟我走！”

钱多金却有些犹豫，说道：“林兄，再往前……”如今只不过是暗渊森林的外围，就已经如此凶险，若是再往前，怕是真的只剩下死路一条。

“不破不立！暴动必有原因，必须过去看看！”林夜脚步不停，一路冲杀。

“林兄，我来帮你！”钱多金咬咬牙，周身玄气奔涌，紧随其后。

前方数以百计的妖兽，双眼赤红，妖气缭绕。实力都在玄元境巅峰，两人应对自如。片刻后，他们冲出兽群，跃上树冠，遥望前方。兽潮中央，几个少男少女正奋力抵抗，玄气涌动间实力不弱，都在气海境以上。但是，妖兽数量太多，前赴后继，不畏死亡。

“果然有人！”钱多金面色大喜，肉脸都在抖动，“暗渊森林里面，不可能有人，封印大阵的开启，必然跟他们有关系。救下他们，或许我们就有生路……”说到这里，他面色犯难，“可是，如此多的妖兽，我们如何救？”

“交给我。”林夜沉声应下，立刻沟通神魂帝天。脑域内，金色帝王豁然睁开双眼，背后鎏金光轮流转，神音浩荡。

“退——”

与此同时，林夜双眼泛起金光，喝声如同敕令。金色声波形成气浪，横扫四周。这群妖兽都被魔气侵染，神魂帝天对它们有天生的压制力！一瞬间，所有妖兽身躯颤抖，匍匐在地。兽潮中如同起了波浪，由林夜脚下向四周扩散，妖兽全部被镇压！

“这种气息……是武魂！到底是什么武魂，竟然能让我感觉到恐惧！”钱多金愣愣看向林夜，心中大为震惊。

“钱兄，带他们走，我支撑不了多久。”听到林夜低喝，钱多金回过神，连忙纵身跃下。

“跟我走！”钱多金向那群人高喝一声，“快走，先离开这里！”

那群少年面面相觑，稍纵回神，并未多犹豫，立刻跟上钱多金。待到他们身影消失，林夜才暗舒一口气，纵身离去。

……

山林间，空地。

“终于逃出来了。”钱多金剧烈喘息两声，转头问道，“你们没事……”

可他话还没说完，一柄黝黑长刀已经架在他脖子上。出手的少年身材魁梧，眉目阴冷，厉声质问道：“你是什么人，为什么会在这里？说，跟着我们，什么目的！”

钱多金愣了下，登时大怒：“你们良心被狗吃了？我救了你们，反手就拿刀架我的脖子？”

魁梧少年冷哼一声：“我们来暗渊森林，本来就很隐秘，如果没有‘钥匙’根本进不来。不是跟踪我们，你又如何进来的？”

“住手！”正在此时，林夜飞身而至，周身玄气奔涌，一拳轰出！魁梧少年陡然一惊，转身一刀劈向林夜。雷霆奔涌，玄气震荡，刀刃轻吟！

砰！

“好强！”魁梧少年虎口发麻，眼中满是惊异之色。

钱多金趁机暴起，一脚把魁梧少年踹倒在地，捡起刀反架在他的脖子上，“哼！救你这种白眼狼，不如不救！小子，被刀架着的感觉不好受吧？”

魁梧少年面容阴沉，想开口反驳，却被刀刃割出一道血痕。

“闭嘴！本少爷不想听你说废话！”钱多金满腔怒火，低喝道。魁梧少年眼神略微惊恐，瞬间沉默。林夜冷冽环视几人，眼前，除了这个魁梧少年，还有三人。

一位身材修长，面色病态苍白的少年，眼神有些惶恐，哀求道：“求、求你们别伤害我哥，我给你们道歉。”说着，他不停鞠躬道歉。

“无尘，别跟他道歉，看我宰了他们两个！”他身旁是个黝黑壮实的少年，满脸怒火，身躯一震，就要动手。两人身后，是一位沉默的少女，站在阴影中，看不清楚面容。

林夜收回目光，沉声问道：“钱兄，这到底是怎么回事？”

“这小子是个白眼狼，反咬我一口！”钱多金愤愤不平，将事情缘由道出。

“其实这是个误会。”林夜皱眉，解释道，“我们也是恰巧进入森林，跟你们无关。我们方才动用灵符，震慑群妖救你们，也没有别的目的，就是想出去。”

灵符？林夜把方才动用武魂，说成了使用灵符？钱多金会意，立刻大喊：“对啊！我们一块灵符万金难求，没想到你们就这样对待我们！”

“是我哥哥太冲动了！”病态少年越发羞愧，道歉声更大。

黝黑少年沉默，玄气也随之消散。

“都不要吵了！”阴影中，那名少女走了出来。身着亮银轻甲，眉眼犀利，惹眼的雪白长发梳成马尾，英姿飒爽。

“银甲白发……”钱多金怔然，惊呼道，“你是西门钰？”

林夜眼神疑惑，打量着少女。这少女气势隐而不发，竟然看不出她的实力。

钱多金低声解释道：“天誉城有六大家族，以西门家最为隐秘，每十年只会派遣一位行路人，全权代表家族。西门钰就是西门家未来十年的行路人，年仅十七岁，已经在监武院有了七品官职。”

监武院，归月王朝用来监管武者的部门，高手如云，执掌生杀大权。无论是武者还是高官，都对监武院十分敬畏。

西门钰声音冷淡，说道：“既然是误会，那我们各退一步。你们放人，我会带你们出去。”

眼下，这是最好的解决方式。

林夜淡淡道：“钱兄，放人。”

钱多金冷哼一声，把刀丢给那魁梧少年，抬眼看向西门钰，“人我们放了，西门大人该把出去的办法，告诉我们了吧？

“阿钰，不要告诉他们！”此时，那魁梧少年持刀起身，怒气冲冲地看着林夜二人，还想动手。

“秦无憾，这次行动都听我的，你退下！”西门钰低喝一声，那名魁梧少年只能恨恨退下。

随后，西门钰解释道：“进出暗渊森林需要‘钥匙’，我们只有一把，不可能给你们。但是，我们可以带你们出去。在出去之前，还有一件事情要做，做完以后，我自然会履行承诺。”

“你这人怎么说的时候一套，做的时候又一套……”钱多金想发作，却被林夜拦住。

“好，西门小姐应该不会骗我们。”

“我以西门家的名誉保证。”西门钰依旧冷淡，曼声解释。原来，他们四人都是龙武学府的学子。

天誉城有五大学府，龙武学府虽不及银月学府名气盛，但地位特殊。学府中的学子多为军中之后，以武者为主，更是归月王朝培养将领的重要学府。历代名将，有六成是出自龙武学府。

既然都是军旅出身，林夜不禁对西门钰四人少了几分敌意。几人来暗渊森林，是为那名为秦无尘的病态少年寻药。说完，西门钰问道：“不知两位如何称呼。”

“我叫钱多金，多宝商会的钱宝山是我爹。”钱多金指着林夜介绍道，“这位是我兄弟，林夜，来自青玄卫城。”

多宝商会的小公子，西门钰不感兴趣。但听到林夜来自青玄卫城，她眼神微微动容。问道：“青玄卫城是北方边疆要塞，你是戍边军之后？”

林夜点头，说道：“算是吧……我跟随养父戍边多年，此番是去银月学府求学。”

西门钰轻叹道：“出身铁血戍边军，不来龙武学府可惜了……如果有机会，你可以来龙武学府试试，学府会给你优待。”

林夜摇头，说道："我已经应了银月学府的长老，去不了龙武学院。"

"那实在可惜。"西门钰只是摇头叹息，对青玄卫城叛乱之事只字未提。看来，他们还不知道青玄卫城叛乱之事，林夜眼光闪烁，也并未多说。

"林夜大哥，钱多金大哥，不好意思。"瘦弱的秦无尘上前，抱歉说道，"方才我哥太无理，我让他给你们道歉。哥，你快来啊！"

魁梧的秦无憾冷哼一声，转过头去。黝黑少年也走上前，尴尬笑道："林兄弟，我叫李化，方才是我无理，我这兄弟秦无憾也是个耿直性子，你别在意。"

"无妨。"林夜淡然一笑。

众人稍做休息，继续深入暗渊森林。

……

暗渊森林，外围三十里。

"这青冥花怎么如此难寻？"黝黑的李化抱怨着，锤杀一头猛虎妖兽。几人已奔波半日，杀了妖兽数百，却不见青冥花踪影。

"妖兽越来越多，以我们的实力，迟早扛不住。"钱多金眉头紧锁，沉声道，"不如，先退出森林，日后再说。"

"不行！"秦无憾愠怒，喝道，"这'钥匙'来之不易，只能进出森林一次，放弃了，我们就再无机会！找不到青冥花，无尘活不过今年。"

西门钰秀眉微皱，转头看向病态少年。

秦无尘咳嗽两声，奔波劳顿让他面色更差，但他还是说道："大哥，小钰姐，不行我们就先退出去吧，为我丢了性命，不值得……"

"不行！必须找到青冥花！"西门钰眼神坚定，继续前行。

"前面有东西了！"这时，林夜忽然眼前一亮，看到一座黑岩铸成的高台。高台之上，一朵半人多高的青色植株摇曳，顶端鲜艳的花朵散发诡异香气。

“是青冥花！”李化大喜，立刻冲身上前，摘下青冥花。

“哈哈！找了这么久，终于找到了！”可他刚转过身，一道寒芒直袭而来，斩向他的脖颈。刀芒之快，李化根本没反应过来。

“无憾，你……”李化瞪大双眼，满脸不可置信地看向秦无憾。话没说完，生机已断，死尸倒地。突来变故，众人惊呆！

“秦无憾，你疯了！”西门钰震惊之余，怒火涌上。林夜和钱多金对视一眼，也满腹疑惑。

这时，秦无憾却不慌不忙，向秦无尘招招手，“无尘，过来激活祭坛，助我取诛天剑意！”

秦无尘低沉着头，闪身来到高台之前，手上紫色符箓浮现，飞射进李化的尸体内。刚死去的尸体瞬间腐朽，化作血水，流淌而开。

轰隆隆！黑岩高台震颤，红雾弥漫。一股恐怖的气息慢慢升腾，似乎有什么东西正在复苏。

“哈哈哈！祭坛激活了！”秦无憾癫狂大笑，满脸戏谑地看向西门钰，“其实，我找你们来暗渊森林，为无尘找青冥花只是借口，无尘根本就没有病！我们是想用你们的血激活镇压邪魔的祭坛，取得镇压邪魔的诛天剑意！李化本来就是用来祭献的，至于西门钰你，不过是我请来的打手罢了。”

说着，他扫视林夜三人，冷笑道：“等我取得剑意，你们都会死在这。待我二人出去，就说你们死在邪魔手中，计划是不是很完美？”

西门钰没看他，而是压下心中怒火，看向秦无尘，“催动祭坛需要灵师，无尘，我知道你是被你哥逼的，这事我不怪你！但我要劝你回头。”

秦无尘低着头，哀声道：“小钰姐，对不起……我得成全我哥。”

西门钰面沉如水，收回目光，冷眼看向秦无憾，“秦无憾，你为了剑意，竟然要释放邪魔，杀自己挚友……释放邪魔，霍乱王朝，其罪当诛！”她周身玄气奔涌，暴起攻向秦无憾。

“吼——”

“吼——”

而此时，四周黑暗中亮起一双双幽绿色竖瞳，妖兽被轰隆声惊动，齐聚而来。

“西门姑娘，我和钱兄挡住妖兽，你自己小心！”林夜只能转身，暂时去抵挡妖兽。一时间，三人腹背受敌，战斗异常艰难。秦无憾挥舞长刀，逼退西门钰，喘息喝道：“无尘，好了吗？西门钰是气海境六重，我挡不住多久！”

秦无尘低着头，焦急道：“哥，不行，李化的境界太低，体内的玄气不够！若想快点，只有一个办法……”

“什么办法，你倒是说啊！”秦无憾只是气海境五重初期，连番硬抗下来，手都在颤抖。

“办法就是，再祭献一个人！”秦无尘陡然抬头，眼中杀意弥漫，冲身而起！他手掌中紫色符篆光芒暴涨，化作刀刃，横斩向秦无憾。嗤的一声过后，秦无憾身首异处。他满脸疑惑，盯着秦无尘的眼神，有几分凄凉。也许他想说什么，可是已经说不出口。

“无尘，怎么连你也……”西门钰彻底愣住，“为什么，你连你亲哥哥都要杀？”

秦无尘没应声，祭坛轰隆作响，震颤不已！

“祭坛激活了！终于激活了！”秦无尘的面孔阴森，癫狂大笑。这还是那个虽然柔弱病态，但时刻面带春风笑容的弟弟吗？西门钰呆滞，心中连受创伤。

“无尘……”西门钰紧咬贝齿，身上玄气再度涌动，双拳砸向秦无尘。秦无尘不慌不忙，脚尖挑起秦无憾的长刀，一刀斩下。紫色刀气凝集而出，横斩向西门钰，一刀将其逼退！

“刀气？”西门钰震惊，“你是灵师，怎么可能会……”

“谁说我只是灵师？”秦无尘阴恻恻一笑，身上筋骨齐鸣，噼啪作响。他那病态瘦弱的身躯逐渐硕壮，气息转瞬间已超越西门钰！

“灵武双修！”西门钰认识秦无尘多年，竟然不知道他是灵武双修。灵武双修，必须要既有天生灵魄，后天又再觉醒武魂！

“我是灵武双修，但有什么用？”秦无尘的笑容有些凄惨，“我和哥哥是庶出，我母亲只是个婢女，我们母子三人在家族中受尽欺辱！他们整天骂我和哥哥是狗杂种，那种感觉，你知道吗？若是那些嫡系的狗杂种，知道我是灵武双修，我早就死了！我只能藏着！但，今日不同了，等我取得诛天剑意，就能光明正大回到家族，碾压所有人！什么秦无畏、秦无伤，全都得在我脚下当一条狗！为此，我宁可杀了我哥，也要一雪前耻！”说到这里，他张开双臂，高声大喝：“邪魔临世！快让我取得诛天剑意！”

轰！

红色光柱愈发粗壮，搅乱风云。此时，所有的妖兽都猛然停下，不敢再向前。林夜心中升起一股寒意，骤然转头看向祭坛。

夜色中忽地掀起阵阵涟漪，祭坛之上，一只白骨鬼手，猛然自虚空伸出。鬼手五指展开，破空而来，抓向秦无尘。秦无尘大惊，想要躲闪。然而，这鬼手速度快到极致，一瞬之间，秦无尘就被抓住肩头。魔气森然，自鬼手掌心中生出，恍若黑色丝线，瞬间蔓延全身。

“啊——”

秦无尘被死死困住，任他拼尽全力，亦是无法挣脱分毫！

“是你唤醒了我，那我就给你点赏赐！”暗渊森林更深处，突然传来一道冰冷的声音。似人非人，恍若传闻中的厉鬼，阴沉可怖！秦无尘瞬间跪倒在地，双手疯狂撕扯头发，凄厉惨叫。

“这到底是怎么回事？”林夜心中的不祥之感，愈发浓烈。

钱多金忍不住一哆嗦，颤声说道：“林兄，这是邪魔！是真正的邪魔！”

暗渊森林，白骨鬼手，还有这声音……哪怕他是多宝商会的少当家，见多识广，此刻也只觉得悚然。

“拦不住他了……”西门钰眼神中也有一丝惊恐，转身向林夜抛来一物，“这是‘钥匙’，你们赶紧拿着它离开，我来挡住这邪魔！”

林夜接住黑色玉符，却没离开。

“林兄，快走吧！”钱多金颤抖着催促。

“不能走，邪魔降临，整个归月王朝都将面临腥风血雨！得阻止他，不能让他出去！”此时，他眼中闪烁着光芒，面色决然。十年铁血，已经将守卫疆土、守卫民众的信念刻在了他的骨子里。林夜也怕，但他耳边回荡着杨叔的话，神情逐渐坚毅。

“小夜，你记住，一日为兵，终身为民，守疆卫土！”林夜抬起头，嘴里低喃杨叔常说的那句话。

前方，西门钰取出一柄短刀，刀刃斩在光柱之上。光柱却突地炸开，将西门钰震飞出去。“秦无尘”从光柱中走出，反手挥出，黑色蝌蚪般的玄气轰击在她的身上。西门钰闷哼一声，直接昏死过去。

气海境六重的强者，竟然挡不住他一击！

“千年光景，我终于重见天日……”

而这时，“秦无尘”抬起头，眼眸中满是猩红光芒。他身上攀附着的蝌蚪状纹路，爬满周身，时隐时现，在肌肤下游走。

“林兄，他，他已经不是秦无尘了！他身上那是魔纹，他被邪魔夺舍了！”

钱多金踉跄后退两步，眼中是掩不住的惊恐。

“那杀了他，就解决一切问题！”林夜面色肃穆，一拳轰出。

“大帝开山！”拳劲如龙蛇游走，雷霆爆鸣，威势赫赫！

“无知者，无畏！可笑的爬虫！”“秦无尘”五指展开，黑色魔纹自手掌中涌出，凝成锁链，破空而来，袭向林夜！锁链瞬间将拳劲击碎，锁链陡然一震，缠上他的身躯。林夜被死死困住，任他拼尽全力，亦是无法挣脱分毫！

“你身上的气息，真是恶心！”“秦无尘”瞥了一眼林夜，冷笑连连，说道：“没想到啊，还有活人敢来这里？好极了……我有多久没享用过活人了？”

钱多金浑身一颤，看了一眼被魔气缠绕的林夜，咬了咬牙，终于拿出一柄金色袖珍小剑。

“邪魔！快给我滚！我这可是一件灵器……”话未说完，“秦无尘”一挥衣袖，狂风呼啸，顿时将金色小剑卷走。哐当落地，瞬间击毁！钱多金也被击飞出去，倒在地上，连站起的气力都已经失去。

“钱兄……”林夜周身锁链越缠越紧，几欲将他筋骨绞碎！

“秦无尘”嗤笑道：“若我的魔气能轻易被你挣脱，那我白夜，早被诛天剑意彻底镇杀！”他抬手一指，一束魔纹激射而出，洞穿钱多金肩头！

“啊——”钱多金疼痛异常，发出凄厉惨叫。

“哈哈哈……”白夜放声大笑，嘴角满是残忍，“尖叫吧，求饶吧！越大声越好，越大声越有趣！”

“邪魔！”林夜愤怒到极点，双眼猩红。

“还能说话？”白夜有些讶然，却有些索然无味，“哎，还是太弱了！折磨起来，一点感觉都没有。还是……直接吞掉你们好了！”他的眼中阴冷闪过，一步步走来。可还未接近林夜，突然浑身一颤。

在林夜身躯中，一股亮光猛然涌现！隐隐仿佛有一柄长剑，出现在他的视线里。背后的弯月印记，散发出莹莹蓝光，又传来那种胀痛感……

“这是……”他心头猛颤，眼底满是震撼。

魂府之中，神魂帝天猛然睁眼：“诛天剑意，归来——”声音落下，时间仿若凝固！

白夜眼中浮现一抹惊恐之色，失声道：“你，怎么可能是……”声音戛然而止。

此刻，在林夜的背后，陡地浮现出一轮金光，如大日临空。就连深沉夜色也都被其驱散，他身上的魔气顿时消退。浑身被金光缠绕，双目亦是金黄一片。他抬手，如发敕令：“诛天剑意，归来！”

“咔嚓——”白夜仓皇后退，但身体中那一抹长剑虚影，却越发真实，最终化作一道光束，破体而出，钻入林夜眉心。林夜的视线里，顿时出现一道颀长身影，立在天地之间，手持长剑。一剑斩出，斗转星移，天地崩碎！

林夜心中震骇：“这一道剑意，这一股气势……好强大！”冥冥当中，他似是有所感悟，身上玄气汹涌咆哮，于四肢百骸中冲刷。一声脆响，林夜眼眸顿时一亮，已然突破至玄元境九重天！

“该死！我要你死！”这时，白夜已然是周身裂痕，血眼中的愤怒几乎溢出。双手扬起之间，森然魔气顿时自四周涌出，形成无数森长手臂，如花开层层，迅速向林夜抓去。然而，还未接近，林夜身周金光暴绽，剑意凶横四散斩出，森长手臂顿时破碎！

“今日，死的是你！”林夜踏前一步，金色光轮蔓延至手腕，一缕诛天剑意，顿时破空斩出！白夜本就浑身裂痕，瞬间围剿殆尽！

看着这一幕，钱多金满脸震惊之色，瞪大眼眸：“林兄，你……”

这白夜，是暗渊森林中的邪魔！什么是邪魔？一些强大的半魔，在修炼过程中，神智被魔神血脉侵夺，才会成为邪魔！武者、灵师、半魔，三大修炼方向中，归月王朝的武者最多，灵师较少，半魔则更少见，便是这一原因。钱多金很清楚，即便是气海境的钱宝山赶来，也未必是这邪魔白夜的敌手。结果，竟被林夜击杀？

林夜则是低头看着自己的手腕，心神剧烈波动。“这诛天剑意，原本在这邪魔白夜体内，而且并不是全部，恐怕只是百分之一！但即便如此，也极其强大——我若是能够彻底领悟，即便是气海境高手，又算得了什么？”

先前一击，是靠神魂帝天才能发出。林夜清楚明白，这诛天剑意，和大帝开山不一样！虽然一缕诛天剑意已经进入他体内，但想完全领悟却是难上加难，短时间内完全不可能。

林夜目光灼热，向着暗渊森林深处望去。完整的诛天剑意，就在暗渊森林的深处！然而还有一股无比强大的魔气，也萦绕其中。那一股魔气，仅仅只是看一眼，便让林夜心生悚然，连忙收回目光。

“这暗渊森林深处镇压的巨魔，恐怕一个眼神，就能将我镇杀！”林夜深吸一口气，眼神炽烈，“也罢，还是等以后强大了，再来一趟！这诛天剑意，我势必要得到！”

“林兄，方才你那一剑真是厉害！”钱多金捂着肩头伤口起身，笑道，“那邪魔实力深不可测，没想到竟然被你一剑斩杀……”可他话未过半，身后忽然响起桀桀怪笑声。

“就凭你，也想杀死我？”是白夜的声音？

“钱兄小心！”林夜瞳孔骤然收缩。在钱多金脚下，有东西正在迅速凝结，诡异扭动，眨眼间凝聚成猩红虚影。强横的气势肆虐，如山岳倒悬！

“哇！”钱多金口吐鲜血，当即被震晕过去！林夜也强不了多少，砰的一声，被重重震飞。

“方才我分明已经将你斩杀，为什么……”林夜单膝跪地，背后如负山岳，想动一根手指都成为奢望。

白夜嘴角裂开，露出森然利齿：“方才你确实杀了我一次，但只是杀了千万个我之一。你吸收了那一缕诛天剑意，反倒使我的禁锢松动，让我吸收到更多本源魔气！”他指向暗渊森林深处。那里魔气滔天，整片天际都被映成黑红色，“我的本源魔躯，受困在那里。只要我的本源魔躯还在，分身便永生不死，亘古不灭！”

“帝天！”林夜眉头一拧，意识在魂府中呐喊。

“还想挣扎？”白夜不屑冷笑，瞬间来到林夜身前，一把捏住他的脖子。

“咳咳咳……”强大的压力和窒息感使林夜连挣扎都做不到。

白夜黑红色眸子闪亮，阴恻恻道：“你体内的东西很有意思，竟然能吸收诛天剑意——你就是解开诛天剑意的钥匙！只要把你带回去，我的本源魔躯就能把你吸收，解开诛天剑意的镇压！哈哈哈！我终于能摆脱这无尽的禁锢……”

耳畔刺耳笑声回荡，林夜却无力反抗。玄气无法运转，身躯被魔气压制……怎么办？到底该怎么办，才能摆脱困境？他咬紧牙关，转瞬间心中闪过诸多念头，但都被一一否定。白夜太强了！在绝对的实力面前，任何计策都是虚妄。这一刻，人为刀俎，我为鱼肉……

白夜放肆大笑，提着如待宰羔羊的林夜，腾身向森林深处飞去。

“他是我的！放下他！他是我的！”正当此时，从暗渊森林的深处，忽然响起诡秘的呼喊声！

“她来了？”白夜身躯微颤，赤红色竖瞳骤然收缩，“阁下，我与您一直是井水不犯河水，今日您为何……”白夜的声音有些颤抖，似乎很怕来人。

“暗渊森林还有人？是谁？”林夜顿时精神一振，猛然抬头，向远处看去。暗红色森林深处，一道黑影逆光而行，长发飘荡，衣裙猎猎。四周弥漫起淡紫色的雾气，随风而来，笼罩四周。

“杀！杀！杀！”

“吞了他！吞他！”

“我的！都是我的！”

那紫色迷雾凝出诸般狰狞幻象，发出沙哑嘶吼。嘈杂吼声扰乱心神，林夜头痛欲裂。

“这到底是什么？好疼！我的头好疼！”

迷雾中，一道黑影猛然杀出，身形如电，瞬间袭至白夜身前。那黑影宛若鬼魅，伸出枯槁手臂，捏住白夜的脖子，用力将其甩出。白夜竟是毫无还手之力，倒飞出去。

“好快的速度！”半空中，林夜同样倒飞，身上的魔气也开始消散，玄气恢复运转。顿时心中大喜，接着向白夜看去。方才还不可一世的邪魔，此时被那道黑影压倒在地，奋力挣扎怒吼。

“疯子！你为何要阻止我脱困！我若出去，你也不必待在……”

“他是我的！他是我的！”那黑影披头散发，看不清楚面容，癫狂嘶吼，弥漫出紫色雾气，将白夜包裹。白夜的躯体，立即以肉眼可见的速度，被侵蚀、炼化！

“啊——疯子！疯子！”白夜凄惨大吼，身体被不断消融！

“他是我的，我的……”那黑影不断重复这句话，疯狂炼化白夜。

“活生生的炼杀邪魔！”林夜愣在原处，背后冷汗涔涔，手脚发凉。他想逃，却无法动弹。这不是气势的压制，而是来自身体的畏惧。那黑影，到底是什么？

……

与此同时，暗渊森林深处。深褐色的土地之上，枯木稀疏，怪枝招展。一道白色光柱呈剑刃状倒悬，镇在黑岩祭坛之上，四周魔气如云海，翻涌滚动。

“那个疯子，竟然炼化了我的分身！向来只有我白夜吞噬别人，谁能炼化我？”祭坛之上，一道身影疯狂冲撞光柱，身躯上吱吱作响，传出恶臭的焦煳味。“脱困之机近在咫尺，都被她破坏了！疯子！疯子！我若一朝脱困，定要将你生吞活剥！”

……

暗渊森林，边缘。黑影踉跄站起，脚下的白夜已被彻底炼化。

“你是我的了！”她抬头看向林夜，疾步冲过来，伸手死死抓住林夜的胳膊。“咕咚——”那只手臂枯槁，冷若寒冰，林夜被抓住的瞬间汗毛骤然乍起。

“不能坐以待毙，要反抗！拼了！”林夜咬紧牙关，催动玄气，体内剑意升腾滚动！催到极致，挥拳如剑，就要砸下！

正在此时，那黑影抬起头，脏乱的长发下露出一张清削苍白的小脸。虽满是泥污，可那双眼眸闪烁紫光，迷惘中有一丝依恋，像是一个迷茫的孩子。这黑影看起来，只是个十岁出头的女孩，骨瘦如柴的身躯有些可怜。

是个孩子？林夜怔然，拳头悬停在半空。

“我找到你了，终于找到你了……”下一刻，女孩抱住林夜，眼角流出两行清泪，晕开脸颊的泥污。她的身上再无杀意，跟方才判若两人。

“小姑娘，你，你认识我？”林夜满腹疑问，拳头缓缓放下。

“我不认识你，但是，我知道我要找到它。”女孩环住林夜的腰肢，手掌按在他的背上。瞬间，湛蓝光芒大作！林夜背后的弯月胎记，陡然鼓胀，熠熠生辉，凝成出弦月虚影，升上他的头顶，映亮四周。林夜抬头呆呆地看向弦月虚影，脑中一片混乱。

他知道，自己背后有一轮弯月胎记，却并不知道何时，它有这般变化……幼时，这胎记分明只是月牙，此时已经有了圆月四分之一大。这少女和自己的胎记，又是什么关系？心中诸多疑问。可那女孩面容安宁，竟在他怀里睡着了。

“杀了你！我要杀了你！”正在此时，森林深处传来野兽般的嘶吼声，震得树叶簌簌落下。

“是白夜的本源魔躯！”林夜恍然回神，回头瞥了一眼森林深处，眼光闪烁，“此地不宜久留，还是先出去再作打算！”他低头看了一眼那少女，看她牢牢抓住自己的胳膊，终是叹息一声：“你终究是救了我一命，就算是报恩，也要带你出去。”

说罢，他抱起女孩和西门钰，又背起昏迷中的钱多金，向暗渊森林外而去。

第 4 章 诛天剑意

天光微亮，暗渊森林外。叶镇羽眼中满是冷意，紧紧盯着光幕大阵。就在这时，光幕骤然消失一瞬。叶镇羽瞳孔骤然一缩，一抹剑光从森林中斩出，在他眼中炸开。他身形拧转，堪堪躲过。

林夜手持一柄精铁长剑，从林中杀出。

叶镇羽微微一怔，旋即反应过来："林夜！你终于肯出来了！"

林夜不作任何回应，径直出剑！叶镇羽一翻手，符阵闪动，光矛直刺而出。剑矛相碰，他闷哼一声，被击退数步，面色有些难看起来。

后方的钱多金眼皮一跳："林兄——"

"林夜，快将传承之物交出来，我可以留你一具全尸！"叶镇羽运手猛抓，符光爆发，一支耀眼光矛出现，在即将破晓的黑暗中，极为刺眼。叶镇羽胜券在握，这一击志在必得。

就在这时，林夜脸上却露出一抹狡黠的笑意，"等的就是你！"他运转不朽雷霆诀，玄气奔啸，顷刻间注入手中长剑。与此同时，林夜沉下心神，勾连那一缕诛天剑意。

"嗡——"

即便是一柄普通长剑，在诛天剑意的共振下，也绽放神辉。林夜领悟的不过是皮毛，连诛天剑意的百分之一都未到。但一剑斩出，那一股锋锐无双的味道，依旧淋漓尽致。

剑刃与光矛再度相撞，叶镇羽眼中的得意之色，顿时凝固！

“你……”

话音未落，剑光瞬间刺穿他的胸膛。叶镇羽轰然倒地！他怎么也无法想到，不到一夜时间，林夜竟骤然变强！

而林夜面色亦是微微苍白，动用诛天剑意，对他的消耗极大，玄气几乎耗尽。但他却松了一口气，成功了！在出来之前，他便有所准备。先以退为进，等的就是叶镇羽轻敌这一瞬间！

林夜目光一扫，轻咦了一声。他弯下腰，在叶镇羽的掌心，取出一道碧色玉符。

“藏虚符！这家伙在叶家的地位，绝对不低，竟有这等宝物！”林夜心下惊叹。

藏虚符极为少见，唯有超越气海境，达到洞玄境的强大灵师，方能炼制！这可是难得的宝物。即便是在天誉城，亦是只有少数人才能拥有。钱宝山父子各有一枚，钱多金的许多底牌，便是从中取出。

“也不知这里面有些什么？”他注入玄气，旋即眉头一皱。这叶镇羽的藏虚符内，竟还设置有一层屏障。林夜不过是初入玄元境九重天，想打开这层屏障，很难！只能徐徐图之，用玄气慢慢消磨。

“钱兄，你背着西门姑娘，那女孩交给我吧。”他收起藏虚符，从钱多金背后接过神秘女孩。

钱多金眉头微蹙，眼神古怪盯着女孩，“林兄，这少女何时出现的？”

“多金！多金！”这时，传来声声焦急的喊声。

钱多金顿时抖擞起来，连忙喊道：“老爹，我在这里——”

钱宝山疾掠而来，见两人只是受了一些伤，顿时松了口气，“你们二人幸好没事。”

紧随而来的王海龙见此，脸色也稍微缓和。

此时，钱宝山又望向林夜，正欲开口，林夜已先歉然说道："钱会长，天誉城叶家都是为我而来。对不住，是我连累了你们！"

钱宝山摇了摇头，冷声道："林小友，这不是你的原因，而是天誉城叶家。他们实在欺人太甚，等到了天誉城，我必要他叶家好看。我多宝商会，也不是可以随便欺负的！"

林夜心中微微一凛，肃然起敬："无论怎样，事情皆因我而起！此次恩情，我林夜必然谨记在心！"

钱宝山肃然的面色微微散去，露出一抹笑意，说道："林小友，你没事就行，我们接下来还是快些赶路为好。我已经通知多宝商会其他高手，若是天誉城叶家的追兵敢再来，必让他们有来无回！"说到此处，他目光落到两人背后，眼神颇为诧异，"西门家的西门钰姑娘，还有这女孩是……"

"我在暗渊森林边缘救来的孩子，不知为何流落此地，可能也是误入暗渊森林。"林夜淡然回应，选择隐瞒女孩的来历。她出现得太过离奇，没问清楚之前，还是不要暴露。

"那便先带她一程。"钱宝山并未多想，收回目光，"赶紧跟我回商队，以免再生祸端。"

"钱会长说得对，先回去再细说。"王海龙随声附和，几人迅速离开暗渊森林。

林夜先回地龙兽背上休息，而在商队后方，钱宝山则是悄然问道："多金，你觉得这林夜，如何？天誉城叶家为了杀他，甚至不惜与我们翻脸，其中的牵扯肯定不小啊！"

钱多金眼底闪烁睿智光芒，思索片刻后，说道："老爹，我觉得林夜这个人，值得一交！"

钱宝山嚯然起身，来回踱步。天誉城除了五大学府，还有一些豪门世族，多宝商会势力不小，却终归在这些学府、豪门之下。若想更进一步，谈何容易？良久，钱宝山吐出一口气，低声道：“多金，多宝商会，以后也是要交到你手上的！既然你对他如此看好，那我便信你一次！”

钱多金心中一震，沉声道：“老爹，我的眼光……不会让你失望的！”

钱宝山微微颔首，陷入一片沉思中。

……

而另一方，王海龙听说了林夜的经历，陷入沉思。当然，林夜只是讲了秦家之事，那神秘女孩的来历，并未提及。半晌后，王海龙盯着昏迷的西门钰，沉声道：“暗渊森林之事极为复杂，而且你现在也更加危险，叶家不会善罢甘休的！虽然叶镇羽已死，叶家暂时找不到你的行踪，但到天誉城以后，叶家定会再度出手，阻止你进城。为今之计，只有我先带西门姑娘回天誉城，请西门家出面，找人保护你。”

林夜点头，说道：“劳烦王长老了。”

“往后几日，你自己还是要小心。”王海龙挥手抱起西门钰，纵身跃下地龙兽，消失在夜色中。

林夜遥望远处，目光深沉。“往后的路，怕是会更难走。”

……

七日之后，地龙兽背上，这七日，倒是安稳，叶家并未再派人前来。神秘少女竟一直在林夜怀中安睡，而他则是一直在苦修。

忽然，林夜猛地睁眼，“七天时间，终于攻破了藏虚符内这层屏障！”

说话间，他手掌一翻，藏虚符上白光闪过。一口长剑，浮现在他的手中。此剑长三尺三，通体乌黑，剑柄雕刻狻猊吞云浮雕，剑刃寒芒闪烁。剑体之上刻有四个大字：流云杀生！

作为天誉城叶家的嫡系高手，藏虚符中的宝贝的确不少。不但有不少金贝、银贝，还有一些灵符、灵药。可惜，那一战中，叶镇羽太过轻敌，还未将底牌拿出，便被林夜斩杀。除了这些，更为重要的，还是这一口流云杀生剑以及一门名为“金鹏凌云决”的身法。林夜手臂微震，剑刃轻鸣，清脆悦耳。

“六品玄器！是一口好剑！”

武者的兵器，也同共生魂器一样，品阶划分明确！六品玄器，足以让林夜用到气海境了！

“对于那一缕诛天剑意，我也大概领悟了三成……再加上这一柄流云杀生剑，我的战力，即便是寻常气海境一重，也足以一战。”

正在此时，怀中少女忽然嘤咛一声，悠悠转醒。林夜收起流云杀生剑，问道：“你醒了？”

少女倏然起身，眼神慌张，怯生生看向林夜，“这是哪？你，你又是谁？”

林夜解释道：“姑娘，那日在暗渊森林，你救了我，随后我就将你一同带了出来。”

“暗渊森林？”少女冥想，面容逐渐扭曲，“头好痛，我想不起来了……”

“那就不要想了。”林夜叹息一声，似乎早有预料。

几日之前，这少女体内那股极其恐怖的力量，突然间消失得无影无踪，气息骤变，娇弱的身躯连普通武者都不如。具体原因林夜不得而知，但肯定隐藏了什么秘密。而且，这个秘密跟她的身世息息相关！

少女冰肤玉面，貌美若仙，双瞳凝紫，有着一双如晶雕玉琢般的耳垂，十分可爱。这种面容世间罕见，林夜听闻过一次——他的母亲！

听林家村的伯伯说过，他母亲就有这样一双紫瞳……还有这个胎记。林夜看向少女的手腕间，那抹赤红色胎记有些扎眼。同样是弯月胎记，比他的胎记更加丰盈，只缺了一角。

“你，你认识我么？”少女紫瞳中依旧有些胆怯，小声问道。

林夜收回心神，笑着摇了摇头。

少女犹豫道：“可是，我感觉好像在哪里见过你，有种很奇怪的感觉，我形容不出来……”

“亲人的感觉。”林夜指了指她手腕的胎记，“这种胎记，我背后也有一个，说不定你是我失散多年的亲人。”

“你能给我看看吗？”少女眼中闪烁光芒，看到林夜缓缓转身，露出背后的弦月胎记。

“真的！跟我手腕上的一样！”她脸上绽放出清澈的笑容，隔阂渐渐消失。

林夜轻笑点头，伸出手说道：“我叫林夜。”

少女愣神，失望道：“我不记得自己的名字了……”

林夜略微思索，道：“我是从暗渊森林中将你带出来的，你先跟着我姓，叫林林怎么样？”

“林林……”少女脸上的笑容越发灿烂，将小手放在林夜的大手中，“我很喜欢。”

……

“天誉城到了！”

邻近的地龙兽背上，钱多金一声高呼。林夜噌地起身，向远处天地交汇那一线望去。那里，浮现出一座巨大城池的轮廓。恢宏！崇伟！

“林林，你看这天誉城，有印象吗？”他指着前方城池，转头看向身侧的少女。林林秀眉紧锁，盯着天誉城看了许久，失望摇头。

“没关系，找回记忆不是一朝一夕的事，需要看到你熟悉的东西，才能回忆起来。”林夜轻笑安慰。临近的地龙兽背上，钱宝山父子看了过来。

“这妹子醒了？”钱多金呆呆看向林林，不由赞叹，“林兄，你这捡来的妹子，好生漂亮！妹子，我叫钱多金，你叫什么名字？”

林林怕生，悄悄躲到林夜身后。

“她丢了记忆，我给她起名叫林林。”

“好名字。”钱多金笑容玩味，“林兄，好福气了，携美同行，风光无限好啊。”

林夜笑了笑，岔开话题：“这一路上，多谢钱会长与钱兄的照顾！”

钱宝山笑吟吟道：“林小友不必客气。”

钱多金点了点头，嘿嘿笑道：“林兄，我们可是生死之交！等到了银月学府，别人要是欺负我，你可不能坐视不管！”

林夜立即点头，沉声道：“自然如此！”

不管钱多金是否有别样的目的，经过暗渊森林那一夜，他已然将其视作朋友。

终于，商队抵达了这座如荒古巨兽般匍匐在大地上的伟岸城池。

天誉城不愧是归月王朝之国都，规模庞大，是青玄卫城的十倍以上，长街如龙，人声鼎沸，一种鼎盛之气萦绕，令人慑服。地龙兽的速度放慢了许多。

“王长老还需几日才能回来，安排我们进银月学府考核。”钱多金笑着邀请道，“林兄，不如到我们多宝商会，小住几日？”

林夜还未开口，前方突然传来一声嚣张的大喝，“都让开！别挡了我们叶家二少的路！”

众人闻声看去，便见一头银色战熊，踏步而来。每一步落下，都传出沉闷响声，震荡大地。而这头银色战熊背上，坐着一名满脸傲气的白袍青年。

“这是，银甲雷熊，百兽之王！”看到那战熊坐骑，即便是钱多金，都是面露震惊。

而林夜则是心中一震：“叶家的人！”

林林好奇地打量战熊，低声询问：“林夜哥哥，叶家是什么人，跟你认识吗？”

林夜目光微寒，沉声道：“是敌人！你躲在我身后，不要出声。”

街上众人更是羡慕地议论着。

“传闻，成年的银甲雷熊，可是相当于气海境三重的强者！”

“不仅捕获极难，若想培养到成年，光是每天的食物，都要淌水一般的金贝堆进去！”

“不愧是叶家，果然财大气粗！”

就在这时，银甲雷熊猛然停下，挡在路中央，多宝商会的商队只能被迫停下。

“叶家二少！叶青云！他这是在拦路？而且，拦的还是多宝商会的商队！”

“多宝商会这些年势头不小，隐隐有成为六大世族之外，又一大势力的趋势，难道说，如今是被叶家盯上了？”

“很有可能！”

银甲雷熊背上，叶家二少遥遥望了过来，冰冷目光落在林夜身上，“你，便是林夜？”

林夜飞身而起，立在地龙兽头顶，“你们叶家的人都是狗吗？鼻子可真灵！我这才刚进城，你就循着味找来了？”

叶青云面色顷刻阴沉下来，喝道：“林夜！你好大的狗胆，灭我叶家支脉，盗我先祖宝物！如今，还敢如此侮辱叶家？”说话间，一股玄气自他身上滚滚而出，威压迎面而来。

林夜眼中一凝，暗忖道：“这叶青云，竟是踏入气海境一重天的高手！天誉城叶家，确实强大！一个年青一代子弟，竟然就有如此实力……”他当即运转不朽雷霆诀，玄气奔腾，毫不相让。

叶青云眼中闪过一抹惊诧，旋即冷哼出声：“难怪敢如此嚣张，原来是有点本事！但那又如何？今日就在这长街之上，我便亲自杀了你！”

他从银甲雷熊背上纵身而起，手中光芒闪动，玄气滚滚而出，似一座山般，轰然压来。

林夜眼中冷光一闪，流云杀生剑落入手中，正欲反击。这时，钱宝山怒喝：“叶青云！我看你才好大胆子！想要动我多宝商会，你还不够格！”他挥手一抹，玄气如潮奔涌，便硬生生将叶青云击退。

叶青云面色微变，喝道：“钱宝山，为了这个小畜生，你真要得罪我叶家？多宝商会，确实是有几分实力，但若是真想要与我叶家作对……钱宝山，你还不够格！”

钱宝山面色阴沉下来，沉声说道：“你一个小辈，竟敢如此张狂！叶青云，我今日就看你如何在我面前杀死林小友！”

林夜双眼一眯，正欲开口，就在这时，一个粗犷的声音传来。

“哈哈哈……这里倒是热闹！叶家胆子不小啊，多宝商会可是王商，王族的多少商贸都交给多宝商会来办，叶家公然想灭掉多宝商会？你们想干什么？不把归月王族放在眼里么？”一名身着细鳞轻甲的矮壮中年男子大步而至，洪声如雷。

看到他的到来，众人面色俱是一变。叶青云眉头皱了起来，沉声道：“百叠轻甲？监武院的人？”

而林夜却是心中一动。监武院？是西门钰请来保护他的人？

“我奉西门都总之命，来迎接贵客。怎么，叶青云，你莫非有意见？”矮壮中年男子说道。

叶青云眉头紧锁，冷声道：“监武院迎接客人，我自然没有意见！但林夜这贼子，乃是我叶家大敌！”

“林夜？”矮壮中年望向林夜，“你，便是青玄卫城林夜？”

林夜点了点头，肃然道：“我是林夜，敢问前辈是？”

“张东，监武院八品司查长。西门钰都总派我来接您。”

果然是她！林夜不禁摇头苦笑。

此刻，叶青云面色已是极其难看。他强压心中的怒火，说道：“张司查，我叶家在监武院也有人脉，你何必要为了一个小贼子……”

话未说完，张东面色一凝，冷哼道：“小贼子？”张东体内玄气咆哮而出，于空中凝成一头恐怖巨兽虚影，虎踞其身。“叶青云，我劝你好好说话！我已经说过，林公子，乃是都总的贵客！”

说话间，那恐怖的巨兽张开倾盆大口，恐怖非常，令高天之上的云层都微微震颤。

叶青云面色顿时惨白，后退数步。

“叶青云，你不滚，莫非，真要和我动手？”

叶青云浑身再度一颤。监武院出手，即便是叶家，也不敢轻易冒犯！他死死看了林夜一眼，最终却只能咬牙说道：“好，今日我就给监武院，给张司查一个面子！”随后调转银甲雷熊，飞速离去。

见状，钱宝山不由松了口气，苦笑着望向林夜，说道：“林小友……”

未等他继续说话，张东已经开口，说道：“林公子，都总知道，银月学府还有几日才会正式开始考核。因此，已经为你准备好了住所……”顿了顿，他咧嘴一笑，“我监武院的地方，叶家绝不敢犯！”

钱多金笑道：“既然张司查都这般说了，那你就去吧。”

林夜略微思忖，点头道：“那我就恭敬不如从命了！”他很清楚，若是再待在钱宝山父子身旁的话，还会拖累他们。

“林公子客气了！”张东亲自为林夜开路，“请林公子往这边来！”

“林林，我们走。”林夜带着林林，向钱宝山父子告别后，跟了上去。不久后，三人便来到了城东一座小院前，小院装饰素雅，并不太大。

“这段时间，还请林公子暂居于此。”张东唤来几个奴仆，吩咐道：“你们几个，不可怠慢了林公子！若是引得大小姐生气，你们知道后果！”

林夜感谢道：“多谢张司查！还有代我转谢西门姑娘！”

张东呵呵一笑，又说道：“对了，都总还说，王海龙会派人来接你，公子静静等待便是。”嘱咐好一切后，他便离去。

当夜，月光清晖，洒满小院，林林在屋中沉睡。林夜却难以入眠，坐在院中石凳上沉思：“一个叶青云，已经是气海境一重的高手！银月学府，乃是归月王朝五大学府之一，集合着众多天才！我若是想要在其中脱颖而出，如今的实力……肯定远远不够！我一刻时间也不能浪费！必须要修行金鹏凌云决，还有诛天剑意……”

接下来几日，林夜深居小院，时间几乎全部用来修炼。不仅仅是金鹏凌云决小有成就，那一缕诛天剑意，他也是越发纯熟。

第三日，夜。明月高挂，光芒皎洁。林夜盘膝而坐，双膝之上横着一柄长剑。

“诛天剑意——”林夜一遍一遍回忆着那一日的所见。画面中的那一剑，斩灭星辰，令天地崩碎。对于体内那一缕诛天剑意的感悟，也越来越深，越发明悟那剑意的强大无双。

就在这时，他猛然睁开双眼，双膝上的长剑跳起，落在手中。一剑斩出，周身玄气，凝于一线光芒之上，却不显气息。不远处的假山之上，有一只小虫儿，正在低鸣。呼吸之间，虫鸣消失。竟是被那剑光瞬间斩灭，仿佛从未出现过。林夜吐出一口浊气，脸上浮出笑意："虽然只是领悟了五成，但好歹是能够运用自如了！"

……

天誉城，花楼清辞坊。一名正在饮酒作乐的俊秀青年，陡地起身。酒水倾倒一地，花魁惊呼，却都落不入俊秀青年耳中，他全身一震，"这种感觉，是剑意！是我秦家追寻多年的诛天剑意！"他从窗口飞扑而出，呼吸之间，就已消失。

……

林夜才将剑归鞘，心念一动，骤然扭头。院落的高墙上，立着一名青年，满脸笑意，如春风拂面。

"这位小兄弟,先前练剑的是你？"他眼中带着一抹歉意,抱拳道,"不告而入，是我孟浪了。我名秦无畏，乃是银月学府学子。"

秦无畏？跟秦无憾和秦无尘的名字如此之像，也是秦家人！那兄弟二人之死，秦家应该还没得知。他来，难不成也是为了诛天剑意？林夜心中戒备，脸上却是微微一笑："不知秦兄来我这里，是有何事？"

秦无畏纵身落入院落，笑道："也不是什么大事。实不相瞒，我先前在不远处，感受到了一股极其锋锐的气息，是从兄台这里传出……"

果然，对方是被诛天剑意吸引过来。林夜立刻明白过来，平静道："秦兄感知过人，在下佩服。我先前确实是在练习剑术，但也稀松平常，不值一提。"

秦无畏双眼微眯，脸上笑容不变："兄台可是谦虚了。我在银月学府，专门修炼的便是剑术，先前那一股剑意……是我生平仅见！兄台若是不介意的话，可否再展示一遍？"

说话之间，他又取出一个药瓶，"这是一瓶凝气玉髓，我看你的修为，正好是玄元境九重，也许会用得到。"这凝气玉髓可不普通，玄元境武者冲击气海境之时，此灵药有极大的帮助。

林夜摇头说道：“秦兄，我练的只是一些寻常剑术罢了……”

秦无畏笑容逐渐敛去，沉声道：“无妨，寻常剑术，也不见得就没有独到之处，请兄台与我一观。这瓶灵药，送你了！”他直接将药瓶扔给林夜。

“秦兄何必强人所难？”林夜反手将玄气凝为劲风，将药瓶推回去，“秦兄，我乏了，想要歇息，今日怠慢。”

“既然如此……”秦无畏眼中闪过一抹阴霾，旋即遗憾道：“那，真是太遗憾了……这一次，是我冒昧了。”他转身看似就要离去。

然而，林夜刚暗舒一口气，秦无畏又猛然扭转身子，指尖一抹玄气激射而出。那竟是一抹剑光！剑光破空，一瞬间的功夫，就来到林夜面前！

“好快！”林夜心中一惊，锵然一声，拔出流云杀生剑，体内的诛天剑意下意识倾泻而出，斩出一抹剑光。半空中，两道剑光相碰，却无声无息，各自溃散。

“好强大的剑意！”秦无畏眼中诧异的光芒一闪而过，似笑非笑地望向林夜，“兄台，你这可不是什么所谓的寻常剑术啊！这等剑意，我都从未见过！”

林夜心中一沉，喝道：“秦无畏，你究竟想怎样？”

秦无畏淡淡道：“不必如此紧张。我说了，我是一名醉心剑术的武者，我只是想要兄台你的剑术修炼之法。你放心，我不会白要你的。只要你愿意，我可以和你换，玄气修行功法、剑术、灵药……”

林夜眉头深皱，断然拒绝：“不必！”且不说，这一缕诛天剑意，只可意会不能言传，就算能传，事关神魂帝天，他也不能给！

“这可由不得你！”

秦无畏面色微沉，周身玄气爆发，一股凌厉的气息顿时笼罩林夜！林夜面色顿时剧变，身躯微弓，差点跪倒在地。这秦无畏的气息，竟是比叶青云强大得多！

仅仅只是气势压迫，便令他差点窒息，仿若有万斤巨力压来。心中又是一凛，已然知晓，现在的秦无畏，不是他能抗衡的强敌。

“为今之计，只能动用神魂帝天，与之一搏！”林夜眼神凶悍，正欲沟通神魂帝天。

“秦公子，好雅兴！”正在此时，张东的声音忽然响起。他不知何时立于屋顶之上，随之纵身落入院落中，挡在林夜身前，皮笑肉不笑地说道：“收手吧，这是西门都总的贵客，你动不得。”

“西门钰？”秦无畏登时怔住，面容逐渐阴沉。扫了一眼林夜，冷笑道：“兄台，西门钰可护不了你太久！你好好想想，我会再找你的！”说罢，他纵身而起，消失当场。来之极快，退之洒脱！

见他离去，张冬也是松了口气，说道：“林公子，王长老明日便会派人来接你！你好好休息一夜，保护不周，怠慢了！”

林夜连连摇头，说道：“是我麻烦张司查了。”

随后，他回到房间，林林还在安睡，他便在一旁席地而坐。

“这秦无畏，又是何等人物？那张东身为监武院司查，直面叶青云都不曾惧怕，然而在面对秦无畏的时候，竟隐隐带着一抹惧意？”秦无畏还是银月学府的学子……一念及此，林夜心更是沉了下去。

“秦无畏……他也许会是我在银月学府的大麻烦，一定得警戒此人！”林夜心中一动，有了戒备。

翌日清晨，朝阳初升。

“林公子，王长老派人来接你了。”听到张东的呼唤声，林夜带着林林走出院子。院外，两头体型庞大，状若龟又似鳄的妖兽，拉着一辆华贵车辆。

林林悄声说道：“林夜哥哥，这大乌龟看起来好丑！”

“这可不是乌龟，而是岩甲地龙龟。”林夜解释道，“岩甲地龙龟，实力甚至能达到气海境之上，是极为强大的妖兽。不愧是银月学府啊，这种坐骑，直接派来迎接新学子！”

“龙龟？那它们有龙种血脉咯？”林林眼眸子里闪烁，“林夜哥哥，龙种可是大补哦，我们把这两只大乌龟炖了喝汤好不好？”

张东哈哈大笑：“这小姑娘，想法倒是清奇！岩甲地龙龟价值万金，这大补汤寻常人可喝不起。”

“我这妹子还年幼，让张司查见笑了。”林夜笑道，“张司查，这几日多谢您的照顾，林夜感激不尽。”

“我也是奉命行事，今后见了都总，林公子还是当面感谢吧。不耽误你去学府，我先告辞！”

……

一路向东。天誉城以东，匍匐着一条山脉，名为腾龙山脉。传闻，这条山脉，曾是巨龙一族的埋骨之地，地底暗藏天地灵脉。远处山巅云深雾绕，隐约可见大殿，气势恢宏。

“不愧是银月学府，建立在群山之巅，灵脉汇聚之地。若是在学府中修炼，定能事半功倍！”

林林忽地皱眉，小声说道：“这里的感觉，有些熟悉……啊——林夜哥哥，我的头，又开始疼了！”

“怎么了？”林夜赶忙抱住林林，轻抚着她的头顶，她的脸色才稍微好转。“怎么样，想起什么没有？”

林林眼神黯淡，轻轻摇头，“只是有熟悉的感觉，就像我第一次遇到你，但是……我记不起来。对不起，林夜哥哥，我真的记不起来……”

“没关系，你慢慢想，我会在这里待很久，不急。”林夜安抚完她，转头看向那片山脉，目光越发深邃。到底是什么东西，让林林产生共鸣？银月学府，或是说腾龙山脉中，到底隐藏着什么秘密？

一行人在山林中穿梭，两个时辰后，终于来到腾龙山脉深处。入眼是一座高山，巍然耸立，直插云霄。高大的山门由白晶石雕琢而成，其上雕刻异兽，气势磅礴。山门之后，是一片巨大的广场。此时，广场上人头攒动，都是参加考核的新学子。人群之中，几名身着华服的青年格外显眼，众人都退避三舍。

“周兄，你来迟了！”

“新驯养的啸月狼王，实在是不听管教，不然哪会来得这么迟！”

“还是黄兄面子大，竟能出动两匹赤月龙马！据说这种妖兽，三日不食，亦能奔袭千里，价值千金啊！”

黄姓青年露出得意笑容，轻轻摆手，说道：“区区两匹赤月龙马，不过是玩物罢了。”

听他此言，众人顿时更加百般逢迎。

“让开！”

就在此时，一道嚣张大喝声传来。众人闻声转头看去，便见一头银色战熊，横冲直闯，踏入山门。每一步落下，声震四方。银色战熊背上，坐着满脸傲气的白袍青年，正是叶青云。

“银甲雷熊！”众人面色震惊。

“叶二少！”

“是叶二少来了……”

叶青云翻身跳下战熊，大笑道：“诸位兄台，我来迟一步。我这银甲雷熊性子火暴，遇见挑衅的妖兽，难免争斗一番。”

黄姓青年追问："叶公子，那结果如何？"

叶青云微微挑眉，傲然道："偶遇一只气海境二重的疾风烈虎而已，自然是被银甲雷熊给撕了！"

众人更是震惊，黄姓青年满脸谄媚道："叶公子，您这银甲雷熊真是勇猛无双！整座银月学府，新生之中，绝无坐骑可与之匹敌！"

可他话音刚落，却听人群中再度传出一声惊呼！

"快看！是岩甲地龙龟！"

"什么？！"

众人面色惊异，纷纷转头看去。只见两头岩甲地龙龟，吞吐火焰，低声嘶吼，朝人群走来。所过之处，地面凝结成淡黄色晶石，璀璨晶莹。众人慌忙退避，又啧啧称奇。

"早就听闻，岩甲地龙龟，拥有踏地凝晶的能力，今日一见，果然名不虚传！"

"何止！就这一头岩甲地龙龟，说是价值万金，其实有价无市！"

叶青云眉头微皱，沉声道："这理应是学府长老才能有的坐骑……难道是哪位长老外出归来？可能是考核的长老！"心念至此，他心头一喜，立刻要上前恭迎。

万众期待之下，车夫缓缓拉开车帘，从中跳下一名绝色少女，好奇地打量四周。接着走下来的，是一名身着白袍劲装，气质非凡的少年。

"不是长老？"叶青云笑容凝滞，瞳孔骤然收缩，"林夜！怎么会是你？！"

"叶青云？"林夜闻声看去，冷冷道，"叶公子，没想到这么快又见面了！"

仇人见面，分外眼红。

叶青云眉头紧锁，质问道："这可是长老御用的岩甲地龙龟，你哪来的资格乘坐？真是狗胆包天！"

众人亦是满心疑惑，都在交头接耳。

车夫皱眉低喝："放肆！你算什么东西，也敢质问林公子？！"

叶青云脸色一变，怒道："区区车夫，也敢这么和我说话？"

车夫怒色更盛，却被林夜拦住："犬吠扰耳，何须理会？他若想叫，那就让他继续叫！"

叶青云面色大怒，随后冷笑："又是那西门钰搞的鬼？别以为有西门家保你，我就不敢动你！你凭借西门家走了门路，来这里耍威风，算什么本事？"接着，他向众人高呼："这叫林夜的小子，不过是个乡野莽夫，也只能靠攀附西门家的权势，走了后门才能进学府！否则，他连考核的资格都没有！"

此言一出，众人顿时都露出鄙夷之色，纷纷恶言相向。

"原来如此，是走了后门！"

"银月学府一向公正严明，我等定要上报长老，严惩他！"

"对！乡野莽夫能攀附西门家，不知背后做了多无耻的勾当！"

"你们——"林林气得俏脸泛红，维护道，"林夜哥哥不是你们说的那种人，他……"

"林林，不必说了。"林夜摆手示意，"蠢人喜欢争强好胜，攀比这些无用之物，也将别人想得那般龌龊，是他们有问题。这等人不值得教，也教不会。考核看的是天赋，你等等看我考核表现，定然碾压这些废物！"

诛心之言，惹得那群权贵子弟登时大怒！若不是银月学府有规定不能私斗，众人就要上前撕了林夜！

叶青云怒极反笑："林夜，你这乡野莽夫，还敢跟我谈天赋？你哪来的底气？少逞口舌之力，若是你真有信心，我们便打个赌！若你能顺利通过考核，进入学府，我便在所有新生面前，给你磕头道歉！你若输了，哼——那就跪下来，学狗叫，给我当一条看门狗！"

众人哄然大笑，充满嘲讽。林夜不过是玄元境武者，而叶青云早已踏入气海境，早就被认定是天才人物。林夜，敢答应这个赌吗？

“这场赌斗，我应了！”林夜淡然道，“叶青云，到时候输了要认账，不要赌不起。”

“叶公子会赌不起？”叶青云还未作声，那群贵族子已勃然大怒，叫嚣一片。

“叶兄，你等下定要好好教训这个乡野莽夫，让他明白，我们天誉城天才的实力！”

“叶公子只需要一根手指头，就能把那姓林的比下去！”

“林夜，你听到没有？”叶青云神情倨傲，挑眉道，“你这等乡野莽夫，没有名师指点，又没有修炼上乘功法，凭什么跟我斗？你，输定了！”

“你们少欺负人，我林夜哥哥的天赋罕见，你们这群人，没一个能比得上！”林林愤愤不平，却被林夜阻止，“林林，不必与他们起口舌之争，等叶青云输得一塌糊涂，他们自会后悔当下的狂妄。”

“林公子说得是，莫要与这等人浪费时间。”车夫向林夜拱手行礼，低声道，“王海龙长老还在等着您，您先前往大殿一叙？”

林夜轻笑道：“好。”

“林公子请。”车夫微微拱手，带领林夜二人前行，来到一座宏伟的宫殿之前。那宫殿由白色大理石建成，气派、庄严，殿前石匾上刻有三个大字：供月殿。

“林公子，这乃是长老议事之地，王长老就在里面。”车夫恭敬地弯腰请礼，“林公子，请进。”

“多谢带路。”林夜拱手道谢，带着林林拾阶而上，踏入大殿之中。

殿内庄严气派，四周列有长椅，其上坐着十数位身着银月白袍之人，面色肃穆，气势凛然，一股无形的压力，顿时施加在林夜身上。

“林夜拜见诸位前辈。”林夜抬眼看过众人，心中暗道：“不愧是银月学府的长老们，这群人的实力皆在气海境之上，有几位比王海龙的实力还要强。”

“林夜，起来吧。”上座之中，王海龙轻挥袍袖，一股柔和劲风托起林夜。接着向身旁介绍道：“这就是我找来的天才少年，林夜。”

诸位白袍老者眼神各异，静静地打量殿下之人。王海龙起身，抬手介绍首位那身材魁梧的老者：“林夜，这位是我们外府的首席大长老，吴天长老。”

吴天虽须发皆白，但气势极强，平淡气息中隐藏着一股震人心魄的威严。此人极强，实力远在王海龙之上！

“见过吴天长老。”林夜心中暗惊，面上却毫无波澜，拱手请礼。

吴天抚须笑道：“不愧是海龙看重的人才，年纪轻轻就如此稳重，是块璞玉。林夜，今后你进入银月学府，可要努力上进。”

随后他挥动袍袖，一道青光盘旋而出，落到林夜面前。那是一块青色玉石雕刻成的令牌，正面刻有“银月学府”四个大字，反面是“外府长老令”几个字。“林夜，你今后若是有事情，可凭此令牌，前来供月殿寻我。”

诸位长老顿时面色微变，低声议论。

“吴天大长老已经确定，要让他去了？”

“此子实力平平，果真能完成我等宏愿？”

言语之中，似是有什么隐情。

林夜眼光闪烁，暗自思量。在万叶城时，王海龙就对他青睐有加，而银月学府不乏天赋异禀之人，若只是因为天赋，极为不合常理。今日听到这席话，他心中愈发笃定，吴天与王海龙定是有要事拜托他。

此事绝不能贸然应下。林夜双手托起令牌，说道：“吴长老，首次见面，弟子不能收这令牌。”

吴天笑颜消失，皱眉问王海龙："海龙，你没跟他说明白？"

"有点差池，大长老稍等。"王海龙面色一僵，立刻转头低语："林夜，还记得我跟你说过，我需要一个人，为我外府做一件事情。而你，就是我和大长老选中的人！"

"到底是什么事，还请王长老明示。"林夜不为所动，退回令牌的手依旧没有收回。

"此事颇为复杂，事关学府决策，我不能详细对你说……你只需知道，你代表的不是自己一个人！如果你不接这令牌，就会失去入府的资格！只要你接了，无论你出什么事情，在座诸位外府长老都会帮你。而且，你得罪了叶、秦两家，已经卷入其中，无法抽身了！"

天誉城六大家族，最少牵扯两家……林夜心头更沉。

不等他再拒绝，吴天长老已经挥手道："好好发挥，在考核里一定要拿到前三名的位置！你若拿不到……这学府待下去也没什么用处，不如回家去。你去吧。"

强权压迫，不得不应。

"谢过诸位长老提携！"林夜攥紧的拳头缓缓放开，向诸位长老鞠躬，转头走出大殿。

二人刚走出大殿，林林立刻冷哼："林夜哥哥，那群老头子也不是什么好人，他们欺负你！你为什么还要答应他们？"

林夜无奈苦笑："那群老头是银月学府外府权力巅峰，我若不答应，怕是连考核都无法参加。不过，我也不会让他们当枪使！那群臭老头既然想让我办事，我出了事情，也会使他们头疼！"

"这样……"林林似懂非懂，轻轻颔首。

此时，林夜深深意识到，没有实力，只会被压迫！即使是银月学府，依旧如此！他平复心情，穿过来时路，回到广场边缘，叮嘱道："林林，你在此处等我，不要乱走。等考核完，我会来接你。"

"嗯，林夜哥哥你放心去。"林林乖巧应下，林夜转身返回广场。等他再回到广场之时，众人已然安静，就连那群纨绔子弟都不敢吵闹。人群之前，有一名身着黑袍，面色肃穆的青年傲然而立。

林夜刚走到广场中，却听那黑袍青年身后传来沉浑的钟声。古钟九响，低沉回荡！那黑袍青年立刻高声道："报名时间已到，未到者，资格一律作废！"

人中顿时一阵骚乱，不少人环顾四周，寻找友人。叶青云眼前一亮，转头问道："林夜回来了？"

他身旁的贵家子弟询问一番后，欣喜道："叶二少，那姓林的家伙不知道去了哪里，还没有回来！"

"这家伙真是蠢，竟然自断前程，他马上就要被除名了！"叶青云冷笑一声，抬手高声喝道："柳执事，有个叫林夜的人还没来！"

"是吗？"黑袍青年抬头环视四周，喝道，"考生林夜可在？"

无人应答。

黑袍青年眉头紧蹙，"真是目无法纪，名叫林夜的考生，资格作……"

可他话音未落，就听众人身后一声轻喝。"谁说我没到？"林夜一袭白袍飘荡，昂首阔步走来。他瞥了一眼叶青云，冷声道："叶青云，你自己眼瞎，就不要信口开河！"

第5章 入学大考

叶青云面露怒色：“即使到了，也是迟到！柳执事，此人连大考都敢迟到，根本不把银月学府放在眼中，理应除名！”

柳执事冷眼看向林夜，问道：“你为何迟到？”

“回禀柳执事，我早已到场，只是供月殿的王长老有事找我，这才略微来迟。”林夜拱手解释，不卑不亢。

叶青云不屑笑道：“姓林的，你一个外府学子都不算，哪个长老能找你？你真是连撒谎都不会！”

众人跟随低笑，满是讥讽之意。

“供月殿？”柳执事眼中充满质疑，冷声喝道，“林夜，你可要想好再说！你若敢撒谎，我定不会饶你，当场将你除名！”

“柳执事，他定然是撒谎，现在就将他除名！”叶青云眼神凶狠，笑容越发冷冽。

“除名与否，也不是你说了算！”林夜并不慌张，淡然笑道：“柳执事，此事我有证据！”

“证据？”叶青云不屑一顾，转头向旁人哂笑：“这小子还真是嘴硬，不见棺材不落泪！”

“这小子就是嘴硬，等下有他好看的！”

“给他一天时间，他也找不来一位外府长老！”

那群纨绔肆无忌惮，指着林夜嘲讽大笑。

柳执事也是眉头紧蹙，催促道：“林夜，你说有证据，那就拿上来让我看看。”

“是。”林夜缓步走上前去，来到柳执事身前，伸手从怀中掏出一块令牌交上去。

柳执事伸出手，欲要接过令牌，但当他看清楚后，瞳孔骤然收缩，动作停住。

“外府长老令？！”柳执事低呼一声，手臂微抖，慌忙抽回。那可是“外府长老令”，代表着外府诸位长老最高权威！他不敢接！

“怎么，柳执事你不看看？”林夜眯眼轻笑，“不接过手检查一下，哪知真假？说不定，我还在骗您……”

柳执事面色难看，赶忙摇摇头：“林夜，我知道你说的是实话了，不必再验，这外府长老令你可要收好，不要随意外露……”他眼神闪烁，压低了声音：“虽然你跟首席大长老有关系，但，此事还是不要宣扬。你毕竟是个新学子，不要太张扬，懂吗？”言语中既有叮嘱之意，也有敬畏之感。

“多谢柳执事提点。”林夜微微一笑，拱手问道：“那考核的事情？”

柳执事面色立刻肃穆，朗声道：“林夜确实事出有因，不算迟到！”

此话一出，众人的笑声戛然而止。叶青云的笑容僵在脸上，不敢置信：“这怎么可能？柳执事，是不是搞错了，那姓林的分明就是……”

“叶青云，给我住口！”柳执事面色冷冽，寒声道，“你再敢多说一句，取消你的考核资格！”

叶青云眼神中满是诧异，也不敢多言，只能恶狠狠盯着林夜。

“安静！”此时，柳执事高声道：“我是外府执事，柳成荫！此次考核，由我负责带你们参加考核。之前已经有六批新学子完成了考核，你们是最后一批，不要招惹事端，听清楚了没有？”

“是！”众人敬畏地高声回应。

“都跟我来！”柳成荫满意地点头，挥袖转身，向远处走去。众人跟着他穿过广场，来到另一座高山之前，踏上山路，缓缓前行。这座山比之前的山门更加高耸，树木葱郁，但路途过半，眼前的景色骤变，越发荒凉。树木凋零渐渐裸露黑褐色，一片枯败景象。而那荒芜之中，一座玄黑色八角古塔孑然而立。那黑塔多处破败，略显沧桑之感，塔角都被深埋地下的铁锁钩住，与四周景色格格不入。

“这什么鬼地方，好冷啊……”众人只感觉一股阴冷气息袭身，不少人已经开始出声抱怨。

林夜豁然转头看向那黑塔，心底升起一股异样之感，全身筋肉瞬间紧绷！

“这种感觉是……邪魔？”黑塔中隐隐有一股气息，与白夜十分相似。这座塔，与邪魔有关！恍然之间，他失神了，心底那股异样之感越发强烈，体内玄气开始躁动。

杀意如刀，骤然升腾！林夜双眸之中忽然生出一道淡蓝色光，越发璀璨明亮。此时，一只手忽然搭在他肩膀上，有人低声道：“不要盯着它看，这东西很邪性，再看下去会迷惑你的心智。”

林夜身躯猛然一颤，恍然回神，转头看去。只见一名身着黑色劲装，面色白净的少年向他一笑。少年满头长发异常黑亮，嘴角的笑容如温煦的阳光，照亮人心。

那黑塔确实古怪，差点着了道！林夜恍然回神，缓缓吐出一口浊气，拱手道：“谢过兄台提点。我叫林夜，请问兄台大名。”

白净少年淡淡一笑：“姬云霄。”

“姬云霄？”林夜笑道，“好名字，姬兄，敢问你来自何处？”

“都给我安静！”此时，柳成荫忽然压低嗓音，低喝一声，神情严肃地看向那座八角黑塔。沉声道："此塔名为黑日镇魔塔，乃是银月学府的初代府主所留，其中镇压的邪魔，异常凶残！你们莫要驻足多看，立刻随我前行。"

众人闻言皆是噤若寒蝉，快步离开此地。此时，叶青云回头看向林夜，低声嘲笑："姓林的，我刚才看你都快被吓尿了！一个邪魔而已，就把你吓成这副模样？"

"管好你的狗嘴！"林夜冷喝一声，继续前行。而姬云霄回眸一瞥，看向那黑日镇魔塔。

"这塔里的气息……真是奇怪……"他若有所思，随后转身快步跟上队伍。众人的身影渐渐远去，离开这片枯败之地。

……

与此同时，黑日镇魔塔内。阴暗的角落中，不断传来巨响声，似是有什么东西在铁锁中挣扎。

"是他！是他！"那阴暗深处，一双赤色瞳仁如灯火般明亮，还伴随着狂热笑声。"他竟然还活着？他还活着！要见到他，一定要见到他！"

……

半个时辰后，柳成荫带领众人翻过高山，来到一条青石山路前。山路两侧立着数十座高达五米的石雕，底座刻有名讳、生前事迹。

"这里是英雄路，走过这里，你们才可以正式参加考核。"说罢，柳成荫脚步飞快，拾阶而上，并未有等众人的意思。众人皆是目光炙热，跃跃欲试。一位赤袍青年神色激动，大步踏上石阶。可他踏上石阶的那一刻，面色骤变，扑通一声跪倒在地。

"这，这是什么鬼地方，我怎么感觉身体好重，似是背了一块巨石！"那赤袍青年眼神略微流露惶恐，奋力挣扎想要爬起来，可下一刻，他脸上的惊恐之色更甚。“我的玄气，竟然无法催动！这、这……到底是怎么回事？”

众人面面相觑，纷纷驻足原地。有几个胆大的少年大步上前，亦是跟那赤袍青年一般，瞬间被压弯背脊。情况稍微好点的，也只能缓步向前，速度极慢。

此时，柳成荫驻足回头，轻笑道：“忘了告诉你们，考核，已经开始了！”

“什么？已经开始考核了？”众人满头雾水，齐齐看向柳成荫。

柳成荫轻笑解释：“这英雄路之上，有禁制大阵，重力是寻常地方的二十倍，而且无法动用玄气，只有凭体力前行。这是第一关考核。目的有二：其一，是为了让你们敬畏历代学府前辈；其二，是为了考验你们的体魄和心性，根据成绩不同，会有不同的分数。你们可要尽快上山，我在山巅等你们。”

话毕，他转身大步离去。众人踌躇片刻，也咬牙踏足石阶，全力攀爬。

“真是一群废物，竟然毫无准备？”叶青云看到那群人行动缓慢，嘴角露出得意笑容，“我早就听堂哥说过，这英雄路很难走。但是，父亲可是给了我应对之法……”他傲然抬脚，踏上青石台阶。

砰！只听一声闷响，那青石台阶上尘土飞扬，似是砸入巨物。而叶青云的靴子青光闪烁，底部勾勒出一道阵符，稳稳托住他，他只是肩头微微颤了颤，并不像旁人那般吃力。“哈哈，这登天宝靴果然是好宝贝，能卸去大部分力道！”他哈哈大笑，大步向前而去。

“登天宝靴？那是叶家的珍宝，听说可是件灵器！”

“真羡慕叶公子，出身大家族就是不一样！”

“这家伙动用灵器，不就是作弊？”林夜盯着叶青云的背影，眉头微皱。

姬云霄沉声道：“叶青云动用灵器，对历代学府前辈有何敬畏之心？赢也无用！他为夺冠不择手段，这就是作弊！但是，我不会让他赢得那么轻松。林兄，我先走一步了！”说完，他动身登上石阶，速度竟然不逊于叶青云，向山巅而去。

“姬云霄有点本事……但我也不会比你们差！这英雄路，我定要拿下第一名！”林夜眼中满是坚毅之色，迈开大步，踏上石阶。当踏上石阶那一刻，林夜感觉到肩头沉重惊人！

“好强的力量，怕是有千斤之重！”林夜深吸一口气，凭借肉体之力，踏上第二层阶梯。又是一声轻响，激起飞尘！其实这些力量，对于林夜来说也只是寻常，他修炼不朽雷霆诀后，比寻常武者的肉体强悍数倍，自然不怕！林夜深呼一口气，动如脱兔，大步向山巅而去。

时间一点一滴过去，那山路之上，三道身影异常出彩。大多数人都在弯腰前行，不堪者甚至手脚并用向上爬。只有林夜、姬云霄、叶青云三人脚步飞快，几乎是飞奔前行。

一炷香后，林夜微微气喘，抬头看去。姬云霄就在他身前几十级阶梯处，速度跟他不相上下，若不是多走了片刻，输赢还不好说。可叶青云的身影早已消失在远处。

“叶青云的速度太快了，这样下去，不是办法！”林夜沉声道，“想要胜过他，必须动用不朽奔雷体！”心念至此，他身躯一颤，身上噼啪作响！紫电奔走，林夜立刻感觉肩头一松，轻松数倍！身形若紫电奔雷，风驰电掣而过，片刻后已经从姬云霄身旁冲过。

“姬兄，我先走一步！”他身形不停，继续向山巅狂奔而去！

姬云霄闻声抬头看去，随后嘴角勾起一抹笑容：“锻体武者？有意思！”他脚下也快了几分，身形如风飘逸，竟是不比林夜差。而山下众人已是看呆，愣愣地望向二人的身影。

……

半山腰位置。叶青云面色轻松，仰望山巅，笑道：“这第一关的考核榜首，我拿定了！”可他话音刚落，就听到身后传来一阵“噼啪”声！只见一道紫色身影飞驰而来，裹挟狂风，停在他身前。来人正是林夜！

林夜微微侧头，似笑非笑地看向他，微嘲说道：“叶青云，听说你的登天宝靴是灵器？可我看来，也只是一对废铁……我先走一步，你在这里继续慢慢爬吧！”话音未落，又化作一道紫色疾电，狂奔而去！

叶青云怔然，随即愤恨大吼：“林夜，你这小畜生，竟敢羞辱我？！我要将你……”他的话还没说完，身后又是一阵狂风呼啸而来。姬云霄步伐飘逸，经过叶青云的身旁。

“你……”叶青云愣愣看向他，眼神已经有些许呆滞。

姬云霄闻声脚步一顿，转头拱手道：“在下姬云霄，叶兄有礼了。我先行一步，你且休息。”

他身姿飘逸，也向山巅而去。眨眼间，两人已经冲上山巅拐角处，身影消失不见。

叶青云面目狰狞道：“什么阿猫阿狗，竟然都敢践踏我？本公子可是叶家的天才，岂会被你们这群贱民比下去！”他脚下连踏，砰砰作响！青光骤然璀璨，越发明亮，那阵符瞬间扩展两倍有余！

“老子拼得这灵器报废，也要拿到魁首之位！”随着一声嘶吼，叶青云速度又快两倍，飞速向前追去。不到一盏茶的时间，他已经冲到姬云霄身边！“姬云霄是吧？像你这种毫无来历的贱民，怎么可能赢过我？”叶青云得意大笑，身形再度前冲，向林夜追去。

“这家伙疯了？”姬云霄眉头微皱，脚步渐缓，凝视叶青云的背影。

此时，叶青云已经冲到林夜身前，猖狂大笑：“林夜，就凭你也想跟我斗？告诉你，这第一关的魁首之位，一定是我的！”说话间，他俯身前冲，瞬间越过林夜。

“好快！”林夜停下脚步，喘了两口粗气，向山巅看去。

三人距离山巅，已然不远。这，将是最后的冲刺！

“那姓叶的不知道又用了什么办法，竟然比我还要快几分！这样下去，我真的比不过他……”

林夜眉头紧蹙，眼中精光闪烁，思索对策之际，姬云霄走上前来，沉声道：“叶青云是超常催动了灵器，会对灵器有很大的损伤，最后会导致灵器彻底报废。他如此拼命，我们真的没有赢的希望。”

林夜思索片刻，目光微凝，“想赢他，也不是没有办法……”

姬云霄面色一怔，问道：“什么办法？”

林夜笑道：“我是锻体武者，速度优势来自于锻体功法。只要功法突破，就能赢他！”

姬云霄吃惊道：“林兄，你莫不是在开玩笑？他最多半炷香内就能登顶，你如何在这么短时间内突破一重功法？”

林夜微微昂首，伸出三根手指，自信笑道：“突破，三步足矣！”

“在下拭目以待！”姬云霄眉头微挑，躬身请礼，“林兄，请！”

林夜深吸一口气，眼中升起一抹淡蓝色光芒，身上筋肉紧绷。早在多日前，林夜已经感觉，不朽奔雷诀第一层到了关键处，特别是学习金鹏凌云诀以后，感悟更深。他距离突破，只差一个契机而已！而今，契机就在眼前！

林夜抬头看向山巅，暗忖道：“越往山巅，压力越大！这里的重压，就是我突破的契机！”他肩头一松，停止不朽奔雷诀。随之，他脚下发沉，差点跌倒在地。这里的压力，已经是寻常地方的十七八倍之多！

“第一步！”

林夜深吸一口气，抬脚踏上台阶。登上这一层阶梯，他肩头的压力又重了几分，之前林夜消耗了大半体力，身体接近极限，更能感受到这种恐怖的压力。

“第二步！”

林夜头上青筋暴起，努力又踏上一层台阶。砰！尘土飞扬，青石板都颤了两颤。而林夜体内的玄气开始疯狂转动，撕裂筋骨，融入筋肉之中，不停锤炼他的躯体。就连骨肉之中，雷霆之力都在咆哮奔涌！突破在即，更进一步！

“第三步！”

此时，林夜咬紧牙关，迈开最后一步！当他踏上台阶时，压力如洪水般涌来，四面八方都在挤压，仿若要将他碾成肉糜！

“不朽奔雷！”

林夜怒吼一声，身上炸鸣声大作，那手指粗细的紫电不断奔走，声响越来越大，隐隐有几分奔雷在天的感觉。当他抬起另一条腿的时候，紫电暴涨，奔走乱响，眨眼间，紫电已经有两指粗细，比之前粗壮了一倍有余！林夜只感觉自己的筋肉之中都有疾电奔走，力道倍增，不吐不快！

“不朽奔雷诀第二层——雷霆天伐！起！”随着一声高吼，他彻底踏上第三层阶梯！砰！一声闷响过后，林夜身上紫电奔腾，气势如虹！不朽奔雷诀第二层，突破成功！林夜的力量瞬间增长，只动用不朽奔雷诀便有惊人的力量！而且，他的身躯更加坚硬，已经如镔铁般坚硬，寻常刀剑难以伤到！

“叶青云，有我在，你就不可能拿到魁首之位！”林夜身上紫电奔走，俯身前冲，化作一道紫色疾电，狂奔而去！不同于之前的极速，此时林夜像彻底融入疾电中，化作一道雷电！

他不但突破到第二层，还领悟了一门秘术——疾雷！武技秘术，是高等武技才有的独门奥秘，比寻常武技要强大数倍，乃至数十倍！“有了疾雷秘术，我必能赢下这一局！”运用之后，林夜的速度能达到寻常速度的五倍，且能坚持一炷香的时间。

“他真的做到了！”姬云霄满脸震撼，随后拍手大笑：“不但突破了，竟然还能领悟秘术……这家伙，有趣！”

而此时，林夜身形如电，眨眼间已经冲到叶青云身前！叶青云恍然失神，惊道：“这，这怎么可能……不可能！他怎么会比我还快？”

林夜已经冲到山巅前，只差一步就能登顶。他忽然身形一顿，转头笑看向叶青云，“叶青云，你要输了！”

“我不可能输！”叶青云面色癫狂，脚下连踏，砰砰响声不断！他脚下的阵符不断扩张，瞬间已经又扩大了一倍有余，紧接着，轰的一声巨响，叶青云脚下双靴化作夺目青光！

轰！登天宝靴，炸裂，彻底成为废铁。叶青云惨叫一声，跌倒在地上，双腿焦黑一片。

“叶公子，看来你与第一无缘了。”林夜嘿然一笑，踏上最后一层阶梯。

“英雄路考核第一名，林夜！”紧接着，他身后响起柳成荫的高喝声。

林夜闻声转过头，环视山巅。其上是一个巨大广场，足以容纳万人，比山门所在的广场大了数倍，而石阶之前围绕着一群黑袍人，这群黑袍人都是银月学府的执事。柳成荫笑容满面，笑着恭贺道：“林夜，恭喜你，获得了第一关的第一名！吴执事请记下，林夜满分！”

“参考者林夜，满分，十分！”他身后的吴执事立刻高喝，并且记录在册。

不久过后，姬云霄也飘身而上，踏上山巅。

“第二名，姬云霄，九分！”

柳成荫高呼过后，又有一道身影，踉跄爬上了山巅。那人衣衫褴褛，面色惨白，双脚之上还有伤痕。正是被宝靴炸伤的叶青云。

柳成荫哂笑道："叶青云，你怎么搞的，为何如此狼狈？"

众执事也是抿嘴低笑，对他指指点点。

叶青云面色涨红，挣扎着爬起来，向林夜大吼："你作弊！"

林夜眼神微寒，冷笑道："你比不过我，就说我作弊？叶青云，你真可怜！"

叶青云面目狰狞，恶狠狠道："你一个玄元境，怎么可能比得过我？你如果不作弊，不可能赢！"

柳成荫微微皱眉，问道："到底怎么回事？"

正在此时，他身后一位中年执事走过来，低声道："柳执事，林夜的成绩确实有问题……"

柳成荫眉头皱得更紧，瞥了一眼林夜，问道："他的成绩，有何问题？"

那中年执事沉声道："按照计时，他登山的速度比往届弟子快了一炷香的时间！也就说，他打破了银月学府的英雄路考核记录，比往届的那些天才人物都要强！"

"什么？！"柳成荫面色骤变，看向林夜的眼神异常古怪，沉吟片刻后质问道："林夜，你自己说，到底用了什么办法作弊？你若坦白，我还能保住你的考核资格，让你再考一次，如若不说……"

林夜目光微凝，冷声回应："我说过了，我没有作弊！"

"你放屁！"叶青云疯狂大吼，"你没作弊能赢过我？柳执事，我敢拿人头保证，他就是作弊了！"

林夜豁然转头看向他，冷声道："叶青云，别以为我一再忍让，就是怕了你！"

"恼羞成怒？"叶青云非但不怕，反而哈哈大笑："姓林的，我看你就是做贼心虚！"

正在此时，忽然传来一声高喝，"我能证明，林夜没作弊！"姬云霄大步站出来，朗声道，“我是跟着林兄一路上来的，我亲眼所见他并没有用什么诡计，你们非要问他为何如此之快，我可以告诉你们……林夜，是锻体武者！而且，他方才临时突破锻体功法，这才一举登顶！”

“什么？”柳成荫哑然失色，良久才道：“林夜竟然是锻体武者！”

林夜淡淡道：“我本来不想这么张扬，但既然瞒不住了，那也只能让你们看看！”紧接着，他豁然抬头，身躯微微一震。雷电炸鸣声骤起，身躯上顿时紫电奔走，“这，就是我的锻体功法！”

柳成荫端详片刻，面色大喜：“没有玄气波动，肉体强度却提升不少，果真是锻体功法！锻体功法用体魄之力催动，不动用玄气，是实力的一部分，不算作弊！林夜，你不但是第一名，还打破了学府的记录！记下，林夜破纪录，再加十分！”

而此时，他身后众执事也面露惊异之色，纷纷点头称赞。

“这个林夜，确实是个天才！”

“锻体武者如此稀有，即使是我们银月学府，也很久没有招到过了！”

柳成荫频频点头，眼神中满是欣赏之色。怪不得他会有长老令，原来是真正的天才！

“大家安静！”柳成荫虚压手掌，笑道：“好了，既然是误会，就不要再提了。叶青云，你还有其他异议吗？”

这小杂碎怎么会是锻体武者？竟然打破了学府的记录！该死！叶青云恶狠狠地瞥了一眼林夜，咬牙道：“没有了……”

“等等！”林夜冷笑着指向叶青云：“他污蔑我作弊是假的，可我要举报他作弊，却是真的！叶青云，你——才是真的作弊！”

叶青云面色骤变，慌忙辩解：“我，我才不会作弊！我可是叶家的天才，怎么会作弊？”

“天才？”林夜挑眉冷笑，“你是个作弊的天才？柳执事，他在登山的时候，用了灵器登天宝靴，借助外力，已是作弊！”

柳成荫面色骤冷，沉声问道：“叶青云，可有此事？”

“没有！我没有！”叶青云面色慌张，立刻高声否认。可此时，众人的目光都盯着他的双脚，那光溜溜的双脚，异常扎眼。叶青云急得满头冷汗，磕磕巴巴地解释：“这，这是……因为……我把鞋跑掉了！对！我跑得太快了，把鞋跑掉了！”

此刻，他那紧张蹩脚的谎言，如同跳梁小丑般可笑。

林夜摇头嗤笑：“叶青云，你是把诸位执事都当傻子吗？这理由，你自己信吗？”

此时，姬云霄也淡淡道：“诸位执事，我也可以作证，如若不信，你们也可以问问其他人。”

叶青云彻底慌了，低声下气地求饶道：“柳执事，我知错了……”

“你真是给叶家丢脸！”柳成荫指了指他。叶家毕竟是天誉城的大家族，柳成荫也不敢轻易将他除名。

林夜冷哼一声：“叶青云，你的两个赌注，都已经输了！第一，你要在这里给我磕头认错！第二，你方才用人头担保我作弊，现在你的人头也是我的了！”

叶青云冷笑道：“我可是叶家天才，我的命，给你十个脑袋你也拿不走！”

“放肆！你们怎么能私自赌斗！”柳成荫面色骤变，皱眉道，“林夜，这是银月学府的考核，赌斗之事不能作数！这样好了，罚叶青云扫一个月的学子大院，此事作罢！叶青云，你滚到一边去！”

叶青云面色一怔，随后欣喜笑道：“好，柳执事，我愿意领罚！”

林夜眉头紧皱，心中怒火升腾。

柳成荫却低声劝道："林夜，算了！他叔父可是内府大执事，那内府之人，不是你能抗衡的。身份比外府的长老还要尊贵得多，如若真怪罪下来，即使是吴天长老也保不住你。"

权力！又是叶家的权力！叶家是天誉城的六大世族豪门之一，关系错综复杂，不能小觑，更不能贸然行动。如今，确实杀不得他！若想解决叶家这个大麻烦，还要从长计议！

此时，姬云霄低声道："林兄，好汉不吃眼前亏，且忍一忍，你已经拿了二十分，后面好好表现，定有机会拿下魁首。"

林夜眼中精光闪烁，沉声道："道理我懂……君子报仇，十年不晚！更何况，我有信心，不用十年，就能把叶家踩在脚下！"

……

一个时辰后，第一关考核彻底结束。柳成荫环视四周，高声道："合格者，三百一十五人，你们跟我去第二关考核！"

林夜暗道："这银月学府的考核，还真是残酷，方才上来的人至少三千有余，如今却只剩下十分之一。这还只是第一关，接下来怕是更难！"

柳成荫带领众人，继续向广场中央走去。在广场中央有一座高台，其上是九根黑曜石的石柱，有一人多高，其上雕刻背生双翼，吞吐火焰的龙蟒状异兽，气势凌厉中带着几分凶残。

"这石柱上是什么，好有气势！"众人面色好奇，抬头打量那黑曜石石柱。

"那是黑翼吞魂蟒，传闻是一种奇异的妖兽，与寻常妖兽不同，专吞食武魂。"

"这位师兄说得对，这种黑翼吞魂蟒就是武魂的克星，十分难缠！"

柳成荫高声道："第二关，乃是武魂测试，刚好，上一波的考核学子还没考完，你们可以观摩学习。”

此时，众人才看到，在那高台的另一端，还有一群考核者。只是那边的人所剩无几，只剩下两个人没有考核。先上来的是一位身着淡绿色罗裙的少女，她走到九根石柱中间，双手结印，身后一道淡绿色光芒凝结。只听一声似马非马的嘶鸣，那绿裙少女身后，一道三米多高的武魂凝结。那武魂通体血红，体形像马，却生有利爪和犬齿。

“学子暮语，玄兵阶九品武魂，狂风战马。”话音刚落，那九根石柱微微震颤，其中一根之上，传出一声尖锐吼叫！只见一条黑翼吞魂蟒的虚影，腾飞而出，扑向狂风战马！狂风战马嘶鸣一声，与之缠斗！十息过后，又一根石柱震颤，另一条黑翼吞魂蟒飞出！此时，那狂风战马已经不敌，有了要落败的迹象，不过短短数息，就被两条黑翼吞魂蟒缠住，彻底失去战斗能力。

旁边一位黑袍执事摇摇头，说道：“暮语，不合格，没有分数！”那绿袍少女怅然欲泣，揉着通红的双眼，走下台去。

“下一位，陈烨！”

听到此人名字，众人顿时交头接耳，低声议论。“陈烨？是陈家的那个天才？听说他的武魂天赋绝伦，同辈无几人可比肩！”

“是！他就是六大世族之一陈家的天才，听说是最有希望能超越叶家叶无敌的人物！”

“快看！陈烨上场了！”众人顿时息声，纷纷踮脚探头，向台上看去。

“陈家第一天才？”林夜抬头看去。只见，一名年约十七八岁，身材硕壮，面如刀削的少年走上高台，眉宇间尽显傲气，淡淡道：“陈家，陈烨！武魂，战将阶四品，赤炎裂空狮！”

众执事眼前一亮。

陈烨挑眉看了一眼那绿裙少女，傲然道："别把我陈烨当成那种废物，不用挨个来了！直接给我调到五根石柱！"此话一出，众人一片哗然，纷纷低呼。不愧是陈家的天才，狂也有狂的底气！

众执事非但不怒，反而欣慰一笑，直接催动五根石柱。只见，五根石柱齐动，五条黑翼吞魂蟒齐扑而下！陈烨面不改色，低喝一声，身后赤光凝结，宛若烈焰！

"吼——"随着一声怒吼，一道高达八米的巨影飞扑而出，仰天怒吼！那是一只通体赤色的雄狮，脖间鬃毛上燃烧着火焰，背生双翼，威风凛凛！王者之风，横扫全场！

那赤炎裂空狮一现身，立刻飞扑而出，撕咬黑翼吞魂蟒，眨眼间，五条吞魂蟒被打得溃不成军！直到第六条黑翼吞魂蟒出现，才能制衡赤炎裂空狮。等到第七条的时候，赤炎裂空狮隐隐不敌，但也能缠斗。第八条的时候，他也坚持了数十息，才败下阵来。

那黑袍执事满意点头，高声道："陈烨，九分！不愧是陈家第一天才，恐怕也只有叶家的那个小怪物，才能胜过你了！"

陈烨面色不悦，冷哼一声："他不过比我年长几岁，我迟早能打败他！"

台下一片哗然。

林夜眼睛微眯，低声道："陈烨确实很强，但作为天誉城的顶级天才，还是差了些。也许，他们口中的那个叶家的叶无敌，会更强一些！"

他话音刚落，却听到身后一声高喝，"陈烨！有人看不起你！"

此话一出，现场顿时安静，鸦雀无声，所有人的目光都聚集到林夜身后。只见叶青云指着林夜大喊："刚才我听到了，这家伙说你不如其他家族的天才！在他口中，你连个废物都不如！"

众人顿时转动目光，落到林夜的身上。那一道道目光无比灼热，如同烈焰般，要将他烧成灰烬。

“诬陷我？”林夜豁然转头，冷冷看向叶青云。

“我亲耳听到的！”叶青云挑眉冷笑，“你这种乡野贱民，就是嫉妒我天誉城的天才！但你嫉妒也没什么用，我们可都是人上人，不是你可以……”

他话音未落，只感觉眼前一阵疾电闪过，随之一个硕大的黑影直袭他的面门！那是拳头！林夜的拳头！那拳头之上，紫电奔走，裹挟巨力！下一刻，只听砰的一声闷响，这一拳狠狠砸在叶青云的脸上。

“啊——”随着一声惨叫，叶青云倒飞出去，狼狈地砸落在地。

“林夜，你竟然敢打我！”叶青云挣扎着站起身，嘴角鲜血直流，愤怒大吼：“你死定了！”

林夜眼神微寒，冷声道：“满嘴胡言，你这种人着实该打。胆敢再胡说一句，我还敢打！打到你老实为止！”

“小畜生，老子宰了你！”叶青云怒气冲冠，身上气势升腾，玄气奔涌！顿时，白光璀璨，杀气凛冽！“林夜，老子要你死！”叶青云脚下连踏，已然向林夜冲过来！

“气海境一重天？”林夜眉头微皱，却并不慌张，掌心一道符光闪烁，流云杀生剑入手！铮——清脆剑鸣，响彻当场！若是殊死搏斗，林夜并不怕他！

“叶青云！住手！”而此时，柳成荫立刻高喝一声，闪身来到叶青云身前，沉声劝阻：“这里是银月学府，不准私斗！你若是犯了学府铁律，你叔父也保不住你！”

“老子才不在乎！”叶青云已是怒火攻心，狰狞道，“柳成荫，你赶紧让开！否则我连你一起杀！”

柳成荫眉头紧锁，却是不敢进，也不能退。众人满脸兴奋，高声议论。

“打起来了！真要打起来了！连柳执事都拦不住！”

“嘿嘿，叶兄可是叶家的人，背后是整个叶家，别说是这群执事，就算长老来了，也不一定能拦住！”

“那叫林夜的如此狂妄，不死也要被废掉！”

议论声中皆是不看好林夜，甚至有人期盼他会身死当场。正在此时，众人身后传来一声淡淡话语，“叶青云，你让开。”只见陈烨分开人群，昂首阔步走过来。

叶青云双目赤红，恶狠狠道：“陈烨，你少管闲事！我今天一定要宰了他，方解心头之恨！”

陈烨眼中寒芒一闪而逝，冷声道：“叶青云，说话注意点！就算是你堂哥叶辰，也不敢这样跟我说话！”

叶青云面色一怔，眼神逐渐恢复清明，咬牙道：“陈烨，这家伙跟我叶家有仇，他灭了我叶家一支……”

陈烨冷声打断：“我不管他跟你家有什么仇，既然他侮辱了我，这事情就要由我来解决！你，立刻退下！”说话间，他背后赤芒闪烁，赤炎裂空狮放声嘶吼，凶残目光，死死盯住叶青云。陈烨身上的气势更强横，比叶青云强了一倍不止！

“我、我听你的就是……”叶青云身躯猛然一震，踉跄后退两步，唯唯诺诺应声，不敢再叫嚣。

而林夜眼睛微眯，暗道：“陈烨确实强，最少是气海境三重天的实力！”

柳成荫暗舒一口气，低声道：“林夜，你方才太鲁莽了！若是叶青云真出手，我也保不住你！”

林夜淡然一笑：“柳执事多虑了，他若敢出手，死的一定是他！”

柳成荫怔然，哑口无言。林夜如此自信，看起来不似狂言。

“你就是林夜？”陈烨转过头，淡淡打量眼前少年。

林夜应道："你认识我？"

陈烨哂笑道："你这种乡野之人，我怎么会认识……不过，方才你出言不逊，无论真假，都惹到了我！现在，我要亲手惩戒你！"

好霸道的言语！无论真假，都要出手？

林夜冷声道："你比叶青云还不讲道理！难不成，你们天誉城的世族子弟，都这样横行霸道？"

"哦，有趣！"陈烨不怒反笑，挑眉道，"你这家伙竟然不怕我，还想讲道理？也罢，我就跟你讲讲道理……按照我陈家的道理，你现在跪下磕头认错，我就能放过你。"

说话间，他身上的气势骤然高涨。一股巨力瞬间碾下，镇压在林夜身上！

林夜身躯一震，并无大碍，冷声道："你这算什么道理？唯一的道理应该是，我说了你天赋不行，你就该看看我的天赋是不是比你强！如果我的天赋比你强，我自然有资格！"

陈烨面色一怔，随后大笑："林夜，你真是个无知贱民，什么话都敢讲！比我天赋强的人，整个银月学府一只手都能数过来，而且都是名门望族，至于你……但今天这么多人看着，别说我欺负你，就施舍你一个机会。你输了的话，就得认罚，跪下向我道歉！"

林夜眼中精光闪烁，笑道："好，一言为定！我若输了，跪下给你磕头认错！你如果输了，也要磕头认怂！"

陈烨环臂而立，哂笑道："我怎么可能输？罢了罢了，应了你便是，快开始吧！"

赌约成立！众人皆是面色震惊，看林夜的眼神像是看疯子。

"林夜这是疯了，竟然敢夸下如此海口？"

柳成荫亦是眉头紧锁，低声道："林夜，不行就别逞强，我帮你说说好话，此事现在还能小事化了……”

“不必！”林夜摆手打断他的话，大步向前走去，“柳执事，我说胜他，就一定胜他！”

柳成荫怔然，摇头苦笑。

姬云霄淡然笑道：“柳执事，你莫要多言了，我也相信林兄能行。”

众人的目光随着林夜而动，落在高台之上。

林夜面色淡然，站在九根石柱中央，朗声道：“诸位执事，可以开始了！我也不必从头来，直接从第六根石柱开始考核！”

众人又是一阵惊呼。

“这个叫林夜的家伙，无论实力如何，狂言倒是一绝！”

台下嘘声一片，林夜却是面色如常，置若罔闻。

陈烨扭扭脖子，冷笑道：“小子，牛皮吹这么响，我看看你到底有什么本事！别说你能超过我，就算你能坚持到第八根石柱，我也算你赢！”

林夜轻笑道：“不必！我既然说了超越你，就必然会超越你！”

而此时，那黑袍执事高声大喝：“林夜，考核开始了！”话音刚落，六根黑曜石石柱震颤，六道黑翼噬魂蟒虚影，嘶吼而出！

“战将阶三品武魂，青眸白虎！”林夜身躯一震，身后青光闪烁，一道高大身影逐渐凝结！青眸白虎武魂展翅盘旋一周，仰天长啸，出现瞬间，庞大的魂力凝成劲风，席卷全场！人群如同炸了锅般，惊呼声一浪高过一浪！

“这个林夜，竟然有战将阶三品的武魂，比陈烨也差不到哪里去啊！”

“何止，你们看他的武魂，竟然还有魂器，那可是极为稀有的宝物！”

“这林夜到底是什么来头，竟然有如此高的天赋？”

陈烨瞳孔骤然收缩，沉声道：“没想到，这个林夜竟然还有魂器？怪不得，他有如此大的口气，原来是凭借这等珍奇之物！”

柳成荫与其余执事亦是面色震惊，不住称赞。姬云霄眼前一亮，嘴角笑容越发灿烂：“真是有趣啊，这学府之中，看来也不至于太过无趣……”

高台之上，肃杀之气肆虐。

“吼——”

青眸白虎怒吼一声，双翅高展，飞扑向那六道黑翼噬魂蟒虚影！锋利虎爪左右扑杀，腾挪之间啸风之翼横扫，斩向噬魂蟒虚影，将其击退！

“吼！吼——”一时间，噬魂蟒竟被打得节节败退，嘶吼着不敢上前。随着轰然一声，第七根黑曜石柱震颤，第七道噬魂蟒虚影飞扑而出，加入战局！那条噬魂蟒飞扑到青眸白虎身后，张口便要咬下！

“吼——”

青眸白虎腰间扭动，转身横扫左翼，瞬间将其击飞出去，那条噬魂蟒虽被击退，但局势也瞬间逆转，双方已是不分伯仲。十息过后，第八根黑曜石柱震颤，第八道噬魂蟒虚影嘶吼而出！青眸白虎被一道噬魂蟒虚影缠住，闪躲不及，被狠狠撞击在后背之上。砰的一声闷响，它被撞飞出去！顿时，碎石纷飞，尘土飞扬！青眸白虎的身躯之上，流下淡紫色的液体，一道狰狞伤口贯穿背脊。

“它挡不住了！”陈烨安舒一口，笑道，“看来，还是我能赢，这小子……”话未说完，笑声戛然而止。

林夜面色淡然，轻声道：“青眸白虎，先治愈伤口！”只见青眸白虎低吼一声，扭扭脖子，背后璀璨的紫芒闪烁，伤口瞬间愈合。超强愈合之力，这，便是魂器的优势之一！有啸风之翼的青眸白虎，无论是愈合力、战斗力，皆是其他类型武魂的数倍！

“这就是魂器的力量？”柳成荫眼中光芒闪烁，羡慕道，“这实战能力，不但不输陈烨的赤炎裂空狮，甚至更胜一筹！”

而林夜深吸一口气，全力催动魂力！他身上亮起淡淡的白色光芒，形成一道道手指粗细的光线，渡入青眸白虎体内。青眸白虎利齿交错，放声嘶吼，飞扑而上！它的力量倍增，速度更快一筹，即使是八条噬魂蟒，青眸白虎也能与之抗衡。林夜深吸一口气，转头道：“诸位执事，请催动第九根石柱！”

“好，林夜，你可要撑住！”那黑袍执事面色亢奋，立刻催动第九根石柱！

轰！

一声巨响，高台都在颤抖！

吼！

嘹亮嘶吼声响彻全场！第九道黑翼噬魂蟒虚影体型更大，背生四翼，翱翔而出，阴影笼罩整座高台！

“第九根！林夜撑到了第九根！”

“嘶——这第九道噬魂蟒虚影更强，乃是噬魂蟒中的强者！”

“林夜危险了，希望他能撑过去！”

此时，全场气氛高涨，所有人都撇去心中芥蒂，为林夜暗捏一把冷汗。

“呜吼！”

第九道黑翼噬魂蟒仰天嘶吼，猛然在半空中转身，俯冲而下，一击镇压，将青眸白虎撞倒在地！其余几条噬魂蟒围攻而上，立刻将青眸白虎压制在地，不能动弹分毫。青眸白虎仰头嘶吼，身上被撕咬出多处伤口，痛不欲生，而林夜的身躯猛然一颤，传来一股撕心裂肺的疼痛感。武魂与主人，一荣俱荣，一损俱损！林夜捂住胸口，额头汗珠如瀑布滚落。

第6章 黑日镇魔塔

“林夜，不行别硬撑！”柳成荫面色骤变，连忙大喊。

姬云霄眉头微皱，高声道：“林兄，别意气用事！”

然而，林夜低着头，沉声道：“我还行！这第九根石柱，我定要破了它！”说话间，他身上骤然亮起璀璨金光，熠熠生辉，笼罩整座高台！同时，一股强横的古老气息，横扫全场！众人皆是身躯猛颤，实力不济者更是眼神惶恐，差点跪倒在地！

“这……这是什么气息？！”陈烨面色煞白，踉跄后退两步。赤炎裂空狮低声嘶吼，如同受惊的小兽，蜷缩在他身后。

“到底怎么回事？”柳成荫面色惊慌，大喊道，“快看看，是不是阵法出了问题！”

那黑袍执事眼神惶恐，立刻查看阵法，应道：“柳执事，我也不太清楚！我执掌这阵法多年，从未见过这等情况！”

众人的视线都被金光遮盖，根本看不清楚高台上发生了什么。

而此时，高台之上。林夜身后，一道高大身影，渐渐凝结成型。那身影身披金甲，双手杵剑而立，帝王之威笼罩四周。神魂帝天双瞳金光摄人心魄，静如古井，喝声如赦令：

“跪！”

帝威滔天，轰然碾压！那九道噬魂蟒虚影惊恐大吼，纷纷匍匐在地，动也不敢动！

言出法随！

“吼——”

青眸白虎怒吼一声，倏然扑向一道噬魂蟒虚影。它面色狰狞，利齿狠狠地咬在那噬魂蟒的身躯之上。随着一声惨叫，那噬魂蟒虚影化作一团黑光被吸入青眸白虎体内！与此同时，一根黑曜石柱轰然崩塌，化作无数碎石落下。青眸白虎怒展双翼，飞扑而上，断杀吞吃，眨眼间将九条噬魂蟒吞噬一空。

“都吞了？”

林夜目光一凝，脸上满是震撼之色。下一刻，他感觉到青眸白虎体内涌出一股庞大魂力，反哺到魂府之内。精纯魂力，宛若鱼群，游入魂府，被两大武魂吸收殆尽。青眸白虎仰天长啸，身形暴涨，青光璀璨！顷刻间，它暴涨到六米多高，身躯更加硕壮，气势强了一倍有余！

武魂突破！青眸白虎成功晋级，到达战将阶四品！随即，璀璨金光逐渐淡去，尘埃四散。众人终于能看清楚台上情况。只见林夜满头冷汗，气喘吁吁，单膝跪地，周围九根黑曜石柱尽数崩塌，化作灰白色碎石，散落一地。

“阵法，碎了？！”柳成荫目光凝重，满脸震撼之色，久久不语。

而众人更是陷入失神之中，纷纷呆若木鸡。全场鸦雀无声，陷入一片死寂。

林夜喘了两口粗气，心中苦笑：“神魂帝天威力虽强，但消耗太大了。前后不过一盏茶的时间，就将我的体力消耗一空，看来以后还是要慎用。”

他深吸一口气，缓缓站起身看向陈烨，“陈烨，你输了！”

陈烨恍然回神，震惊中夹杂着几分慌张，不知该如何回答。堂堂陈家第一天才，能这样认输?

众人纷纷转头看向陈烨，窃窃私语。

“陈烨莫不是输不起？他怎么不说话？”

陈烨脸色涨红，双拳紧握，依旧沉默。“输”字太过沉重，始终说不出口。

“这不能算！”正在此时，叶青云忽然大喊一声，“方才林夜分明只坚持到第八根石柱，还没等到第九根的时候，石柱都碎了，肯定是阵法出了问题，他只是运气好，凭什么算他赢了陈兄？”

陈烨眼神逐渐明亮，眉头一挑：“对！叶青云说得对！既然是阵法的问题，就不能算！”

林夜冷笑道：“怎么，你真输不起？输不起早说啊，我可以换一个阵法，再跟你比一场！”

陈烨心中发虚，轻轻蠕动嘴唇，却又不敢反驳。

“算了！算了！”柳成荫满脸堆笑，走出来打圆场，“方才林夜也坚持到了第八根石柱，也算他是九分。若真的再比过，林夜体力也跟不上，不公平，这一场都不算你们输，陈烨，你看这样如何？”

说着，他悄悄向林夜递来眼色。眼神中的含义，不言而喻。陈家，又是林夜惹不起的存在。林夜眉头紧蹙，沉默不语。

陈烨冷哼一声，嘴硬道：“我还有重要的事情，没时间跟他耽搁，今日先放他一马，不跟他计较！林夜，等你进了学府，我会找你的！”

林夜冷冷一笑：“你这种言而无信之人，输了又不认，有什么可比的？”

“你！”陈烨面露怒色，点头冷笑，“好好好，这次你胜在伶牙俐齿！再有下次，我要跟你生死斗，将你打死在擂台之上！”

可林夜根本不再理他，转身跳下高台。陈烨也不再自讨没趣，冷哼一声，甩袖离去。

而叶青云面色谄媚，紧跟两步，低声道："陈哥，方才我为你解围……"

陈烨心中火气正盛，冷冷瞥了他一眼，"滚开！我现在不想看到你！"

叶青云的笑容僵在脸上，愣在原地。

"叶公子这次吃了亏，拍马屁拍到马腿上了！"

"还是这林夜厉害，竟然连陈烨都不如他，他到底是什么人，我之前从未听过？"

"听说是边陲小城来的，是个平民子弟。"

"平民？想不到，他出身跟我相差无几，却有如此惊绝之资。更没想到，我等平民也有反击权贵的时候！"

众人议论之余，看向林夜的眼神也多了几分敬畏。

"安静！你们要等等，我和诸位执事要去换一套阵法。"柳成荫高喝一声，带人转身离去。

众人顿时噤声，安静地等待。林夜也和姬云霄寻了一处清净地，盘膝坐下。

……

一炷香后，林夜双耳微动，忽然听到远处有人呼唤自己的名字。

"有人见过林夜么？"林夜睁眼看去，见到位身体富态，着锦缎华袍的少年，正在四处打听。

"钱多金？"林夜挥手喊道，"钱兄，我在这里！"

钱多金闻声转头看来，立刻面露喜色，小跑过来。"叶兄，我可找到你了。我在第四批考核，已经通过了，正式成为学府学子！林兄，你怎么样？"

林夜笑道："马马虎虎，应该没问题。我给你介绍一下，这是我新结识的同门，姬云霄，姬兄。"三位少年无甚隔阂，片刻间已是谈笑欢声。

"柳执事回来了！"

人群中忽然有人喊道，林夜三人闻声看去。远处，柳成荫等人恭敬地跟着一名蓝缎锦袍的中年人，大步走来。蓝袍中年面色阴冷，环视众人，低声问道："是谁在考核的时候，破坏了阵法？"

"回禀孙大执事，是一位名为林夜的考生。"柳成荫向林夜挥手高喝："林夜，你过来！"

林夜并未多言，来到众执事身前。柳成荫向他介绍道："这位是外府执事的总执掌，外府大执事，孙前程大执事。林夜，快快见过大执事！"

林夜不卑不亢，施礼道："林夜，见过孙大执事。"

"林夜？"孙前程目光微凝，上下打量林夜，皱眉道："你是不是来自青玄卫城？"

他怎么会知道我的出处，难不成是认识王海龙？林夜心念一动，沉声道："正是。"

孙前程忽然阴恻恻一笑："那就没错了！来人，把林夜给我拿下！"此话一出，柳成荫满头雾水，其余执事更是愣在当场。

柳成荫皱眉问道："孙大执事，林夜天赋奇佳，我们为何要拿下他？"

孙前程冷哼一声："破坏阵法，扰乱考核秩序，不该抓他吗？"

柳成荫眉头越蹙越紧，解释道："可那阵法年久失修，不一定……"

"我说是便是！"孙前程冷冷打断，"怎么，你们还敢不听命令？"

"不敢！"其余几名执事面色惶恐，快步上前，擒住林夜的胳膊，想要将他按倒在地。

"孙前程，你这是什么意思？！"林夜双臂一振，将两位执事逼退，冷声道，"把话说清楚，我若真有罪，自会认罚！"

"孙大执事，此子抓不得！"柳成荫面色骤变，向孙前程附耳道："林夜身上有外府长老令，他是大长老的人！您若是惹了他，那后果不堪设想！”

孙前程眼神闪烁两下，不屑冷笑：“大长老也没用，我实话告诉你，这小子惹到了人！”说话间，他用手指了指远处山脉，“是那里的人。”

“内府的人！”柳成荫惶恐退后，不敢再多言。为一个萍水相逢的天才，就要得罪内府的人？那可太不值得了！

孙前程拿出一块玉符捏碎，轻笑道：“柳执事不必惊慌，等那位大人来了，我会替你美言两句。”

“谢过孙大执事！”柳成荫心不在焉，拱手回应。

林夜背后，钱多金面色惊愕，问道：“这怎么回事，林兄怎么会被抓起来？”

姬云霄皱眉道：“看样子，事情很严重，你可知林兄有什么后援，能救他？”

钱多金眼神闪烁，略微思索道：“是有一人……听闻林兄说过，他认识王海龙长老，也许王海龙长老能救他！”

“那你快去，我在这里接应！”钱多金立刻会意，转身向远处跑去。

与此同时，广场中央，众人纷纷瞩目。

内府的人？叶家？不对，如果真是叶家，叶青云不必等到现在。林夜心中一动，冷声质问：“是秦无畏？”

孙前程眼睛微眯，嘿然一笑：“既然你知道那位大人，也不必挣扎了。别说吴天保不住你，就算是外府长老都来，也救不得你！”

说话间，天边响起一阵隆隆声，漫天青色云霞，一道人影驾驭云霞而来！来人威势赫赫，气贯长虹！众学子面露敬畏之色，纷纷跪地匍匐。林夜目光一凝，心中震惊：“驾驭云霞？秦无畏的实力，竟然如此之强，难不成他是洞玄境的强者？”

洞玄境，是气海境之上的境界，晋升极为困难，万中无一。洞玄境强者挥手之间，就可碾杀气海境巅峰高手，在整座银月学府都是巅峰存在!

孙前程满脸谄媚，迎上前去。“秦大人，您来了。”

此时，那道身着华贵白袍，身材修长挺拔的青年，落在广场之上。“人呢?”他轻轻开口，言语淡漠，冷若冰霜。

孙前程慌忙起身，指向林夜，“大人，您要找的人，是他吗?”

那白袍青年转头看到林夜，忽而轻笑：“林夜，我们又见面了!”

林夜暗自攥拳，冷声质问：“秦无畏，你到底想怎么样?”

秦无畏得意地笑道：“林夜，我还是那句话，交出我想要的东西，我可保你的前路一片光明，如若还是不肯……”说话间，他眼中已有冷冽杀意!

林夜眼中精光闪烁，陷入沉思中。他知道秦无畏身份不凡，却也没有料到，竟然会是银月学府内府的高手。

此时，孙前程帮腔道：“林夜，秦大人可是内府的十强学子，大人看重你手里的东西，是抬举你，赶紧把大人要的东西交出来!”

强权在上!林夜也确定了一件事。秦无畏是内府学子，虽然位列十强，但肯定不是洞玄境。如果超越气海境，臻入洞玄境，那便不可能还是学子了。留在银月学府的话，立刻就有一席内府长老之位。若是离开学府，归月王朝给一个将军、主城令的官位，都是正常的事。

林夜亦是不低头，沉声道：“秦无畏，你身为内府十强学子，行事如此霸道，不给就抢?”

此话一出，众人面色骤变，低声议论。

“秦师兄，竟然要抢外府新学子的东西?”

“这，这太天方夜谭了!”

秦无畏眼中闪过一抹狠辣，厉声道:“林夜，你盗取我的剑诀，如今还敢嘴硬?

既然你死不悔改，那我只能出手取回我的东西了！”

倒打一耙，贼喊捉贼！

众人连连点头，俨然是信了他。毕竟，这个解释似乎更合理。

“秦师兄这么尊贵的身份，怎么会突然刁难林夜，定然是林夜说谎！”

“对！就是林夜说谎！”

“林夜，把盗窃的剑诀交出来！”

秦无畏脚下一踏，瞬间出现在林夜面前，挥拳砸向林夜。那一拳看似轻描淡写，并无花哨之法，但，其中夹杂着一股凛冽杀意！拳头眨眼即至，狠狠轰在林夜的胸膛之上！太快了！极致之快！林夜的瞳孔骤然收缩，都没看清楚拳影，只感觉到一股排山倒海之力，轰然而至！

砰砰砰！那股巨力化作劲气，笼罩林夜！劲气如刀，割裂了他身上的衣衫，寸寸爆裂！他身旁那两名黑袍执事，瞬间被巨力掀翻，跌退数步才能稳住身形。林夜更是倒飞出去数十米！

“咳咳咳……”他重重摔倒在地，捂着胸口，不断咳血，肋骨都被打断几根，心肺欲裂！方才那一瞬间，林夜感觉一股阴冷气息直逼脑海，令人心中生畏。那是死亡的气息！

“这就是内府十强学子的实力？随意一拳，就能让我重伤！若不是我练过不朽奔雷诀，方才一瞬间，就会被他一拳打死！”林夜死死盯着秦无畏，心思电转，思索对策。他强悍如此，根本没有一丝胜利的可能性！

“竟然没死？”秦无畏眼睛微眯，勾起一抹玩味笑容，“林夜，你倒是有几分本事，可惜，你修为太低了！在我面前，连一只蝼蚁都不如，别说用手指头，就算只用威压，我也能将你活活碾成肉酱！”

说罢，他身躯微微震动，一股强横气势升腾，瞬间玄气化劲，吹动衣衫，猎猎作响！这一刻，他如同一座巍峨山岳，挺拔高耸，让人生不起丝毫反抗之心！

众人瑟瑟发抖，低头跪伏在地，看都不敢看一眼。

不行，得想折转之法！否则真会被他打死！林夜眼神闪烁，挣扎起身，高喝道："秦无畏，你以强凌弱，算个屁本事！有种，你等我晋升内府，我们光明正大比一场！"

秦无畏眼神微凝，不屑道："狂妄的蝼蚁，为了活命还真是什么话都敢说！可，你也配跟我比斗？惨死在此，就是你的宿命！"他身上气势升腾，仿佛一座雄山大岳，欲要碾压而下！

正在此时，孙前程面色惨白，低声喝道："秦大人，请您手下留情！您不能在这里杀他！林夜始终是学府的考核学子，若是死在这里，我不好交代……您看能不能暂且放他一马，等出了学府……"

秦无畏眉头微皱，冷冷看向他："你在教我做事？"

"不敢！不敢！"孙前程面容比哭还难看，不断哀求，"只是学府有明文规定，不准出手伤害考核学子。秦大人身居高位，自然不会有事，可我等……"确实，当众杀一个考核学子，事后会极为麻烦。

"你说得有点道理……"秦无畏眼神闪烁两下，低声道，"这样好了，你现在把他除名。等到他出了学府，立刻杀掉他！一个时辰后，我要看到他的人头，还要拿到他所有遗物！事后我不会亏待你的，外府供月殿长老位会有你一席之地。"

"谢过秦大人！"孙前程面色大喜，连连磕头，低声道："此事我会做得很漂亮，绝不会让大人的威名有半分污点。"

秦无畏欣慰点头，随后瞥了一眼林夜。"林夜，念在你是学府考核学子的份上，我不杀你。但是，你出了学府是生是死，可就不好说了……"他转身踏空而起，驾着青色云霞离去。

“走了？”林夜眉头紧蹙，眼神闪烁，暗道，“秦无畏，到底是忌惮学府的规则，只能放过我。我只要不出学府，你就奈何我不得！等我修炼有成，定要去找你报仇！”

“所有人听着，林夜，在考核之时，破坏阵法，更有盗窃内府功法之嫌！我宣布，林夜，就地除名，不得入我银月学府！”孙前程冷笑喝道。

众人一片哗然，议论声如炸锅。

“林夜惹了内府的人，怎么还可能留在这里？”

“完了！林夜彻底完了！”

林夜眼神逐渐愤怒，高声喝问：“孙前程，我是犯了哪条规矩，你竟要将我除名？”

孙前程面色嚣张，冷笑道：“毁坏阵法一条，就能驱逐你！我身为考核的大执事，掌控驱逐大权！我要驱逐你，没人敢反对！把林夜的考核玉牌拿来。”

他身后立刻有黑袍执事上前，递上林夜的考核玉牌。孙前程接过玉牌，咔嚓一声，将其捏成碎片。“林夜的考核玉牌已碎，成绩作废，被彻底逐出银月学府，永不录取！林夜，你还不快滚！”

这是要，赶尽杀绝！林夜眼神冷冽，攥紧拳头，立于原地。众人亦是面色愕然，愣愣地盯着他。全场鸦雀无声，落针可闻。

此时，叶青云猖狂大笑：“林夜，你都被逐出学府了，还在这愣着做什么？滚啊！快滚！”

林夜拳头死死攥紧，指尖已经发白，冷笑道：“好！好个秦无畏！好个孙前程！你们虚构罪名，诬陷于我，强权欺压，巧取豪夺！我一介布衣，可以认栽！但是，孙前程，我有句话要送给你！天网恢恢，疏而不漏！今日种种恶行，终有恶果！

等你跪下求我的时候，就算你把双腿跪断，我也不会原谅你！”

他怒而转身离去。

孙前程面色微变，冷声道：“你这小畜生，满口胡话！”

“他就是吓傻了！”叶青云顺口接道。

姬云霄眉头微蹙，快步跟上他：“林兄，我陪你一起走！这银月学府如此做派，不考也罢！”

林夜脚步一顿，伸手拦住他。“姬兄，别意气用事！我有办法，绝不会被逐出学府，你且放心。”

姬云霄微微一愣，“你是说，有人会救你？”

“别乱想了，好好考核，等我回来。”林夜迈开大步，向供月殿而去。

……

上路之间，林夜思绪纷飞，脚步飞快。“秦无畏虽是内府学子，但，也不可能只手遮天！既然吴天大长老在我身上下了赌注，就不可能让我以这种方式出局。找吴天，是最好的解决办法！”

思索之间，他忽而感觉到一股冷意直袭后背。那气息极为阴冷，似是万年玄冰。

“有人！”林夜眉头一拧，豁然抬头环视，此地草木枯败，土地焦黑，异常荒凉。他的目光落在那黑塔之上。“黑日镇魔塔，我怎么来到了此地？那塔中……似乎有什么东西在窥视我？”林夜心中升起一股不祥之感，不愿久留，抬腿就要走。

轰隆！可就在此时，那古拙黑塔轰然而动，隆隆作响，地震山摇，整个学府都在震颤！

“吾等到你了！终于等到了！”那古塔之中，传来一声低沉大笑。笑声古怪诡异，如九幽恶鬼细细低语，林夜听不懂那种语言，却能理解其意。

“是黑塔中的邪魔？”林夜满脸震惊，连退两步，转身欲要离开。可他还未动身，却听到“哗啦啦”一阵铁链颤抖声，整座古塔飞尘四起，轰然从中间断裂。古塔底座处，裂开一道半人多高的缝隙，传来一股瘆人的寒意。紧接着，缝隙中飘出一缕黑色雾气，凝结成一道人影。那人影通体漆黑，唯有眼睛位置亮起赤红色光芒，满是凶残之意。

轰隆隆！此时，地动山摇之感愈发强烈！那道黑影身上魔气森森，耀眼黑气冲天而起，搅动风云，天空之中乌云凝结，遮天蔽日！乌云压城，魔气弥漫！连绵数百里的山脉，忽然间变成灰白色，整座银月学府，都被魔气笼罩！

……

与此同时，内府之中，数十道流光冲天而起，望向黑日镇魔塔的方向。“是邪魔！他竟然逃了出来？！尔等在此处镇守内府，老夫前去看看！”为首那位紫袍老者目光深邃，化作流光破空。

……

黑日镇魔塔前，魔气浓郁！那黑影仰天长啸，震得林夜双耳回鸣，口鼻渗红。

“这气息，比白夜的分身还要强！”林夜眼中满是震撼之色，手脚僵硬，根本动不了！那黑影仅是站在那里，气势已如苍穹压下，蔑视苍生。

“是你！就是你！”那黑影嘶吼一声，张开双手向林夜扑过来！

“他要杀我？夺舍我？”林夜面色惊骇，努力催动玄气，想要自保。但，无济于事！他依旧是一动不能动！“不行！不能坐以待毙！只要他扑到我身前，我必死无疑！”

林夜眼神也逐渐坚毅，甚至有一抹决然之色。他催动所有魂力，注入神魂帝天武魂之中，身后暴起一团璀璨金光，轰然升腾，驱散浓郁魔气。一尊金甲战神，杵剑而立，帝威滔天！神魂帝天，降临！双眼金光璀璨，冷冷盯着那黑影，竟是起了一丝波澜。

“邪祟认诛！”威严之声，如口含天宪，响彻天地，震慑八方！那黑影身心一滞，赤色双眼中满是震惊、不解、畏惧……各色神情交织。

“杀无赦！”神魂帝天神音回荡，如古钟低鸣，久久回荡！林夜体内忽然生出一股暖流，游走周身，身上金光璀璨，气劲荡漾。荡开魔气，响起阵阵爆鸣声。

“我能动了！”林夜体内玄气涌动，浩浩荡荡，奔流如江河。金身璀璨，熠熠生辉！

“想要杀我，我就先一拳轰杀你！”林夜怒吼一声，身上噼啪作响，紫电奔腾！右拳之上，亮起金色光芒，如同一团烈日冉冉升起！大帝开山！危急关头，林夜竟是激发全身潜力，进入通悟境界，一举用出两种武技功法！两种武技合二为一，形成新的武技——雷霆万钧！

“给我死！”林夜怒吼一声，一拳砸出，雷霆奔走，劲风破空！只听轰的一声巨响，杀拳重重砸在那黑影头顶之上！神魂帝天武魂之威涌出，瞬间将那黑影包裹！黑影瞬间化作飞灰，冰消雪融！

“为何你也会……”然而，那黑影并没有惨叫，也没有愤怒嘶吼，只留下一道凄凉遗言。这一瞬间，他的眼神不再凶残，有些落寞，更有一丝绝望……林夜怔然，眉头不觉皱起。

那黑影彻底消散，随后化作一颗拳头大小的珠子，啪嗒坠落。清脆响声，敲动林夜的心，让他为之一颤。四周的魔气渐渐散去，金光也随之收敛。不过几息间，魔气彻底消散，神魂帝天化作金光，重回魂府之中。

云开雾散，阳光洒落。光束中尘埃浮动，映亮少年人的脸庞，映出他眼中的迷茫。林夜愣愣地站在原地，没有劫后余生的喜悦。

“为何，那邪魔将死之前，会说出那句话？”他弯腰捡起黑色珠子，皱眉思索。心中的疑惑，无人解答。可不待他细想，忽然感到一阵虚弱感，如潮水般袭来，林夜“扑通”一声，软倒在地。

“又来了，这种无力感……”林夜苦笑道，“神魂帝天武魂果然不能轻易动用，伤敌一千，自损八百。更何况，我强行用那招雷霆万钧，对身体损伤更严重，不但经脉受损，玄气消耗殆尽，甚至连魂府都受到了震荡……”

正在此时，云海天际边，一道紫色流光破空而来，悬停在黑日镇魔塔之上。那身着紫缎长袍的老者，须发皆白，随风飘荡。“魔气消失了？”那紫袍老者环顾四周，目光最终落到林夜身上，难道是他？

林夜只感觉眼前一花，紫袍老者已然来到他身前，“小友，方才那塔中的凶物，是你将其镇压回去了？”

林夜虚弱一笑：“你是说那道黑影？确实是我杀的。”

那紫袍老者眼底闪过一抹震惊之色，追问道：“不是镇压回去，而是当场镇杀？虽然只是一缕神念，但以你的实力也……”

“我也不太清楚，稀里糊涂就给杀了。”林夜轻咳两声，打断他的话。

不想说？紫袍老者心中了然，转而笑道：“小友好强的实力，请问你来自何处？”

林夜苦笑道：“前辈，我是银月学府的考核学子……不，现在我连考核学子也不是，已经被逐出了学府。”他话没说完，忽然面色一变，吐出一口鲜血。

“小友，你受伤了！”紫袍老者眉头微皱，挥手玄气化劲，托起林夜，随后伸手搭在他的背上。那老者手掌上闪过一抹蓝光，玄气流入林夜体内，滋润经脉，修复魂府。

一盏茶光景后，林夜的伤势恢复大半，起身拱手道：“谢过前辈。”

那紫袍老者轻笑：“不必谢我，小友拼死镇杀邪魔神念，保我银月学府安危，此事，我应该谢你才是。小友，你还未告诉我叫什么名字？”

林夜拱手应道："林夜。"

"林夜？"紫袍老者眼前一亮，抚须大笑："原来，你就是林夜！好！甚好！"

林夜讪然笑道："前辈听过我？"

紫袍老者笑而不答，反问道："你方才说的被逐出院门一事，又是如何？"

林夜面色渐冷，将事情缘由娓娓道来。

"岂有此理！"紫袍老者眉头紧蹙，冷哼一声，"林夜，此事错不在你，老夫自会为你主持公道！你放心，我银月学府定然不会包庇罪人，会还你一个清白！"

此时，远处匆匆而来几人，为首者正是吴天长老。钱多金那痴肥体形在人群中钻出，关切道："林兄，你没事吧？方才你被抓住，我就赶紧去供月殿请诸位长老。"

林夜心中一暖，笑道："钱兄，谢谢你。"

此时，吴天也快步来到身前，赶忙问道："方才我看到这里异动，已是被解决了？"

王海龙皱眉道："是不是那个孙前程搞的鬼？他区区一个外府执事，竟敢这样猖狂，我定然饶不了他！"几人眼神迷茫，看似并不了解黑日镇魔塔的事情。

林夜点头应道："我并无大碍，还要多谢这位前辈。"

此时，诸位长老转头看向那紫袍老者，细细打量。

"这位是？"王海龙眉头微皱，竟是不认识他。

吴天大长老也微微皱眉，拱手道："这位前辈，请问您是……"

紫袍老者笑而不语，嘴唇微动，似是说了什么。他是用了秘术传音。吴天身躯一颤，眼中满是惊恐，想要说什么。紫袍老者摇摇头，制止了他，叮嘱道："今日事情处理好，你便有资格进内府，快去通知人来修复黑日镇魔塔，那塔中邪魔本体先由我镇压。还有林小友的事情，你来解决，必要严惩恶徒，剿灭这等邪风歪气！”

吴天赶忙拱手应道：“是！”

林夜见吴天都如此恭敬，暗暗猜测紫袍老者的来历。紫袍老者转眼看向林夜，轻笑道：“林夜小友，有机会去蓝天碧海找我喝茶。”

“蓝天碧海？”林夜笑道：“有机会，我定会前去拜会前辈。”

紫袍老者轻笑点头，身形一闪，已来到古塔前，挥手间撑起一片淡蓝色光幕，笼罩古塔。

王海龙走到林夜身旁，沉声道：“随我回考场！我倒要看看，孙前程哪来的这么大胆气！”

林夜皱眉道：“王长老，孙前程背后有秦无畏撑腰，你确定仅凭自己就能压住他？听闻那秦无畏，可是内府学子！”

王海龙冷哼一声：“秦无畏是内府学子又如何？”

林夜眼前一亮，笑道：“好！麻烦王长老！”随后，他转头看向钱多金，“钱兄，你就先不要去了，以免给你惹麻烦。”

钱多金点点头，沉声道：“等你进入学府，我们再相聚。”

“今日之事，我铭记于心。”林夜由衷感谢，随后转身跟王海龙返回广场。

……

很快，两人来到广场边缘，远远看去，众人还在考核。

“是林夜！他怎么又回来了？”有人看到林夜，立刻高呼一声。众人闻声也纷纷转头，向这边看来。

林夜面色冷冽，大步而来。

“这小杂碎，还真是不怕死！”孙前程低骂一声，分开众人走上前。可当他看到王海龙的时候，面色一滞，嚣张气焰顿时消退几分。“王长老，您怎么来了？”孙前程皮笑肉不笑。

王海龙二话不说，身形一闪，抬手就是一巴掌！一声脆响，孙前程瞬间被抽倒在地！

“你，你为何打我？”孙前程满脸怒容，高声质问。

王海龙冷冷一笑：“你还敢问？我问你，你有什么资格除名林夜？”

孙前程见已撕破脸皮，声音渐冷：“王海龙，你别太嚣张！要林夜死的人可是内府的大人！别说你一个小小的外府长老，就算是大长老也保不住他！”

王海龙冷笑不语，伸手又是一巴掌！这一巴掌极狠，将孙前程扇飞！

“你，你……”孙前程眼神惶恐，挣扎往后退。

此时，王海龙寒声道：“既然你感觉内府有人，不妨通知他，看看他是否会来救你！不过，你得确保，那人来之前，你自己的命能保住！”

孙前程身躯猛然一颤，恍然回神。他终究只是个执事，一旦被杀掉，谁会为他出头？念及此处，孙前程瞬间吓得冷汗涔涔，哀声求饶：“王长老，我一时鬼迷心窍！是我不对！求求您，念在我这么多年没有功劳也有苦劳，原谅我这一次！”

王海龙冷声道：“求我有何用，向林夜磕头道歉！”

此话一出，一片哗然，皆是面露惊异之色。孙前程可是大执事，竟要向一个考核学子磕头道歉？

“嘶——孙执事若是真磕头，那可是颜面扫地！”

“他若真跪，今后休说做大执事了，就算是做执事也没人服他！”

众人议论声不断，孙前程听得面红耳赤，双拳紧握。“王长老，您真要做这么绝？我可是大执事，怎么能向一个考核学子磕头道歉？”

王海龙寒声道："跪下道歉，或者，我打到你跪下道歉！"说话间，一股强横气势，轰然碾下！砰的一声闷响，孙前程被压倒在地，骨骼咔嚓作响，几欲断裂！

"我道歉——"孙前程满脸惶恐，赶忙爬到林夜身前，接连磕头。"林夜，我错了！求求您大人大量，放我一马！"他重重磕头，一下重过一下，不敢有任何敷衍。

林夜眼睛微眯，轻笑道："孙大执事，你还记得我方才说过什么吗？"

孙前程面色煞白，磕头的动作一滞，久久未作声。

"看来是忘了。"林夜笑容渐冷，"那我提醒你一下，我说过无论你如何求饶，我都不会原谅你！"

"林公子，林大人，我真的知错！"孙前程面容扭曲，把头磕得砰砰作响！

然而，林夜没再看他一眼，漠然向王海龙说道："王长老，这等徇私枉法之人，该如何处理？"

王海龙冷声道："孙前程，徇私枉法，藐视学府，助长歪风邪气！理应罢免大执事职位，逐出学府！"

众人纷纷倒吸一口凉气，眼中满是惊骇之色。这可是大执事，说罢免就罢免？

孙前程更是面色惨白，双脚一软，跌倒在地。

"来人，把他拖到刑堂入案，逐出学府！"王海龙随意挥挥手，立刻有两名执事上前，拖走呆滞的孙前程。"接下来的考核，正常继续，由……"王海龙的目光犹豫，一时间难以决策。

林夜低声道："王长老，不如叫柳成荫执事代管，他为人正直，定然不会徇私舞弊。"

王海龙眼前一亮，点头笑道："听你的，柳成荫代掌大执事一职，继续主持考核。"

“是！谢过王长老！”柳成荫诚惶诚恐，又向林夜露出感激之色。

王海龙转头说道：“林夜，你就不必继续考核了。方才大长老叮嘱过，你可以直接入学，我带你去休息即可。”

“谢过王长老。”林夜走到姬云霄面前，笑道：“姬兄，我先走一步，你可要好好考，我在学府等你。”

姬云霄轻笑回应：“林兄放心，我马上就能去找你。”

“林夜，跟我来。”随后，王海龙带林夜转身离去。众人盯着林夜的背影，神情羡慕。

“没想到，这林夜竟然还有此等气运，会被王长老看中。”

“据我所知，林夜跟西门家有关系，可能大有来头，已然是被内定。”

“嘶——如此看来，这叶家是踢到了铁板？”

说话间，众人纷纷转头看向叶青云，眼中满是玩味之色。叶家威严，也挡不住他今天颜面丢尽！

“都给我闭嘴！”叶青云满脸愤怒，“我堂哥可是公认的新人王！天誉城第一天才！有我堂哥在，林夜算什么东西！等我禀报他，定要那姓林的完蛋！”

众人面色骤变，皆是不敢再作声。

……

王海龙带领林夜走到一座高山下，拾阶而上。齐月山，是新学子的居住之地，山内有聚气大阵，越往山上走，玄气越浓郁。

“林夜，我给你选了个好地方。”王海龙满脸笑意，话语间有亲近之意。

“多谢王长老！”

片刻后，两人走到半山腰的位置，来到一片竹林旁。竹林旁是一座二层小筑，竹木建成，清新优雅。王海龙推开门，立刻有一股清风徐徐吹来，风中裹挟浓郁玄气，让人精神振奋。

“的确是好地方！”林夜面露笑意，拱手道，“谢过王长老。”

“不必谢我，这是你用实力争取来的。”王海龙轻笑，随后拿出一块玉牌，正面浮雕“银月学府”四个大字，挥手在反面刻下“林夜”二字。

“林夜，这是你的学子玉牌，今日之后，你就是银月学府的正式学子。但是，你也不能松懈，还是要努力修炼，不要浪费天赋。”

林夜接过玉牌，脸上浮起一抹笑容。“多谢王长老……”话未说完，他忽然感觉到丹田传来一股绞痛，踉跄跌坐在地。

“林夜，你这是怎么了？”王海龙大吃一惊，连忙将他扶起。

蚀骨之痛！林夜咬牙不语，赶忙催动玄气，压制住丹田绞痛。但，效果甚微！绞缠之痛越发严重，额头沁出颗颗汗珠。

王海龙眉头紧皱，立刻抓住林夜的手腕，催动玄气渡入他的丹田之中。他玄气极为浑厚，林夜的绞痛之感暂且被压制。林夜长舒一口气，如劫后余生：“王长老，我好很多了，多谢。”

王海龙收回手，脸上却没有笑意，沉声说道：“林夜，你这是丹田受损了，若是不及时治疗，会导致丹田破裂，终身无法再修行！到底是怎么回事，为何会伤得如此严重？”

林夜眼神闪烁，思索片刻，暗道：“之前，我几次强行逆转功法，留下了隐患，再加之方才的大战，加剧了伤势……”

“大战？”王海龙目光微寒，冷声问道，“秦无畏？”

其实是因为与邪魔一战，林夜强行催动“雷霆万钧”导致。但他并不想多说，立刻岔开话题，说道：“王长老，我的当务之急，是稳定丹田伤势，不知您可有办法？”

王海龙皱眉摇头："丹田受损乃是武者大忌，修复十分困难。只有修为深厚的灵师出手，才有可能治疗。但是灵师极为稀少，何况是境界高深的灵师？即使在银月学府的外府，也是不多，而且地位极高，你是新人学子，也只能等参加过新人大会，才有可能得到接触他们的机会。"

"新人大会？"林夜疑惑问道，"为何我从未听过此事？"

王海龙解释道："以往都是在一学年后举行，但今年因为扩招平民学子，增加了考核的频率……七日后，大会就要举行，根据资质分配导师，那时候，你才有机会接触到灵师。虽然今日你在考核时表现不错，但终究是被打断了考核，所以，新人大会之时，你需要拿下前五名……且不说这些，当下想要缓解你的伤势，只能先去丹堂，购买合适的灵药。"

林夜立刻点头道："王长老，还请告知我丹堂的位置。"

"走，我带你去。"王海龙挥袖，准备陪同前往。

林夜没动身，而是问道："请问王长老，丹堂是否在来时的广场位置？"

"是。"王海龙点点头，疑惑道，"你为何问得如此详细？"

林夜尴尬一笑："我同来的妹妹，还在广场，我得去接她。"

"刚好顺路，跟我走就好了。"王海龙不再多言，率先走出院落。

片刻后，两人来到山顶之上的广场。此时，广场上人影稀落，边缘处，林林背对林夜蹲在原地。林夜挥手喊道："林林。"

"哥哥，我在这里！"林林立刻转身挥挥手，露出笑容，"我没有乱跑，就在这里等着……就是一个人，有些无聊……"

"下次不会让你一个人了。"两人相视一笑，林夜招招手，林林立刻小跑跟上。

王海龙眼神也柔和许多，嘴角露出笑容。随后，三人穿过广场，来到一条街道前，两侧楼阁林立，街口立有石刻，上书：琳琅街。

“那，就是丹堂！”王海龙带两人走入琳琅街，来到尽头，伸手指向一座大殿。那大殿极高，足有十数米，由玄金玉石建成，气魄恢宏。“走，林夜，跟我进去。”王海龙快步踏入大殿之中。

丹堂之中，有不少学子，人来人往，颇为热闹。王海龙指着柜台说道：“在学府买东西，都是需要记录的，你把学子玉牌递上去，购买二品灵药，保命玄津。保命玄津，对丹田伤势有奇效，按你的伤势来看，每一滴保命玄津，都可以延缓伤势十日，可保你暂时无忧。”

“好，王长老你等我片刻。”林夜走上前去，拿出学子玉牌，“我需要五滴保命玄津。”

柜台之中，蓝袍学子接过身份牌，细细看过后，抬头问道：“你是林夜？”

“是我。”林夜心头微动，对方认识自己这个新人学子？

那蓝袍学子面色骤变，冷声道：“丹堂是不会卖给你丹药的，赶紧滚蛋！”

林林俏脸微变，娇喝道：“你这人好讨厌，找打哦！”

“你认识我？有人吩咐你这样做？”林夜的眼神蓦地冰冷，语气锐利喝问道。

那蓝袍学子冷哼一声，道：“我说了，赶紧滚蛋！否则，我可叫丹堂护卫了！”

只听一声冷冽质问响起：“说，为什么不卖给林夜丹药？！”

那蓝袍学子转头，看到王海龙，瞳孔骤然收缩，立刻讪笑道：“王长老对不起，没有保命玄津了。”

“没有？”王海龙眉头微皱，说道，“区区保命玄津，二品灵药罢了，丹堂怎么会缺这种灵药？你好大的狗胆，竟然连我都敢骗！”

“这……”那蓝袍学子眼神闪烁，讪笑道，“王长老，您不要难为我了。上面吩咐过，不能卖给他，我也没办法。”

王海龙眉头一拧，喝问道：“上面吩咐过？谁的吩咐？”

那蓝袍学子转头看了一眼林夜，说道："还不是因为这位得罪了人……方才，丹堂大长老吩咐下来，今后但凡是林夜前来买丹药，一律没有！"

林夜冷声问道："是叶家，还是秦无畏？"

那蓝袍学子愣了一下，低声道："秦师兄亲自请了他师父，是内府长老吩咐下来的……王长老，您不过一个外府长老，还是不要……"

"内府长老又如何，就能徇私枉法？"他话音未落，王海龙冷声道："拿保命玄津来！"

"拿……我这就拿……"蓝袍学子眼神惶恐，赶忙反身拿出一只瓷瓶，颤巍巍递到林夜手中。

林夜接过瓷瓶，打开瓶塞，里面是一滴滴并不相融的黑色液滴，一共有六滴，药香味浓郁。王海龙也看了一眼，沉声道："不错，确实是保命玄津。"林夜暗舒一口气，随手取出十来枚金贝，丢在柜台上。

"多的算是赏你！"林夜漠然转身，三人重回到竹林小筑。

第7章 路见雪

“林夜，你立刻服用保命玄津，我为你护法。”王海龙待林夜坐定后，也坐到一旁。

“多谢王长老。”随后，一滴保命玄津入腹，立刻化作一股暖流，围绕丹田旋转。那绞痛感逐渐消失。许久过后，他缓缓睁开双眼，说道：“王长老，我的伤势暂且无碍了，多谢。”

“不必谢我。”王海龙露出欣慰之色，随后又道：“保命玄津也只能暂且缓解，不能帮你治愈，还是要去寻找灵师治疗。你若想见到灵师，还需努力修炼，只有自身实力强，他们才愿意与你结交。这一点，我身为外府长老，也帮不到你。这届新人学子中，不乏天才，有入学已气海境五重的，你虽然天赋不错，终究是底子差了些，还无法达到顶尖之流。”

气海境五重天？果然，我还是差了不少！唯有修炼变强，才能彻底得到重视！林夜目光越发坚毅，郑重说道：“王长老放心，我定要成为这一届的顶尖强者！”

“你有信心就好，时间紧迫，你尽快提升实力，七日后的新人大会，看你的表现。”说罢，他离开竹林小筑。

林林乖巧懂事，说道：“林夜哥哥，你疗伤要紧，我先去屋子里了。”

林夜目送她进屋，深吸一口气，暗自思索：“如今，若想再有突破，只有一条路，那就是继续修炼大梵天九转玄功，突破到气海境！今晚，我就要想办法，突破到气海境！”

他站在院中，环视四周。此时，已是月上枝头，清辉洒下。幽幽月光下，整座院落笼罩在一片朦胧白雾之中，那是玄气凝成的玄雾。林夜来到院中树下，盘膝而坐，开始修炼大梵天九转玄功。他身上亮起淡淡紫光，短短一炷香时间，院中的玄气已然被吸收殆尽。

“太少了……”林夜眉头微皱，缓缓睁眼。“这院中玄气，尚不足让我突破十分之一，若想一举到气海境，最少需要十倍的玄气！”他思索片刻，忽而嘴角一勾，看向山巅。

“王长老不是说，这齐月山越高，玄气便越浓郁？我若是去山巅，一定能够突破！”说罢，他身形一闪，大步向山巅飞掠而去。

“终于到了！”林夜缓缓吐出一口浊气。山巅之上略显荒芜，中央有数十块大石林立，略显怪异。晚风习习，吹得山间雾海翻涌，朦胧绮丽。只见那巨石之间，莹莹蓝光映亮四周，隐隐可以看到淡蓝色的纹路，繁密复杂，笼罩四周，深埋地下。

“这是，阵法？”林夜眼睛微眯，若有所思。他盘膝而坐，开始修炼。随着一抹乳白色光芒绽放，如长鲸吸水般，所过之处，玄雾立刻被吸收一空。而此时，林夜的丹田之内，精纯玄气奔涌而入，浩浩荡荡，连绵不绝。他的修为以肉眼可见的速度增长，玄气越发浓郁！

玄元境第九重天中期！

玄元境第九重天后期！

玄元境第九重天巅峰！

短短两个时辰内，他的实力已经到达了突破边缘！但就在此时，林夜碰到了难关。他的丹田之上，出现了一道淡淡的光罩，笼罩丹田，阻挡了他继续吸收玄气。

“我定要突破！”林夜神情随之坚毅，加快运转功法的速度，疯狂吸收四周玄气。

吼!

那乳白色光芒隐隐凝成一道白虎虚影，腾飞到巨石阵法上，竟是盘绕着阵法吸收玄气。顿时，玄雾翻涌，呼啸生风。整座齐月山的雾气都开始倒流，逆反常理，向着山巅涌去！此时，林夜的丹田之内，整座光罩中都凝聚满了玄气，是寻常武者的十倍不止！

“这天关为何如此之难，怎么还不破？这种情况，应该是第一变的功法修炼到了顶端！”大梵天九转玄功共有九次转变，每一变修炼到顶端，都需要血髓！林夜眉头紧锁，暗自低喃：“如今，我必须取得气海境虎类妖兽的血髓才行……”

轰隆隆！正在此时，他身后忽然发出一声巨响，一阵地动山摇！强横的劲气冲击，直袭林夜后背!

“出事了！”林夜倏地起身，噼啪一声，催动不朽雷霆诀，周身紫电奔走。紫色光影一闪即逝，林夜身如疾电，躲开那道劲气，豁然转头看去。轰！随着一声巨响，聚气大阵，彻底炸裂！林夜面色怔然，随后苦笑一声：“没想到这大阵如此脆弱，我得尽快离开此处，以免惹出麻烦。”

此时，数十道人影冲上山来，领头的人还是执事。“躲不掉了！”林夜眼睛微眯，随后身形一转，佯装向山上跑去，但他故意放慢步伐，等到那群人追上前来。

“前面的学子，等一等！”黑袍执事立刻追上前来，高声喝问：“你是干什么的？”

林夜满脸茫然，回头说道：“回禀执事，我是新学子，听到山上有动静，就想过去看看。”

“快走！快走！”那黑袍执事不耐烦地挥挥手，“山上可能有危险，你一个新人，赶紧下山躲好，别被伤到！”

“是，是！”林夜连忙答应，转身下山。

不久，他便听到山巅传来震惊大吼。“这怎么回事？聚气大阵怎么被炸成了烂石碓？！”

“敌袭！这一定是敌袭！”

“快快禀报长老！”山上乱作一团，林夜抿嘴偷笑，快步回到竹林小筑。

……

银月学府，内府，一座雄山之巅。紫袍老者目光穿过云海，向远处眺望，摇头轻笑：“林夜这小滑头，跑得倒快。”

他话音刚落，身后传来一声娇呼，“爷爷，我回来了！”一名少女英姿飒爽，大步走到他面前，问道：“爷爷，我方才听你在说林夜？你见过他了？”

“见雪。”那紫袍老者笑道，“不但见过了他，还见识到了他的实力！确实是一块璞玉，值得好好培养，只是他不太老实，把齐月山的聚气大阵毁了……加上考核时的阵法，他才来学府一日，已毁了两座阵法。”

若是林夜在此，必定能认出，她就是那位路姑娘！

“还是个阵法破坏小能手？”路见雪秀眉一挑，笑道，“爷爷放心，我会敲打他……”

“不必。”紫袍老者淡淡说道，“方才他在短短一个时辰内，将一座聚气大阵的所有元气，全部吸收干净，导致大阵运转过快，才会崩塌。”

路见雪怔然道：“一个时辰内，吸光一座聚气大阵？怎么可能？”

紫袍老者目光深邃，抚须道：“雪儿，你去告知他一声，让他尽快来见我一面。有些话，我要跟他说明白了……”

……

朝阳初升，竹林小筑。

“这天关之难，我不可能凭蛮力破之，只能修炼到第二变，才能突破。还有寻找血髓的事情，必须尽快了。虎乃百兽之王，是天生的强者。即使最弱的虎种妖兽也有气海境的实力，着实不好对付。”林夜眼神坚毅，抬头看向屋外，“再难，我也要试一试！接下来，要去打听一下虎种妖兽的踪迹。”

他刚刚起身，忽然听到院外传来一声怒骂：“林夜，你给我滚出来！”

林夜愣神片刻，嘴角勾起一抹苦笑：“难不成，是昨晚炸掉聚气大阵的事情被发现了？”

院中，几个身着华袍，面色桀骜的少年站在门口，不停谩骂。

“林夜，给老子滚出来！”

“别当个缩头王八，躲起来不敢出门，有种出来！”

人群中的蓝袍青年抬起脚，就要向院门踹去！落脚之际，院门打开，一道黑影如鬼魅一般来到他的面前。还没等他反应过来，小腹被一股巨力猛击，倒飞出五六米远，重重摔在地面之上。眼前一黑，昏死了过去。林夜不去管他的死活，目光一扫众人，冷声道：“谁家的狗，大清早的狂吠，该打！”

“倒是挺狂，看来你就是林夜了？”人群中，一个身着银色华袍，面容白皙的少年走了出来，打量了林夜两眼，神态倨傲。

“你是何人？”

“连我都不认识？果真是个乡野贱民！”银袍少年嘴角轻扬，一挥手道：“告诉他，本公子的大名！”

身边一个小弟清了清嗓子，道：“小子，听好了！我们公子乃是陈家的二少爷，陈武！”

“陈武？”林夜微微一怔，道：“不认识，有事就说，没事滚蛋。”见众人不是冲着聚气大阵而来，他也不再客气，直接下了逐客令。

“狗东西，你敢这样跟陈二公子说话，一个不好，让你万劫不复。”

“一个废物而已！”林夜打了个哈欠，摆摆手，转身欲要离开。这些人阵仗很大，修为却大多不高，且脑子似乎不太灵光，他懒得跟这样的一群人计较。

“你敢骂老子废物！”陈武面色狰狞道，“昨日考核，你用了卑劣的手段让我哥出丑，虽然我哥不屑于跟你争辩，但我陈武咽不下这口气！今天，你若不当众讲明白昨天是怎么回事，再去向我哥请罪，我就打断你的狗腿！”

陈家是名门望族，历代天才从未被乡野之人比下去过。昨日陈烨输了一局，陈家丢了面子，陈武不服，聚集一群朋友，才找上门来闹事。

林夜缓缓转身，眼神渐冷，冷笑道:“陈家的人，都是如此霸道，如此不讲道理？输了不认，还要上门学那泼妇骂街？废物果然是废物！”

“老子不是废物！你们一起上，给我打断他的狗腿！”废物二字，深深刺痛了陈武的心，让他整个人彻底暴走。

“是，二公子！”那几个华袍少年面色狰狞，纷纷催动玄气，围攻而来。

一群蝼蚁，也想撼动大象！林夜一扫众人，笑容轻蔑而冰冷。这群人中最强者不过气海境一重天巅峰，有的甚至只是玄元境。在他眼中，跟孩童又有什么区别？想至此，林夜身躯微震，不朽奔雷诀催动开来。登时身上紫电萦绕，威势赫赫！身形一闪，化作一道紫电，迎着众人而去。

此时，他的拳头之上，满是雷霆之力，每一拳都有三千斤重！每一拳挥出，必然昏死一人。眨眼间，也只是几个鼻息过后，林夜的身形随之停止，傲然立于人群中。而地上，已然躺满了陈武的打手。林夜缓缓转头，挑眉看向陈武，面露轻蔑：“陈二公子，我的腿，你还收么？”

此时的围观人群，发出一片惊骇的吸气声。

“林夜竟然如此之强，不过玄元境而已，竟然能打败数十个气海境的学子！”

“看来之前的传闻不对，他很强！”

“平民子弟中能出这样一位强者，也着实让我等佩服！”

议论间，看向林夜的眼中多了几分敬畏。

“这狗东西，为什么这么厉害！”陈武大惊之余，已然有了要跑的心思。林夜的腿他一定要收，可不是今天。他带来的那些人此时都已躺在地上，哪怕他亲自出战，也只有被虐而已。想至此，陈武不再回答对方的话，悄悄地后退了几步，转身就要离开。逃跑虽不光彩，但留在这里被打脸更是丢人！

林夜早已料到对方心思，身形一闪，挡在了陈武面前，微微一笑，道：“陈二公子，你这是要去哪？”

“林，林夜，你还想做什么？”陈武踉跄两步，脚下一软，跌坐在地，颤巍巍道：“我陈家可不好惹，你不要乱来！你若敢动我，我哥不会放过你的！”

“你哥现在可救不了你！”林夜挑眉冷笑，“你大清早来我门口叫骂，要砸了我的院子，打断我的腿，就想这样离开？来而不往非礼也，放心，我也不乱来，就是想告诉你一件事情……”

闻言，陈武愣了一下，询问道：“什么事情？”

“我要告诉你，花儿为什么这样红！”林夜嘴角的笑容逐渐绽放，一拳砸下！拳头之上紫电奔腾，势如雷霆，狠狠砸向陈武的面门！只听砰的一声闷响，拳头砸在他的鼻梁之上！

“啊——”陈武惨叫一声，捂着脸满地打滚。

林夜紧跟上前，一脚踩在他的背上，笑容灿烂中透着诡异：“今天给你点教训，让你长点记性，就你这怂包样子，还是别为你哥出头了，滚回去当你的富家公子！”

说完，转身准备离去。对于这些弱鸡，哪怕是暴虐的心思，他都提不起一点兴趣。

“林夜，你给我住手！”正在此时，众人身后忽然传来一声怒喝。

“是陈烨！陈师兄来了！”刚刚从昏死中清醒过来的几个人，听到这个声音，激动得差点流泪。

林夜闻声停下了脚步，回头循着声音看去。陈烨面带怒容，大步而来！

“陈师兄来了，有林夜好受的！”

“陈烨可不是陈武那种废柴，听说他的实力已是气海境四重！”

“龙争虎斗，接下来怕是有一出好戏要上演！”

众人目光在两人间飘动，难掩激动神情。两强争霸，必有一伤！

陈烨来到场中，一扫陈武惨状，登时面色大怒：“林夜，你敢打我弟弟？”

“哥，救我！这狗东西，不但打我，还骂你！”

恶人先告状？“本来想饶你一次，没想到你还敢满口胡言！”林夜眼神一冷，拳头再度狠狠砸向陈武的面门！砰的一声，陈武满脸开花，差点昏死过去！

“你还敢打？！”陈烨面目狰狞，厉声喝道，“你这乡野贱民，真是无法无天！”说话间，他俯身冲过来，一脚踹向林夜的胸膛。林夜面色淡然，脚下一错，金光闪烁，大鹏虚影凝结！身形一闪，已经退到五米开外。“打了又如何？你们陈家不管教，我来教他做人。”林夜挑眉轻笑，毫无惧意。

陈烨上前一把拉起陈武，冷声喝骂：“废物，丢人现眼！今天，你把我陈家的脸面都丢尽了！还不滚到后面去！”

陈武唯唯诺诺，不敢多言，踉跄地跑到后面。

“姓林的，今天之事，磕头道歉方可作罢，如若不然……只有死字一言。”

面对威胁，林夜毫不畏惧，冷冽一笑：“陈家不愧是豪门贵胄，就是不讲道理！你弟弟来欺负我，被我打回去，你反倒要我道歉？真是笑话！”

“一贯的牙尖嘴利！”陈烨身上气势升腾，玄气狂涌而出！

吼！只听一声狮吼，赤炎裂空狮虚影凝结，仰天长啸！陈烨猛然弹身而起，脚尖处赤色火焰升腾，凝成一团一米多长的利剑虚影！

“是狮吼裂空斩！”人群中发出一声惊呼，众人愈发兴奋。

“这可是一本玄兵阶上品的武技，乃是玄兵阶武技的巅峰！”

“狮吼裂空斩的威力，连寻常气海境二重天的武者都接不下！”

说话间，陈烨身上的气势已然到达顶峰，一脚踢向林夜的头颅！那凌厉气势形成劲风，呼啸而来！呼——林夜额前长发翻飞，劲风贴面而过，瞬间割断一缕长发！

“好强的气势！”林夜脸色瞬间凝重，反手催动玄气，紫光乍亮，熠熠生辉！金紫色光芒在他拳头上闪烁，凝成山岳虚影！眨眼间，那凌厉火焰利刃虚影斩下！

“给我破！”林夜大吼一声，一拳砸出！两股玄气碰撞到一起，激起道道劲气荡漾！利刃虚影异常锋利，只是一个照面，便将山岳虚影绞碎大半！凌厉的气息，刺破林夜的衣衫，瞬间将其右臂袖子绞碎！瞬间，鲜血淋漓，四处飞溅！

“不好！”林夜瞳孔骤然收缩，暗道，“这一招，仅凭大帝开山顶不住！”他咬咬牙，催动体内所有玄气，高声怒吼：“雷霆万钧！”

林夜体内传来闷雷声，身上紫电滚滚！不朽雷霆，雷霆天伐！瞬间，那破碎的山岳虚影被雷霆包裹，气势更胜一筹！紫雷奔腾，声如擂鼓！雷霆万钧，狠狠砸向那赤炎利刃虚影！随着一声巨响，两人擦身而过，纷纷站立。陈烨面色惊愕，率先转身。

林夜的右臂微微颤抖，其上有一道狰狞伤口，贯穿小臂。“果然，硬抗气海境第四重天，我还是不行。”他眼中精光闪烁，催动玄气疗伤。

“姓林的，你现在求饶还不晚！”陈烨面露冷笑，一步步逼近，“你一个要实力没实力，要背景没背景的乡野贱民，逞什么强？林夜，你只要跪下，向我弟弟磕头认错，再自废丹田，滚出学府。我，就给你个活命的机会！去我陈家，做一个下贱的奴仆，这已是你这种贱民天大的荣幸了……”

冷冽气势中夹杂着杀意，笼罩全场。

林夜抬头，目光微凝，转头看向陈烨，“我承认，我只是个平民，没什么背景势力。但，陈烨，你听过一句话吗？匹夫一怒，血溅三尺！”

“既然这么有骨气，我就满足你的愿望，让你站着死！”说罢，陈烨催动玄气，欲要再度出手！

林夜眼中隐隐有决然之色，已然开始沟通神魂帝天！若真的唤出神魂帝天，他自信，能有五分胜算！搏命之争，五成足以！两人气势对垒，怦然作响。大战，一触即发！

铮——正在此时，远处忽然响起一声剑鸣！

一道淡蓝色剑光破空而来，直袭陈烨后背！陈烨面色骤变，慌忙闪身躲开，向后看去，“是谁？竟敢偷袭本少爷，不想活了！”

只见远处，一道笼罩在黑袍下的身影，大步走来：“好狂的口气！我看，不想活的是你！”

来人手中长剑一颤，清澈的剑鸣声响彻全场！凌厉剑意，笼罩四周！

好强！众人心中皆是惊叹，连连后退。

陈烨目光落在来人的腰间，看到“内府执事”的腰牌，眼神顿时惶恐，“内府执事？这等大人物，怎么会出现在齐月山！”

斗笠之下，那人眼神冷冽，沉声喝道：“新生入学，三月内不准私斗，你不知道吗？大庭广众之下，公然残害同门，理应逐出学府！”那言语铿锵有力，掷地有声！

陈烨面色苍白，慌忙拱手：“大人，学子不敢，我与这位学弟只是技痒切磋，并不是您想的那样……”

内府执事目光越发冷冽，抬袖间剑鸣声再起，淡蓝色剑光化作流星，将陈烨击退数米。

“嗯——”陈烨闷哼一声，砰然跪倒在地，再无半点之前张扬。

内府执事寒声道：“陈烨，念在你是初犯，我只是小惩大诫，且放你一马，若敢再犯……陈家也保不住你！立刻给我滚！”

“谢过大人留手！”陈烨面色涨红，不敢多言，赶忙拉起陈武快步转身离去。

“哥，你怕什么？”陈武眼神茫然，不甘心道，“咱陈家，还怕……”

啪！他话未过半，陈烨抬手就是一巴掌，“蠢货！赶紧跟我走，那是个内府执事！再多说半句，真问罪我等，父亲定然会责骂！”

陈武身躯一抖，慌忙闭上嘴，不敢再多言。二人离开，围观众人也不敢再逗留，慌忙散去。

林夜则是低头拱手道：“谢过大人解围。”

此时，内府执事声音不再低沉，莞尔轻笑：“林夜，你还真的认不出我？”

那声音十分熟悉，林夜怎会不记得？

“路姑娘？”林夜微微一怔，抬头看去。

那内府执事摘下斗笠，露出绝世容颜，“林夜，我们又见面了。”路姓少女嘴角勾起一抹轻笑，眼神中还有几分玩味。

“真是你……”林夜目光微凝，沉声道，“方才之事，谢谢你解围。不过，之前在万叶城，你可是给我找了不少麻烦……后面你也帮了我，我们算是两不相欠。这个还给你，以后还是不要见了！”说话间，他顺手一抛，将手帕扔给少女。

“这个你还留着？”路姓少女面色微怔，等她再抬头的时候，林夜已经转身要走了。“哎！你这个人怎么这么无趣？”路姓少女身形一闪，挡在林夜面前，俏皮笑道:“我这次前来,要告诉你一件事情。这件事情对你来说,可是很重要的。”

林夜步伐一顿，上下打量她。这个姑娘古灵精怪，话只能信三分……但他思索片刻，还是暗叹一声：“那你且说说看。”

路姓少女笑道：“我爷爷想要见见你，等新人大会以后，我会带你去见他。”

果然，她的话只能信三分。

“这就是重要的事情？”林夜摇头轻笑，“我对见你爷爷，没什么兴趣。”

路姓少女早有预料，笑道：“别忙着拒绝，那日在镇魔塔前，你可是说过，要找我爷爷喝茶的。”

镇魔塔前？是那位出手救他的紫袍前辈？林夜面色愕然，“你竟然是那位前辈的孙女？如此说来，我是要去当面答谢那位前辈的……”

“这么说，你就是答应了？”路姓少女随手抛给他一枚玉符，轻笑道：“我这里有一块玉符，你且拿着。此为传讯符，捏碎后我会感应到位置，前来见你。之前在叶家祖祠的事情，是我欠你一个大人情，这玉符算是答谢。”

还挺有诚意。林夜接过玉符，淡淡道：“既如此，我也不能小气，等新人大会过后，我会去找路前辈当面道谢。此外，我再问你一件事情，附近哪里有虎种妖兽，我需要找些血髓。”

“虎种妖兽的血髓？”路姓少女秀眉微皱，沉声道：“虎种妖兽的实力可都在气海境之上，寻常入学一年的老学子都不一定打得过，你为什么要冒险？你若是需要血髓，大可不必找虎类妖兽。”

林夜淡淡应道：“你只管说好了。”

路姓少女眼神闪烁，思索片刻，“这样好了，外府老学子会有一场狩猎活动，等下我会安排你加入他们的队伍，去取虎类妖兽的血髓。”

林夜拱手笑道：“路姑娘，那就谢谢你。”

“不必言谢，对了，别老叫我路姑娘，我有名字，叫路见雪。”路见雪潇洒挥手，转身离去。

……

半个时辰后，竹林小筑门外忽然传来一声呼唤，“请问，林夜师弟是住在这里吗？”

“来了！”林夜嘴角露出一抹笑容，出门相迎。只见门外站着位十八九岁的蓝袍少年，眼神谦逊，笑道：“请问，你就是林夜师弟吗？”

“我是！”那蓝袍少年轻笑点头，“我叫赵宗辉，方才李长老通知我，带你去见识下狩猎任务。林师弟，随我来即可。”

“好，有劳赵师兄。”林夜点头跟上。两人穿过幽静竹林，来到新人广场的东侧。

“林师弟，到了。”赵宗辉缓缓吐出一口浊气，指着前方笑道，“这里就是狩猎大殿，专门用于接狩猎任务的。”

眼前是一座由黑铁石建成、十多米高的宫殿，气势宏伟，殿前人来人往，多是年纪稍大，气势强横的少年。

两人走到大殿门口，便看到四五个少年少女向赵宗辉打招呼，“赵师兄，你回来了！”

“是，李长老让我接的人，我接来了。”赵宗辉点头笑，拉着林夜，向众人介绍一番。

“在下林夜，请诸位师兄师姐，多多照顾。”林夜微微拱手，不卑不亢，可他话音刚落，忽然响起一阵嘲笑声。

“哼！走后门的蠢东西，也好意思让我们照顾？”说话之人是一个身材硕壮如蛮牛、皮肤黝黑的黑袍少年，满脸不屑地看向林夜。

赵宗辉眉头微皱，沉声道：“王志雄，你什么意思？林夜可是李长老要带的人，出言还是谨慎点好。”

王志雄挑眉瞥了他一眼，冷声道：“赵宗辉，你为了巴结李长老，还真是什么差事都肯接！像这样气海境都没有突破的废物，塞进来就是给我们拖后腿！既然人是你接的，那就你来带，我可不会管！”

“对！”他身后一名红衣女子面色冷冽，点点头，“你自己巴结长老，我和志雄可不会随着你！”

“王志雄！焦雨燕！你们说话太过分了！”赵宗辉脸色涨红，高声喝道，“若不是必须要有五人，小队才能接任务，我也不会跟你们同队！”

“好了！好了！”此时，一名眼睛眯成缝隙，身材痴肥的少年走上前劝架，“赵师兄，王师兄，你们都少说两句，这次狩猎虎种妖兽的任务很重要，我们不能还没开始就内讧啊。”

焦雨燕冷哼一声：“莫成文，你说得好听，但遇到危险，你要拿命去保他吗？自己就是半桶水，还好意思带人？”

莫成文微微皱眉：“焦雨燕，你也别呛火了，难不成你想队伍解散？”

“就算现在解散，我们也不怕！”焦雨燕娇笑道，“志雄可是气海境三重天巅峰的强者，带我找个队伍还不简单？莫成文，现在要你选择跟谁，你可要想好！”

还真是庙小阴风大，池浅王八多！林夜摇摇头，沉声道：“你们不用为我争吵！”

众人皆是眉头紧皱，转头看向林夜。王志雄挑眉冷笑：“怎么，小废物，你不服气？告诉你，想跟我们队伍混血髓，就得听着！受着！”

林夜眉头微蹙，冷声道：“我有求于你不假，但我也不是你们口中的废物。此事不必难为赵师兄，我不会给你们添麻烦，你们只管带我找到妖兽，其余我自己解决。”

“真是天大的笑话！”王志雄哈哈大笑，“你以为狩猎是出去游玩？小子，我们不管你，你一定会死在外面！”

林夜淡淡道：“那不用你管。”

笑声戛然而止，王志雄面色冷冽，恶狠狠道：“这话是你自己说的！到时候遇到危险，就算你跪下磕头求我，老子也不会管你。”

“志雄，何须跟一个蠢货计较？这小子既然想找死，那就让他去！”莫成文低叹一声，摇摇头也不敢多言。赵宗辉气得脸色越发涨红，却也无言反驳。队伍中，王志雄实力最高！这是无法反驳的事实！

林夜一笑而过，轻声劝阻：“赵师兄莫着急，一个狂妄之徒，不必跟他计较。”

赵宗辉面露愧色，低声道：“林师弟，对不住了，师兄实力确实不高，还要让你受苦……我辜负了李长老的期待。”

林夜摆摆手，轻笑一声：“言重了，反倒是我拖累了赵师兄。”

“走，我们去接任务！”

而此时，王志雄高喝一声，得意地向狩猎大殿走去。林夜冷笑不语，跟着走入任务大殿，环视四周。任务大厅中有不少高大的石碑，分为白色、黑色、红色三种，白色的石碑最多，有百十块，黑色有十几块，而红色最少，只有三块。王志雄几人去前台接任务，而林夜就四处闲逛。

他看到那白色石碑之上，多是普通的任务，要求实力在气海境一重天左右；黑色的石碑所需实力略强，要气海境三重天到五重天不等；红色石碑上的任务最为稀少，也最难。其中前两个，都是要求实力在气海境五重天以上才可以接。

“探查天穹之森深处的异响来源，并取回证据？”林夜站在第三块红色石碑前，转头问赵宗辉：“赵师兄，为何这块石碑没有接任务要求？”

赵宗辉看了一眼石碑，苦笑道：“原来是这个死亡任务。这个任务本来只是白色任务，但半年时间内，非但没人能完成，还死了几十人，至此再也无人敢接……所以，就设置成了开放任务，谁如果有结果，可以直接上交。”

“原来如此。”林夜若有所思，“看来，这红色任务确实危险，没有实力不能轻易接下。”两人走过红色石碑，又去看黑色石碑。

“小杂碎，你算个什么东西，也敢跟我抢任务？”正在此时，旁边忽然传来一声怒吼。

“王志雄？”林夜眉头微皱，转头看去。只见王志雄满脸怒容，提着一名瘦弱少年，恶狠狠道：“老子想接的任务，你敢抢？”

“不是，师兄……”那瘦弱少年面色慌张，想要解释，可话未说完，就被王志雄一巴掌扇在脸上！

“师兄，你听我说……”那瘦弱少年惨叫一声，跌倒在地，挣扎着想要解释。

“敢惹我王志雄，你是活腻了！”然而王志雄面色凶狠，根本不给他解释的机会，提拳还想打。

“住手！”林夜身形一闪，拦在那瘦弱少年面前，沉声劝阻，“王志雄师兄，别欺负其他师弟，如果真要接任务，我们再等就是，不必要抢……”

“小废物，管你屁事！”王志雄眼中寒光一闪，冷声打断，“你以为我像你一样，时间多到用不完？赶紧滚开！再敢多说一句，信不信我连你一起打！”说话间，他拳头握得嘎嘣作响，身上气势升腾。

我好言相劝，你就这态度？真是好良言难劝该死的鬼！

“有种你就试试！”林夜目光渐冷，催动玄气，昂首对峙。

“小畜生，既然你不知好歹，那我就教训教训你！”王志雄面色狰狞，提拳就要打！

“吵什么吵？”此时，两人身后忽然传来一声高喝。只见一名黑袍执事，大步走过来，皱眉扫视四周，冷声质问："你是怎么回事？"

"吴执事，是这样的！"王志雄眼睛微眯，面露狡黠坏笑，"方才那人抢我的任务，还要打我，被我反打回去。"说着，他指向那瘦弱少年。

"不，不是的……"那瘦弱少年面色焦急，赶忙解释，可他还未开口，就被王志雄高声打断："不是个屁！他和这家伙串通一气，想要害我们队伍！"说话间，他又一指林夜，张口就是诬陷！

林夜挑眉冷笑："王志雄，你出手打人不算，竟然还敢污蔑同门？"

吴执事一扫双方，负手而问："你们两个，可有证据？"

林夜一愣，说道："吴执事，这么多人看到，还需什么证据？"

赵宗辉走上前，道："我可以作证，是王志雄说谎！"

"你这是要撕破脸皮？"王志雄面色一冷，恶狠狠扫视林夜两人，"好！既然如此，别怪我无情！"转身来到吴执事身前，低声道："执事大人可否借一步说话？"

"好，我可以听一听。"吴执事眉头微挑，笑眯眯应下，跟他走到旁边。

二人再次折返，吴执事冷脸喝道："你这新人学子，竟敢欺瞒与我？你其罪当诛！念在你是初犯，就不追究责任了，立刻给我滚回去，罚你三个月不准来狩猎大殿接任务！"闻言，众人一片哗然，低声交谈。

"谁不知道，吴执事是出了名的贪财，收钱了他就肯定办事。"

"王志雄也是个出了名的老生恶霸，经常欺负新生，谁敢招惹他？"

"这新生招惹了王志雄，怕是后面几年都不好过。"

众人纷纷摇头，看向林夜的眼中多了几分怜悯。而王志雄眉头高挑，得意地笑道："林夜，你听到了，还不赶紧滚？"

"好一个狼狈为奸！"林夜拳头攥紧，寒声道，"堂堂一个执事，竟然包庇学子行凶？不知此事若是到了刑堂那里，你们能怎么辩解？”

吴执事冷声呵斥：“大胆林夜！我……”话音忽然弱了几分，低声呢喃：“这名字，我好像在哪里听过？”

王志雄赶忙低声询问：“吴执事，您怎么了？”

“此事，我还需要详细问一问，才能定夺！林夜，你跟我过来！”吴执事没有作答，他向林夜招招手，二人来到一旁。

见此一幕，焦雨燕皱眉道：“志雄，他不会……”

“放心。”王志雄十分自信，冷笑道，“我给了吴执事精金锭，就算那姓林的想贿赂，也做不成的！”精金锭品质极纯，更加珍贵，一锭价值相当于千枚金贝。

“不愧是王师兄，真是财大气粗！”莫成文露出谄媚面色，立刻出言吹捧。而王志雄脸上得意之色更甚，傲然看向林夜，自感已是胜券在握。

一旁，吴执事低声问道：“林夜，你认不认识柳成荫大执事？”

林夜皱眉道：“柳成荫不是执事吗？我考核之时，确实是他带我……但柳执事跟此事有何关系？”

“真是你！”吴执事面色微变，随后讪讪笑道：“昨日柳执事晋升，成了大执事，掌管外府执事调动……他亲口说过，若是见到你，就要多多照顾。”

柳成荫成了大执事？昨日林夜向王海龙举荐了他执掌考核，没想到却让他晋升到大执事之位。他特别吩咐照顾林夜，也是情理之中。原来如此，林夜顿时冷笑：“吴执事，我方才可是见你收了王志雄的好处，你身为执事，就这等作风？今日你是遇到了我，若是遇到寻常学子，岂不是要被你俩剥一层皮？”

“不会！不会！”吴执事面色骤变，赶忙正色道，“我只是试探那个王志雄，不是为了拿好处……这样，我立刻惩办那个王志雄！”

林夜沉声道：“吴执事若是秉公执法，我也不会跟柳执事多说什么。”

“林夜，你放心，王志雄这厮跑不掉！”吴执事暗舒一口气，转身大步向王志雄走去。

“吴执事，您看……”此时，王志雄满脸笑意，迎上前来。

“混账东西！”吴执事怒骂一声，抬手就把精金锭砸到他脸上！

啪！随着一声脆响，精金锭落地，王志雄被砸得晕头转向，捂着脸蜷缩在地。

怎么回事？这一击猛砸把他砸懵了，围观众人看得也是满脸疑惑。

“王志雄，你竟敢用精金锭贿赂我，真是胆大包天！”吴执事挥臂猛然提起王志雄，把他扔到林夜面前，“贿赂执事，欺凌同门，公然触犯校训！学府怎么会有你这等学子？少废话，赶紧给林夜道歉！”

王志雄恍然回神，惶恐低喃：“吴执事，我……”

啪！吴执事反手就是一巴掌，厉声道：“道歉！”

王志雄吓得身躯猛抖，慌忙求饶：“林师弟，我错了！方才我满口胡言，横行霸道，还望你不要放在心中！”

林夜淡淡地瞥了他一眼，冷声道：“如果道歉有用，那还要执法堂做什么？”

吴执事冷声道：“那就把他送去执法堂！”

王志雄身躯猛颤，背后冷汗涔涔，怦然跪地，赶忙继续求饶：“饶命！林师弟饶命！执法堂那地方，铁汉子进去也要被打成废人，求你扰我一命啊！”

林夜眼神戏谑，轻笑道：“那倒也不必，听说王师兄很有钱，不如拿钱买自己一条命？”

“说得有道理！”吴执事眼角抽搐，轻咳一声，“王志雄，还不赶紧掏精金锭！”

“是是是！”王志雄颤巍巍取出几块精金锭，双手奉上，“林、林师弟，这是我全部的精金锭了！”

四块拳头大小的精金锭，在阳光下闪烁着耀眼光泽。林夜顺手收起精金锭，塞到方才被欺负的瘦弱少年手中，“拿着，这是王志雄给你的歉礼。”

“林师弟，我……”那瘦弱少年想说什么，可被林夜抬手制止。

接着，林夜淡淡地瞥了一眼王志雄，“记住这次教训，以后不要再欺负同门，你可以滚了。”

“谢谢林师弟！”王志雄慌忙狼狈起身，踉踉跄跄向外跑，他身后两人更是惶恐，灰溜溜地跟着离去。

此时，吴执事讪笑道：“林夜，你看这样可还满意？”

林夜挑眉道：“吴执事，您真是大公无私，以后也要不忘初心啊！”

“你说得极是，我自然会秉公执法。”吴执事心中微颤，讪然一笑：“这样，林夜，你们不是需要狩猎任务吗？我这就去给你们办妥。”他赶忙转身离去，片刻过后，将一个羊皮卷轴递给林夜，“林夜，这就是你们要的狩猎任务。”

羊皮卷轴之上，文字如同灰烬，时隐时灭——“黑色狩猎任务：猎杀苍岭炎虎，获取其源晶。任务奖励：灵石一颗，气海境破壁丹一枚。”

林夜眼前一亮，心中大喜：竟然还有破壁丹！可帮武者跨过境界壁障，有了它，我突破更有把握！接着，他拱拱手，“有劳吴执事了，我们正需要此任务。赵师兄，还有那位师弟，请随我来。”林夜向赵宗辉和那瘦弱少年招招手，转身向大殿外走去。吴执事暗舒一口气，心有余悸。

第 8 章 魔龙咒师

林夜三人走出大殿后，站在一颗古树之下。那瘦弱少年叫作冷云，此时正面色尴尬，“林师弟，我虽然也是老生了，但只有气海境二重天。我接这个任务，其实也是想去碰碰运气，人还没有凑齐。”

林夜微微皱眉，“所以，你现在有几个人？”

“只有我自己……”冷云的笑容越发尴尬，应声细若蚊蝇。

赵宗辉摇头：“那苍岭炎虎，最少也是气海境三重天的实力，凭我们三个，绝对不是对手！”

“放心便是，我自有人选。两位师兄，随我来便是。”

“赵师兄，林师弟，等等我！”

正在此时，三人身后响起呼唤声，一道黑影急匆匆跑过来。林夜三人闻声，纷纷转头看去。只见身材略胖的莫成文跑过来，憨笑道：“赵师兄，林师弟，我也想加入你们的队伍。”

赵宗辉闻言大喜，笑道:“莫师弟可是气海境二重天巅峰的武者，是一大助力!你能加入，当然欢迎！”方才这个莫成文，就是个墙头草。

林夜沉声道：“既然赵师兄这样说，那我们便一道同行。”

“谢谢林师弟。”莫成文脸上露出笑容，赶忙跟在三人身后。

半个时辰后，林夜身旁多了两个人，正是钱多金和姬云霄。钱多金是气海境一重天的武者，而姬云霄的实力更是在气海境二重天巅峰！几人认识一番后，动身向学府的后山方向走去。万古山脉乃是此次任务的地点，在银月学府所在山脉的深处，绵延千里，凶兽纵横。几人一路急行，三个时辰后，终于来到万古山脉之中。此时，天色渐晚，已是夕阳迟暮。

林夜抬头看看夕阳，缓缓吐出一口浊气，“天色不早了，不如我们找个地方，先休息一晚，明日再继续。”

“就依林兄所言。”姬云霄淡淡点头，纵身一跃，站在枝头遥望远处。其余几人也纷纷四散而开，出去寻找休息之处。

“林兄，我找到了一处山洞，可以过夜！”片刻过后，钱多金高高挥动手臂，大步跑回来。

“那我们过去看看。”

林夜点头，几人跟随钱多金，向山洞走去。一盏茶后，众人穿过山林，眼前豁然开朗。那峭壁如刀凿斧劈般陡立，其下有一处三米多高的山洞。几人大步走进去，抬头环视四周。山洞十分干燥，初入开朗，但极为幽深，走了百十米还不见底，前方一片漆黑。

“这山洞深不见底，我们不要继续深究了。暂且在山洞外围休息一晚，明早就离开。”林夜停下，不再往前。

闻言，众人并未多想，准备安营扎寨。只有姬云霄皱眉看了一眼山洞深处，皱眉低喃：“这里的气息，有些古怪……”

随后，几人吃过东西，各自盘膝休息。月上枝头，已是深夜。姬云霄豁然睁开双眼，起身大步来到山洞外，向远处眺望。

“怎么了，姬兄？”林夜闻声起身，跟了出来。

姬云霄眉头越皱越紧，低声道：“有人向这边来了，就在千米之外，人数很多，不好判断……但是，都有杀意！”

“杀意？”林夜眼中寒芒一闪，亦是抬头看去。过不多时，树林中传来一阵簌簌声，几道黑影落在地上，向山洞处观瞧，似是在望风一般。收回目光，微微眯眼，低声道：“我们去看看。”

说罢，他身上亮起淡淡金光，大鹏虚影一闪即逝。身如鬼魅，几个闪身，已经来到了山林边缘，站在树梢观察。姬云霄的身形也不慢，飘然跟上，落在他身后。只见几道人影俯身在树下，正在低声交谈。

“你们确定，那个叫林夜的家伙就在山洞里？”

“应该不会出错，大人接到了消息，派人一路尾随至此。”

“那好，我们这就前去，摘了那姓林的人头，好拿回去换赏钱！”

说话间，几人嘿然冷笑，杀意毕露！

冲我而来？林夜微微挑眉，环视四周，洞察敌人的实力与动向。这群人的实力不算高，大多在气海境二重左右，但数量不少，要有七八个人。要先发制人，林夜转头向姬云霄比了个割喉的手势，低声道：“只要一个活口。”

“好——”姬云霄面色冷冽，点头应下。

……

夜色如水，月色微凉。两道黑影飞身而落，挡在那几道黑影面前。

“是谁？”领头者是一名白袍青年，愕然看向前方。

月光下，林夜嘴角勾起一抹冷笑：“杀你的人！”他身上紫光乍亮，熠熠生辉，噼啪爆响之间，紫电奔走！身形一闪，一拳狠狠砸向那白袍青年。雷霆重拳，势如闪电！

“好快！”那白袍青年瞳孔骤然收缩，根本来不及反应！随着一声闷响，被一拳轰飞出去，重重砸在一棵古树之上。瞬间，古树震颤，树叶簌簌落下。

“啊——”白袍青年的惨叫声划破夜空，蜷缩在地，已然失去战斗力！

“不好！被发现了！”剩余几人面色骤变，慌忙起身，各自准备反击。

“不要反抗了，乖乖等死！”姬云霄骤然出现在几人身后，横扫踹飞两人！而林夜身形更快，势如闪电，扑杀进人群中。两人身形闪动，拳掌交映，横扫当场，眨眼间，这群人就被杀了个干净！

林夜缓缓擦拭拳头，沉声道：“三个。”

“我也是三个。”姬云霄飘身而落，随后，两人齐齐回头，看向在地上挣扎的白袍青年。

“我，我……”那白袍青年满脸惶恐，挣扎着站起身，转身还想逃。姬云霄身形一闪，将他踹倒在地。

“想跑？”林夜眯眼盯着他，冷冷一笑，“你们四处找我，我现在来了，你还有再跑的理由？”

“你就是林夜？！”那白袍青年面色大惊，挣扎后退。

林夜缓缓向前走，冷声道：“说，谁派你来的！”

那白袍青年左右环顾，见已无退路，也不再挣，外厉内荏，道：“林夜，你知道你得罪了谁吗？你得罪的可是天誉城叶家！你是没有活路的！今夜放了我，我还能替你美言几句，求叶公子放你一条生路。”

“叶青云？”林夜眼中寒芒一闪，随后摇头轻笑：“为了活命，你还是什么话都敢说……你知道叶家为什么要杀我吗？连个中原因都不清楚，就说能放了我？”

姬云霄扭扭手腕，冷声道：“少跟他废话，既然已经问出幕后之人，就应斩草除根！”说罢，他杀意升腾，一掌拍向白袍青年的后脑！

那白袍青年面色一怔，忽而发狠大吼：“林夜，我就算死，也要拉你陪葬！”

反手取出一个青铜圆筒，催动玄气激活！

“不好！快阻止他！”

林夜眉头一拧，身形猛然前冲，一拳砸向他的胸膛！拳势很快。一声闷响，将那白袍青年轰飞数米之远，但，还是慢了一步。砰！只听一声轻响，那青铜圆筒中炸开一道绚丽白光，升上百米高空爆开！瞬间，耀眼光芒覆盖百米，四周亮如白昼！

白袍青年跌落在地，面色惨白如纸。但他依旧在冷笑：“林夜，你死定了！叶公子派了外府百名师兄弟，还亲自带了叶家供奉前来，定会摘下你的狗头！”

林夜面色冷冽，沉默不语。叶青云，是你自己找死！他的眼中寒芒闪烁，杀意涌起，一拳将那白袍青年轰杀！

此时，姬云霄皱眉看向山林深处，眼神中满是担忧。沉声道：“他没说谎，确实足有百人……我能清晰感觉到，正在迅速向我们靠拢！钱兄他们身法不够快，我们若想全身而退，怕是不容易！”

林夜眼神闪烁，略微思索：“姬兄，你先带他们走。”

姬云霄皱眉看向他：“那你呢？”

“我自然是留下断后！”林夜深吸一口气，沉声道，“今夜，我要让他明白，我林夜的命，他可取不走！”

姬云霄嘴唇嚅动，还想说什么，但还未开口，便听林夜催促道：“赶紧走！钱兄他们在这里，我反而放不开手脚！”说罢，他身后金鹏虚影展翅，身形一闪，潜入山林之中。

“林兄，小心点！等我安顿好他们，马上回来帮你！”姬云霄略微犹豫，还是低喝一声，转身向山洞而去。

冷清月光倾洒地面，夜色中弥漫肃杀之气。林夜穿行在山林中，眼中寒意凛然，细细感悟着四周。左边，最少是三个人……而右边，只有一个！

“就是你了！”林夜眼中杀意一闪而逝，闪身向右面山林狂奔而去。片刻过后，一名硕壮少年的身前黑影闪烁，林夜悄然而落。

“你是谁？”那硕壮少年面色大惊，还未有所反应。

“杀你的人！”黑夜中，林夜冷然一笑，一拳砸向那硕壮少年的头颅，直接将其打爆！那硕壮少年的身躯软倒在地，已经死去！林夜身形不停，纵身而起，再次潜入黑夜中，不知所踪。这样的场景不断重复，他如同黑夜中的杀神，悄然潜行，果断出击！

片刻后，黑夜中突然传来一声高喝，响彻山林。“所有人，立刻出山林，去前面空地集合！”那暴躁的吼声中，威势极重，似是虎啸山林，响彻四周。

黑夜中，林夜微微皱眉：“被发现了？看来要撤了！”可他刚想转身离去，身后忽然响起一阵破空声！一道红色光芒破空而来，直袭林夜的后颈！

“不好！”林夜眉头一拧，立刻翻身而起，向树下飞落而去。大鹏展翅，翱翔九霄！他脚下金光闪烁，稳稳落地，豁然抬头看去。只见，在山林中走出一道火红色身影，缓步而来。那是一个二十出头，身着红袍的青年。

“林夜，你这小畜生，还挺贼！”红袍青年面色阴狠，盯着林夜冷笑，“如果不是我发现得早，我的人还要死更多！不过，你今夜遇到我，就算怎么挣扎都没用——等待你的，只有人头落地！”

林夜微微皱眉，仔细打量来人。红袍青年实力不低，已有气海境三重天，实力强横。不能恋战！他立刻有了决断，一声大鹏啼鸣，转身而起，向着山林深处掠去，几个闪身消失在林间。

“这片天地，哪有你的逃生之所？”红袍青年并不立刻追击，而是面色戏谑笑容，环臂而立。

林夜刚冲出去十多米，山林中立刻传来阵阵破空声，数十把黑色短刃，从四周直袭而来，封住他所有去路！林夜眉头一拧，纵身后退，回到原地。

“胡师兄，这小畜生跑不掉的！”黑暗处传来几声讥笑，一群人从山林中冲出来，顷刻间，几十人纷纷现身，将林夜包围。

林夜眼神阴冷下来，环视一周，沉声道：“我想走，你们还拦不住！”他身上白光闪烁，玄气奔涌而起，一拳砸向人群！强横气势凝结，形成朝阳光辉，照亮黑夜！大帝开山开启。凌厉拳劲肆虐，狠狠砸在人群中，猛然炸裂开来！只听一声巨响！众人惨叫声不断，被强横拳劲轰飞出去，乱作一团。林夜冷笑一声，提身要走。

“小畜生，哪里走！”正在此时，那红袍青年胡傲面色狰狞，双眼阴沉，持刀飞身杀来！一股浓烈杀气，直逼林夜胸膛！

林夜眉头一拧，立刻催动不朽雷霆诀！随着一阵雷电响动，他的身躯已经十分坚硬，寻常刀剑不可伤，双臂往前一推——竟是要，硬抗这一刀！

“哼！小畜生，想要徒手接我的刀？”胡傲狰狞笑道：“你这是自寻死路！”

寒芒闪烁间，这一刀迅速斩落！刀刃与手臂碰撞，竟发出一阵金戈交击之声！

“怎么回事？”胡傲愕然，“这小子的身躯，为何如此之硬！难不成，他是锻体武者！”

而林夜倒吸一口凉气，连退了四五步，才能止住身形。方才那一刀，足有近万斤之力！他并不好受，双臂甚至隐隐有些颤抖，“不行！不能再拖了！必须速战速决！”

余光环视四周，看到那群人又隐隐躁动，再度包围过来。狠心之下，林夜立刻催动不朽雷霆诀，周身紫电疯狂奔走，玄气汇聚，倾注于拳头之上！顿时，雷鸣电闪，紫电奔走，映亮黑夜。林夜怒吼一声，拳劲如龙蛇起陆，浩荡无双，当即砸向胡傲的面门!

胡傲冷哼一声，身上亮起耀眼红光，瞬间包裹住手中长刀。那刀刃之上，一米长的红色光芒吞吐，如烈焰熊熊燃烧！武器类功法修到一定程度，便能领悟一种强横的招式——刀芒！刀芒，异常锐利，可断精铁！刀刃挥动之间，传来阵阵破空声!

“不好！”林夜瞳孔骤然收缩，心中暗呼，“这一刀，不能硬接！”但胡傲的速度极快，已经挥刀斩下！见状，林夜只能咬紧牙关，挥拳砸向那红色刀芒!

金蓝色拳影与刀芒碰撞，激起一阵玄气肆虐。那刀芒十分锋利，气势难挡，瞬间将拳劲绞碎！林夜眉头紧锁，脚下金光闪烁，连踏之间，往后退去。金鹏凌云诀全力催动！金色光芒一闪而逝，已经出现在十米开外。

林夜迅速催动玄气疗伤，神情凝重。雷霆万钧，已是他全力一拳，都伤不得胡傲分毫。如今，他再没有杀招对抗，加上大帝开山消耗巨大，体内玄气已然所存不多。当下困境，破之极难!

“林夜，别白费力气了，今夜你插翅难逃。”胡傲提刀，冷笑连连。

“是吗？”林夜冷冷一笑，心中已有对策。大帝开山的威力，乃是伴着他的修为上涨，而不断增强，但现在……不够强！可，若是加上诛天剑意呢？极致的剑意，极致的拳法——以剑意入拳!

这是一个疯狂的想法！剑意和拳法，本就是两种完全不同之物，此刻一同运转……一个不慎，本就丹田有损的林夜，很有可能彻底无法修炼！这，是他最后的底牌!

林夜忽而一笑，身上的气势升腾而起。一道极度锐利的剑意，以奔腾之态，汇聚在他的右拳之上。一股狂风自林夜的身上升起，扩散开来，吹动衣衫猎猎作响!

诛天剑意，凌厉剑意，大放皓月之光。胡傲等人感觉到一股凉意，纷纷后退两步。

“怎么回事，这小子身上的气势，为何如此古怪，刺得脸颊生疼！”

“杀意！那是杀意！”众人眼中有些惶恐，一退再退，不敢再上前。

“剑意？”胡傲隐隐感到一丝不安，赶忙大吼道：“你们怕个屁？那小子不过玄元境巅峰。给我上，弄死这个小畜生！”

随着一声呼喊，众人对视一眼，纷纷咬牙，围攻而上，一时间，四周亮起各色玄气，吹散狂风，向着林夜攻去！

此时的林夜眼睛紧闭，一动不动，如入无人之境。他的脑海中，天启大帝的身影浮现，立在神山之前！以人族之身，碎裂神山大岳！

“若是以剑意倾注……这拳法，应该这样用！”林夜脑中闪过一缕飘缈的意境，他豁然睁开双眼，目光如出鞘利刃，直视胡傲！

咯噔！胡傲只感觉心中一颤，背脊发凉，不自觉又连退两步。“这小子不过玄元境，为何剑意能有如此强的气势？”他满脸不解，却又大怒，“想唬我？这还不够！”说罢，他手中长刀一抖，红色刀芒再度吞吐而出，暴涨连连，狠狠斩下！！

与此同时，林夜身上的剑意，也已攀至巅峰！那剑意凝结，隐隐凝成一柄剑刃状！“剑意入拳！大帝开山！”林夜低喝一声，脚尖点地，高高跃起！月光下，矫健身影腾飞，周围暴起璀璨的金色光芒，笼罩一方天地！魂府之内，神魂帝天绽放璀璨光泽，冉冉升腾而起！

人如剑，斩长空。明悟合击技——剑临九天！

“给我破！”

林夜放声大吼，一拳砸下。拳劲如剑激荡而出，更似长虹贯日、匹练挂空，势不可挡，瞬间在人群中炸开！所过之处，人仰马翻，惨叫声不绝。数十人的包围圈，瞬间被瓦解，一道拳劲剑光，杀至胡傲面前，直刺他的面门！

胡傲面色骤变，赶忙挥动长刀去挡，红色刀芒被瞬间击溃！

“不好！”胡傲眼中升起一团惶恐之色，赶忙身形一闪，躲了过去。“林夜！你这小畜生……”他怒吼一声，转头寻找林夜的身影，可目光所及之处，尽是倒地的同伴。林夜，消失了！胡傲面色一怔，心中升起一股凉意。

“你在找我吗？”此时，他身后忽然传来一阵戏谑笑声。

“不好，林夜……”胡傲瞳孔骤然收缩，慌忙转头看去。

但为时已晚！一股劲风迅速袭来，直冲他的心脏位置，剑光穿胸而过！

“嗬嗬嗬……”胡傲满脸不可置信 。

林夜面色清冷，闪身退开。纵身而起，向着山洞的方向而去。

胡傲眼中满是不甘，跌倒在地，逐渐失去生机。

……

林夜身形极快，片刻后已冲出山林，来到山洞前。

“他娘的，给本公子死！”

“钱兄，你没事吧！”山洞前，一阵喊杀声，战斗异常激烈！

“不好！”林夜心中大惊，赶忙加快脚步。

此时，山洞前数十人将姬云霄几人包围，身上俱已负伤，形势危急！林夜掌中符光闪烁，一抹赤色冷芒滑入手中，流云杀生，出鞘，诛天剑意，气势凛然。手中长剑低吟，一剑刺出，剑势如电，杀入人群！

人群之中，一位身着白袍，面色冷傲的青年，正在与姬云霄战斗，那白袍青年手中长剑如龙，招招致命，姬云霄一直疲于防守！

“好强的剑意！”林夜眉头微皱，心中惊叹，“这白袍青年实力比胡傲还要强，只差一步便能到气海境四重天！”

思索之间，战局又有变化。那白袍青年傲然一笑，一剑斩向姬云霄，“你实力不错，但，境界太低了！我这一剑，取你性命！”说话间，他剑刃之上凝出一道绿色狂蟒虚影，张开倾盆大口，直扑姬云霄而去！

姬云霄身形尚在半空中，无法借力，瞪大了双眼，却无可奈何！

“姬兄，小心！”钱多金惊恐大喊，挣扎着想要上前，却也来不及了！

“没人能救你！”白袍青年冷笑一声，长剑急斩而下，眼见就要将姬云霄劈成两半！姬云霄眼中一横，身上气势隐隐升腾而起！

正在此时，众人身后传来一阵破空声！剑鸣声响彻山林，一柄赤色长剑杀到！林夜手中流云杀生剑低吟，剑意如虹，破空而至！只听一声轻响，一剑将那白袍青年的剑刃打偏！

“是林兄回来了！”钱多金面色大喜，眼中升起希望之色。

“不要恋战，走！”林夜催动金鹏凌云诀，身后大鹏展翅，一把拉起姬云霄，向山洞遁去。“钱兄，跟上！”两人身形一闪即至，林夜低喝一声，带着三人回到山洞之中。

此时，那白袍青年面色一怔，眯眼盯着林夜的背影，“他的剑意，杀气好重！这家伙就是林夜？”

“是，刚传过来的消息，胡傲师兄已被他所杀。”

周落星脸上毫无波澜：“胡傲那废物，死就死了，有我在，那几只小老鼠跑不掉的！集合人手，追进山洞里！”

山洞中，林夜几人狂奔，不知深入多远，直到身后听不到任何声音，方才停下。林夜缓缓吐出一口浊气，皱眉环视众人。这才看清楚，钱多金的小腹位置有一道伤口，衣襟已然被染成红色。

“钱兄，你别动，我为你止血。”林夜眉头紧锁，催动大梵天九转玄功，玄气倾注而出。

“娘的，如果不是那姓莫的叛变，本少爷也不至于受伤！”钱多金嘶的吸了一口凉气，破口大骂。

“叛变？”林夜微微皱眉，“怎么回事？”

赵宗辉满脸愧疚，低声道:“都怪我，被莫成文骗了。他暗中还在为王志雄做事，出其不意用刀捅伤了钱公子，还将冷云师弟给抓了。我们之所以暴露，也是因为王志雄向敌人报了信。”

林夜面若寒霜，冷声道：“王志雄！我放你一条狗命，你竟然不知悔改……钱兄的仇要报！冷云师兄，也要想办法救回来！赵师兄，此事也不怪你，其实是我惹到了内府的人，反而连累了你。”

“什么？内府的人？”赵宗辉面色煞白，慌张后退两步。

“怕了？”林夜苦笑一声，“如果你怕，不妨向敌人投降，好保住你自己的命。”

“我……”赵宗辉犹豫片刻，依旧说道，“我不怕！林师弟，既然李长老把你托付给我，那我就要负责到底，而且，我相信林师弟定能胜出！”说话之时，他的双腿都在打战，但语气却异常坚定。

“赵师兄，你如此相信我，我也不会让你失望的，我定要把大家安全带回去。”

此时，姬云霄回头望去，沉声道:“我感觉到了气息，他们追过来了。如今看来，我们别无他法，只能深入山洞。”

林夜顺手扶起钱多金，“事不宜迟，赶紧走！”

“前路，也不好走……”姬云霄望向那漆黑山洞，眼中闪过一抹担忧。

半个时辰后，几人已进山洞极深处，这里不再湿润，四周气温上升，越发燥热。

“这到底是什么鬼地方，怎么会这么热？”钱多金擦拭一下额头上的汗珠，蹙眉骂道。

林夜缓缓吐出一口浊气，沉声道：“我们可能到了地心深处，前面是岩浆溶洞！”

“不错！”姬云霄眼神深邃，沉声道，“前方可能会有危险，大家小心点。”

众人心中顿时一揪，皆是面色肃穆，小心翼翼前行。钱多金也站了起来，一瘸一拐地跟在几人身后。林夜几人绕过转角后，漆黑的山洞忽然明亮，一抹朦胧的光芒出现在尽头。

“果然到了！”赵宗辉面露喜色，脚步不禁快了几步。他刚迈出去两步，林夜忽然一把拉住他，皱眉道：“感觉不太对，赵师兄不要着急！”

林夜小心翼翼，才靠近洞口，一股热浪便扑面而来，眼前豁然开朗。山洞数十米之高，两侧是熔岩滚滚，不时冒出热泡，一条黑岩小路直通溶洞深处，半路之上有一道黑色雾气，笼罩四周。

“魔气！”林夜死死盯着那黑色雾气，心中升起一抹异样之感——阴冷、邪恶，让人望而生寒！这是邪魔伴生之气，只有强大的邪魔兵解，遗骸才会散发此气。这里，很可能埋葬着一具邪魔的尸骸。林夜眉头紧锁，暗道：“天誉城到底隐藏着什么秘密，为何到处都可见邪魔踪迹？”

此时，赵宗辉疑惑问道：“魔气，那是什么东西？”

林夜没作声，转身捡起一块石头，扔向那黑色雾气。嗤——石头接触雾气的一瞬间，立刻被腐蚀，化作乌有！

“嘶——这魔气，竟然连石块都能侵蚀，那我等如果进去，顷刻间就会化作飞灰。”钱多金倒吸一口凉气，往后退了两步。

姬云霄倏然转头看向后方，沉声道：“来不及了！身后那群家伙，已经追上来了！”

前有狼，后有虎，似是绝境！

“让我试一试！”林夜大步向前，来到那黑色雾气前，身躯一震，一股金色光芒升起，笼罩住四人！神魂帝天开启，金色帝气鼓动，暂且能撑开魔气。

“快走！我撑不了多久！”林夜低喝一声，催促众人前行。众人在金光保护下，迅速前行数十米，来到黑雾的中央位置。林夜体内的玄气消耗巨大，已然要支撑不住！

“不行，我扛不住了！”林夜大吼一声，双臂一振，催动体内玄气，凝气为劲，推着姬云霄三人前行！一声闷响，姬云霄三人瞬间被金光笼罩，狂风将其送出黑雾。黑雾之中，林夜身上的金光闪烁几下，逐渐熄灭，如同风中残烛，被黑雾包裹！

“不好！林兄会被魔气吞噬的！”钱多金面色骤变，低喝一声，欲要冲入魔气之中。

“不行！”姬云霄一把将他拉住，沉声道，“这魔气寻常人沾之即亡！你去，只会一死！”

钱多金面色焦急，看着漫天魔气只能团团转。“完了！完了！林师弟……”赵宗辉更是一屁股跌坐在地，满脸绝望。

……

沉寂魔气之中。林夜身上的金光越发柔弱，摇曳不定，似是随时会熄灭！那魔气不断发出呲呲之声，偶尔穿破金光，将他的衣角腐蚀。

“玄气，就要耗尽了！”林夜面色煞白，身躯因为力竭，开始微微颤抖。这魔气，太过霸道。就在这时，他身上的金光也终于坚持不住，彻底破灭！轰隆！轰隆！魔气失去抵抗，翻涌而动，如同奔流之江，向林夜碾压而下！

“不好——”林夜瞳孔骤然收缩，想要躲避，但体力已经到了极限，双腿如灌了铅般沉重，迈不开步子。万般皆无用！这一刻，毁灭似乎就是他的宿命！“我不能死在这里！”林夜怒吼一声，眼前忽然黑光乍亮，一抹漆黑如墨的光芒，升腾而起。

“这是……那颗古怪的珠子？”那颗珠子，正是林夜从黑日镇魔塔的邪魔身上所得。林夜目光微凝，脸上露出疑惑之色。黑光之中，漆黑的珠子不断转动，形成一股吸力，不断将四周的魔气吸入其中。嗡嗡嗡——强大的吸力卷起漩涡，恰好将他笼罩其中。

“这珠子，到底是什么东西？”林夜眉头紧锁，非但没有劫后余生的喜悦，心中反而愈发紧绷。他有一种不好的预感！

“吼——”

下一刻，珠子中响起一声似兽非兽的怒吼，响彻山洞！黑光逐渐凝结，一道数十米高，赤着膀背，腰披兽皮，头顶双角的巨影出现！黑色巨影双眸猩红，其内凶光毕露，随着不断的咆哮声，张开巨口，不断吞噬四周魔气。如鲸吞百川，魔气凝成流水般的物质，被其吞噬入口。

“好强！”林夜面色怔然，一股强大威压直迫他的心神。“这到底是什么东西？比邪魔白夜的分身还要强上不少！”

这时，魔气已被吞噬得一干二净，黑色巨影也越发凝实、具体。一步步走来，竟是一个数米高的巨人。双臂之上，各缠绕着一条紫色龙蛇，狰狞可怖。龙头人身额上双角峥嵘，鳞片闪烁，自两鬓延展而下，肌肤上遍布图腾印刻。强大的威势自他身上散发而出，林夜面色惨白，想要挣扎，却无力！

“死！”龙首巨人吐出一个字符，飞身而来！他周身黑光奔涌，凝成浩荡一击！

“嗡——”

万分危难之际，林夜背后的蓝月印记突然颤动！金光涌动，神魂帝天不唤自出，似瀑布狂啸而下，挡下这致命一击。

“吼！”

龙首巨人见状更是暴怒，黑光浮动，凝成一柄长矛，破空而出，似要洞穿天地！

林夜眼中光芒一闪，低喝出声：“神魂帝天！”魂府中，金甲金面的巨人长身而起。诸神殿堂光明大放，神魂帝天双眼当中，亦有无尽金光迸射。

“武魂天赋技——无上帝令！”林夜双目灿灿，有如神人：“镇！”磅礴金光，汹涌而出，自魂府当中呼啸，凝成一字金色敕令，如化金色光箭，破空而出，直落龙首巨人额头！

“不！”

龙首巨人眼中满是痛苦，欲要挣扎，最终化作一道红色，隐隐带着金芒。呼吸之间，竟是进入了林夜魂府当中。这一刻，林夜头上青筋暴起，魂府当中传来撕心裂肺的疼痛感，而他的身躯也开始微微颤抖。片刻过后，他忽而心神不稳，魂力剧烈震荡！

神魂帝天虽强大，无上帝令堪称无敌，但其威力依托的本源，乃是林夜的魂力！而为了镇压这龙首巨人，他的魂力……即将消耗殆尽！龙首巨人所化的红色匹练，在他魂府当中挣扎不休。一旦突破，魂府将会受到重创！他只有死路一条！

“镇！”林夜狂吼一声，所有玄气、魂力，悉数爆发！神魂帝天，再一次睁开双眼，喝如敕令：“镇——”

轰隆！

冥冥当中，如混沌初开，清明乍现，一道金剑自魂府虚空落下！红色匹练顿时寂然，那龙首巨人跪倒在神魂帝天身前，彻底臣服！

“成功了？”与此同时，关于龙首巨人的所有讯息，也迅速涌出。

“灵魄！竟然是灵魄！这是，战将阶五品灵魄——魔龙咒师！”林夜心中狂喜，没有想到收服后的龙首巨人，居然成了他的灵魄！这说明，他不但是武者，而且还有了成为灵师的资格！

除此之外，这魔龙咒师对于林夜如今的帮助，亦是极大。不但让他对于魔气有了抵抗之力，而且对于妖兽，魔龙咒师有一种天然的压制！

正当思索之时，身后忽然传来一阵嘈杂的呼喊声。林夜睁开双眼，转头看去。只见身后山洞中，涌出一道黑影，领头者一袭白袍，面容高傲。正是周落星等人！

“林夜，我们又见面了，其余几只小老鼠难不成抛弃了你，吓得抱头鼠窜去了？”周落星满脸戏谑之色，挑眉看向林夜。

“周师兄，莫要与他废话，抓了他回去领赏！”众人纷纷大吼，眨眼间围上前来。

林夜嘴角反笑，目光又瞬间凌厉，低喝一声：“魔龙咒师，凝形！”

轰！

话音刚落，身上暴起一团气势，黑色雾气弥漫而出，逐渐凝结成型。下一刻，黑雾翻涌，凝结成形！一道十米多高，赤着膀背的狰狞身影，赫然显现！

“吾主神威！永生不灭！”魔龙咒师低下头颅，单膝跪伏在林夜面前。

“战将五品灵魄？！”周落星的笑容瞬间凝固，惊呼道，“而且，还是人形灵魄！”

不只是他，所有人面容都十分难看，震惊惶恐溢于言表。灵魄和武魂，都有类别之分，兽类、器类、植类……而这其中，人形，是各大类别中成长潜力最大的！同品阶武魂之中，人形武魂，无敌！

“魔龙咒师，退敌！”林夜挥臂一震，直指周落星！

“谨遵吾主之命！”魔龙咒师豁然起身，轰隆一声，手中浮现一圈黑色阵符，其中一把龙骨长弓，拉满弓弦。长弓之上，立刻黑气弥漫，凝成一道漆黑透亮的黑光弓箭！下一刻，弓弦震颤，黑光弓箭飞射而出！

“不好！”周落星面色骤变，连退数步，高喝一声，“寒水猎鹰武魂！”

身上，一道蓝色光芒登时遁出，在身前凝结成形！是一尊五米多高，满身淡蓝色翎羽的雄鹰武魂。战将阶，一品武魂——寒水猎鹰！寒水猎鹰啼鸣一声，伸出利爪，飞扑而上！轰！利爪与弓箭碰撞，弓箭瞬间炸裂！

“我还以为，你有什么本事，原来只是个纸老虎，空架子而已！”周落星微微一愣，随后大笑。

“是吗？”林夜冷声笑道，“睁大你的眼睛，好好看看！”

只见，那黑光弓箭炸裂瞬间，化作数十道细小黑光，四射而开！那黑光无比锐利，还拥有腐蚀之力，气海境三重天以下，触之皆亡！一时间，人群中惨叫不断，再循声望去，大半人已经受伤，倒地哀嚎。光箭开始的目标就不是周落星，而是那群实力稍低的学子！

“小杂碎，你竟然算计我！”周落星满脸愤怒，手中长剑一抖，利刃寒芒闪烁，直刺林夜的脖颈！

“我现在还不是这家伙的对手，还是要暂避锋芒！”念及至此，林夜挥挥手，魔龙咒师手中阵符涌动，化作一柄黑色光刃，将魔气斩开一道十米高的缝隙，转身跃起，冲进魔气之中。

“小杂碎！”周落星身形一闪，却已然不及，只能停步在沉寂魔气之前。魔气翻涌，隐隐有几分危险气息。

“这是什么东西？”周落星眉头微皱，不敢贸然向前。伸手提起脚下受伤的青袍少年，一把将其扔到了魔气之中。青袍少年来不及反抗，就被丢入其中。

“啊——”

一声惨叫，青袍少年瞬间被魔气吞噬，肉体顷刻间干瘪，惨死当场。周落星面露惊恐之色，赶忙后退两步。

“小杂碎，果然又要算计我！来人，立刻给我找！我就不信，他们还能直接逃出万古山脉！留几个人在这里把守，若是他们敢回来，立刻禀报。”他眼神阴狠，咬牙切齿道：“小杂碎，让我抓到你，定要千刀万剐！”

沉寂魔气另一边。钱多金面色低沉，说道：“也许，林兄再也回不来了。我们，先走吧？”

姬云霄眉头紧锁，眼神闪烁良久，似是做了什么决定，“让我试一试！”他豁然抬头，眼神决然，大步向沉寂的魔气走去。这一刻，他身上的气势骤变，凌厉之中带了几分阴冷肃杀，仿若九幽魔神在世！

钱多金两人愣了，呆呆地望向他的背影。可姬云霄刚走到沉寂魔气之前，面前忽然传来一声轻响。

嗤——

魔气涌动之间，一柄黑芒光剑划开雾气，露出一道挺拔身姿。林夜衣衫飘荡，大步走出。

“林兄？”姬云霄面色一怔，身上的气势缓缓退去。

“姬兄，你这是准备去哪？”说话间，他身后的魔龙咒师灵魄化作一道乌光，遁入魂府之中。姬云霄恍然回神，还未作声，身后一道痴肥身影飞扑上前。

钱多金满脸欣喜，一个熊抱过后，惊喜道：“林兄，你竟然没事？！”

“我能有什么事？我们赶紧想办法完成任务，尽快赶回去……不过，原路已经无法返回。”

赵宗辉微微一笑，抬手指向前方，说道：“前面还是有路的。”

闻声，三人皆是抬头望去。前方山洞热浪滔滔，夹杂着一股热风吹拂而来，山势也是往上走。

“有风吹进来，前面应该还有出口，大家跟我来。”林夜大喜，带着众人迈步前行。片刻过后，几人眼前的景色微变，山洞越发宽阔，甚至能听到远处的兽吼声。

“看来，出口就在不远处。”林夜缓缓吐出一口浊气，“我们先停一停，休息片刻。”

“林师弟，你们看，那是什么？！”几人刚散开不久，赵宗辉忽然兴奋大喊一声。

林夜闻声，转头看去。在山洞的旁边，多出一条岔路，其内有点点荧光闪烁，灵气氤氲，隐隐还有一股异样的热浪。这种感觉是……天材地宝？林夜眼前一亮，立刻大步上前，往那岔路走去。

这山洞并不算深，十多米的距离，已然见底。山洞底部十分宽广，高约百米，其上能看到光亮。墙壁之上镶嵌一块块火红色的晶石，荧荧发亮。四人走入其中，林夜抬手捡起一块红色晶石，立刻感觉到庞大的玄气传来。只是，那玄气中带着一股特殊的气息，如烈焰般灼热。

灵石？

林夜微微一怔，这可是好东西，其内容纳精纯灵气，能够帮助修炼。尤其是对于灵师而言，更是能够用其炼制灵丹，制作灵符。寻常一颗灵石就价值万金，这里的灵石不下两百颗，岂不是百万金贝？更何况，灵石这种东西有价无市，极为稀少。

“若是有这些灵石，我可以直接晋级到气海境第二重天，甚至第三重天也不是不可能！”林夜眼中精光闪烁，嘴角也勾起一抹笑容。

姬云霄却兴致缺缺，随意挥手道：“我不太感兴趣，这种灵石常年沾染岩浆气息，夹杂了许多火焰气息，吸收起来很困难。”

钱多金嘿嘿一笑，说道："姬兄，你要是看不上，那我们可就平分了。"

"无所谓。"姬云霄头都没回，随意挥挥手，向洞外走去。

轰——可他还没跑两步，身后一阵滔天巨响！一道庞大黑影裹挟腥风迎面而来，直袭洞口的姬云霄！

"小心！"林夜面色骤变，脚下一踏，身后大鹏虚影啼鸣，身形一闪既至，身上雷霆奔走，一拳狠狠砸向那黑影！

"好强的反震之力！"眉头紧锁之余，只感觉胳膊上传来一股万斤巨力，连忙闪身而退。

"这，是什么妖兽？"身后，钱多金眼神震惊，愣愣地看向前方。

林夜眉头微皱，抬头看去。洞口处，一头头颅硕大的兽，双目冷漠，死死盯着洞内众人。那是一头数米长的巨虎，没有毛发，反而满身红色鳞甲，散发出一股极强气息，令人心颤。

"苍岭炎虎？"林夜面色惊异，上下打量那只巨虎。

"这不是苍岭炎虎，是吞噬灵石晋级的灵甲炎虎！这片火灵石矿，应该是它的巢穴所在！"姬云霄皱眉打量片刻，冷声道，"这家伙的实力，最少在气海境第四重天。"

此话一出，赵宗辉面色惊慌："妖兽本就皮糙肉厚，比寻常武者强，我们如何打得过？"

林夜眼睛微眯，沉声道："先别担心，你们看，这家伙受伤了！"果不其然，灵甲炎虎的腹部有一条一米多长的伤口，深可见骨，不断流出紫红色液体。

"如果是它全盛状态，我们也许还会忌惮。"林夜笑容逐渐冷冽，"但，它受伤了，那就只能等死！你们负责把灵石矿采集出来，我来解决它！"

说罢，他身形一闪，一脚踹在那灵甲炎虎的腹部，顿时伤口崩裂！灵甲炎虎吃痛嘶吼，眼中满是杀意，张开倾盆大口，咬向林夜。

“畜生，有种就来！”林夜勾勾手，轻笑一声，向山洞外跑去。吼——灵甲炎虎紧追其后，扭动庞大身躯，向林夜追过去。一人一虎迅速向前，不过片刻已经来到了洞口的位置。

“到了！”林夜眼前一亮，身形再快几分，眨眼间已经闪身来到洞外。

“终于，出来了！”山洞外，是一片茂密山林，树木足有百米之高，是万古山脉的深处。林夜顾不得多想，立刻转身，身形一颤，催动魂力。

“魔龙咒师！凝形！”随着一声低喝，他身后黑色雾气翻涌，渐渐凝成一尊十米高的灵魄！魔龙咒师灵魄显现，顿时魔气滚滚，杀气升腾。而此时那灵甲炎虎怒吼一声，硕大的身型钻出山洞，向他扑来！

“来，畜生，我今日就要让你明白，什么是压制！”林夜眼中寒芒闪烁，冷声道：“魔龙咒师，杀敌！”

“谨遵吾主之命！”魔龙咒师低吼一声，抬手唤出阵符，凝成一张张嘶吼面孔，缠绕在灵甲炎虎身上。

“吼——”

灵甲炎虎眼中升起一抹惊恐之色，扭动着庞大身躯，想要逃窜。但，它的身躯一半在山洞之内，根本无处可逃！轰的一声，魔气碾压而下！魔气瞬间将灵甲炎虎包裹，如同附骨之疽，黏在庞大的身躯之上。任凭它如何挣扎，就是无法摆脱！

这，就是天然的压制力！

第9章 苍穹领主

魔龙咒师，身为龙种，对妖兽都会有强大的压制力！它虽然只是战将五品的灵魄，可对上实力远超他的气海境六重天妖兽，也不会落败，魔龙咒师伸出大手，按住灵甲炎虎的身躯，阵符化作长剑，狠狠斩下！

嗤！

瞬间，灵甲炎虎的背脊被斩断，痛苦地嘶吼。

吼！

灵甲炎虎哀嚎一声，也发了狠，张开大口，玄气在口中凝结。赤红色的玄气形成旋风状，在火虎口中旋转，下一刻化作一团火焰，直袭魔龙咒师的面门！魔龙咒师全然不惧，伸手一抬，阵符化作一面宽厚盾墙，挡住火焰，冲击散开！接着，天空中，寒芒闪烁，数道阵符闪烁，化作重剑狠狠斩下！

嗤！

重剑斩落，灵甲炎虎的头颅跌落，身躯抽搐两下，彻底没了声息！

"不愧是灵魄，果真是强横！"林夜满脸笑意，大步上前，反手轰碎该虎的头颅，取出元晶，又抽出一条紫金色脊骨。脊骨中，有一股血液滚动流转，正是妖兽血脉之力！

"虎类妖兽血髓，终于到手了！"林夜面色大喜，立刻吞下血髓，顷刻间，一股炙热的气息在他体内流转，如若火焰般炙热。

“好强的力量，必须尽快吸收！”林夜收起魔龙咒师灵魄，转身向山洞内冲去。片刻过后，他回到洞口位置。

“林兄，你回来了！”姬云霄迎上前来，问道：“那只灵甲炎虎呢？”

“杀了！”林夜反手取出元晶，笑道，“有了这东西，我们就可以回去交任务了！”

“灵甲炎虎的元晶？”赵宗辉面色大喜，哈哈笑道：“有了这块元晶，我们不但能完成任务，还能超额完成！林师弟，你果真实力非凡！”

林夜轻笑摆手，“我突破在即，已经无法压制，需要静修。”

姬云霄点头，“既然如此，那我们先出去，你在这洞中突破。”

钱多金面色怔然，随后快步跑到林夜身旁，手掌一翻。哗啦啦！百十块火红色的晶石落下，玄气氤氲，华光流转。“林兄，这些火灵石中的玄气充沛，也许会对你有帮助！”说罢，跟随姬云霄两人，快步走出了山洞。

林夜心头一暖，闭上双眼，盘膝而坐，运转大梵天九转玄功。顿时，白色玄气氤氲而起，光芒闪烁间，气势升腾！他的腹中，那巨虎精血化作一道金色暖流，运转周身，随后流入丹田之中。有巨虎之力相助，那破境之壁开始晃动！

“有希望！”林夜眼中满是炙热之色，立刻引导巨虎之力，融入玄气之中，立即运转大梵天九转玄功。身躯内突然啪的一声轻响，震动全身。梵天九变第一变——虎啸变！

“吼——”

魂府当中，青眸白虎仰头长啸，吼声震天，身躯之上，生出道道纹路，越发繁密。此刻，一股凛然气息自林夜身上升腾而起，周身血液奔腾，隐隐带着一股巨虎之力。血液大逆转，巨虎之力横冲直撞！林夜满脸痛苦，面容狰狞扭曲，但依旧运转大梵天九转玄功，将巨虎之力溶于血脉当中！

“给我破！”片刻后，林夜豁然睁开双眼，低喝出声。霎时间，金色光芒大作，映亮整座山洞。他的丹田内，一缕缕玄气开始凝结，化作一道手指粗细的光芒，缩成一团。玄气精魄突破成功，林夜已经踏入到气海境第一重，他的血脉也稳定下来，比起之前强大了数倍！

“我感觉还有余力！”略一思索，随后振臂一挥，继续催动那些火灵石。

噼啪噼啪……一声声炸裂脆响，那些火灵石全部破碎，化作斑驳玄气，向林夜身躯涌去。瞬间，玄气凝成旋涡状，涌入丹田之中。

“这种感觉，是火元素……”林夜忽而皱眉，身躯猛然颤抖。玄气之中，一股股炙热的气息直袭丹田，似要将丹田撕裂！

怪不得姬云霄不喜欢这种灵石。原来，其中的火元素会对丹田造成伤害，反而得不偿失！

“糟糕，一次性吸收太多，反而让火元素集结！”林夜眉头一拧，脸色逐渐狰狞。那股火元素不断在他丹田内横冲直撞，撕心裂肺的感觉，传遍全身！

“再这样下去，我的丹田会再度受损！”林夜眼中精光闪烁，心思电转，思索对策。正在此时，玄气忽而涌动，向那股火元素扑去！

吼！

巨虎虚影的双眼中，忽然绽放绚丽光芒——这是，巨虎之力。准确来说，是神虎之力！

第一次血转成功，不但让林夜实力暴涨，而且还有了一种特殊的能力，只要动用这等能力，他能在十息之内，瞬间提升三倍的实力！虽然只有十息，转眼即逝……但对于压制火元素而言，却是完全足够了！

“神虎之力，现！”随着一声低喝，林夜身上的气势，瞬间暴涨三倍！体内玄气飞扑而下，将火元素包裹其中。

轰!

火元素张牙舞爪，欲要反抗！但玄气的力量太过强横，眨眼间已经将其剿灭。神虎之力，异常强横！那团火元素被挤压，变为一团火苗，十分温驯，在丹田内缓缓飘荡。

“这东西是什么？”林夜微微皱眉，尝试催动那团火元素，但毫无反应。半晌过后，他终于放弃。有机会，去问问那名紫袍前辈，也许他能知道。打定主意，林夜缓缓闭上双眼，继续吸收玄气。庞大的玄气转入其中，林夜体内的玄气光团以肉眼可见的速度，逐渐壮大！

两个时辰后，林夜缓缓吐出一口浊气，豁然睁开双眼！一抹光芒，在他眼中闪动，异常绮丽。再度突破！气海境二重天巅峰！

“终于突破了！”林夜微微一笑，思忖道，“如今的我，寻常气海境三重天的武者，可随手碾压！就算是气海境第四重天的武者，我用武技也可以斩杀！而且,有了神虎之力,即使是气海境五重天的高手,我也能与其对一招,再全身而退。”

大梵天九变玄功的特性，在气海境更加明显，让林夜的玄气更加浑厚、凌厉、强势！其玄气量是寻常武者的十倍，威力也要强了数倍不止！此时，林夜，已然脱胎换骨。气海境，正是他崛起之路的开始！

林夜调整情绪，深吸一口气，大步向外走去。洞口，钱多金正在打瞌睡，姬云霄不在。

“林师弟，你闭关完成了！”赵宗辉闻声抬头看来，接着面色一怔，“林师弟，你这股气息……突破到气海境了？”

林夜轻笑点头：“气海境二重天，巅峰！只差一步，就能突破到三重天！”

“嘶——”赵宗辉震惊，失声道，“林师弟，你竟然在短短几个时辰内，接连突破两重境界？而且，还是大境界突破！如此天才绝艳之辈，我平生仅见，长见识了！”

林夜微微一笑：“赵师兄过誉了，姬兄呢？怎么没看到他？”

赵宗辉恍然回神，皱眉应道：“姬师弟说要出去打探情况，走了要有半个时辰了。”

“打探情况？”林夜眉头一凝，说道：“姬兄身法很快，不会耽搁这么长时间……我们出去看看！”

他顺手拉起钱多金，“钱兄，走了！”

“哦，走了？”钱多金擦擦口水，睁开朦胧的双眼，晕乎乎地跟在林夜身后。

三人快步而行，不过片刻，已经来到山洞之外。林夜微微皱眉，环顾四周。

赵宗辉则是若有所思，沉声道：“这地方的树木如此高大，说不定，我们已经到了万古山脉深处……这里，已是天穹之森范围！”

“天穹之森？”林夜面色微变，沉声道：“若是我没记错，这就是那个红色死亡任务所在。”

赵宗辉沉重点头：“正是！天穹之森妖兽横行，十分危险！我等还是不要过多停留，赶紧想办法返回学府！”

“好，找到姬兄，我们就回去！”林夜刚想应声，却听到不远处忽然传来一声巨响！似是山岳坍塌，地动山摇！千米之外，一阵尘土飞扬，树木横飞倾倒！

“你们待在这里别动，我去看看！”林夜眸中精光闪烁，催动金鹏凌云诀，闪身向巨响处冲去。

“有人？”行了数百丈，林夜目光微凝，向前看去。

树林中有两个白袍少年，面色惶恐，连滚带爬往前跑。林夜一眼就认出来，这两人正是周落星的手下。高瘦少年摔倒在地，又连忙挣扎着爬起来，这是一道黑影从天而降，落到他面前。

“哟？这不是两位师兄，没想到又见面了。”

两人面色大惊，慌忙抬头看来。

“林，林夜？”高瘦少年神色越发惊恐，挣扎着往后退去。

林夜眼神一寒，沉声道：“告诉我，前面发生了什么？”

高瘦少年脸色阴沉不定，赶忙道：“林夜，我告诉你前面发生了什么，你放我走！”

林夜脸上的笑容渐冷：“呵，你没资格跟我讲条件！”

话音刚落，他已是轰然出拳！高瘦少年被一拳轰退数步，昏死过去。

“啊——”矮小少年满脸惶恐，跌坐在地。“林，林师弟，求你不要杀我！我说，我都说！”他吓得身躯颤抖，赶忙磕头求饶，道出原委，“周落星师兄带我们来找你，在路上发现了死亡任务的线索，就带我们前去，但是，半路上出了意外，遇到了山崩……好多巨蟒凶兽！数以万计的巨蟒涌出来，见人就杀！”说话间，他眼中满是惶恐之色，身躯颤抖得更厉害。

“兽潮？”林夜眉头微皱，又问道：“那你来的时候，看到过我的朋友吗？”

矮小学子慌忙点头：“您说的是姬云霄，姬师弟？方才，他为了冷云师兄跟周落星师兄打起来了，被淹没在兽潮之中。”

闻言，林夜顺手提起他，豁然转身。“带我去找姬云霄，找到他，我就不杀你！”

那矮小学子还想说什么，但看到林夜那冷冽的眼神，瞬间闭嘴。林夜提着他，大步向前而去。一盏茶后，林夜眼前景色大变，千年古树七扭八歪地折倒在地，中间空出一大片焦黄土地。而那空地中央，两道三十米高的巨影，正在嘶吼对峙。

“这是……天穹领主？”林夜的瞳孔骤然收缩，满脸皆是震撼之色。它身影外形似巨猿，满身银色毛发，人立而起，气势惊人。

“天穹领主，传闻是天穹之森最强的凶兽，甚至能跻身强大的妖兽之列！其实力不可估量，远在气海境之上，甚至超越了洞玄境！”

接着，他目光一转，落到旁边那道黑影身上。那是一只巨大的龙蟒类妖兽，墨黑色鳞甲寒芒闪烁。庞大头顶之上，两道金色头角，峥嵘可怖！林夜目光一凝，眼中震撼之色更甚，“清潭祖蟒！这，亦是天穹之森的一大巨头妖兽！怎会出现在此？”

清潭祖蟒实力十分强大，竟与天穹领主不相上下！两只庞然大物每次对碰，都会发出剧烈的轰鸣声，坍塌正是因他们引发！

矮小学子颤巍巍道：“林，林师弟，我已经带你来了，求求你放过我。”

林夜收回目光，顺手将他扔到地上，“带我去找姬云霄，找到他就放你走！”

那矮小学子满脸苦楚，咬咬牙终是起身。林夜眼中闪过一抹坚毅之色，身形起跃，毅然向前冲去。片刻过后，两人耳畔传来阵阵嘶吼声，眼前的树木不断倾倒，咔嚓声不绝于耳。眼前黑压压一片，如同潮水般涌动！那是数不尽的清潭黑蟒纠结在一起，四处冲撞奔逃！

“姬兄？”林夜环视一周，忽而眼前一亮。

只见，不远处的巨石之下，姬云霄和周落星对峙着，似是在谈判。林夜眼睛一眯，身后金鹏虚影显现，纵身冲向前方。

“林师弟，帮帮我啊！”那矮小学子抱着树干，失声哭喊，他看到树下奔流不息的黑蟒，只能缩了缩身子，躲在树上再也不敢动。

此时，兽潮中，尘土飞扬。一块五米高的巨石后，几道人影相对而立，剑拔弩张，杀气腾腾。

“姓姬的，你脑袋是不是有问题，竟然选择在这种地方开战？”周落星眼神略带惶恐，指向身侧，“这可是兽潮暴走，稍有不慎，你我都要死在这里！”

姬云霄淡淡道：“放了冷云师兄，你我自然相安无事！”

周落星不屑冷笑："敢跟我谈条件？好！你这么想见冷云，我就让你们两个废物死在一起！来人，给我把那个小废物带上来！"

话音刚落，一道黑影被人从他背后扔出，砰然落地。

"嗯——"只听一声闷哼，那黑影身躯抽搐，不断在地上挣扎。

姬云霄眉头微皱，低头看去。只见那人衣衫褴褛，身上满是伤痕，左臂齐肩而断，伤口异常恐怖！

"冷师兄！"纵使冷静如姬云霄，这一刻亦是面色骤变。

"姬师弟，快走！不要管我……他们不是人，被他们抓住，会折磨死你的！"冷云面色惨白，眼中满是惊恐之色。

姬云霄心中一揪，目光坚定："冷师兄，没事，有我在，不会再让他们伤害你！"

"跑！快跑……"冷云神志已然模糊，口中依旧在低喃。

"跑？"周落星猖狂大笑，"就你这两个废物，还妄想在我手中逃走？来人，给我把他们围起来，看他们如何跑！"说话间，他身后的学子纷纷狞笑上前，将二人困在其中。

"今日，你们两个都要死在这里！"周落星狰狞一笑，身上气势涌动，欲要出手。

"周落星，谁给你的狗胆？！"正在此时，众人头顶忽然响起一声鹏啼，一道矫健身影稳稳落在巨石之上，睥视众人。

"林夜？"周落星眉头微皱。

林夜冷冷地盯着他："姓周的，你残害同门，以强凌弱，真是罪该万死！"

"我罪该万死？"周落星满脸不屑，哈哈大笑："就算我该死，你又能拿我如何？"

“拿命！”林夜声音冷若冰霜，纵身而起！顿时，金光乍现，金鹏虚影啼鸣展翅！大鹏展翅，翱翔九霄！

“好快！”周落星只感觉眼前一花，一道黑影骤然出现，他瞳孔骤然收缩，面色惊恐道：“才一日不见，为何你会这么快！”

闻言，林夜嗤笑道：“我的拳头，会告诉你答案！”

话音未落，他身上噼啪作响，紫电奔走。那奔雷重拳，狠狠砸在周落星的胸膛之上！随着一声闷响，周落星如离弦之箭，飞速向后撞去。砰砰砰！眨眼间，他撞倒三棵巨树，通身骨骼似散架一般，五脏六腑如滔天巨浪翻滚奔涌。

“为什么，你会这么强……”周落星狼狈地趴在地上，挣扎了好几下，都没能站起来。迎接他的，是林夜的第二拳！又是一拳砸下，狠狠砸在他的头颅之上，顿时，周落星惨叫一声，身体抽搐两下，身死当场。林夜冷冷一笑，侧头看向剩余之人。

那群学子面色惊恐，慌忙后退。周师兄可是气海境三重巅峰，竟被他一拳轰杀？林夜，竟然一夜之间成长如此之快，他的天赋太恐怖了！人群中有人被吓破了胆，扑通一声，跪倒在地。随后，众人皆是纷纷效仿，一时间，扑通声不绝于耳！

林夜还未作声，忽然身后传来一阵巨响！顿时，碎石四溅，地动山摇！他闻声豁然转头看去。只见远处山头之上，天穹领主惨叫一声，轰然倒地！

“天穹领主，倒了？”此时，那清潭祖蟒死死缠住天穹领主，已然占尽上风。

“这是不死不休的节奏？”林夜眼中精光闪烁，若有所思。

“林兄，此地不宜久留……”姬云霄眉头紧锁，沉声道，“那两只凶兽不是你我可力敌的，还是尽快离开此地，以免惹出祸端。”

“不！”林夜收回目光，轻轻摇头，“两强相斗，必有一亡！这，是一个契机，若是能从那两头凶兽身上得到好处，可能就是一场泼天富贵！富贵险中求，我们必须要去看看！”

闻言，姬云霄眉头越皱越紧，“可，太过危险，我等自保都是问题……”

“我有办法。”林夜转头看向那群学子，嘴角勾起一抹神秘笑容：“这群人，就是我们试探的筹码。”

姬云霄若有所思，随后眼中也露出一抹笑意：“原来如此……”

林夜面色肃穆，沉声喝道：“你们听好，若想活命，就要帮我做一件事情！”

众人面面相觑，眼神中露出惶恐之色。有一名白袍学子试探地问道：“敢问林师兄，是何事？”

林夜豁然转身，指向那山巅，“你们要帮我探路，带我去那山巅之上，路上若是遇到清潭黑蟒，你们只要负责将它们引开即可。”

前方，两只庞然大物的打斗还在继续，轰隆声不断。众人面色惊恐，一时间没人敢应声。

此时，姬云霄面色阴冷，寒声道：“去！或者现在就死！”

杀气氤氲而出，笼罩全场。两人一唱一和，吓得那群学子瑟瑟发抖。

“去！姬师弟莫生气，我等定然去！”那领头的白袍学子慌忙磕头，眼中是掩盖不住的惶恐。

“那就好，走，前头开路！”林夜随意挥手，看着那群人颤巍巍上前，向山巅而去。

而他则是快步上前扶起冷云，往他身体内渡入一股玄气，叮嘱道：“冷师兄，你尽快离开此地，去山洞与钱兄他们汇合。我们办完这里的事情，马上去找你们！”

“好，你们小心。”冷云踉跄起身，向着远处跑去。

林夜收回目光，起身向山巅走去，姬云霄紧随其后，低声道：“林兄，这群人靠不住的。”

林夜轻笑道："我知道，只需要他们引开那群清潭黑蟒，我们能近身即可。"

众人一路上前，路上不停出现逃窜的清潭黑蟒。林夜指挥那群人将路途上的黑蟒引开，不过半个时辰，已经到达山巅边缘。此时，人群散去，只剩下林夜和姬云霄。前方，两条身长近二十米，实力足有气海境五重的黑蟒，正虎视眈眈，守护着清潭祖蟒。

"有这两个家伙，我们过不去。"姬云霄沉声道，"林兄，我引开这两个家伙，你去前面！"说罢，他脚尖点地，飘身而起，向两头清潭黑蟒冲去。

"姬兄，小心点！"姬云霄冲上前去，引开两条清潭黑蟒，林夜趁此冲上山巅。

轰隆！

林夜才踏上山巅，就听到一声巨响，强大的玄气余波扩散而开，玄气化作狂风，迎面吹来，吹动他的发丝和衣衫，上下翻飞，让他感觉脸颊生疼。

"好强！只是余波就有此威力，若是近身，定然十分危险！"林夜的眼神依旧坚毅，深吸一口气，隐匿气息，起身跃上树端，向前看去。

前方，天穹领主瘫倒在地，腹部可见一道狰狞伤口，正急促喘息着。而那清潭祖蟒半截身躯也已断裂，仅靠最后的力道，死死缠住天穹领主的脖颈。已是残局，势均力敌。如今，只差片刻就能分出胜负！

"还需再等等……"林夜眼前一亮，却不着急出手，静静等待。

吼——

天穹领主怒吼一声，翻身而起，抓住清潭祖蟒的脖颈，双手用力撕扯，清潭祖蟒痛苦地嘶吼，再无力量反抗，彻底软倒在地。砰！砰！随着两声闷响，那两只巨兽双双跌倒在地，激起一片尘土飞扬。

"就是现在！"林夜眼中满是炙热之色，正欲起身，可就在此时，旁边忽然传来一阵大笑声："哈哈哈！这两头畜生终于斗了个两败俱伤，到我们出手了！"

“还有人？”林夜心中一凝，压下身形，继续观瞧。只见几个人从山林中大步走来，为首者是一名身着银色华袍，面色桀骜的青年。

“叶青云？”林夜眼神渐冷，“他怎么会在这里？难不成是见财起意？”林夜沉默地思索了一会儿，决定按兵不动。

叶青云向身旁之人挥挥手，“来人，宰了这两个畜生，取回‘遗迹钥匙’！”

林夜眼睛微眯，隐隐感觉叶家有阴谋。

说话间，那几人已经催动玄气，纵身向前冲去。皆是气海境的高手，实力远超寻常学子，应是叶家供奉。几人联手杀下，天穹领主已是强弩之末，怒吼着反抗，却是不敌，片刻后，天穹领主被一剑刺穿胸膛，清潭祖蟒伤势更重，甚至连反抗都没有，就被直接斩杀。

“回禀二公子，那两头畜生已被斩杀！”领头那人拱手回禀，身上已是气息孱弱，虽然赢得战斗，但也耗费不少力气。

叶青云面色大喜，哈哈笑道：“太好了！李供奉，你去把那两个畜生的头割下来，我要拿回去领赏！”

可他话音刚落，身后忽然响起一阵破空声！铮——一柄红色长剑直刺而来，向叶青云的背后狠狠刺去！

“二公子小心！”李供奉面色大惊，冲身而起，瞬间来到叶青云身后。但那长剑已至身前，他来不及阻挡！

嗤！

随着一声轻响，剑光滑落，斩下李供奉的头颅！叶青云面色骤变，慌忙转头看去。只见，林夜手持流云杀生剑，笑吟吟站在他身前，“叶公子，我们又见面了。”

“林夜！”叶青云面色一怔，“你，你还没死？”

林夜脸上笑意越发冷冽，“不杀灭了叶家，为我死去的亲友报仇，我怎敢死！”

“杀我？”叶青云满脸不屑笑道：“我带了如此多的帮手，就凭你这玄元境的实力，怎么杀我？来人，给我杀他了！”话音刚落，他身后几人纵身而起，杀气腾腾地看向林夜。

林夜傲然而立，催动玄气，身上气势升腾而起！诛天剑意，气冲凌霄！铮——他手中的长剑一抖，清脆剑鸣响彻山巅！

那几人顿时面色骤变，谨慎地盯着林夜，不敢上前半步。这剑意，太凌厉！

“公子，你快走，这小子不好对付！”一名黑袍青年低喝，接着冲身而起，持刀斩向林夜。

“气海境第五重天？”林夜眼睛微眯，冷笑道，“可惜，你方才消耗太大，连三重的实力都发挥不出来！”

不退反进，一剑刺出！一声轻响，那名黑袍青年步伐停滞，扑通倒地。

“这小子，何时如此之强了？”叶青云瞳孔骤然收缩，惊恐道，“这才几天，他好像突破到了气海境？不行，我得走！”他心中已经有了惧意，缓缓后退。

“叶公子，你这是想走？”林夜冷笑一声，持剑杀上前去。他如同杀神降世，一步一剑，一剑一命。眨眼间，那几名叶家供奉，全部身死！

“怎么，怎么会这样？”叶青云踉跄后退两步，脚下一软，跌坐在地。

“叶公子，你好像无处可逃！”林夜嘴角勾起一抹邪笑，手中长剑一抖，指向叶青云的脖颈。

“嗤——”一声轻响，剑刃划破叶青云的脖颈。

“林夜，你，不要杀我！”叶青云满脸惊恐，身躯一抖，裤脚竟然传来一股腥臊之气，“林夜，我不想死！我告诉你一个秘密，求你放我一条生路！”

“秘密？”林夜眼睛微眯，沉声道，“你先说说看。”

叶青云慌忙回应：“其实，我这次来，是为了狩猎探寻天穹之森的任务，我叶家学子已经查清楚了缘由。这地方的异动，是来自于天穹领主的洞穴，只要杀了天穹领主，就能查清楚其中秘密。”

林夜微微皱眉，追问道：“那你又是如何知道，今日天穹领主就会出事？”

叶青云连忙回答：“其实，这一切都是我叶家策划，我叶家耗费了数十条高手的性命，才将清潭祖蟒引入天穹领主的领地，让这两只畜生争斗。我也没想追杀你，只是找个借口掩人耳目，好来这里偷偷完成任务。林夜，我把这个任务拱手让给你，求你放我一条生路！”

“原来如此……”林夜似笑非笑地看向他，“可是，你还是说谎了！刚才我分明听到，你要取回钥匙，钥匙又是何物，你可没有解释……”

叶青云眼神慌乱，赶忙解释：“我说，我现在就说……”

“我不想听了！”林夜手中长剑一抖，剑光闪现而过！

叶青云面露惊骇，重重倒地！

“我堂哥，不会放过你的……”叶青云低喃两声，眼中生机已然褪去，身死当场。

“死到临头，还在放狠话？”林夜嗤笑摇头，反手收起长剑，来到两只凶兽的尸身之前，动手收取元晶。

轰！

忽然，那苍穹领主赫然睁眼，强横的气势，瞬间笼罩而下，碾向林夜的身躯！他只感觉身躯猛然一沉，如巨岳压顶，一动不能动！

“苍穹领主，竟然还没死？！”林夜的瞳孔骤然收缩，背后已是冷汗涔涔。纵然是重伤的苍穹领主，他也不可能战胜！

“人族……”苍穹领主一双大眼球盯着林夜，张开巨口，发出一种古怪的声音。声音如同古钟低鸣，虽然生涩，但林夜能听懂。“我知道，今日的阴谋与你无关，我也能从气息中闻出，你心性不坏，我不会迁怒于你。如今，我命不久矣，想拜托你一件事情……若是你肯答应，我可以将天穹之森最大的秘密，告知于你。”

苍穹领主双眼中满是哀求，紧紧盯着林夜。此时，它再也不是那个不可一世的绝世霸主，更像是一个暮气沉沉的老者。

天穹之森的秘密？林夜怔然片刻，眼神闪烁。如今，打也打不过，索性不如应下来，“好，只要我能办到，一定会帮你完成！”

苍穹领主眼神逐渐柔和，“人类，我相信你……其实，我在天穹之森千年，是为了镇守我主人的故居，你只需得到我化作的钥匙，就可以前往我的洞穴，打开禁制，进入其中。只要你与我主人有缘，其中秘宝都会归你所有。”

原来，叶青云口中的“钥匙”，就是这个。林夜心中暗喜，“天穹领主如此之强，竟然也只是镇守此地的凶兽？那他主人的遗物，到底会有多强？！”

这，确实是一场泼天富贵！深吸一口气，林夜重重点头，“我记住了，那你的要求是什么？”

天穹领主眼神逐渐暗淡，低声道：“我有一子，诞生在即，只是，他距离诞生还差最后一步，需要一头强大的凶兽作为养料。我希望你能把清潭祖蟒祭献，让我的孩子成功降世。”

“好，我可以答应你！”

“谢谢你，人类……”苍穹领主闭上双眼，身躯隐隐颤抖。

轰！

一股强横的气势，骤然狂涌而出，吹散四周的树木！林夜立于狂风之中，却感觉不到一丝劲风。苍穹领主的身躯缓缓飞起，随风飘散，化作一团团金色的光芒，洒满山巅。顿时，山间生机盎然，草木飞长。而最大的那团金光逐渐凝练，落到林夜面前。

“这，就是钥匙？”林夜伸手接过那团金芒，细细观看。那是一块古铜打造的断剑，其上纹路繁密，满是古拙沧桑之感。咚咚咚！断剑入手那一刻，林夜的魂府之内，神魂帝天竟然睁开双眼。

“大帝遗物！”闻言，林夜心头一颤，“这钥匙，竟然是大帝遗物！”

林夜细细感悟一番，眉头紧锁。这断剑之上，虽然有天启大帝的气息，但是并不强烈。“看来，只有前往那密境，才能得到大帝遗物！这断剑应该只是沾染了气息，并不是真正的大帝遗物！”

想清楚其中缘由，林夜抬头望向山巅，“我一定要去！”

……

天穹领主的洞穴，就在山巅一处残破大殿。一炷香后，林夜来到山巅。眼前是一座三十多米高的残破宫殿，由花岗石建成，已塌陷大半。大殿之外，立有一块黑色石碑，其上依稀可见几个大字——一剑求真，悟剑神殿！深吸一口气，林夜大步走进残破大殿中。殿中十分空旷，四处皆是残垣断壁，其上爬满了青苔。大殿中央，有一块奇异的石头，约有一米多高，通体呈黑色，不时闪过银色的光芒。

“这是？”林夜眉头一挑，走到石头前，伸手轻轻抚摸。那石头之中，似乎有一颗有力的心脏在跳动，咚咚作响，生机勃勃。

“天穹领主的孩子？”林夜围绕黑石头转了一圈，满脸惊骇。没想到，那么强大的凶兽，竟然是从石头里蹦出来的！那黑色石头感应到林夜的气息，似乎十分兴奋，不断颤动。

“小家伙，待会儿再带你走，我先去看看这神殿。”林夜安慰一番后，转过身继续向大殿深处走去。大殿深处，光线极为昏暗，正中央位置有一块黑石王座。

“这就是入口？”林夜上前查看，发现那王座之上，有一处断剑缺口。林夜反手拿出断剑，向那缺口处插去。

嗡——缺口上，一抹银白色光芒冲天，将断剑反弹出来。

“七月十八，剑神再现！”蓦然，银白色光芒凝成一行字，浮现在半空中，随后飘散。林夜眉头微皱，再度尝试，可结果依旧如此！

“七月十八，还有一个多月的时间，看来，只有到了那个时间点，这里才能开启。”林夜略微思索，收起断剑再度向外走去。

“天穹领主有恩于我，不能弃信忘义，还是要让他的孩子诞生。”来到黑石旁边，伸手搬起巨石。轰——这黑石并不重，只有百十斤，林夜轻松扛起来，向大殿外走去。

片刻过后，林夜重回清潭祖蟒的身躯之前。那庞大的身躯遮盖大片空地，一眼望不到其尾部，林夜直接来到巨大的头颅前，低喝一声，将黑石砸入头颅之中。

“答应你的事情，我已经做到了，能不能成功，就看它的造化了。”林夜深吸一口气，盘膝而坐，静静等待。

时间不长，黑石开始颤动，清潭祖莽体内精华翻滚，涌入黑石之中。以肉眼可见的速度，不断涨大。

“好强的天赋，这小家伙在吸收清潭祖蟒的力量！”见此一幕，林夜暗暗咋舌。

幼兽便如此，其他寻常凶兽远远不如。看来，孵化有望！思忖之间，黑色的巨石不断膨胀，清潭祖蟒的身躯迅速干瘪。半个时辰后，清潭祖蟒的身躯轰然爆炸，竟是化作齑粉，飘散在天地之间！此时，黑色石头已经涨大到三米多高，悬浮在半空中，剧烈地颤抖着！

“要诞生了！”林夜豁然起身，眼中闪过一抹炙热之色。亲眼看一个绝世凶兽诞生，也是一种机缘！

片刻过后，黑石已经膨胀到极致。轰隆！彻底炸裂！一团银色的光芒，氤氲而出，翻滚凝结成一团，缓缓飘落在地。一只身高不足半米的小猿猴，通体银白色，蜷缩在地。身躯虽小，但强横的气势，隐隐浮现！

轰！

银光冲天而起，冲散天际中的云雾！强横的王者之气扩散开来，瞬间笼罩整座天穹之森——这，是天穹领主的气势，与生俱来的绝世凶兽之姿！山间万兽，这一刻都停止活动，皆是跪伏在地，膜拜上位者的降世！

“好强的气势！仅是降生，就有气海境三重天的实力。如此稀世凶兽，我应该收入麾下！”林夜面色怔然，良久才回过神。

此时，银色小猴也缓缓张开双眼，迷茫地环视四周。当看到林夜的那一刻，眼中散发出异样的光彩，踉跄起身，扑入他的怀中。

“呜呜呜……”银色猿猴搂着他的脖子，十分亲昵，似是看到了亲人。

“我身上天穹领主的气息，反倒让他错认为是亲人……这样也好，省去了一番力气。”林夜愣神片刻，旋即哑然失笑，“小东西，你就叫小银，认我当主人，以后我会护你周全，你父亲临终所托，我定会做到。”

小银似懂非懂，抱着林夜的脖子，兴奋低鸣。闹腾了片刻，又趴到林夜的肩头，打了个哈欠，沉沉睡去。

“这小东西还在初生期，还嗜睡呢。”林夜摇头低笑，随后上前看清潭祖蟒的尸身。林夜眼前一亮，笑道：“有了这东西，就好提交那探查任务了。”

可他刚收起那头骨，忽然转头向远处看去。远处有几股强横的气息，毫不掩饰踪迹，向这里迅速靠拢。

“不好，还是要尽快离开此处！”林夜收敛气息，身后大鹏虚影显现，身形如电，片刻间便没了踪影。

一盏茶后，天边有几道庞大身影，俯冲而下。那是几头巨大的赤色鸟类凶兽，双翅张开，足有十数米之长，其上几道身影飘然落地。领头者是一个身着金色长袍，面白无须的中年男子，环顾四周，皱眉道：“人已经走了。”

他身旁一位蓝袍中年拱手道：“大人，是否要追？”

金袍中年缓缓摇头，沉声道：“追不到的，他隐藏了气息，回去后你去查，最近什么人来了天穹之森，特别是银月学府的人！”

“是！”那蓝袍中年拱手起身，乘坐赤色巨鸟离去。

而那金袍中年转头看向山巅，低声呢喃：“天剑密境里的东西，我们一定要得到，否则，大计难成……”

……

与此同时，林夜身形闪动，已经来到了山脚下。

“林兄，我在这里！”姬云霄上前来，问道：“情况如何？”

“自是一切顺利，而且还有意外收获……”林夜指指身上的小银，笑着说，“你看这小家伙，算不算是泼天富贵？”

姬云霄略微惊讶，“这小东西身上有天穹领主的气息，怎么回事？”

林夜挑眉笑道：“这小家伙是天穹领主之子，潜力无穷，不过这还不是最重要的……我拿回了清潭祖蟒的头骨，等完成那个任务，我们都能得到奖励。”

“那好，我们尽快回学府交任务，以免夜长梦多。”姬云霄略有深意地瞥了一眼山巅，随后离开天穹之森，与钱多金等人汇合，返回学府。

……

次日清晨，银月学府后山，几道风尘仆仆的身影出现。

“林兄，我们终于回来了。”钱多金擦擦额头上的汗水，气喘吁吁地说道。

林夜也缓缓吐出一口浊气：“尽快交上任务，准备明天的新人大会。”

几人快步来到狩猎大殿前，走了进去。林夜掏出灵甲炎虎的元晶，交到柜台上，“执事，麻烦帮我交一下猎杀虎种妖兽的任务。”

黑袍执事头也未抬，接过林夜的令牌看了一眼，皱眉道：“你这个任务不是被取消了？”

“被取消了？”林夜眉头紧锁，抬手拿出卷轴，说道，“这是任务卷轴，我是领过任务的，还是吴执事亲自颁发的！”

那黑袍执事面色一怔，“原来，你就是害吴执事被罢免的那人？！”

“吴执事被罢免了，到底是怎么回事？”

黑袍执事立刻压低声音：“林夜，我对你有印象，你是不是得罪了王志雄？”

林夜点头，算是默认。

“你走之后，王志雄找来一位长老，不但罢免了吴执事，而且还取消了你的任务。他还说，你一定会死在万古山脉，这个任务直接取消，被他接走了！”

林夜冷声道：“王志雄？又是他！”

那黑袍执事慌忙将学子玉牌递还，说道：“林夜，我劝你一句，别跟王志雄斗，你是斗不过他的，还是快走吧。”

“谢谢执事大人提点。”林夜面色冷冽，拱手道，“此事执事大人不必担心，我定然不会再牵连你们。”随后，他转身对钱多金附耳低语，将外府长老令递了过去。

“放心，林兄，我马上就会赶回来！”钱多金接过长老令，立刻转身冲出大殿。

而此时，赵宗辉面色慌张，赶忙问道：“林师弟，我们要怎么办？”

“等！”林夜环臂而立，淡淡道，“明日就是新人大会，所有外府学子都要参加，王志雄一定要在那之前赶回来。我们只需要等到他，就能让他付出代价！”

赵宗辉眼神躲闪，心中有些发虚。林夜微微侧头，看出端倪，笑道：“赵师兄，冷云师兄身体不好，不如你先送他回去休息。”

赵宗辉面色犹豫：“我们不是还要等王志雄，我现在走不好吧？”

“没什么不好的，再拖下去，冷师兄的身体会顶不住的。”林夜取出三十多颗火灵石，递给赵宗辉，“这些火灵石，你跟冷师兄分一分。”

三十颗火灵石，价值远超狩猎任务！

“谢谢林师弟！那我先送冷师弟回去，然后再来找你。”赵宗辉面色大喜，立刻收起火灵石，扶着冷云离开。

冷云虚弱道：“林师弟，谢谢你了……”

“冷师兄，此次任务你受了莫大的委屈，放心，我会帮你讨回个公道！”林夜望向他那空荡荡衣袖，眼神瞬间凌厉。

二人走后，姬云霄眉头微皱，低声道：“林兄，这次王志雄好像有了靠山，不能轻视。”

林夜自信一笑：“放心好了，肯定没问题！今日就让他们明白，我林夜，是他们惹不起的人！”

第 10 章 童皇

“来了！王志雄回来了！”

此时，人群中传来一声高呼，众人纷纷转头看去。王志雄面色得意，昂首阔步走进大殿，莫成文、焦雨燕亦是满脸傲气，二人紧随其后。

“交任务！老子猎杀了一头气海境三重的金纹黑风虎，完成了黑色任务！”

然而，他的话音刚落，一道人影就已经闪身而至。“任务你就别交了，把命交了吧！”只见林夜面色冷冽，一拳重重砸下。重拳之上，雷霆奔走，光芒闪烁！

这一拳，重重砸在王志雄的侧脸之上！王志雄只感觉眼前一黑，还未有反应，立刻被一股巨力掀飞出去。砰的一声，撞到石柱之上，剧痛阵阵而起。

王志雄挣扎着起身大骂：“他娘的，谁敢偷袭老子！”

“王志雄，我等你好久了！”林夜面露冷笑，一步步向他逼近。

“林夜？你，你怎么还活着！”王志雄瞬间愣在当场，人都傻了！不止是他，所有人都愣住了，大殿陷入一阵寂静。短暂沉默后，大厅忽然爆发一阵惊呼声。

“林夜竟然出手了，在狩猎大殿打了王志雄！”

“他疯了吗？狩猎大殿可是不能动手的！”

“打了王志雄，郑长老肯定不会放过他的！”

在众人的惊呼声中，林夜依旧没有停手的意思，步步紧逼！

“林、林夜，你不要乱来！”王志雄眼神中满是慌乱之色，挣扎后退。“这里可是狩猎大殿，不能随意私斗！”他的眼神越发慌乱，连忙说道，“你若是敢乱来，郑长老不会放过你的！”

“郑长老？”此时，林夜已经来到他身前，俯身冷笑，“一个外府长老，就是你嚣张的底气？你以为，凭他能保住你？”

此话一出，众人又是一片哗然。竟然连外府长老都不放在眼中？这林夜，到底有什么底气？

“住手！”焦雨燕娇躯一震，闪身挡到王志雄的身前，“林夜，你如果再敢出手，休怪我们不客气！”

“现在就给你点教训！林夜，把你的狗胆给我收起来！”莫成文紧随其后，挡在林夜面前。

林夜眼睛微眯，冷冷看向莫成文，沉声道：“莫成文，你还敢出现在我面前？冷师兄的断臂之仇我还没有报，刚好跟你们一起清算！”他身形一闪，如若闪电，瞬间来到莫成文身前，一拳砸下！

砰！

随着一声闷响，莫成文身躯如一只破麻袋，瞬间摔飞出去。林夜眼中寒芒闪烁，紧跟其后，一脚踩在他的背上，砰的一声，将其狠狠踩入地板之中。瞬间，地面龟裂，碎石纷飞！

“啊——”

莫成文惨叫一声，喉中生甜。

“那日，你竟然出卖我等，害钱兄重伤，冷师兄被俘断臂！”林夜眼中杀气凛然，一字一句道，“今日，我就要你如数奉还！”说罢，他手掌翻动，流云杀生剑入手！

呲！

寒芒一闪而过，不留任何同情！

“我的胳膊——”莫成文再度惨叫，左臂齐肩而断，抛飞而起。

“这一条胳膊，是为冷师兄斩的！”林夜吐字如冰，眼神冷若寒霜，一剑再度刺出！

“这一剑，是为钱兄斩的！”剑光斩落，人头登时抛飞！

一剑斩杀！围观众人面色煞白，纷纷后退避开。

“林夜，竟然敢在狩猎大殿杀人！”

“疯了！他彻底疯了！”

此时，众人眼中不仅是敬畏，还有惶恐！这个疯子不计后果，寻常人绝不想惹祸上身！

焦雨燕更是花容失色，娇躯连连后退。林夜抖落长剑上的血迹，缓缓转头看向于她。

“你也想死？”

焦雨燕吓得娇躯一颤，软倒在地，低声啜泣：“不不！林师弟，你误会我了……其实，我不想跟王志雄这等烂人在一起，我，我是被逼的！”她连滚带爬冲到林夜身前，抱住林夜的大腿，娇声啜泣：“林师弟，我其实是喜欢你的！我从一开始，就被你的魅力折服了，我想跟你双修！”

“贱人！你方才还说想跟我白头偕老！”王志雄面色大怒，高声喝骂，“贱人！真是个贱人！”

而林夜似笑非笑，低头看向焦雨燕：“你想跟我双修？”

焦雨燕媚眼如丝，连连点头。

“你这种水性杨花的女人，不配！”说罢，抬脚将她踹飞，毫不留恋，转身向王志雄杀去。

那凌厉杀气，笼罩四周，让人如临寒冬！

林夜挥剑直指王志雄：“你想怎么死？”

此时，王志雄身躯如同筛糠般剧烈颤抖，想要爬起来磕头，却几次都跌倒在地。“我……林师弟饶命！”

“林夜，你给我住手！”正在此时，众人身后忽然响起一声厉声高喝。紧接着，一股肃杀之气笼罩而下，吓得众人纷纷退散。一位身着白色华袍，满脸怒容的老者，大步走来。

“是郑云昌长老！”

“郑长老来了！王志雄的靠山到了！林夜这次怕是活不成了！”

众人一退再退，生怕惹祸上身。

林夜微微侧头，瞥了一眼郑云昌，“这位长老有事？”

郑云昌面色怒声道：“林夜，早就听闻，你胆大包天！今日一见，你真是好大的狗胆，简直是无法无天！狩猎大殿之上，竟然公然出手杀害学子，今日本长老定要将你诛杀在此，以正学风！”

此时，王志雄赶忙挣扎着向前爬去，哭喊道：“郑长老，救我！救救我！”

“好个冠冕堂皇的说辞！你说得大义凛然，不过是想要包庇王志雄！方才他向你求救，可是大家有目共睹，你敢说不是？”

此话一出，众人看向郑云昌的眼神隐隐变化，多了几分异样之色。

“你闭嘴！”郑云昌恶狠狠瞥了一眼王志雄，随后才看向林夜：“好个伶牙俐齿的小兔崽子！但你杀人是事实，无可争辩！”

“对，我是杀人了！”林夜眼睛微眯，淡淡道，“今日我不但杀人，还要当着你的面，再杀一人！”

“什么？”郑云昌面色骤变，怒喝道：“你敢！”

可林夜置若罔闻，手腕一抖，一剑斩向王志雄！

嗤！

随着一声轻响，再次一剑斩杀！

“他竟然真敢？”郑云昌怔然，心中怒火熊熊燃烧！

围观者看向林夜的眼神一变再变，既敬畏又恐惧！

“小畜生，你竟然真敢当着我的面杀人！”郑云昌勃然大怒，“本长老，定要杀了你！”

他猛然踏前一步，身上气势狂涌而出。那股气势重如山岳，狠狠碾压而下！

轰！

狂暴的气势笼罩当场，实力稍差的学子，立刻扑通一声，跌坐在地。林夜亦是眉头一拧，身躯猛颤，差点跌倒在地！好强！郑云昌实力强横，最少是气海境六重天！

而此时，一道黑影一闪而至，忽然出现在林夜面前，“若想动林夜，先从我的尸体上踏过去！”

是姬云霄！他面色冷冽，眼中黑光闪烁，一股若有若无的杀意，缓缓散出！

好快！林夜面色一怔，神情略微恍惚，“姬云霄何时如此厉害了？对上气海境六重天的强者，气势竟然也不输分毫！”

可还不待他细想，耳畔忽然响起一声稚嫩低吼！

呜吼——只见小银骤然起身，化作一道银光，直扑郑云昌而去！天穹领主幼子之怒！凶残！暴戾！

“这是什么东西？”那股蛮荒凶兽之气，瞬间将郑云昌吓得身躯一颤，慌忙催动玄气，凝为光罩，挡在身前！

砰！

小银速度极快，眨眼间已经冲到郑云昌身前，狠狠撞击在那淡青色光罩之前！郑云昌身形猛颤，噔噔噔，竟然连退三步，小银化作一道银光，折返回林夜肩头。

“呜呜呜……”小银站在肩头，龇牙咧嘴低吼。

这小子到底什么来头？怎敢如此强势？而且，他身边之人，还有宠兽也如此强横？种种疑惑埋在心头，一时间，他眼神闪烁，不敢轻举妄动。

林夜看了一眼小银，笑道：“小东西，没想到你这么厉害。”气海境三重天，竟然能撼动气海境六重天以上的强者，不愧是天穹领主之子！

姬云霄也是微微皱眉，回头看了看小银。众人心思各异，竟是形成僵局，无人动手。这情况足足持续片刻，直至众人身后传来一股强横气息，如长虹贯日，凛然而至！

“恭迎吴天大长老！”众人慌忙躬身退开，几个身穿华袍，面色肃穆的老者，走入狩猎大殿。为首者身着紫缎长袍，不怒自威，正是大长老，吴天！

“怎么回事？”吴天冷冷环视四周，目光最终落到郑云昌的身上。

郑云昌面色一怔，慌忙道：“见过大长老！”

林夜淡淡拱手：“学子林夜，见过大长老。”

吴天看林夜并无大碍，心中暗舒一口气。接着，目光凌厉，冷声喝问：“郑云昌，老夫在问你话！告诉我，到底是怎么回事？”

郑云昌赶忙应道：“回禀大长老，因恶徒林夜在大殿杀人，坏了学府规矩，我才出手惩戒！大长老，此子品行恶劣，生性凶残，绝不可再留！还请大长老明鉴，诛杀恶徒！”

好一个恶人先告状。此话一出，林夜立刻陷入劣势！

郑云昌眼神闪烁，低声道：“林夜竟然当众杀人，就算是大长老，也不能平白无故保下他！”

“放屁！”钱多金从众长老身后走出，指着郑云昌大骂，“你个老不羞的，伙同王志雄诬陷我林夜兄弟！你们不但夺了我们的任务，还要杀人！你们徇私枉法，才是真的恶徒！”

听闻此言，吴天暗舒一口气，厉声质问：“郑云昌，可有此事？”

郑云昌面色骤变，支支吾吾不知该如何回答。

吴天面色冷冽，轻哼一声：“你身为长老，竟然如此不守规矩，理应受罚！”

“等等！”郑云昌面色焦急，咬牙道，“大长老，您不能不讲道理！那姓林的小子当众杀人，您就要这样包庇他？”

吴天眉头微皱，冷脸不语。王海龙皱眉道：“林夜真的做了，恐怕免不了惩罚，最轻也要逐出学府！”一时间，所有人都为林夜暗捏了一把汗。

“启禀大长老，方才确实是我冲动了。”林夜坦然道，“我当众杀了人，触犯学府规矩没错，但……”

他是疯了？竟然真的承认了此事！

郑云昌挑眉看向林夜，心中狂喜：“这个小畜生竟然如此没脑子，应了下来？哈哈哈，这次他是百口莫辩了！”

众人皆是面色怔然，愣愣地看向林夜。

“但，我杀人是为学府清理残害同门的恶徒，而且，事出有因，我还有一件事情禀报，有必杀他们的理由！如若不杀那几人，必然会为学府引来一场弥天大祸！”

林夜嘴角露出一抹若有若无的笑容，极为自信。

“必要杀人的理由？”郑云昌眉头一挑，哂笑道，“当众杀人，可是要废掉丹田，逐出学府！你有什么理由也不好用！我看你就是危言耸听，想要蒙混过关！”

林夜挑眉指向一块红色石碑，笑道：“如果是这个任务，而且涉及整座学府，乃至天誉城的大事呢？”他所指的，正是探查天穹之森的任务！

死亡任务，千难万险，九死一生！其真正的原因，绝对足以震动银月学府！

郑云昌眼神有些慌乱，强颜冷笑：“这个任务，即使是执事都完不成，马上要移交内府了！你林夜一个气海境初期的新人，怎么可能完成？大长老，您一定要秉公执法，今日就承办林夜！”

“混账！用你教我？”吴天眉头一拧，呵斥道，“依你的意思，老夫就是那等徇私枉法之辈？滚到一边去，老夫自有定夺，不用你多言！”

“是！”郑云昌身躯微颤，恶狠狠地瞥了林夜一眼。

此时，王海龙叹息一声：“林夜，那个任务你完不成的，也不要想接任务的事情了。不如，你给郑长老认个错，我让郑长老求情，将你从轻处理。”

“林夜，别硬撑了！”

“就是，林夜你快认错，别落得个身首异处的下场！”

众长老也好言相劝，不想看到林夜真的身首异处。

“不必！”林夜却微微仰头，自信笑道，“这个任务，我已经完成了！我现在就可以交任务！但是这个任务涉及隐秘，只能告知吴天大长老一个人。”

一时间，大殿鸦雀无声，落针可闻！吴天也眉头微皱，沉声道：“林夜，这任务非比寻常，你莫要说大话。如果你言过其实，没人能保得了你！”

林夜眼中光芒一闪，笑吟吟道：“大长老放心，我确实已完成！”

说罢，他大步走上前去，拿起纸笔开始写。上面所写，正是天穹领主所守护的遗迹即将开启的事情。而叶家谋划遗迹，用计策逼迫两兽相争，导致兽潮屡屡暴动，正是银月学府学子频频惨死的原因。

片刻过后，林夜将纸张交到吴天手中，道：“天穹之森这半年，之所以十分古怪，就是因为此事！”

吴天细细看过后，眼中露出震撼之色，抬头追问：“此事，你可有证据？”

“有！”林夜伸手一翻，一道黑影怦然落地，顿时，一股残暴强横之气，横扫大殿！那正是清潭祖蟒的头骨！

“好强的气息，这是什么东西？！”

“这，这东西生前，实力恐怕要在气海境之上，甚至可能是洞玄境！”

众人震惊之余，对于林夜的话，更是信了几分。

“这是，清潭祖蟒的头骨！”郑云昌也面色震惊，低喃道：“不可能！这小杂碎怎么会有这等妖兽的骸骨？林夜，我看你就是混淆视听！妄想用这不知道哪里来的东西，来哄骗我等！”

吴天和王海龙对视一眼，双双沉默。吴天略微思索才道：“林夜，仅凭这东西，确实不能证明。你必须拿出更有利的证据！”

郑云昌恶狠狠道：“林夜，你若再拿不出来，本长老就要当场掌毙你！多次诓骗我等，你是把供月殿的长老当傻子耍吗？”

“不见棺材不落泪！”林夜冷笑一声，伸手一抬，又拿出一物。那是一截断剑，虽然已是锈迹斑斑，但，其内强大的气息依旧留存！

“这，就是开启遗迹的钥匙！”他压低声音说了一句，将断剑交于吴天，“大长老，请您过目。”

吴天接过断剑，细细端详。片刻后兴奋低喃道，“确实不假，我年轻时，曾有幸见过天穹之森的遗迹，正是这种气息！林夜，那遗迹千年来无人得知开启之法，没想到被你找到了！”吴天举起手中断剑，高声道：“这足以证明林夜说的话是真的，他完成了那个死亡任务！”

众人一片哗然。

郑云昌眼角抽搐，低声呢喃：“这不可能！这小子不过是气海境，怎么可能完成这个任务？！这肯定是假的！吴长老，这小子诓骗我等！”

“怎么不可能？”林夜冷冷一笑，“我不但完成了这个任务，而且我还能说出此物的由来！不过，你这等罪人，就不能听这种秘密了！”

郑云昌气得面色涨红，正欲反驳。

“郑云昌！”吴天忽然低喝一声，怒声道：“你还想要狡辩什么？林夜所言均为属实，他可是详细记录了得到此物的过程！”磅礴气势氤氲而起，向郑云昌笼罩而下！

砰！

只听一声闷响，郑云昌面色惊愕，跪倒在地，面色不甘怒吼：“大长老，就算这小子完成了任务，也不能任由他破坏学府规矩！”

吴天冷冷瞥了他一眼，沉声道：“林夜所提供的任务结果，别说是你！就算是十个外府长老，也得任由他处置！”

此话一出，众人面色愈发震惊，纷纷猜测林夜到底在纸上写了什么。而郑云昌心中咯噔一声，瞬间感觉背脊发凉。

“林夜，这郑云昌就交给你处置了！”吴天随意挥手，说道，“此事，我还要去禀报内府，你且等我的消息。”

“等等。”林夜却眉头微皱，旋即又笑着道：“吴长老，这断剑麻烦还给我。如果学府真的要它，也要有个说法才对。”

吴天愣了一下，将断剑递回，摇头笑道：“你倒是不吃亏，也罢，待我禀明此事，定会给你个交代，这断剑就先由你保管，定要看好它。”

“谢过吴长老。”林夜笑眯眯接过断剑，心中却思绪万千。他归来之时，便感觉到那悟剑神殿去了几股强横的气息，根本不是他可以抵抗的。若是那群人真来寻这断剑，他肯定保不住！如今将此事上报学府，非但可以保他性命，获得奖励，届时神殿开启，还可以向学府要个前往神殿的名额。

此事，乃是一举三得，林夜微微一笑，心中算盘可是打得响亮！

“王海龙，这里交给你管，老夫要去一趟内府！”吴天急匆匆说完，立刻转身离去。

此时，大殿之中落针可闻，所有人的目光，都聚集到林夜的身上。林夜冷眼看向郑云昌，戏谑道：“郑长老，您看此事该怎么办？”

郑云昌面色煞白，结巴道：“林夜，我……”

“你先别求饶，求饶我也不想听。”林夜略微思索，说道：“王长老，我看郑长老年事已高，不适合当这狩猎大殿的长老，不如，就让他回家养老？”

这是要罢免郑云昌的职位！

王海龙笑吟吟应道：“也好！郑长老，你劳累这么久是该休息了，即日起，去供月殿交个卸任辞呈，去后山长老院养老吧！”

后山长老院那是什么地方？那可是年事已高，修为不能再进分毫的长老所在之处，去了那里，将再无资源，再也没有出头之日。

郑云昌面色瞬间惨白，颤巍巍开口：“王兄，我……”

可他还没说话，王海龙就俯身耳语：“郑云昌，你暗中勾结内府秦无畏，对林夜施压，别以为我等不知道！内府的事情，我们管不到，但你还是归供月殿所管……大长老饶你不死，已是开恩，你莫非要落得个身首异处的下场？”

郑云昌听后身躯猛然一颤，目光瞬间暗淡，颓败道："好，我这就去递交辞呈。"他踉跄起身，缓步向殿外走去，那没落的身影仿若瞬间苍老了数十岁。

"郑长老就这样被罢免了？林夜的手段简直通天！"

"赶紧闭嘴！惹了这位小煞星，可不会有好下场！"

议论之间，众人眼中皆是敬畏之色，不停向后退去。

林夜冷冷环顾四周，一字一句道："敢惹我林夜，就是这等下场！"铿锵话语，掷地有声，他此番就是为了立威！

众人皆是噤若寒蝉，不敢再逗留，纷纷离去。

王海龙眉头微皱，上前低声道："林夜，此等退敌之法虽然有效，但也难免惹到是非。内府的秦无畏一事，我管不到，但他绝不会放过你，你且随我回去，我有些话要对你讲。"

"好，王长老等我片刻。"林夜应下，先上前领取任务奖励。

那黑袍执事面色惊恐，颤巍巍道："林，林师弟，你暂时只能领取猎杀虎种妖兽任务的奖励，那个死亡任务，还需大长老定夺。"

林夜温煦一笑："无妨，执事只管给我办理任务即可。"随后，他接过一颗灵石和一枚破壁丹，这才转身与众人来到大殿之外。林夜伸手一翻，取出火灵石，"这任务也不能让大家白跑一趟，奖励虽然没法三人分，但火灵石我可以都给你们！"

姬云霄皱眉道："林兄，你我不必如此……"

"云霄，我看你就是不好意思！"此时，钱多金笑嘻嘻接过火灵石，分了一半给姬云霄，"你也别辜负了林兄的好意，这是给你的！我得到这好宝贝，多少破壁丹也不换，走了，回去修炼了！"钱多金急不可耐，挥挥手就转身离去。

“林兄，那我们明日大会再见。”姬云霄收下火灵石，也拱手离去。

随后，林夜向王海龙拱手道：“王长老，我要先回一趟竹林小筑，然后再去你府上。”

“无妨，我等你。”王海龙淡淡应声，转身离去。

林夜离开狩猎大殿，一路向竹林小筑而去，片刻过后，已经来到家门前。可他抬眼看去，眼神微凝，眉头皱起。只见院门前站了几名白袍学子，堵住门口，面色不耐地低语着。

“麻烦诸位师兄借过，我要回去。”林夜皱眉上前，淡淡说了一句。

那几人闻言，纷纷转头看来，上下打量林夜。领头者是一名身材魁梧，面带刀疤的青年，睨视着林夜，傲然问道：“你就是林夜？”

找我的？林夜眉头一挑，应道：“我是林夜，怎么，几位师兄有事？”

那刀疤青年闻言，立刻冷笑：“是你！没错了！就是你这小杂碎，不知死活，招惹了叶青云，叶二少？！”

叶青云？人都死了还不安生？林夜摇摇头，冷笑不语。

刀疤青年还以为他是怕了，得意笑道：“告诉你，老子乃是叶家旁系学子，叶崇峰！听闻你得罪了我家二少爷，特来教训你！”

林夜哂笑道：“你出头前，可问过叶青云？”

叶崇峰略微愣神，冷哼一声：“这等事还需过问叶二少？你不过是仗着叶二少刚刚入学，修为尚浅，才能得意片刻。告诉你，我可是老学子，已经有气海境三重天巅峰的实力。”

气海境三重天就敢这么狂妄？林夜冷冷一笑，他不用武技，一拳就可轰杀他！

“你还真是条忠心的狗！”林夜挑眉轻笑，“在找我茬之前，不妨问问你家叶二少的死活！你去舔一个死人的后脚跟，纵然再会叫，也没办法当一条好狗！”

“你他娘的，竟然敢骂我？！”叶崇峰面色骤怒，高喝道，“老子不扒你一层皮，就不姓叶！”说话间，他身上玄气鼓动，就要动手。

正在此时，他身后一名学子悄悄拉住他：“峰哥，你先别动手，这小子话里有话。听他这意思，叶二少好像出事了。”

叶崇峰眉头一拧：“叫你们出去探听消息，怎么人还没有回来？”

“来了！峰哥，小四回来了！”闻言，叶崇峰等人纷纷转头，看向旁边小路。只见一个面容消瘦的少年，神情慌张，大步跑来。

“峰，峰哥，不好了！”那消瘦少年满头大汗跑到众人面前，来不及喘息，赶忙道：“我方才听到家族传来消息，说叶二少死在天穹之森了！”

“什么？叶二少真的死了！”

“这，这怎么可能？”

叶崇峰几人面色惊慌，面面相觑。

那消瘦少年又喊道：“还有，方才我听闻，那林夜可不好惹！他，他在狩猎大殿杀了人，执掌大殿的郑云昌长老强出头，都给罢免了！峰哥，我们还是别闯祸了，赶紧走吧！”

叶崇峰听后，面色瞬间煞白，满脸不可置信地看向林夜，“你，你确定没听错，林夜杀了长老？”

“千真万确！现在整个外府都在疯传此事！”

此话一出，叶崇峰脚下发软，差点跌坐在地。

“方才叫你们走，你们不走，现在想走，可难咯……”林夜似笑非笑，盯着叶崇峰等人。

那消瘦少年愣愣看向林夜，转头问众人："他是谁？"

叶崇峰颤巍巍道："他就是林夜！"

"什么？"消瘦少年面色大惊，连退两步，扑通一声，跌坐在地。

而叶崇峰面色惊恐，边退边说："林、林师兄，我们知道错了！方才是我逞口舌之快……我、我该死！我该死！"说话间，他噼啪对着自己的脸就是一通猛扇，片刻工夫，便打得肿胀如猪头！

"是吗？"林夜戏谑笑道，"果然是一条好狗，挺会说话，今日我心情好，不与你计较……滚回去告诉你们叶家那群老狗，再敢惹我，把你们老窝都给端了！"

"是，是，林师兄……"叶崇峰连连点头，吓得话不成句，连忙离去。

林夜走进院中，面色便微微一变，冷汗簌簌而下。"不好！"他的丹田，此刻传来一阵痛楚，仿若要直接将其撕裂一般，令他全身微颤。这一趟出行虽然收获不小，但丹田损伤，却是没有痊愈。

深吸一口气，服下一滴保命玄津，运转大梵天九转，玄气奔涌，融化药力，这才将伤势压制下来。痛楚缓缓退去，他摇头苦笑："虽然能够暂时压制……但，还是要尽快，明日新人大会，我定要接触到强大的灵师，寻找治愈丹田的灵药！"缓缓吐出一口浊气，换上笑颜，高呼："林林，我回来了！"

"林夜哥哥，你可回来了，你不知道，我这几天有多担心。"一道靓影从屋内冲出，林林扬起小脸，眼神中满是欣喜。

林夜笑道："不要担心，只管在家中等着就好，我不会出什么事。"

"我知道，就是……"林林话没说完，目光一转，与小银四目相对。一人一兽，大眼瞪小眼，相互打量，"林夜哥哥，这是什么？"林林满脸好奇，伸手去摸。

小银起先还龇牙，但随后耸耸鼻子，嗅到林林身上的味道，忽然安静下来，任由她抚摸。

“这是我在天穹之森发现的小伙伴，就给带了回来。”林夜笑吟吟说道，抬手将小银抱给林林。

“这个小猴子真可爱！”林林抱着小银，爱不释手，一人一兽打闹之间，多了些别样的融洽。

林夜深吸一口气，笑道：“林林，你和小银在家里等我，王海龙长老邀请我去他府上做客，我可能迟些才会回来。”

“好，林夜哥哥你快去吧，不要让王长老等急了。”

……

半个时辰后，林夜来到齐月山顶端，此处皆是深宅大院，楼阁林立，十分气派。环顾四周，只见府院之前，皆是立着一块大石，其上刻有各长老的名讳。

“王长老的府邸，究竟在何处？”林夜皱眉，四处寻找，不知不觉，已经来到了极东之处。此处已无宅院，面前是断崖，旁边有一座茅草屋，并无名讳。

“不在此处……”林夜摇摇头，正欲转身离去。忽然间，他身躯一颤，丹田内的玄气不受控制，疯狂躁动！林夜面色微变，倏然抬头看向那座茅草屋。此时，山崖边异常寂静，只有山间狂风呼啸。

轰！

下一刻，那茅草屋中，忽然暴起一团惊天气势，气势如虹，贯穿云月！屋顶的茅草顿时飘飞而起，根根如利剑，锋芒毕露，指向林夜！

“剑意！”林夜瞳孔骤然收缩，全身汗毛直立而起！

那剑意十分强横，不同于诛天剑意，少了几分霸气，多了几分沉稳，凌厉之中，带有一股王者风范，力压群雄。这一刻，远处山峦仿若都在低头跪拜，那剑意不断攀升，紧逼而来！

“诛天剑意！”林夜只感觉全身上下都有一股刺痛，立刻催动诛天剑意！

轰！

诛天剑意，升腾而起，剑势冲天之际，隐隐带有一缕毁天灭地的气息！林夜的剑意虽不如那人浑厚，却因特殊的毁灭之气，竟是能硬抗下来！

“咦？这剑意，有趣……”只听茅草屋中传来一声疑惑之声，接着，一道黑影缓缓走出茅屋。

林夜眉头微皱，抬头看去。来人不过一米五左右，面色白净，似是少年，可那一头银发与深邃的双眸，又略显沧桑。极其古怪的人！这人的感觉，就像是一个十岁出头的老者？

“这位师弟，你这是何意？”林夜眉头紧锁，感觉身上的压力越发沉重，是这银发少年的剑意越来越强。

那银发少年竖起食指，微微一笑：“嘘——别作声！”话音刚落，剑意又强横数倍！

嗤！嗤！嗤！

剑意凝成半虚半实的白芒，斩落在林夜身前，尘土飞扬，身侧三尺处顿时留下数百道剑痕！

“这少年，好强！”林夜紧咬牙关，全力催动诛天剑意，却也难以抵抗，那剑意逐渐碾压，越来越近。距离林夜的身躯，最终只差一指，若是再进一步，林夜就要被绞成粉碎！

这少年到底是什么来头？林夜双目凝神，心中大吼：“不行，再这样下去，我要死在这里了！拼了！”他心中一横，脑海中骤然轰鸣，竟是强行催动诛天剑意！

下一刻，诛天剑意冲天而起，一柄利剑虚影，隐隐凝实，悬在林夜头顶，剑意高涨，意境突破。

轰！轰！轰！

诛天剑意眨眼之间，强横了一倍有余，在这紧要关头，林夜竟然强行领悟剑意，瞬间将诛天剑意领悟到八成！

“有希望能赢！”林夜眼前一亮，身上气势逐渐高涨，再度对抗那银发少年的剑意！

嘭！

两股剑意都隐隐凝实，砰然相撞，卷起一股剑意狂风。凌厉狂风如刃，席卷四周！

呼——狂风呼啸而过，将四周树木斩断，巨石绞碎！一时间，沙尘四起，木屑纷飞，整座山峰都笼罩在剑意之中！

“怎么回事？”

“这股强大的剑意，是有敌人来袭？！”

“快！快出去看看！”

诸位外府长老面色慌乱，纷纷跃出宅院，向断崖处赶来。而此时，那银发少年本来暗淡的眼神，瞬间明亮，忽而哈哈大笑：“好小子！你的剑意竟然是遇强则强，能逼我用出一成剑意！你这剑意，有几分意思！”

“这家伙说话怎么如此古怪，不会是个疯子吧？”林夜眉头一紧再紧。正当他为难之际，身后忽然传来几声惊呼。

“是童皇前辈！童皇前辈怎么出关了？”

“不好！是林夜那臭小子，他好像惹到了童皇前辈！”王海龙面色骤变，慌忙闪身上前大喊：“童皇前辈请住手！林夜乃是我银月学府的学子，无意间冒犯您，还望您不要责怪！”

那银发少年瞥了众长老一眼，沉声道：“嘘——别作声！”平淡话语中，夹杂无上威势！

王海龙等长老顿时面色骤变，全部停在原地，无一人敢作声，甚至屏息，连大气都不敢喘！在场气氛诡异无比，寂静得可怕！

此时，那被称作童皇的少年看向林夜，莞尔一笑：“小子，我想跟你过一招，可否？”说话间，他伸手一探，一根茅草落入手中，“小子，拿出你的剑！”

“你这是问我？你这不是强行让我跟你打？”林夜心中暗骂，却不敢怠慢，谁知道这古怪的家伙会不会一剑杀了自己！下一刻，铮的一声剑鸣，响彻当场。寒芒闪烁间，流云杀生，出鞘！林夜挥剑指向童皇，高声大喊：“剑可以跟你比，但有言在先，你可不能出阴招！听长老的语气，你也是个前辈，我不过气海境二重天，你若用境界压制我，可是耍赖！”

童皇微微一怔，随后爽朗大笑：“好小子，还挺有心机。你且放心，我不动用玄气，只用剑意！”说罢，他的眼神逐渐严肃，身上的气势也隐隐升腾，不过一米五的身材忽然间高大，比这山岳都要高几分！

“好强！”林夜眉头一拧，面容肃穆，严阵以待。

“接我一招，诛天剑意！”低喝一声，手中流云杀生低吟，一剑刺向童皇！

童皇亦是眉头一拧，手中茅草气势凌厉，竟不输寻常兵刃，两人皆是气势凛然，剑刃相撞！

当！

只听一声脆响，流云杀生剑刃崩裂，化作碎片。但林夜气势依旧，玄气化刃，一往无前，童皇面色微变，手中茅草顿时化作木屑，飞散于天地间！光影交错间，林夜脚步一顿，停在原地，而童皇面色惊愕，竟是后退半步。

“我……输了？”好半晌，童皇才低头看看脚下，满是不可置信之色。方才那一剑，林夜不是赢在实力，而是赢在意境！诛天剑意的意境，比童皇的强了半分！

与此同时，王海龙等人更是面色震惊，再也忍不住呼声。

“童皇前辈，竟然被林夜逼退半步！”

“林夜到底是何等天赋！他，他赢了童皇前辈！”

“此子，前途不可限量！日后，他将是我银月学府第一剑修！”

在阵阵惊呼声中，童皇恍然回神，银光一闪，骤然出现在林夜面前，仰头细细打量林夜。

这古怪的家伙，又要做什么？林夜倒吸一口凉气，被童皇看得背脊发凉。

半晌过后，童皇忽而轻笑：“小子，你不错！着实不错！剑意之强！出剑凌厉！人更是如出鞘利刃，锐不可当！你，叫什么名字？”

林夜暗舒一口气，笑道：“林夜！”

童皇拍拍他的大腿，压低声音：“我叫童阿牛，但我不太喜欢这个名字，你可以叫我童剑皇，或者是童皇。日后，你若是有空，可以来这剑门崖与我探讨剑意！”

童阿牛？林夜憋笑点头：“好，我日后有机会，定会找你论剑。”

“一定要来！你若失约，我可是会去找你的！”童皇皱眉，似是感觉不妥，伸手一探，将一缕剑意渡入林夜体内。那剑意似是游龙，遁入林夜的胸膛之内，并无恶意，反而有几分指点之意，“这缕剑意无论你能否炼化，都能沾染我的气息，让我轻易找到你。这样，你小子就算到天涯海角也跑不掉了！”

童皇又哈哈一笑：“好久没遇到你这样有悟性的剑修，你小子可不能跑！好了，我先回去静修，等你有空再来找我。”他自顾自说完，也不管众人，转头走向那茅草屋中。剑意消散，茅草全部落在房顶，只差那破碎的一角。

待到他走入屋中，王海龙等人才长舒一口气，迎上前来。林夜向王海龙拱手问道：“王长老，这人到底什么来头，好像你们都很怕他？”

“什么来头？你竟然不知道？”王海龙解释道：“这位童皇前辈，可是我银月学府的第一剑修！纵然是在整个归月王朝，那也是剑修之巅，绝世强者，被称作为童皇不老剑！童皇前辈只是看起来年轻，其实比内府长老资历都老，与太上同辈，只因外府需要强者镇守，才被派遣至此。这剑门崖，也是我银月学府的第一道门户，非绝世强者不可镇守！”

林夜愕然道：“我见他像是个孩童，还以为是个少年，不过，他性格也真是古怪，好似少年心性。”

王海龙讪笑道：“童皇前辈一生钻研剑道，很少与人交流，性情自然纯真许多。”

可他话音刚落，茅草屋中传来童皇不耐之声，“赶紧滚蛋！别打扰我静修！”说话间，一道黑光破窗而出，直冲林夜而来！

铮——伴随一声清澈剑鸣，那道黑光悬停在林夜身前。那，竟是一柄通体乌黑的长剑！

“林夜，方才毁你一剑，我赔你一柄。这剑是我少年时所用，现在也没什么用处，与其宝剑蒙尘，不如赠予你了！好了，你小子拿着剑，赶紧带那群废物离开，免得扰我静修。”童皇的语气越发不耐，说完不再作声。

“打一架不但剑意有所突破，还能收一柄宝剑，这一趟来得值！”林夜眼前一亮，伸手抓过那乌黑长剑，与王海龙等人转身离去。这一路上，众外府长老对林夜赞叹不绝，纷纷出言结交。

“林夜日后修炼路途还远，你们可不要乱说，以免惹到有心人窥探！”散去之前，王海龙还有意叮嘱一番。

“王长老放心，我等自是心中有数，不会乱说！”

“那是，林夜可是我外府的希望，我等定然保守秘密！”

“好了，改日再谈，我要和林兄弟去饮酒了！”王海龙挥挥手，带林夜回府。片刻过后，两人来到一座清雅宅院。王海龙笑道：“林夜，快看看你那剑如何？童皇前辈赠予的宝剑，定然不是凡品！”

林夜轻笑点头，反手取出那柄乌黑长剑。宝剑长三尺三寸，十分之重，其上百叠纹路精细，虽不开刃，但锐气不可挡。林夜细细打量剑身，其上刻有“乌骓逐月”四个飘逸大字。接着，他伸手一挥，长剑破空斩落！铮——只听一声低鸣，剑刃斩落，地面三块青石板被齐刷刷斩断！

“虽是重剑不开锋，但比寻常宝剑都要锋利，果真是一柄好剑！”林夜面色大喜，轻抚长剑，爱不释手。

王海龙更是心生羡慕，称赞道：“何止是好！这就是一柄极品灵剑！这乌骓逐月剑，已迈入灵器之列，乃是一品灵器！灵器在整座银月学府都是稀有，林夜，你真是得了至宝！”

灵器之强，远不是玄器可比，十柄流云杀生也不及这柄乌骓逐月珍贵！

“此剑可要好好用，莫要辜负了童皇前辈对你的期盼。”王海龙收回目光，沉声道：“此番叫你来，还是说秦无畏之事。我得到消息，秦无畏在内府公然说跟你有仇，要诸多师兄弟帮他取你性命……我和吴天大长老无法涉及内府，也无对策，只能你自己想办法。”

林夜眉头紧锁，思量片刻才道：“他秦无畏如此猖狂，内府之人就不管？”

王海龙摇摇头，“内府之事，远比你想得复杂，不似外府这般齐心，六大豪门权贵派系林立，乱得很。而且，内府提倡优胜劣汰，从不阻止学子之间相互竞争，此事内府不会管的。为今之计，你只能依附天誉城六大世族之一，加入其中，才有可能化解……但你身系平民学子们的前途，若是以此计保命，我和大长老所为，便无意义了……”

“王长老放心，依附权贵之事，我不会做的！”林夜摇摇头，沉声道，“如果我去拜托童皇前辈，可好？”

王海龙叹息一声：“且不说童皇前辈在剑门崖，从不管理门派琐事，就算是他肯出手，也多半会被内府镇压……童皇前辈身上许多往事，你不清楚，也不要多问。”

“我懂了。”林夜眉头微皱，起身拱手请礼，“王长老放心，秦无畏之事，我自己会扛下。我入学府多日，也常看到平民学子被欺凌，您和大长老所托付之事，我断然不会辜负。”说罢，他起身拜别，转身离去。

王海龙看着林夜的背影，久久出神，忽而露出苦笑：“林夜，我果然没看错你……可，也苦了你，甚至会毁了你……”他眼神逐渐落寞，拿起身旁酒壶，自斟自饮。

第11章 入赘?

月明星稀。林夜回到竹林小筑，看了眼熟睡的林林和小银，转身走出屋子。

“新人大会在即，必须尽我可能提升实力，我的诛天剑意虽有所增长，却还需练剑巩固！”他低喃几句，大步向后山而去，准备练剑。

林夜环顾四周，手掌中符光闪烁，乌骓逐月落入手中。月光洒下，林夜身姿矫健，一剑剑递出，不断习练剑法。不知不觉半夜过去，已是月落西山。林夜的身影忽而停止，闭上双眼，静静感悟。

“我这一剑，只差一丝……那便是，更多玄气！”接着，他豁然睁开双眼，手中长剑“嗡嗡”低鸣！

噼啪！噼啪！只见那长剑之上，蓝色雷电凝结，隐隐凝成一抹华光，附着在剑刃之上！剑芒乍现。片刻过后，雷电终于不再奔走，凝为一寸长的剑芒，包裹剑刃，吞吐不止！

“诛天剑意衍生的至强剑芒！无灭剑芒！”林夜长剑一挥，悍然斩落！

嗤！

那剑刃引发一道一米长的蓝色剑气，横斩而出！

轰！

蓝色剑气直奔旁边古树而去，如刀切豆腐般，瞬间斩断三根古树！一时间，“咔嚓”声不绝于耳，古树倾倒，枝叶翻飞！

“练成了！这剑芒乃是剑道中的至强手段，比寻常剑光强了十数倍不止！练成此剑，即使是气海境四重天巅峰的武者，我也可以斩杀！遇上气海境五重天的武者，也可全身而退！”

林夜欣喜之余，又感觉到丹田内一阵空荡，随后摇头苦笑：“无灭剑芒虽然厉害，但是消耗过大，我最多也就只能出两剑。看来，还需要勤加练习，提升境界才是！”随后，林夜深吸一口气，心中惬意，慢慢走到密林边缘。路途才过半，忽然听到一阵娇喝声。

“有人？”眉头微挑，寻声看去，只见密林边缘，有一道绿色靓影，正在舞动身姿，似是在修炼武技。

“这玄气波动，怎么如此古怪？”林夜细细感悟片刻，低声呢喃：“这玄气之中少了几分凌厉杀气，反倒有几分诡异的生机，前方那人是灵师？”

绿袍少女舞动之间，双手结印，身前渐渐有淡绿色光芒凝聚。绿光凝成一道半人高的光影，似是纸张，绿袍少女挥动手臂，不断在其上勾画。

“符箓？”林夜眼前一亮，“还真是个灵师，若能结交一番，说不定能帮我治疗隐疾……不好，这姑娘有危险！那古怪玄气，暴走了！”

只见半空中的绿色光符震动不已，玄气肆虐，即将炸裂！林夜眉头一拧，脚下又快几分，背后大鹏虚影骤然显现！大鹏展翅，翱翔九霄！随着一声鹰唳，林夜身形闪动，立刻出现在那姑娘背后！

“姑娘！小心！”林夜皱眉高呼，伸手一揽，将那绿袍少女环入怀中。下一刻，轰的一声闷响，光符彻底炸裂，狂躁的玄气肆虐而出，瞬间将周围古树轰断，枝叶四处翻飞！林夜面色淡然，紧紧抱住那绿袍少女，催动雷霆裁决体！

砰！砰！

劲气轰在林夜的背脊之上，发出几声闷响，却不能伤其分毫！

“姑娘，你没事吧？”林夜低头去看怀中的少女，却不料那少女反手就是一推！

“登徒子，你干什么？”绿袍少女脸色略微惊慌，满眼防备地盯着林夜。

被误会了？林夜面色尴尬，讪笑道：“姑娘，你误会了，我只是想救你……”

“我不用你救！”绿袍少女冷哼一声，“倒是你，鬼鬼祟祟，大清早地躲在密林之中，一看就不是好人！说，你是不是想对本姑娘图谋不轨？”

林夜默然无语。他见过骄蛮的，却还没见过这样的女孩子。眼中精光闪烁，摇头苦笑：“罢了，算我多事。姑娘你继续，望你下次玄气暴走之时运气好，不要再受伤，像我这样的好人可不多了。”说罢，他不再停留，转身离去。

“你！你给我站住！”绿袍少女被气得俏脸通红，指着林夜的背影，就要追。

当——就在此时，山脚下忽然传来一阵悠扬钟声，九响回荡。

“新人大会要开始了？”绿袍少女秀眉微皱，转头看向山下，冷哼一声，“算你运气好，下次不要让我遇到！”她跺跺脚，转头向山下而去。

与此同时，林夜豁然转头，遥望山脚位置。“新人大会，终于开始了！”

……

新人广场之上，已是人潮涌动，人山人海。

“好气派的场面，外府新生老生都到场了。”林夜刚来到广场，听到人群中传来一声呼唤。

“林夜，我们在这里！”只见钱多金站在人群外围，用力挥舞手臂，姬云霄也在旁边，嘴角勾起一抹温煦笑容。

“钱兄，姬兄。”林夜大步走上前去，与二人低声笑谈。

三人立于人群中，气势与寻常学子明显不同，格外显眼。不过片刻，就有人认出了他们的身份，顿时面露敬畏之色。

“这不是林夜林师兄？”

“林夜，他很有名气吗？”

“你这都不知道，林师兄才进门的时候，就罢免了大执事，听闻前两天还罢免了一位长老。”

“嘶——他竟然如此厉害？寻常老生这样做，都会被逐出师门！”

“你们是不知道，林师兄可是平民出身，许多权贵子弟都不是他的对手，就连那陈烨兄弟都在他手上吃过瘪！”

“只是不知道，林夜与叶家的那位叶无敌，到底谁更厉害些？”

众人窃窃私语，已将林夜归入新生强者之列。

钱多金闻言，嘿然笑道：“林哥，你这几日可是风头正劲，大家都在口口相传你的事迹。”

“我不想出风头，不过是总有不长眼的人，往我身上撞。”林夜淡淡一笑，眼神平静无波。

此时，姬云霄转头看向中央高台，沉声道：“今日这新人大会，恐怕也不会太平淡。听闻这一届有不少天才艳艳之辈，而且，好几个还跟林兄有仇。”

林夜微微皱眉，问道：“你是说，叶家？”

姬云霄点点头：“叶家有一个绝世天才，被称作叶无敌，传闻同龄人中未尝一败。这家伙实力很强，而且，他是叶青云的堂哥。”

钱多金的笑容一滞，皱眉道：“这几日，学员都在传，叶青云是被林哥你杀死的。这样一来，确实棘手！”

林夜神色淡然，“叶家早已跟我结怨已深，我杀与不杀都一样！若是真敢来，打他们个屁滚尿流！”

钱多金轻轻鼓掌，哈哈大笑，而姬云霄也轻笑摇头。

“林夜，几日不见，你更猖狂了！”此时，三人背后忽然传来一声讥讽冷笑。

林夜三人皆是微微皱眉，豁然转头看去。只见远处走来一群身着白袍，胸口绣有“陈”字的少年，其领头者满脸戏谑，眼神略带阴狠之色，正是陈烨！

众人闻声，也纷纷瞩目，低声议论。

“两人早就不和，这几日已经交过手了，听说是林夜惨败，若不是有巡逻执事相助，怕是已经死了。”

“这林夜是有几分天赋，可惜是个山野小子，对上豪门大少，终是少了几分底蕴。”

“林夜算什么东西，他和陈大少还差了十万八千里！”

“林夜，你听到没有？”陈烨满脸得意，哈哈大笑，“所有人都知道，你不是我的对手，还敢在我面前猖狂？”

他身旁一位身材硕壮的少年，面露凶狠之色，立刻接口：“听到了吗？林夜，听闻你前几天惹了我家大少，还不赶紧磕头赔罪！否则，今日新人大会的新生演武，要你好看！”

此话一出，陈家众人皆是面露凶狠之色，冷冷盯着他。

林夜看都懒得看这群人一眼，姬云霄眉头微皱，低声道：“林兄，他们这是想要阴你……新人演武会选取几个天才，指名道姓地找人陪练，以展现此届新生的风采。陈烨应是在演武名额之中，想要针对你！”

“不必搭理他们，我们走，去前面看看。”林夜挥挥手，带着姬云霄两人向前走去。

“林夜，你竟敢无视我家大少！”硕壮少年面色骤变，怒喝一声，想要上前抓林夜的肩膀。

林夜眉头微皱，刚想回头，却听到姬云霄沉声道：“林兄不必动手，这种小喽啰交给我就好。”

话音未落，他转身飞起一脚。这一脚又快又狠！只见一道残影奇袭而至，狠狠踹在那硕壮少年的胸膛之上。

砰！

随着一声闷响，硕壮少年惨叫一声，倒飞出去七八米之远。

“想动林兄，先问问我答不答应！”姬云霄面色冷冽，缓缓扫视陈家等人。

“林夜，你们竟然真敢出手？！”陈烨勃然大怒，“你们这群乡野莽夫，真是不知天高地厚！”

说话间，他身躯一震，玄气狂涌而出！那凛冽气势夹杂一股杀气，轰然向姬云霄碾来！

轰！

强横气势碾压而下，姬云霄皱眉后退，不想硬扛。

“陈大少出手了！”

“你看这小子，连接都不敢接，方才还在叫嚣？”

“那小子不过气海境二重天，陈烨师兄可是气海境四重天巅峰！他怎么敢接？”

“这小子狗胆都快吓破了！竟然动也不动！”

陈家众人还以为他是怕了，脸上顿时露出讥讽笑容。

“你这等废人，也只能恐吓我的下人！”陈烨嘴角勾起一抹得意的笑容，身上气势又强三分，向姬云霄紧逼而来。

“姬兄，接下来交给我就行了。”正在此时，姬云霄只听耳畔传来一声低语，一道修长身影立刻挡在他身前。

林夜出手了，他面色冷冽，踏前一步。铮——身躯之内，忽然传出一声剑鸣，响彻当场！诛天剑意那强横剑意狂涌而出，撞击在陈烨的气势之上！

嗤！

剑意之强，竟是隐隐凝成一道白光，向陈烨的身躯而去！

“这是……剑意！”陈烨面色骤变，只感觉一股凌厉气势俯冲而来，身躯猛然一颤，连连后退四五步。剑意瞬间扩散而开，将四周学子尽数逼退！

“这股强大气势……林夜竟然是武魂武者中，稀有的剑修武者！”

“什么？他竟然是剑修！”

“剑修气势凌厉，无往不利，连陈大少都逊他一筹！”

此时，众人眼中再无戏谑之色，再度看向林夜时，已满是敬畏。

林夜挑眉看向陈烨，犀利眼神如剑，直刺人心！

与此同时，高台之上。诸位长老皆是纷纷转头，看向人群骚乱之处。

“好强的气势，如此凌厉，是剑意？”吴天眉头一挑，脸上露出几分惊异，“新人学子中竟然还有懂剑意之人？是谁？”

王海龙笑吟吟应道：“还能是谁，当然是林夜。大长老，你那日不在，可是不知道，林夜还曾与童皇前辈论剑意。”

“哦？还有此事？”吴天挑眉轻笑，挥动袍袖，“走，过去看看。”

……

此时，人群之中。林夜气势依旧凌厉，逼得众人不敢上前半步。唯有钱多金咧开大嘴，质问陈烨：“姓陈的，你服了没有？你服不服，倒是说句话，别跟个闷葫芦一样，连个屁都不敢放！”

此话一出，人群中传来阵阵低笑。陈烨恍然回神，脸色涨得通红，“林夜，你这小杂种，竟然敢阴我？今日不教训你，我就不姓陈！”说话间，陈烨身上玄气狂涌，就要出手！

“陈烨，你给我住手！”正在此时，人群之后传来一声威严高喝。吴天等一众长老面色肃穆，大步走来。

“参见诸位长老！”众学子面色恭敬，纷纷退避，让开一条路。

吴天来到众人面前，冷声道：“陈烨，你好大的胆子，新人大会也敢惹事私斗。”

陈烨怔然，慌忙解释：“大长老，不是，我……”

“给我住口！”吴天眉头一拧，呵斥道，“别以为你陈家是大家族，你就可以为所欲为！既然来到了银月学府，就要遵从学府的规矩，立刻给我滚到一边去！”

“好！”陈烨咬咬牙，低声道：“林夜，别以为有人给你撑腰，我就会怕了。我陈家也不是吃素的，等到新人演武，我要光明正大打废你！”

林夜淡然一笑：“你可以试试，但是就怕到时候，你会被我打得连你娘都不认识！”

“你！”陈烨眼角抽搐，攥拳指向林夜，狰狞道，“小杂碎，你给我等着，演武的时候，我定要废掉你！”他愤然转身，向远处走去。

吴天冷哼一声：“五大家族这几个人，真是越来越不像样子！林夜，你不必怕，到时候，演武我会帮你拒绝的！”

林夜早已不是几日前的修为，自然不怕陈烨这个气海境四重的家伙。

“谢谢大长老。”但他还是轻笑拱手，以示谢意。

吴天满意点点头，低声赞扬：“林夜，我听说你还是个剑修，着实不错。对了，你的那个死亡任务，上面也已经出了奖励，等会儿大会，我会宣布的。”

奖励终于来了，林夜再度拱拱手，轻笑跟吴天等人攀谈。

众人见他与诸位长老如此亲密，无不是面色震惊，暗自猜测。“林夜身份绝不简单，不是我等可以惹的！”震惊之余，众人也多了几分忌惮，避开林夜。

林夜转身指向高台："吴长老，大会是不是要开始了？"

"也是，大会要开始了，等有时间再详谈。"吴天回过神来，转身向高台走去。

当——一声古钟低鸣，新人大会正式开始！众长老站在高台之上，面色肃穆，环视四周。

"新人大会第一轮，新星表彰大会！"

台下一阵沸腾，众学子交头接耳，议论纷纷。

"新星表彰大会，只会评选最优秀的学子，只有在入门考试中极度出色的人，才有机会上台。"

"这一届的大会人选，也就是只有那三位，其他人根本没机会。"

"是啊，五大家族的绝顶天才这一届就有三个，其余优秀之辈更是数不胜数，往年都不可能这么多，我等平民学子怎么会有机会？"

众人议论之余，纷纷叹息，这一届的天才太多，难以出头。

"哼，话别说太死！"钱多金微微仰头，高声道，"我林哥也不是寻常之流，这一届，肯定会有他的位置！"

众人闻言，面色一怔，有人点头同意，但大多数人还是摇摇头。只有天资没有势力，也不可能有机会！那群五大家族的天才之辈，背后的势力太过恐怖！

陈烨抬眼看来，冷嘲热讽道："林夜如果能成为新星一员，猪都能上树！"

钱多金满脸不忿，喊道："陈烨，别没事找事！老子出十颗火灵石跟你打赌，赌我林哥必然是新星，你敢不敢赌？！"

陈烨不屑笑道："区区十颗灵石，有何不敢？"

"确实，十颗灵石算什么？"林夜忽而作声，似笑非笑道，"既然要赌，就赌大一点！"

陈烨闻言，眉头微皱，冷声问道："你想赌什么？"

“五百颗灵石！”林夜嘴角微微上扬，“既然要赌，不然就赌一波大的！”

五百颗灵石？陈烨面色一怔，眼神有些犹豫，即使是他，拿出这些灵石也有些困难。

“怎么，陈大少不敢了？”林夜挑眉轻笑，眼中满是戏谑之色。

陈烨眼神闪烁，冷声道：“我有什么不敢的！就是怕你们这群贱民，拿不出这么多灵石，输了也赔不起！”

“小瞧我们，小爷可是多宝商会的小少爷，会缺你这些灵石！”钱多金冷哼一声，“哗啦啦”拿出百颗火灵石，递到林夜的手中，“林哥，这些你先拿着用。”

姬云霄没多言，反手也将百十颗火灵石取出。接着，林夜伸手一翻，空间戒指中的火灵石“哗啦啦”落下，补足五百颗灵石。那堆灵石荧荧发亮，玄气氤氲，将众人眼睛都看直了！

钱多金挑眉道：“灵石我们可有的是，你不会拿不出吧？”

陈烨面色越发难堪，咬牙道：“赌就赌！”说罢，他转身悄声道：“你们立刻把身上灵石凑一下，凑五百颗灵石出来！”

“好！大少稍等。”那群陈家学子七手八脚凑了许久，才凑齐五百颗灵石。陈烨暗舒一口气，转头厉声道：“灵石就在这里！你们这群小杂碎，等着输好了！”

高台之上，吴天长老已经开始高喝：“下面，看这一届的新星榜！”随后，他挥手一招，众长老身上光芒四溢，齐力展开一道光幕，其上洋洋洒洒有十多个名字。众人皆是眼前一亮，纷纷抬头看去，林夜亦是如此。

“果不其然，第一名就是叶无敌！”林夜直接看向榜首位置，两个闪烁着金光的大字，异常显眼。叶辰？林夜挑眉道：“他就是叶无敌？”

接着，是第二名，一个名为“苏落央”的学子。“

“叶家那个怪物和苏落央也就罢了，为何还有人在我之上！”林夜还没看第三人的名字，就听到陈烨怒声大喝。第三人，不是陈烨，而是一个叫作“周正”的人。

“这周正是何许人也，闻所未闻？”

“我知道，他跟五大家族没关系，好像是从哪里的边陲小镇而来，考核之时，表现十分优异，门门满分！”

闻言，林夜怔然，暗道：“满分也不过是第三名，看来这第一和第二都是天赋异禀，是打破过记录的人！”

再往下的第四名，竟然还不是陈烨！姬云霄，这三个大字，让林夜愣了片刻。

“姬云霄，这人又是谁？”

“这个人确实没听过，不知道是哪里来的黑马。”

众人面面相觑，眼神迷茫，纷纷摇头不知。

林夜拍拍姬云霄的肩膀，笑道：“姬兄，没想到你还有这等实力！”

姬云霄淡然轻笑：“林兄谬赞，我心中清楚，比你还是差了许多的。”

笑声引得众人瞩目，一时间惊呼声不断。

“什么，他就是姬云霄？”

“没想到，林夜身边还藏着这样一位天才人物！”

“如果我没记错，方才姬云霄对林夜十分恭敬，怕是林夜的身份在他之上啊！”

思索之间，众人看向林夜的眼神即敬畏又疑惑。

姬云霄既然如此尊重林夜，为何林夜的排名不在他之前？众人流露出疑惑的眼神，继续往下看去。

第五名就是陈烨，第六名是一个叫陆佳的人，第七名……直到最后一个名字，都没有林夜！

“为何没有我？”林夜眉头微皱，眼神中满是疑惑。

“林夜，你输了！”陈烨面色大喜，猖狂笑道：“就算那个姬云霄排名在我之上又如何，你们还不是要输！他天赋再好，跟你姓林的也没半分关系！”

“别高兴太早，你不一定能赢！”林夜瞥了他一眼，随后大步向前，拱手高喝：“诸位长老，学子林夜，对这新星选择有异议！”

“你有异议也没用！”陈烨满脸得意，冷笑道，“这么多年，新星榜就没有出错过！你林夜就是个废物，再叫嚣也拿不到新星的头衔！”

林夜冷漠不语，陈烨面色越发得意，忍不住猖狂大笑。

“陈烨，你笑什么？”吴天面色肃穆，冷声道，“你一个第四名新星，有什么资格嘲笑北辰星！”

北辰星？笑声戛然而止，陈烨的笑容瞬间僵在脸上。众人更是面色大惊，一句话都说不出来，一时间，全场陷入寂静，落针可闻。

吴天继续道：“北辰星，乃是我银月学府对新人学子最高的评价！此称号乃是新星榜之首，不但需要天赋绝佳，更是需要对本门做出杰出贡献，百年也未必能出一次！这一次，林夜完成了狩猎大殿的死亡任务，并且找到了传闻中的天剑密境入口，贡献空前！内府长老一致认为，可授予林夜北辰星之称！”

众人震惊之余，喧哗声不断。因为北辰星特殊，这会儿才最后宣布。

林夜淡然一笑，转头看向陈烨，“陈大少，你输了！而且，输得很彻底！”

陈烨面色阴沉，拳头攥得“嘎嘣”作响，却是说不出一句反驳之话。北辰星之称，足以碾压他整个新生期！

“怎么，陈大少又打算耍赖？”林夜眼神戏谑，向他招招手，“五百颗灵石，还不拿来！”

“给他！”陈烨低喝一声，攥拳转过身去。他身旁的学子满脸无奈，将满满一袋灵石扔给对方，接过灵石，林夜直接分给姬云霄、钱多金两人。

三人分灵石时，众人目光羡慕，甚至有些嫉妒。一百颗灵石，足够寻常学子用上一年之久！

“好了，现在进行新人大会第二轮，新人演武！”高台之上，吴天高声道：“下面由北辰星和前五名上台来，准备演武！”

话音刚落，台下传来阵阵高呼声，群情激奋。新人演武向来是重头戏，展现天才实力之余，更让老生们见识到这一届新生的实力！就连外府老生也面色严肃，聚精会神地观看。

片刻后，高台之上多了几道身影，林夜的身份特殊，竟然还有一把木椅，可以坐在诸位长老身旁。剩余站着的新星却只有四道身影，唯独榜首的叶辰没有到场。

吴天眉头微皱：“叶辰在何处，为何还不上台？”

此时，一位长老低声道：“叶家出了事情，听闻是叶青云死了，今日下葬，叶辰不能及时到场了。”

“好，我知道了。”吴天眉头微挑，饶有深意地看了一眼林夜，不再多问。

此时，林夜正在打量第三名，周正。一个身着黑色劲装，面容寻常的少年，除去气息时隐时现，有些古怪，看不出什么异样。而第二那位名为苏落央的少女，则耀眼许多，身材高挑，面如桃花，但眼神却极为平淡，一袭白色罗裙如同雪山白莲，拒人于千里之外。

“好古怪的气息。”林夜眉头微皱，低声呢喃，“这气息跟今早的绿袍少女相似，应该也是一名灵师。”

王海龙坐到他身旁，低声道，“林夜，看到那个苏落央没有？她就是这一届天赋最好的灵师，你定要好好结交……不过，你的路可能不太好走。”

林夜皱眉问道：“王长老，此话怎讲？”

王海龙轻笑道：“苏落央国色天香，身旁自然不少追求者，你若贸然去结交，定然会被当作登徒子被拒绝。”

林夜点头：“看来是要找个好机会才行。”

两人低声交流时，吴天已在高喝：“新人演武，现在开始！由第五名陈烨开始，选对手进行演武！”此话一出，众人跃跃欲试，纷纷高声呼和。

“陈师兄，我愿与之一战！”

“陈烨师弟，我乃是老生中的佼佼者，愿向你讨教！”

出声之人不仅有新生，还有不少老生。演武不仅是展现新星的实力，更是一个机会，能让陪练者脱颖而出，若是被哪位长老执事看上，说不定便能平步青云。

然而，陈烨看都不看那群人，豁然转身指向林夜：“姓林的，我要跟你打！我要让众人看看，你这个徒有其名的北辰星，就是个虚名！”

此话一出，众人瞬间愣在原地，呼喊声也渐渐停止。

“胡闹！”吴天眉头一拧，呵斥道，“素来没有新星对决的前例，陈烨你怎么能开这种先河？”

“怎么不能？”陈烨已然怒火攻心，冷笑道，“学府也没有规矩，不让我挑战新星！更何况，他这个北辰星，不更应该选个实力强的人，展现他的实力！”

吴天眉头紧锁，沉声道：“是没有这种规矩，但北辰星的身份特殊，可以拒绝你！”

陈烨双眼满是怒火，还想争辩。

“就算要对决，林兄身为北辰星，也轮不到你！”姬云霄大步上前，淡淡道，“要挑战，也是天赋更好的我来！”

“你们这群家伙，不就是怕我打死那姓林的，才会一再阻拦！”

诸位长老皆是面色愠怒，都要出言呵斥。就在此时，林夜缓缓起身，笑道："他不就是想跟我打，我应下就是！"

众人面色一怔，纷纷面色震惊看向林夜。

"林夜，你可不要逞强！"王海龙眉头紧锁，悄声道，"你不过气海境二重，陈烨可是气海境四重巅峰。"

"王长老放心，我既然出手，自然是有十成把握！"林夜淡然一笑，挑眉看向陈烨，淡淡道："我本不想跟你计较，放你一马算了，但是，既然你想讨打，那我只能勉为其难，满足你一次！"

陈烨眼前一亮，阴恻恻笑道："这场演武，我定要你丑态百露！颜面丢尽！之前我受的委屈，都要在你身上讨回来！"

林夜并未答话，而是冷笑一声，随手掏出学子玉牌，扔到陈烨身前。扔腰牌，生死斗。这是银月学府的规矩，腰牌离身，就代表着将生死置之度外，要来一场不死不休的战斗！

陈烨面色微变，惊异道："你要跟我生死斗？！"

"怎么，陈大少怕了？"林夜盯着他，无形之中有一股威压！

"我会怕！笑话！"陈烨双眼怒睁，顺手摘下腰牌一丢，喝道，"生死斗更好，老子就能打死你！"

"少废话！"林夜勾勾手，"陈烨，记住，你只有一次机会，错过了，你就要被我废掉！"

"小杂碎，少逞口舌之力，看来，你是忘记几天前我把你打成狗一样狼狈了！"陈烨怒喝一声，身上气势升腾，耀眼赤光熠熠，玄气逐渐凝结，如同火焰跳动！身后一道庞大虚影凝结，翱翔一圈后落地咆哮！正是战将四品武魂——赤炎裂空狮！

“赤炎裂空狮！陈大少要动真格的了！”

“开场就全力以赴，陈烨师兄难不成要用他的成名武魂合击绝技？”

“林夜敢跟陈师兄生死斗，就是在自寻死路！”

众人面色兴奋大喊，不少人暗自摇头，为林夜惋惜。

陈烨面色阴狠道：“小杂碎，还不赶紧凝聚你的武魂！我要撕裂你的武魂，证明我的武魂才是最强的！”

林夜嗤笑道：“打你何必用武魂？你到底还打不打，啰啰唆唆，叽叽歪歪！”

闻言，陈烨面目狰狞大吼：“小杂碎，算你有种！这就让你死个明白！听好了，杀你这一招叫——炎狮碎空！”话音刚落，他身上赤色光芒大作，玄气凝成一股长河，灌入赤炎裂空狮的身躯之内！

“吼——”

赤炎裂空狮咆哮一声，双翼展开，瞬间腾飞而起！

呲！呲！呲！呲——下一刻，它双翼上的羽毛燃起火焰，如同利箭，飞射而出。那火焰翎羽足有上百根，笼罩林夜周身半径可达十五米！

“哈哈哈！小畜生，给我死！”陈烨眼中寒芒一闪，高声笑道，“我早就查清楚了，你的步法武技攻退范围就是十米！这一招，你绝对躲不过去！”

躲？这等招数，我何须躲？林夜冷笑不语，眼神瞬间凌厉，身躯一震。

轰！

一股强横气势冲天而起，玄气逐渐凝结，化作一道白虎虚影，仰天长啸，大梵天九转玄功第一变：虎啸变！

“神虎之力，现！”林夜低喝一声，身上的气势瞬间提升三倍。第一变的特殊能力“神虎之力”，能将林夜的力量提升三倍，持续十息！

众学子眼神迷茫，面面相觑，而众长老面色震惊，纷纷起身。

“这虚影，是林夜的武魂？”

“不！这只是林夜玄气的气势凝形，竟然比寻常武魂还要有威势！”

“瞬间将气势提升三倍，这是什么功法？”

众人越想越心惊，看向林夜的眼神越发专注。

林夜的拳头紧紧攥起，身上“噼啪”声不断，飞身而起，一拳砸出！

轰隆！

他的拳头之上，一道山岳虚影裹挟雷电，轰然碾下，力道翻了三倍，这一拳，足有万斤之重！拳出，摧石裂丘！

轰！

只见那烈日虚影砸在火羽之上，瞬间将火羽绞碎！奔雷重拳，一往无前！

轰！轰！轰！

爆裂声不绝于耳，转眼之间，林夜已在火羽中重生而出，四周火焰炸裂，那一抹青色身影矫健，潇洒之余夹带一股凌厉之气！林夜拳势不减，狠狠砸在赤炎裂空狮头颅之上，随着一声巨响，赤炎裂空狮的半个头颅都被轰碎，化作魂力飘散。赤炎裂空狮惨叫一声，化作一抹赤色流光，想要逃遁。

“还想逃？”林夜眼睛微眯，冷笑一声，催动神魂帝天！

“无上帝令——”魂府之内，神魂帝天豁然睁开双眼，沉闷低喝。

轰！

一股强横的帝王之气，瞬间碾压在赤炎裂空狮身上。只听“砰”的一声巨响，赤炎裂空狮双翼折断，砸落在地。一时间，碎石纷飞，尘土飞扬！

“给我碎！”林夜身后大鹏虚影展现，凌空虚点，折身而下，他从天而降，狠狠踩在赤炎裂空狮的背脊之上。这一次，赤炎裂空狮连惨叫都来不及，被一脚踩碎，化作点点星光消散！

赤炎裂空狮，已碎，陈烨，沦为半个废人。与此同时，陈烨面色煞白，哇的一声，萎靡倒地。台下众人更是哗然一片，惊呼连连。

“林夜竟然打碎了陈烨的武魂，还只用了一招！”

“嘶——他是什么妖孽，竟然仅凭气海境第二重天的境界就打败了陈烨！”

“林夜太狠了，千万不要招惹他！”

不仅是那些新生，就连许多老生都心生忌惮，身躯不禁颤抖。姬云霄暗舒一口气，轻轻拍手。

“林夜？”苏落央微微动容，眼中也升起一股异色，看向林夜的背影思索着什么。

……

此时，林夜依旧面色冷冽，一步步向陈烨走去。他身上气势如虹，让陈烨感觉如泰山压顶，每走一步，陈烨的身躯就猛颤一次。

“林，林夜，我认输了！”陈烨脸上只剩下惊恐之色，慌忙大喊，“我承认你强！”

林夜挑眉冷笑：“陈公子，你武魂碎裂，已经是废人一个了，再哀求，也没什么用。放心好了，我林夜从不杀毫无志气的废物，以免脏了我的手。你，可以滚了！”

陈烨慌忙起身，踉踉跄跄往台下跑去，可刚跑两步，忽然眼前一黑，软倒在地。武魂被碎，他受了很大牵连，怕是半年之内无法再行动！众人见此一幕，只感觉背脊发凉，再也生不起争斗之心。

林夜缓缓睨视台下，高声大喝：“还有人要上来挑战吗？”此话一出，台下的陈家人和叶家人皆是踉跄后退，赶忙避开他的眼神。

“此次演武，林夜胜出！”

吴天面带笑容，“既是生死斗，无关死活，林夜不杀陈烨已是留手！来人，把陈烨抬下去！”说话间，他亲自挥袖，玄气裹挟劲风卷起身份牌，递给林夜。

“谢谢大长老。”林夜不卑不亢，接过身份牌。

吴天轻笑点头：“此次演武，大家也见识到新生的实力，不必再浪费时间，接下来，进行最后一轮……”可他话未说完，忽然传来一声淡淡娇喝声。

“大长老，请等一下！”只见苏落央一袭白衣若雪，轻挪莲步，飘然上前。

吴天大长老眉头微皱，问道：“苏落央，你有异议？”

苏落央莞尔笑道：“大长老，学子并未有异议，只是学子瞻仰林师兄的实力，想和林师兄过过招。”

吴天眉头微皱，转头看向林夜：“林夜，要不要继续演武，还看你的意思。”

她什么意思？无论如何，这是个机会，能跟她结识。林夜眼中精光闪烁，笑道：“有何不可！既然苏姑娘给面子，那就继续演武，不过，我们两人以免误伤，还是一招定胜负！”

苏落央秀眉一挑，拱手轻笑：“谢林师兄成全，请林师兄小心，我要出手了！”说罢，她轻摆罗裙，身上气势隐隐，绿色光芒氤氲而起！

“好奇怪的玄气，竟然成水雾状。”林夜眼睛微眯，面色肃穆。

只见苏落央身上玄气升腾，一道绿色光芒在背后凝结，隐隐成人形。那是一尊五米多高的武魂，身披白色麻，脸上是诡异的油彩面具。这正是战将阶四品武魂——丹符居士！台下众人立刻高呼，不少苏落央的爱慕者甚至大肆吹捧。

“苏师姐的武魂竟然如此之强，是战将四品！”

“师姐也太看得起林夜了，竟然连武魂都祭出来，根本用不到的！”

“林夜我劝你还是赶紧认输，别让苏师姐打你个落花流水！”

台下一片叫嚣，可苏落央非但没得意之色，秀眉微皱：“林师兄莫要听他们胡说，专心演武才是。”

“恶犬狂吠，我岂会在意？”林夜淡然一笑，伸手微抬，“苏师妹，请出招。”

“好，林师兄，接我这一招，封魔灵符咒！”苏落央眼神瞬间凌厉，气势高涨而起，双手凌空虚画，绿光璀璨，玄气似是流星，凝成一道符箓。凌厉气势更是化作劲风，四散而开，吹得众长老衣衫飘荡。

“这封魔灵符咒乃是苏家绝学，由气海境四重天的苏落央用出，怕是气海境五重天都难以抵挡！”王海龙面色微变，沉声道，“林夜兄弟，这次可能要输！”

“林兄小心，这招不简单！”姬云霄眉头一拧，高喝提醒。

她来真的？林夜更是深有所感，苏落央的气势，瞬间拔高一倍有余！“既然认真，那苏师妹也要小心了！”林夜低喝一声，手掌反转，一抹乌光随之出现。

铮——乌骓逐月剑，出鞘。玄铁重剑重重砸落在地，“轰”的一声，激起一片尘土飞扬。

“这是，童皇前辈的乌骓逐月？”吴天面色微变，低声呢喃，“没想到，童皇前辈竟然如此看好林夜，把这柄宝刃都给了他！”

与此同时，林夜催动玄气，身上气势高涨，紫光熠熠。诛天剑意，隐隐凝形！

“林师兄，接招！”只听苏落央娇喝一声，手中符箓已然成形，轰然打出，那绿色符箓足有两米多高，呼啸而来，将林夜笼罩！

林夜眼神微凝，挥动乌骓逐月剑，顿时，剑刃之上淡蓝色剑芒凝聚，吞吐而出！

“剑芒！”见此一幕，吴天大惊失色，“林夜是何等天赋，小小年纪，竟然凝聚剑芒？就算许多修炼剑道数十载的高手，也难以凝聚啊！”

此时，所有长老的目光都变得炙热，那群学子更是惊得哑口无言。

“苏师妹，小心了！”下一刻，林夜挥动玄铁重剑，一剑刺出，乌骓逐月剑低鸣不止，剑芒吞吐，直刺那绿色符箓而去。一声巨响，淡蓝色剑芒刺入绿色符箓之中，“呲”的一声，瞬间将符箓撕裂！

然而苏落央嘴角勾起一抹淡然笑意：“林师兄，你的剑芒虽利，但赢不了！”话音未落，她手中结印，迅速变化，那绿色符箓瞬间光芒大作，分裂两道，左右夹攻而来！

“是吗？”林夜毫不慌张，淡然轻笑，手中玄铁重剑一抖！

呲！呲！呲！剑芒瞬间高涨，形成半月形虚影，向那符箓而去，眨眼间，将那绿色符箓绞成一缕缕散光，消散在天地间！接着，林夜脚下一踏，背后大鹏虚影浮现。随着一声嘹亮鹏啼声，他身形转瞬及至，来到苏落央身前，手中长剑轻点苏落央的脖颈，笑道：“苏师妹，你输了。”

一招制敌！

“好快的身法！”苏落央面色惊异，回神轻笑，“是，我输了。”

这等结果，出乎所有人预料，众人纷纷倒吸一口凉气。

“林夜竟然如此之强，眨眼破敌，还能治住苏师姐。”

“这新人之中，也就那位叶家无敌能压得住林夜了吧？”

“打苏师妹算什么本事，有种跟我打！”

众人惊愕之余，还有不少爱慕者面色不忿，高声叫嚣。

林夜挑眉看向叫嚣者：“怎么，你不服气？上来跟我打，打赢我，想怎么骂怎么骂！”

那叫嚣的灰袍青年乃是一名老生，但也面色一怔，慌忙讪笑道：“没，一时口快……林师弟，莫要生气，莫要生气！”

林夜冷哼一声：“不敢打，就别乱叫！”

那灰袍青年面色紫青，却也不敢多言，那群叫嚣者更是无一人敢出头，都低头不语。

林夜收回目光，向苏落央拱手："苏师妹，失礼了。"

"没什么失礼的。"苏落央眼神有些诡异，忽而暧昧笑道，"林师兄，不知可有婚配？"

林夜怔然，摇摇头，"还未婚配，苏师妹，你为何忽然问这等问题？"

苏落央眼中光芒更胜，笑道："因为，我想让林师兄入赘我苏家！只要你肯入赘，我苏家必然倾囊相助，助你走上武者之巅！不知，林师兄可愿意？"

什么？入赘？林夜怔然，愣在原处。不只是他，在场所有人都是满脸惊愕，呆呆立于原地。银月学府的两大绝色美女之一，竟然想要林夜入赘？

"苏师姐在开玩笑？"

"不可能！苏师姐可是天誉城苏家大小姐，怎么可能看上林夜这个山野小子？"

"我不服！我要跟林夜打过！"

人群暴乱，不少老生都纷纷高喝，欲要跃上高台。

"都给我住口！"眼见事态越演越烈，吴天眉头一拧，高喝道，"乱作一团，成何体统！都给我下去，好好看着！"随着一股强横气势凝成劲风，将台下众人挡住。

吴天大长老面色古怪，转头呵斥："苏落央，你不要乱说玩笑话！这里是新人大会，不是你乱出风头的地方！"

"我是认真的！"苏落央眼神坚毅，盯着林夜追问，"林师兄，你愿意吗？"

林夜恍然回神，尴尬笑道："苏师妹莫要说笑了，我可没有入赘的心思，这等好事，你还是去问问别人。"他拱拱手，转身坐回椅子上，显然不愿再纠缠。

苏落央眼神黯淡，默默回到原处。可台下却是呼声连连，那群爱慕者如同疯了般高声大喊。

“聒噪！”苏落央面生厌恶，摇头冷笑：“你们若是有林师兄一半天赋，我也可让你们入赘。可惜，无一人能及！一群池畔丑蟾还想入赘我苏家，真是痴心妄想！”

此话一出，台下顿时息声，众人皆是满眼愤怒地看向林夜。那一道道眼神，恨不得将其千刀万剐！而苏落央似是不知，还转头向林夜笑道：“林师兄若是改了主意，随时可以来找我。我苏家大门，永远为你敞开！”

“这娘们没安好心啊！如此一来，我林兄不成了众矢之的？”钱多金心中“咯噔”一声，咬牙低喃。好一招诛心计！这是逼着他入赘！林夜更是心中了然，微微瞥了一眼苏落央，目光微冷，果然漂亮的女人都很会骗人！

“好了！闹剧到此为止！”吴天面色愠怒，喝道，“都给我住嘴！继续新人大会！”

众人不敢再胡闹，顿时安静下来。

吴天深吸一口气，朗声道：“现在，进行大会第三轮，新生拜师。请诸位教习上前，选择新生入学。”说话间，有五位身着银灰色长袍的中年人，走上了高台。

王海龙恭敬介绍道：“这五位，都是内府来的教习，你们要好好尊重他们。请诸位教习，各自发言。”

那五人面色各不同，但眼底都有一抹傲然之色。五人在台前，各自介绍自己的长处、境界，还有教习资历。外府总共分为五堂，分别为：玄金堂、玄木堂、玄火堂、玄水堂、玄土堂。其中以玄金堂教习实力最强，已是凝气境巅峰。其余几名教习，也皆是凝气境八重往上。

而此时，王海龙悄悄来到林夜身旁，低声道：“林夜兄弟，那位玄金堂程教习资历最深，实力最强，他的玄金堂收人很严格，只有天才之辈才可进入，你届时要选他。以你的天资，只要你肯开口，程教习自然也不会拒绝。”

林夜若有所思，点点头，“谢王长老指点。”

片刻过后，五位教习介绍完，王海龙赶忙高喝：“诸位新人学子上前，选择学堂！”

那群新人学子赶忙上前，纷纷寻找相宜的学堂。钱多金实力不错，也进入了第二强的玄木堂。待到新人学子选择完毕，便是林夜等新星选堂，此时，诸位教习竟然也纷纷上前，拉拢新星。

“周正，你只要进入我玄金堂，我定会全力教你。”

“姬云霄，你若肯进我玄火堂，我的教习助学之位便是你的，修炼资源绝对不输其他学堂任何人！”

“苏小姐，我与你父亲有旧交，他也曾叮嘱我好好教你，不如来我的学堂。”

新星都是天才艳艳之辈，即使是教习，也要自降身段。可诡异的是，唯独没有人去拉拢林夜。林夜眼神闪烁间，似是看出端倪。

“这是怎么回事，为何没人招揽林夜？”王海龙心中生疑，大步上前，赔笑道，“诸位教习别忘了，我们还有一位北辰星。想必方才诸位教习也看到了，林夜的天赋可不比任何新生差！”

然而，几位教习并未上前，还是程教习低叹一声，悄声对王海龙道：“王长老，你就别费心思了。这位林夜得罪了内府的大人物，我等可不敢收他！”

王海龙面色骤变，怒声低喝：“又是秦无畏？分堂一事乃是重中之重，他这都敢营私舞弊？”

程教习不再多言，转身去收学子。

而王海龙面色不忿，却被吴天拦住，“王长老，不必多言，既然是秦无畏做的手脚，多说无益，不要难为这些教习。”

王海龙眉头紧锁，沉声道：“可没有学堂位置，林夜便不能有修炼资源，更不能参加各种大比！这样一来，他连晋升内府的资格都没有，我等又拿什么筹码去与内府抗衡？”

林夜眼神闪烁，沉声道：“我倒是有一想法，不知可行不可行……请问吴天长老，这学堂需要如何开办？”

吴天微微一怔，随后惊呼道：“林夜，难不成你想……”

“正是！”林夜昂首笑道：“既然五大学堂不肯收我，那我就自己办个学堂！即使只有我一人也无妨！我一人，便是一堂！”

狂妄！这一刻，在场之人皆是震惊，纷纷转头看向林夜。

“这倒是个解决的办法……”吴天思索片刻后，沉声道，“按道理说，也不是不可，本来这五大学堂就是外府学子自发组织，后来内府关注，才派了教习。既然你有信心再开一堂，那我可再给你拨个学堂的房舍。”

可这话音刚落，台下却传来一声冷笑，“吴天大长老莫要闪了舌头！这新学堂是说办就能办的？”

狂傲之语，响彻当场。

“谁敢这样跟老夫说话？”吴天眼中满是怒意，转头看去，林夜也是目光微凝，随之看去。

众人闻声更是让开一条路，满脸震惊地看向那人。来人是一个十七八岁、面容俊俏的少年，一袭白袍随风摇摆，大步而来。

“叶辰！叶无敌？”

“叶师兄来了！”

众人面色恭敬，远远避开，无人敢多说一句废话。

“他就是叶无敌？”林夜仔细打量叶辰，立刻在他身上感觉到一股强横气势，比诸位长老都不弱！叶辰的实力，最少在气海境七重天，此人实力着实恐怖！外府寻常学子与他根本不在一个档次，即使是苏落央这等天才之辈，也比他逊色不少。这，才是真正的天才！

叶辰走到台下，凌空一点，潇洒起身落在高台之上，眼神傲然地看向吴天，“吴天，你还是好好想想，这话该不该说。”

吴天老脸瞬间阴沉，喝道：“叶辰！你好大的胆子！你不过一届新生，竟然敢直呼老夫名讳，你还有没有规矩？”

叶辰淡淡一笑：“比起我叶家，你一个外府大长老算什么？再说了，我叶辰只要愿意，随时可进入内府！你吴天自己说，在我面前，你有什么资格让我敬重？”

何等狂傲之言，外府所有人在他眼中，也不过是蝼蚁，然而，吴天老脸涨红，却是一句反驳的话都说不出口。

“这学堂，你不能建！”叶辰冷冷道，“根据学府的规矩，没有教习，就不能建立新学堂！”

淡淡话语中满是冷厉之意，连吴天都面色犹豫。

“不就是教习吗？”林夜却笑吟吟道，“既然叶师兄要我新堂有教习，我找一个便是！”

“找？”叶辰面色骤冷，豁然转头死死盯住林夜，“学堂的教习都是内府高手，非气海境八重天以上不能担当！你一个乡野贱民，就算是求天跪地，也找不来一名教习！”

林夜笑容渐冷：“我说能，便是能！”

叶辰怒道：“林夜，少逞口舌之力。你杀了我堂弟叶青云，让我叶家挂白三日，在整座天誉城蒙羞，我叶家绝不会放过你！今日起，我叶辰向你宣战。你不死，此事不休！”

众人纷纷倒吸一口凉气，高声议论。

“前两日传闻，林夜杀了叶青云，此事竟然是真的！”

“能让叶无敌说这等话，林夜怕是活不了！”

“你们猜一猜，林夜能活几日，七日、三日？”

“何需几日，我猜他今天就得死！”

方才被林夜镇压的众人满腔得意，更是大放厥词，叶辰脸上傲然之色更甚，冷笑着看向林夜。而众长老都面色煞白，却无一人敢上前阻止。

王海龙犹豫片刻，沉声道：“叶公子，林夜可是无心之过，您看能不能给他个机会……”

“闭嘴！你算什么东西！”叶辰豁然转头睨视他，冷声呵斥，“再敢多说一句，我让你看不到明日的太阳！”

王海龙眼中杀意一闪，袖中拳头紧握，犹豫片刻才散去玄气。

“王长老，不必多说。”林夜冷冷一笑，“他叶家三番五次害我，还想取我性命，那个叶青云更是手段尽出，迫害于我，杀之应该。我和叶家的积怨，也是时候摆到台面上了，叶辰，你的宣战，我接了！我还告诉你，今日我不但要建学堂，日后还要破了你叶无敌的称号！”

“好好好！”叶辰怒极反笑，“我倒要看看，你有什么本事，能把这学堂建成！更要看你凭什么，打破我未曾一败的战绩！”

林夜轻笑不语，伸出一根手指头。

“什么意思？”叶辰眉头微皱，轻笑道：“自断一指，求我饶你？”

林夜冷冷一笑：“我是告诉你，一刻钟后，让你看到我新学堂建成！”

第 12 章 玄夜堂

他手掌中的符光闪烁，轻轻捏碎一枚玉符。一道隐晦光芒冲破云霄，向远处急驰而去。林夜低声呢喃：“路见雪，你欠我的那个人情，该还了……”

“传讯符？”叶辰环臂而立，嘴角勾起一抹冷笑，“听说你跟西门钰认识，想找她来帮忙？可惜，监武院管不到这么宽，就算西门钰亲自来，也没用。来人，点一炷香，给他计时！”台下叶家人立刻寻来香炉，点上一炷香。

林夜淡淡瞥了一眼香炉，默然不语。

“这林夜还真是狂妄，得罪了内府的人还得罪了叶家，他不死谁死？”

“只需一刻钟，就让这小子好看！”

“林师兄可是我等平民学子的希望，你们怎能如此恶毒？”

台下众人分为两派，各执一词，争吵不断。

吴天面色稍微好转，低声道：“估计是内府要出手了。”

王海龙沉声道：“静观其变，已经不是我等可插手的事情了。”

众人紧紧盯着那炷香，时间点滴流逝，眼见香灰洒落，长香即将燃尽。

“一刻钟到了！”叶辰眼睛微眯，冷笑道，“林夜，你请的帮手，好像没来啊，不会是怕了吧？”

可林夜理都未理他，而是微微仰头，看向远处山峦。

叶辰高声喝道：“林夜，我在跟你说话！”

林夜微微侧脸，淡然道："着什么急？你自己看看，人到了没！"

说话间，他抬起手臂，指向远处天际。只见，一道淡蓝色光影宛若流星，划破长空，疾驰而来。

铮——随着一声清澈剑鸣，那蓝色光影悬停在上空，其上落下一道靓影。来人黑色裙摆随风荡漾，倾城容颜惊艳众人。

"路见雪？"叶辰目光微凝，"怎么会是她！林夜什么时候跟路家有联系的？"

落地后，路见雪环视四周，挑眉轻笑："这里好热闹！林夜，你叫我来，是有何事？"此话一出，众人皆是面色震惊，连苏落央都俏脸微变。

"林夜竟然认识路家第一天才少女，路见雪？"

"银月双娇竟然都跟他有关系！林夜到底是什么来头？"

"我就说林师兄不能轻易输掉，既然连路师姐都来了，那事情就没那么简单了！"

路见雪目光在叶辰身上扫过，微微一凝，随后向林夜娇笑道："看来你碰到了棘手的问题，说吧，有什么事情求本姑娘？"

"不是求你，是让你还了那个人情。"林夜淡淡说了一句，随后将方才之事讲出。

路见雪听后，秀眉微皱："这个秦无畏太过分了，我会帮你敲打他。至于这个叶辰，哼，他还没资格跟我斗！"

她眼神凌厉，身上衣袍鼓动，气势高涨，碾压叶辰！

砰！

只听一声闷响，叶辰肩头如若山岳沉重。顿时，地面龟裂，碎石翻飞，他的双腿都陷入石板之中。路见雪淡淡道："叶辰，你们叶家也太猖狂了，竟然连银月学府的事情都要管一管？学府建不建成新学堂，跟你有什么关系？"

叶辰催动气势，腰背逐渐挺直，冷声道：“路见雪，见面就出手算什么本事？建学堂本就是内府长老阁才能定夺之事，你一个内府执事，有什么资格建堂？”

“我说过了，你没资格管此事！”路见雪娇哼一声，轻抚衣袖，玄气化作劲风轰击而出！

砰！

叶辰被狠狠轰飞出去，地面划出一条十数米的痕迹！

“你若再上前，这叶家小无敌的称号，可就挂不住了！”路见雪轻笑道，“如果让北叶家那位真无敌知道，你们南叶还有颜面可言？”

叶辰面色一怔，虽有怒火，可也不敢出手，只能冷喝道：“等我进入内府，定要挑战你！而且今日之事，你定要给个说法，学堂也不是你想建就建的！”

“你还真是又臭又硬！既然你要个说法，我就给你个说法。”路见雪转头看向远处山峦，轻启朱唇。

传音秘术！

……

“爷爷，你看到现在了，还不出手吗？哼！是不是非要我出丑你才高兴？”路见雪的嗔怒声，在山间响彻。

与此同时，蓝天碧海。石桌前，紫袍老者放下茶杯，摇头轻笑：“雪儿，你莫要生爷爷的气，爷爷不过是想看看你如何解决。也罢，此事确实不在你职责之内，我来帮那小子一把。”

……

外府，高台之上。路见雪俏脸露出笑容，“你要的说法，来了！”

轰——远处山峦间云雾翻涌，一道紫光破开云海，轰然而至！

砰！

一道黑影砸落在高台之上，激起碎石纷飞，尘雾四起。

“什么东西？”众人赶忙吹散风尘，抻脖抬头看去。尘埃散去，露出一块两米见长的石碑，其上刻有“玄夜堂”三个大字。

“供月殿诸位长老听令，今日起，修建外府第六堂——玄夜堂，教习路见雪，助教林夜！”随后，山间穿来虚无缥缈之音，响彻齐月山。

玄夜堂？以林夜的名字命名，意是为其一人开堂授课。这一刻，众人再看向林夜的眼神，已夹杂了几分畏惧！

“吴天领命！”吴天等人慌忙躬身，向那山峦间恭敬行礼。

是那位前辈出手了！林夜向山峦拱手行礼，“谢过前辈相助。”

“竟然连那老头子都出手了！”叶辰怒甩袍袖，指着林夜厉声道：“林夜，此事不算完，我早晚会在大比之时，将你废了！”说罢，他转身愤恨离去。

“跑得倒是快！”路见雪冷哼一声，转头看向那五位教习，“听闻你们几个还跟秦无畏有关系？怎么，收了他的好处，排挤林夜？”

那五位教习皆是面色惊恐，慌忙摇头否认，“这，路执事严重了，我等也是受人所迫……”

“路执事，我不知道林夜跟您有关系，不然给我十个胆子，也不敢这样做！”

“是我等办了错事，望路执事不要计较！”一时间，五人纷纷出口求饶，赔笑的容颜比哭还难看。

“给我道歉有何用？”路见雪冷声说道，眼眸瞟向林夜，“若不想被内府惩罚，你们就赶紧向林夜道歉。”

“林夜，是我等不对！”

“我等都被那秦无畏蛊惑，这才做了错事。”一时间，五位教习纷纷上前，低声下气哀求。

林夜淡淡道："不怪诸位教习，这笔账，我会算到秦无畏身上！"五位教习暗舒一口气，纷纷退下。

此时，吴天赶忙上前，恭敬拱手道："路执事，这学堂一事，尽管交给在下。我立刻吩咐人腾出最好的学堂，给玄夜堂使用。"

路见雪点点头，挥手道："这新学堂一事，就这么定了，我会亲自上报内府。"

众位新生立刻上前，纷纷高喊报名。片刻之间，十之八九的学子都跑到路见雪身前，场面一度混乱。

路见雪秀眉微皱，"玄夜堂新立，不需要很多学子，林夜，招生一事交给你，由你定夺。我要回内府，等学堂开课再见。"她向林夜俏皮地眨了眨眼，随后驾驭长剑，破空而去。

林夜转头看向众人，"大家不必争抢，我玄夜堂日后竞争激烈，还是好好考虑。"众人想起叶家一事，又面露犹豫。

叶家也是庞然大物，若是真殃及池鱼，又岂是寻常学子可抗衡的！

此时，钱多金兴奋上前，站到林夜身后，"林哥，我愿跟你去玄夜堂！"

姬云霄并未作声，也默默站到了林夜身后。

"林师兄，若不嫌弃，我也愿意来玄夜堂。"苏落央展露笑颜，轻挪莲步，来到林夜身侧。

新星榜的前五名，有三人去了玄夜堂，如此一幕，又让众人动摇，不少人已经动了心思。

"林夜师兄，希望能收下我！"一道硕壮身影走出，来到林夜身前，拱手道，"我愿为玄夜堂，开疆拓土！"那人竟是周正！

林夜略微一怔，笑道："自是欢迎。"

"竟然连周正都去了！"众人不再犹豫，又纷纷上前，叫嚷要报名。

然而，林夜却挥手轻笑：“玄夜堂，有我五人已够！”

“既然如此，那就定下来了！”吴天爽朗一笑，挥袖道：“其余新人学子，都去五堂报名！林夜，你留一下，那个红色任务，内府派了特殊奖励，你随我来领取！”

“谢过吴长老！”林夜嘴角勾起一抹笑容，大步跟上前去。两人一路穿过广场，走下齐月山，向远处山脉而去。四周景色越发陌生，一条山路连绵不绝，贯穿几座山峰。

“吴长老，我们这是去哪？”林夜环顾四周，眼中满是疑惑。

“我们要去一个内府学子都不能随意接近的地方，奇山书海。”吴天笑道，“林夜，你这次可是走了大运，奇山书海乃是我银月学府七大奇地之一，里面囊括了上万本功法武技，最高能达到霸君阶。有些学子一辈子都不能接近，你小子才到学府，就被给予此等机会，可要好好珍惜。”

半个时辰后，两人翻越两座山，来到一座高峰脚下。那高峰略显荒凉，其上枯木成林，两座山峰向外张开，似是微微展开的书册，只有一条羊肠小路，直通峰顶。

“这里便是奇峰了！”吴天转头递给林夜一块玉牌，“林夜，这是奇峰通行令，只允许一人进入，书海就在奇峰之巅，接下来的路，需要你自己独行了。”

“谢过吴长老，我且上去了。”林夜接过玉牌，望向山巅。接着，一声鹏啼，大鹏虚影显现，他化作一道虚影，向山巅而去。

夕阳西下，余晖微暖。一道修长的身影在山路上狂奔，一口气登上山巅。

“终于到了。”林夜身形一顿，停在山巅之上，抬头望去。“这是……什么？”

下一刻，他目光微凝，脸上露出震撼之色。只见，山巅之上，一面巨大的青铜城墙矗立，绵延不断，将整座山峰围在其中。青铜墙上满是繁密符文，闪烁着暗淡青光，岁月留痕，沧桑古拙。正当林夜出神之时，头顶忽然传来一声音。

“报上姓名！”林夜恍然回神，抬头望去。一道灰色身影驾驭狂风，自城墙上踏空而来，落在林夜面前。那是一名身着破烂灰袍，面色枯槁的老者，虽然骨瘦如柴，眼神却异常犀利，冷冷盯着林夜。

“学子林夜，拜见前辈。”林夜赶忙拱手，递上玉牌，“我遵从吴天大长老之令，前来奇山书海领取奖励。”

“你就是林夜？”那灰袍老者并未接玉牌，犀利的目光，似是能将他洞穿！

林夜眉头微皱，心中隐隐不安，剑意不催自动。铮——随着一声剑鸣，诛天剑意隐隐凝形！

“这剑意有点意思……”那灰袍老者眉头微挑，轻笑道，“不愧是童阿牛看好的人，竟然有此等悟性。你将这玉牌嵌在城墙之上，就可以进去了。进去之前，我有一句忠告，书海万卷，只可取其一，天楼九重，你最多登其三。”

林夜眼神闪烁，立刻拱手道：“小子谨记。”

“去吧！”那灰袍老者随意挥手，便走到旁边大石上，眯眼躺下。

林夜走到那青铜墙前，放上玉牌，顿时，青铜墙上光芒璀璨，一道道繁密纹路迅速转动。轰隆隆！随着一阵沉闷的响声，青铜墙剧烈震动，墙壁四散而开，开出了一道三米宽的门洞。

林夜抬眼望去，再度露出震撼之色。只见墙内是一片书卷的海洋，数不清的书卷在空中飞舞，“哗啦啦”作响。翻动之时，如同海浪叠叠而起。而在那书海中央，是一座高耸楼阁，高有九重，直插云霄。

书海叠浪，天楼九重！

“这，就是奇山书海！”林夜面露兴奋之色，走入那书海之中，捞起一本书卷，翻看片刻。随后，他微微皱眉，放开这本书卷，捞起另一本继续观看。

“这书怎么都是残卷？”片刻过后，林夜摇摇头，“这外围的书海应该都是残卷，品阶良莠不齐，即使是霸君阶也发挥不了多大威力。应该只有登上天楼，才有机会拿到完整的武技功法。”

“登天楼！”林夜眉头一挑，身后大鹏虚影凝聚，踏过书海，直奔天楼而去。金光流转之间，他步步踏卷，来到门前。那天楼门扉便有数米高，其上有一块牌匾“万卷天楼”。他伸手推门，只感觉一股巨力传来，门扉之上，一道淡淡青光闪过，形成光罩。

“这是，禁制？”林夜微微皱眉，却并未停留，催动一成力道已然推开大门。

轰隆！

随着一声闷响，大门敞开。林夜大步踏入其中，环视四周。天楼第一层十分宽广，有百十个青铜书架，其上列有书卷。他眼前一亮，立刻上前翻阅书籍。一炷香后，他再次摇头叹息，“还是不行，这第一层的武技，大多是玄兵下品，威力都不及大帝开山。”说罢，林夜抬腿向第二层走去。

第二层的楼梯处，也有一道屏障，林夜出了三分力才打破。这次，他并未停留，直接向第三层而去。第三层的阶梯前，屏障厚了一倍有余。林夜身躯一震，催动八成玄气，穿过屏障。第三层比底下小了不少，只有几十个书架，其上的功法武技也都是玄兵阶上品。

“不上不下，要拿就要拿战将阶武技！”林夜翻看片刻，眼中闪过一抹坚毅之色，继续向第四层而去。第四层阶梯前的屏障，比第三层又厚了一倍。他催动全力，身上紫光大作，一拳轰出！

砰！

拳头之上紫电奔走，撕裂了屏障，身形一闪，踏上第四层！林夜只是翻看了几本书卷，再度摇头，看向第五层。“第四层的武技，只是战将阶下品左右，武技威力也不尽人意，唯有拿到战将阶中品以上的功法，才算不虚此行！”林夜低喃两句，再度向第五层走去。

与此同时，青铜墙之外。那灰袍老者豁然睁开双眼，震惊道：“小子，上了第四层天楼还不算，你竟然想要强上第五层？好魄力！不过，这第五层禁制之强大，你定然上不去的。”

天楼顶层。一道白色光影豁然睁开双眼，低喃道：“气海境二重天，竟然要冲击第五层天楼？有趣，有趣！我要去看看！”说话间，那白光一闪，化作一道流光向下飘去。

……

第五层阶梯前，“砰砰”声不绝于耳。林夜身前光芒大作，身形一震，连连向后退去。

“第五重的禁制好强！”他眉头微皱，深吸一口气，“凭我当前的实力，无法打破禁制，若是我突破到气海境第三重天，未尝不可一试！”心念至此，他盘膝而坐，服下那颗破壁丹。林夜紧闭双眼，体内药力不断扩散，冲击第三重天的壁垒。

而此时，他的头顶之上，木板中浮现一团白色光芒，好奇地打量林夜。“现场突破冲击禁制，这家伙还真是自信。”

半个时辰后，林夜的身上升起一股强横气势，衣袍摆动，劲风四起，呼啸而过。而他的身躯之内，紫色光团再度凝聚，变成了三团。突破成功，他身上的紫色玄气忽明忽暗，凝成白虎虚影，仰天长啸。强横的气势，瞬间拔高数倍！

林夜缓缓吐出一口浊气，豁然睁开双眼：“终于突破成功了，我已是气海境第三重天！如今，我的玄气强了一倍有余，再次冲击这屏障，已有七成把握！”说罢，他深吸一口气，身上玄气鼓胀。

“白虎之力！”白虎虚影凝聚，咆哮冲击，万斤巨力，狠狠向禁制砸去！

轰！

一声巨响，屏障晃动，光芒忽明忽暗。整座天楼都随之颤抖，“隆隆”作响，一拳撼天楼！那屏障轰然破碎，裂开一道缝隙！

“开了！”林夜眼前一亮，身形闪动，拾阶而上，来到第五层，环视四周，这一层的书架更少，只有十多个，零散地排列着。而且书架之上的书卷也很少，但都已经在战将阶中品。林夜满脸欣喜，大步上前，开始翻阅。

“天火流星腿……不太行，不适合我。”

“这一本九云天诀是修炼玄气的功法？”

“这本风云拳法也不太好，不够霸道……”

一炷香后，林夜摇头叹息：“这里的功法虽好，但着实挑不出一本，能比大帝开山更强。”

“小家伙，你若有心，不如去东面的墙壁前看看。”此时，林夜的耳畔忽然响起陌生的声音，时远时近，虚无缥缈。

“请问，是哪位前辈指点？”他心中一惊，立刻转头环顾四周。但四周安静，并未有异常之处，那声音也彻底消失。

“东面的墙壁？”林夜探查无果，转头看向东面。东面的墙壁之上是一幅白玉壁画，其上雕刻着一个面目狰狞的青鬼，却盘膝而坐，背生佛光。安详中透漏出一股阴森杀气，十分诡异！

“这是，金刚罗刹？”林夜细细打量一番，恍然大悟，“这罗刹的坐姿诡异，像是某种运气方式！”

他立刻盘膝而坐，按照那壁画上所画，运转玄气。顿时，紫色玄气凝成一股劲气，轰击在墙壁之上。随着“轰隆”一声轻响，那壁画最下面的石砖挪动，露出一个暗格。

“有东西！”林夜豁然起身，抬眼向那暗格望去。其内是一册薄玉片穿成的书卷，透露着一股古拙沧桑之感。他眼中满是炙热之色，伸手取出那玉质书卷。接着，他翻看书卷，口中低喃：“金刚罗刹镇狱咒？战将中品功法。这竟然还是一卷灵师修炼的远古法诀？”

远古法诀比当今的武技更深奥，威力也更强，更加霸道！

“我已觉醒魔龙咒师灵魄，完全可以修炼此法！”林夜面色大喜，立刻收起玉书，凌空拱手一拜：“感谢前辈指点，还请前辈现身，小子当面答谢。”

第五层依旧空荡，并未有人作声。等待片刻，林夜再度拱手：“前辈既不愿现身，小子就先且离去，若有机会肯定会答谢前辈。”见无人应声，他转身向楼下走去，消失在第五层。

“这家伙真有趣，如果有机会上到第九重，我就见见他。”角落处，那白色光影缓缓浮现，低喃两句，消失在墙壁中。

……

片刻后，林夜走过书海，从青铜墙中穿出。

“小子，出来了？”大石之上，那灰袍老者微微抬眼，笑问，“你选到武技了没有？”

林夜拱手笑道：“回前辈，小子找到了。我选了一本拳法，名为金刚罗刹镇狱咒。”

“金刚罗刹镇狱咒？”那灰袍老者眉头微皱，低喃道，“这书海中还有这本武技，老夫怎么不记得了？小子，拿出来给老夫看看。”

林夜面色恭敬，立刻掏出玉书，递给灰袍老者。灰袍老者接过玉书，眼中闪过一抹惊异之色，“这是古玉卷？传闻天楼之中藏有三本古玉卷，但从未有人找到过，林夜，你是怎么找到的？”

没想到，这玉书竟然有如此大的来历！林夜微微一怔，并未隐瞒，将方才之事讲出。

那灰袍老者眼神闪烁，若有所思，将玉书递还给林夜，“小子，这古玉卷你可要保存好，练成以后要还回天楼。”

林夜拱手应道：“前辈放心，我定然会小心保管，来日归还。”

灰袍老者欣慰地笑道：“心性倒是不错，我名承卷，你今后在修炼上若有困难，尽可来此地找我。”说话间，他伸手递给林夜一块玉牌，其上刻有“奇山”二字，磅礴大气。“有此奇山玉牌，这奇山你随时可来。”

林夜面色一喜，立刻拱手：“谢过承前辈，若无他事，小子先告辞了。”

“去吧！”承卷随意挥挥手，目送林夜下山离去。“这小子竟然得到那位的指点，前途无量！”他低喃时，眼神中竟然生出一抹羡慕之色。

片刻过后，奇山脚下，林夜飞驰而下。

“林夜，情况如何，可有拿到武技？”吴天看到他立刻眼前一亮，上前询问。

林夜轻笑点头，“那是自然，我拿到一本战将阶中品法诀。”

“战将阶中品？”吴天面色一怔，“你拿到的是残卷还是全本？”

林夜笑道：“自然是全本。”

吴天面色震惊，沉声道：“如此一说，你竟然上到了天楼五层？老夫穷极一生，也只能到达五重，拿一本战将阶中品武技……林夜，你果真是天纵奇才，我果然没看错你！”

“吴长老过誉了，不如我们先回去，边走边聊。”林夜微微欠身，请吴天先行。

“好，好……”吴天欣慰点头，两人边走边聊。

这一路走来，吴天不断询问林夜关于悟剑神殿的事情，并且叮嘱再三。“林夜，这断剑乃是神殿的钥匙，上面准备让你保管，但会放出言论说已经上收，如此一来便能确保你的安全，又能让钥匙多一层保护，你看可好？”

林夜点点头，“如此甚好，只是那神殿开启之时，不知我可否前去？”

吴天哈哈笑道：“自然可以，待到一月后神殿开启时，会有人来通知你的。”随后，两人来到齐月山脚下，林夜拱手道别。

林夜大步走向竹林小筑，暗自思索。当务之急，是要修炼金刚罗刹镇狱咒，成为灵师。唯有成为灵师，才能炼制丹药，治愈暗伤。

道路上来往之人不少，然而一看到林夜便纷纷闪避，目光古怪。尤其是一些身着锦衣的权贵学子，神色轻蔑，更多的是漠然。那一道道目光仿若是一柄柄刀剑，冷而锋锐。

林夜冷冷扫视众人，依旧大步向前。在这期间，锦衣学子越来越多，注视他的人也越来越多。这些人立在四周，集在路前，寻常时候能容纳上百人并行的道路渐渐堵塞。

砰！

林夜抬起脚，重重落地，抬头朗声道：“你们，想要拦我的路？”

回应他的先是一片沉默，随后，人群中响起一道沙哑难听的声音：“林夜，陈家已经在外府对你下了封杀令！银月学府，已无你容身之处！识相的，快些滚出学府！”

数声怒吼，如惊雷般炸响。

“林夜，滚出学府！”

“滚出学府！”

……

音浪滚滚，朝林夜碾来。人多势众，这些权贵学子数十上百，挡在林夜前路，便是要以势压他，人群之外，有许多隐藏在阴影中的身影默然看着这一幕，神色晦暗。

“陈家的封杀令？”林夜冷笑，目光凛冽，“他陈家说封杀我？我就要退学？难不成……这银月学府，真由他陈家一手遮天！银月学府，姓了陈不成？”

一语破惊雷！他再度抬脚，往前走去。玄气溢散，军旅十年的血气、杀气，通通爆发。如洪荒凶兽，破笼而出！

“好凶悍的气势！”近前的几个权贵学子面色微变，心生恐惧，下意识后退。

他们退，林夜便进。顷刻之间，上百人的拦路阵容便变成了纸糊的一般，一念便可破之！

权贵学子之中有人浮现骇然的神色。所有人都没想到，这种境况，林夜还是这般强硬！

轰隆隆！

突然，地面颤动起来，不远处传来马蹄踏地的震响，一队轻骑落入众人的视线中。这些骑兵着黑色泛幽铁甲，透着一股肃杀之气。骑兵飞驰而来，停在权贵学子的身后，看向林夜，头盔下的一道道目光同样肃杀。

林夜微微愕然，随即轻笑出声：“私骑出动，真是好大手笔。陈家啊，不愧是天誉城六大世族之一，即便是在银月学府内，都依旧如此横行无忌！”他身上玄气尽然爆发，青衣飘起，目光冷峻，“但我今日就想要看一看，谁能拦我？”

他一步步向前走，那些权贵学子根本挡不住他的气势，纷纷后退，更加骇然。

有人嘶声大喊——“林夜，你莫非还敢对我们出手？学府律令，不可对同门出手，违令者逐出学府！”

林夜微微一笑，淡淡道：“我可没对你们出手，只是你们不敢挡我而已！”他头一转，望向那个出声之人，笑道：“当然，你可以试试！”

话音甫落，那人“扑通”跌坐在地，面色苍白，居然被林夜一个眼神吓住了。如此一幕，令所有权贵学子都震撼无言，讷讷缩脚，让出一条道路！林夜直面那一队轻骑！

轻骑首领居高临下，声音低沉：“林夜，速速束手就擒！”

“陈家轻骑私闯学院，居心何在？”林夜目光瞬间冷冽，“再挡路，杀光你们！”话音未落，他已然飘身而起，强大玄气迸射。半空，藏虚符的光芒一闪而过，一柄剑落入林夜手中。

“乌骓逐月！”

铮——剑出的瞬间，剑鸣声随之而生。诛天剑意，强横的剑意呼啸而出，若大瀑倒倾，轰然落在轻骑首领身上！

“林夜！你敢？”

“你找死！”

轻骑十人一队，见状纷纷提枪杀来。

林夜的剑影从这一道道枪影中脱出，速度快到极致，轻骑首领都来不及反应！

嗤——

一颗带着头盔的头颅飞出，怦然落地，呼吸之间，林夜已然落在了轻骑之后，身上青衫，依旧一尘不染。

“还有人想死的，尽管来就是！还有，告诉陈家……这笔账，我会好好算的！”他声音依旧平静，头也不回地进了齐月山。

无论是那群权贵学子，还是剩下的九名陈家私骑，都无言目送。他们……都怕了，不敢继续出手，也不敢……继续再拦截林夜的前路。阴影中那些身影，脸上晦暗的神色渐渐明亮，双眼逐渐振奋。

“林师兄，他赢了！”

“真的赢了……我们平民学子，也能够战胜权贵学子！”

他们大多衣着朴素，眉宇间没有太多傲意，甚至隐有自卑。而待林夜走过那条路后……那些眼中、心中的灰暗阴影，便通通散开了，化作隐隐的期待。谁说平民弟子，便只能屈居权贵之下？

……

竹林小筑。林林已然入眠，林夜也不打扰，回了房间修炼。盘膝坐下，他取出在书海中取得的古玉卷，心神沉浸其中。

金刚罗刹镇狱咒，这乃是灵师修炼之法！

“武者以玄气增强自身，拳能破山，脚能镇海！而灵师……则以玄气与灵魄共映，凝咒炼丹，有诸多奇妙手段。”默念几声，领悟功法奥妙。

魂府之中，魔龙咒师双眼亮起，躯体之上的图腾映出诡谲紫光。呼吸之间，玄气便与灵魄共映，这是一种极强的天赋。金刚罗刹镇狱咒霸道非凡，玄气顷刻间走遍他全身。由于太过霸道，甚至还带来一阵痛楚。

片刻之后，林夜又皱起眉头：“想要成为灵师，果然没那么简单！”

世人皆知天生灵魄者，极其稀有，却不知拥有灵魄想要成为灵师还有重重关卡。通过灵师功法，令玄气与灵魄共映，只是第一步。之后还需要以玄气掌控灵魄，刻画灵纹，以一道道基础灵纹画符、凝咒或者炼丹……只有画出了真正的灵纹，才是真正的灵师，他脑海中映出一道倩影。

“倒是可以抽个时间去找一下苏落央，她是灵师，想必能够给我一些指点。”

哗——突然，一阵异响自他体内传出。在他体内深处，一道红光映现，随即便是紫黑色气流汹涌。林夜面色骤变，捂住小腹，满目狰狞。

咔嚓！

咔嚓！

仿若琉璃破碎的声音逐渐响起，响彻整间小筑。那紫黑色的气流从林夜躯体内溢散而出，将他拢在其中。林夜耳畔有无数声邪魔魑魅的凄厉惨叫，眼中有无数腥风血雨……他的意识渐渐模糊。魔气将要侵吞他，让他死在此处，而他毫无反手之力！

隔壁房间的林林突然醒来，眸内一片清明，一声轻喝："不准伤害他！"她起身，须臾间便来到林夜身边，看着眼前这一幕，目光平静。

许久，林林抬起了手，手中有辉光亮了起来。皎月辉光笼罩林夜，那些紫黑色的气流顿时收敛，隐隐间有怆然的尖叫传出，最终再次回归林夜体内。

扑通！

林林倒在林夜身前，眉尖紧紧蹙着，面色惨白。

"林林？"林夜睁开双眼，一眼看见倒在地上的林林，心中顿时一紧。不过他很快便发现林林并无大碍，只是虚脱晕倒过去罢了，不由松了口气。

林夜沉声道："我体内的魔气，暴动了……是林林救了我。"

若是魔气暴动，以他如今的状态与实力，根本无法抵御。但如今体内一片安然，就连平日里骤发的痛楚，也消失不见了，可这反而不是一件好事。因为林夜感知到，他体内的玄气，对于那一股魔气的镇压，已经开始无力，最多还能坚持……一个月！

"我只剩下一个月的时间了！"林夜咬牙，嘶声道，"没有任何其他的方法了，我必须要在一个月内炼制出救治自己的灵药！"

他将林林抱到隔壁安顿，随后便快步离开，他要去见苏落央。

苏落央乃是苏家年青一代最受器重的后辈，居所自然不凡，主体以白石铸成的园林，远远看着便透着奢华，又带着难言的静气。

"林夜前来拜访！"林夜高呼一声，抬脚就踏入院中。院中有不少苏家弟子，纷纷转头看来。

“林夜，他怎么来了？”

“难不成是想通了，想要入赘我苏家？”

“快快，北辰星大驾光临，我等赶紧恭迎。”

一群人迎上前来，对林夜一通吹捧。

林夜讪讪一笑：“我有急事拜访苏小姐，还麻烦诸位通报一声。”

“林师兄莫着急，我这就去通报！”众人立刻要去通报。

“等等！不用去通报姐姐！”正在此时，众人身后忽然响起一声娇喝。

“二小姐？”众人闻声转头看去，连忙后退，让出一条路来。

林夜微微皱眉，抬头看去。只见，一抹淡绿色倩影映入眼帘，正是今早邂逅的绿裙少女。

“是你？”林夜略微惊讶，“没想到，你竟然是苏家的二小姐。”

“我怎么就不能是？”那绿裙少女傲娇道，“我就是苏百媚。林夜，你今日来是想通了，想来入赘我们苏家？”

林夜眉头紧锁，淡淡道：“我没想入赘，有点事情，想见苏落央小姐。”

苏百媚露出坏笑：“想见我姐姐也行，你先给我磕头道歉。得罪了本小姐，可没那么容易就能让我原谅你！”

磕头？林夜面露怒色，沉声道：“苏百媚，我今早救了你，你非但不知恩图报，还要我磕头认错？你身为苏家二小姐，就是这般刁蛮？”

“你敢说我刁蛮？”苏百媚怒指林夜，娇喝道，“好你个林夜，竟然辱骂我！今日就算你道歉，也别想进我苏家的大门了！来人，给我把他赶出去！”

众人面面相觑，赶紧出言相劝。哪想苏百媚根本不听。

“好啊！你们都敢不听我的了！那好，我亲自动手！”她摆动裙摆，催动淡绿色玄气，就要动手。

“不用你动手！”林夜冷冷一笑，“还以为你们苏家会有所不同，原来，也是一群欺压平民之辈！既然不欢迎，那我自己走！”他转身就要往外走去。

“还想走？”苏百媚不依不饶，娇喝一声，“今日你不道歉，就出不去这个门！”说话间，她手掌之上绿光璀璨，画出一道符箓，向林夜轰下！

“不好！”

“二小姐，万万不可！”

苏家人大乱，惊慌大喊，手忙脚乱上前救场。

“欺人太甚！”林夜目光瞬间冰寒一片，周身玄气氤氲，一拳轰出！

轰！

一声巨响，拳影重重轰在那符箓之上。顿时，绿色符箓被轰得粉碎，化作星星点点，分散在天地间。

“你还敢还手？”苏百媚依旧蛮横霸道，还在叫嚣，“好你个林夜，我看你真是不知……”

可她话未说完，一道浓绿色、巴掌大小的符箓忽然袭来，那小符箓直袭苏百媚的脸颊，“啪”的一声抽在她的脸上！

“啊——谁敢偷袭我！”苏百媚惨叫一声，娇躯跌倒在地，怒目转头看去。

“百媚，你好大的胆！”只见远处，一抹白影轻挪莲步，款款而来。来人正是苏落央，脸上略带怒意，高声呵斥：“林师兄可是我苏家贵客，你怎么可以随意耍脾气，竟然还敢出手？”

“姐，我……”苏百媚满眼惊慌，轻咬朱唇却不敢还嘴。

“大小姐！”众人也慌忙欠身行礼。

苏落央径直走到林夜身前，低头行礼：“林师兄，小妹刁蛮，得罪了您，还望您不要怪罪。”

林夜皱眉不语，眼光看向苏百媚。苏落央立刻明了，冷声呵斥：“百媚，还不赶紧给林师兄道歉！”

“我……”苏百媚还想狡辩，但看到姐姐那凌厉的眼神，咬咬嘴唇不情愿道：“林师兄，我知错了。”

“林师兄，可否原谅小妹？”此时，苏落央露出温婉笑颜，又欠身施一礼。

伸手不打笑脸人，林夜也不好再发怒。更何况，此次前来，还有求于人。只得眼光闪烁，点头淡淡道：“我不会计较的。苏师妹，我这次前来，是想请教灵师的修炼方式。”

“百媚，回后院去，罚你闭关百日！”

苏百媚恨恨瞥了林夜一眼，转身离去。此时苏落央才轻笑问道：“林师兄，你又没有灵魄，问灵师的修炼方式有何用意？”

“可否找个安静的地方细谈？”

“可以，林师兄请随我来。”苏落央微微欠身，带林夜到后院书房之中。微微一笑，“林师兄，现在，你可以说了。”

林夜并未答话，而是心念微动，沟通魔龙咒师。暴唳气息横扫开来，魔气升腾间，黑影凝结，魔龙咒师倾吐烟雾，以上位者气势，睨视苏落央。

“灵魄！”强大气息逼得苏落央连退两步，满是震惊看向林夜。

林夜不但拥有第二武魂，而且还有灵魄。灵武双修，这，乃是绝世天才之资！

不行，林夜此人，我苏家必然要与之交好。苏落央深吸一口气，“林师兄尽管问，我定当知无不言，言无不尽。“

“实不相瞒，我也拥有灵魄，而且最近得到了一门灵师修炼之法，也有所领悟，玄气能与灵魄共映！”顿了顿，林夜继续说道，“可，想要更进一步却是极难……”

金刚罗刹镇狱咒有收录许多基础灵纹，林夜也尝试去刻画，但根本无法成功。

苏落央静静听完林夜的问题，脸上神情微肃，“林师兄有这样的问题，看来已经是有了自己的一番心得。玄气与灵魄共映，之后便要尝试控制灵魄进行灵纹刻画，这个过程并不轻松。一般来说，想成为灵师，还需要一个开灵的过程。”

开灵，便是以玄气控制灵魄，这个过程若无资深灵师相助，需要极长时间。林夜怔然，拱手道：“还请苏师妹指教！”

苏落央点了点头，“这个问题不大！不过我倒是有个问题，师兄用了多长时间才令玄气与灵魄共映？”

除了灵魄等级之外，玄气与灵魄共映的速度，也可判断天赋。

林夜微愣，下意识问道：“苏师妹是用了多久？”

苏落央骄傲扬颈，俏脸上神采飞扬：“我用了十五天！在银月学府历史上，能排入前百之列！”

用了十五天？银月学府历史悠长，出过许许多多的强者，灵师一道的佼佼者亦是不少。而十五天都能排入前一百？见久久未有回应，苏落央忍不住劝慰道：“林师兄若是不想说，便不必说。其实共映灵魄的时间长一些，也没关系……”

“一个呼吸。”林夜沉思之后依旧如实回答，很是认真，“可能，还要更短一些？”

苏落央才颤着声音询问道：“你说，多久？”

林夜微笑着重复了一遍。

苏落央瞳孔微微收缩，震惊到激动，“一个呼吸，真的只用了一个呼吸？”她目光灼灼，“林师兄，你，你在灵师一途，前途无量啊！”

林夜却无太多得意之色，淡然道：“天赋，终归只是虚的。若是普通的天才，一百天、两个月乃至一个月……”

苏落央苦笑着道，“在我眼里也不过如此，但一个呼吸，骇人听闻。翻遍银月学府……不，是整个归月王朝的灵师历史，我都未见过如此天赋！”

林夜抬头看着她，平静道：“还请苏师妹为我开灵！”天赋再好，若是死了也一文不值！

良久，苏落央冷静下来，望向林夜的目光更复杂了几分。林夜早猜到了她的心思，沉声道：“苏师妹不必再开口，我断然不会入赘。”

苏落央微叹口气，收起眸子中的遗憾，说道：“林师兄跟我来。”她往园林的深处走了过去。

园林深处有一个极其开阔的广场，正中央处，矗立着三根碧青色的玉柱，三米多高，上面刻有繁复的纹路。

嗡！

苏落央刚一靠近，沛然玄气自她体内溢散而出，玉柱便亮起璀璨光芒。光芒凝在她的背后，渐渐成人形。白色麻衣，油彩面具，在青色光芒中独立一方。那是她的灵魄，丹符居士。

在三根碧青玉柱光芒的映照下，丹符居士的气势并不强横，却有一种极大的笼罩感，仿佛掌控了这一方空间，三根碧青玉柱，那是她的阵。顿了顿，她又立即说道：“林师兄，还请入阵，我为你开灵！”

林夜眼中光芒微闪，一步踏入阵法。碧青色的玄气汹涌而出，注入他体内，浩浩荡荡一往无前。他心下一惊，下意识就要运转玄气抵御。

“师兄还请开放魂府！”苏落央的声音响起。

林夜眉头一皱，魂府可有他最大的秘密，怎能随意对外人开放？

嗖！

似是知道他的想法，魂府中魔龙咒师光芒一闪，化作黑光咻然而出。滚滚黑雾裹挟下，它出现在林夜的背后。碧青色的玄气光芒立即笼罩而下，在魔龙咒师身上的繁密而神秘的纹路，悉数亮起，一股极其玄妙的气息顿时弥漫开来。林夜细心感受，任由自身玄气为苏落央所操纵，共映魔龙咒师。

一瞬间，林夜眼中的世界便变了个模样。魔龙咒师身上所有的图腾，所有的神秘纹路，都渐渐线条化，一个个简单而玄的灵纹出现在眼中。

“这，便是开灵？”林夜立刻明白过来。以玄气控制灵魄而刻画灵纹，见到最基本、最有效用的图案，便是开灵。

他双眼微眯，驱动体内的玄气，运转金刚罗刹镇狱咒，周围碧青色的光逐步黯淡下来。魔龙咒师随之而动，其手臂之上，图腾的光芒亮起，于是便有玄气自其中涌出，欲凝灵纹。

苏落央俏脸微白，见这一幕还是不由笑道：“林师兄，虽然我已经助你开灵，但想要刻画灵纹还是……”她猛然闭嘴，美眸微瞪，看着半空的景象无法言语。只见玄气涌动之间，线条生出，如墨线般在空中勾折。

“不……不会吧？”苏落央大受震惊。

开灵成功即可刻画灵纹？这，比一个呼吸共映灵魄更惊世骇俗，击碎了她的认知。

砰！

就在灵纹将成之际，一道崩裂声响起。林夜神色微变，吐出一口浊气，遗憾说道：“失败了。”空中的玄气线条产生无数裂痕，而后全然崩碎。

“这样，还倒正常一些……”苏落央松了口气，但依旧压不住心中的骇然。她自然看得出来林夜距离刻画出灵纹，仅剩下一步之遥。如此天赋，闻所未闻！

“林师兄，你已经开灵成功，可以进灵玄殿中修炼了！”苏落央笑着说道，“我知你找灵师是为了成为炼丹师，灵玄殿中的灵师教习中，便有专精于此道者。

明日便是灵玄殿开放的日子，师兄可与我同去。”

林夜冷静下来，将魔龙咒师收敛入体，沉思片刻。灵玄殿乃是银月学府外府弟子中灵师的修炼之地，每半月只开放一次。

“好的，那明日我来找你。”林夜微微颔首，又拱手道：“今日收获良多，我便先回去了。这一次开灵算我欠师妹一个人情，日后若有所托，我林夜断然不会拒绝。”

第 13 章 灵师

一日时间，林夜都在尝试刻画灵纹，但终归无成，每一次都在最后一点崩坏。

“看来，灵玄殿是必定要去的了。”林夜有些期待。刻画灵纹，只是灵师最基础的手段，之后还有诸般神妙。想要成为炼丹师，还有一道道关卡等着他。

银月学府外府设有两大殿，每半月开启一次。战武殿以修行武道为主，每次开启都有强大武者坐镇，指点学子武技。灵玄殿则是灵师修炼之地。二殿并立，战武殿门前熙熙攘攘，灵玄殿却有些凋敝。天生灵魄者实在太少，灵玄殿更有硬性要求，非开灵不能进，因此又劝退一大批学子。林夜一出现，便引来无数目光，掀起阵阵议论。

“林夜来了！他是要进战武殿？”

“叶师兄已经放下狠话，五大学堂孤立玄夜堂，他进了战武殿又能如何？”

“呵呵，被陈家下了外院封杀令，又得罪了叶师兄……”

“我看这林夜，不久就要滚出学府！”

林夜望了一眼，冷冷一笑：“若是对我不服，尽可以来挑战我！身为武者就这般畏畏缩缩？只会在背后议论他人？”

场面顿时冷寂下来，在林夜满是冷意的目光扫视之下，许多人忍不住低头，仅以目光便能震慑众人！

这时，一道曼妙倩影出现在灵玄殿外，苏落央脸上满是笑意地快步走到林夜身旁，握住他的手腕，责怪道："林师兄，你终于来了，昨天让师兄与我同行，结果我在这等了许久！褚教习都已经来了，林师兄难道不想让他指点指点？"

林夜心神振奋，低声问道："褚教习，是炼药师？"

苏落央同样压低声音："那是自然……而且造诣极高。"二人交谈之间，便进了灵玄殿。

两大殿外的众人怔愣半晌，才有人惊呼出声。

"林夜，他还是灵师？"

"他的武道战力已经如此强大，竟还是一名灵师？"

众人只觉荒谬，面面相觑。

灵玄殿外表装饰得极其豪奢，紫墙黑瓦，富丽堂皇。宽敞的大殿之中，则有一根根高低不等的玉柱。在殿中上方有一个个蒲团，上坐一名名白衣教习。他们双手结印，双目微微阖着，身上散发着温和玄气，如与天地一同。

"站住！"林夜刚踏入其中，便听见一声叱喝。

"非天生灵魄，非开灵者不可进殿！林夜，你好大的胆子！连府规都敢违背！"一名青年学子霍然起身，满眼怒意，紧紧盯着林夜。殿中的学子并不多，本都在修炼，这时都已睁眼，略带茫然。

"陈奇，林夜天生灵魄，而且已经开灵！"苏落央眉头微皱，喝道，"他有资格进入灵玄殿，没有违反府规！"

"哈哈哈！"陈奇放声而笑，轻蔑不屑，"谁不知道林夜是一名武者，而且战力强大过人，你如今说他是灵师？苏小姐，可不要为了偏袒某人而受到惩处！"

苏落央不由一怒，正欲继续开口，却被林夜拦了下来。林夜坦然与陈奇对视："你是陈家的人？"

陈奇傲然点头："正是！林夜！我们陈家知道，你一直在找灵师炼药！但这灵玄殿，可不是你想进来就进来的！如果你进来……那我便可请诸位教习出手，惩戒你，甚至杀了你！”他字字冷苛，场中陷入死寂。众人将目光望向林夜，好奇他将如何应对？

“可我若是灵师呢？”林夜开口了，泰然自若道，“你如此污蔑我，又该当如何惩处？”

陈奇自信笑道：“你不可能是灵师！你若能是灵师……那我，就算是跪下来与你道歉又如何？”

林夜轻声笑道：“一言为定！”

看着他如此果断，陈奇皱起眉头，心中升起不好的预感。扭头朝着殿中那些灵师教习看去，一名微胖的中年人睁开了眼，温和地望向林夜，问道：“你便是苏家小妮子口中的那个天才？”

苏落央快步上前，在他面前微微一礼：“褚教习，他便是林夜！”

褚皓宇细细观察片刻，旋即望向了陈奇，淡淡道：“你……可以磕头了。”声音不大，却让陈奇脸色霎时惨白，“不，不可能，他怎么可……”

说到一半，褚皓宇微微皱眉，看了他一眼，陈奇眸子内浮现一抹惊恐之色。

“磕头。”林夜畅快道，“你难道连褚教习的话都要质疑？”

陈奇面色青白交加，最后颤抖着弯下身子，磕下好几个响头。灵玄殿中其他学子都震惊地望着这一幕。权贵学子，尤其是六大世族出身，无一不是骄傲到极点。陈奇平日也是如此，可今日怎会如此听话？

因为，林夜凶名赫赫！连陈烨堂兄都被他打废了。陈奇清楚，若是自己不磕头，林夜也许便会凭着这个借口，当场杀了自己。林夜做得出这种事情！

“你跟我来。”褚皓宇走在前方，笑着询问道，“你昨天刚刚开灵，便想要刻画灵纹？”

林夜老实回答道："是，但总差一点。"

"差一点便是差很多，灵师修炼和武者很不一样，一道灵纹没有彻底成形，便屁都不是。"褚皓宇认真说道："你不该这么心急。即便天赋强如陈九极，开灵后也用了大半个月才成功刻画灵纹……"

话音未落，场中便响起阵阵讥笑嘲讽声。

"他也配与陈师兄比较？"

"陈师兄乃是我们银月学府五十年不遇的灵师天骄，岂是什么阿猫阿狗能比的？"

陈奇冷笑："如果他能够比九极族兄更快，那我就算再磕上三百个响头又如何？"

"陈九极？"林夜呢喃两声，笑道，"陈家的人？"

一旁的苏落央微微颔首："陈九极是陈家真正的天才，虽然行事低调，名声没有陈烨大，但天赋比他好了太多。陈九极灵魄共映仅用了三天时间，是学府五十年来第一人。甚至有内院的灵师长老断言，只要给陈九极足够时间，便能成为归月王朝最强灵师。"

说到这，苏落央下意识望向林夜，美眸流光溢彩。之前的陈九极确实是当代第一灵师天赋。但站在她旁边这位……只用了一个呼吸的时间，便完成灵魄共映！苏落央更加期待起来，林夜将会用多久的时间刻画出第一道灵纹？

陈家众人还在叫嚣，林夜充耳不闻，朝着褚皓宇微微一礼，恭敬出声："还望褚教习能够教我！"

"既然你想要尝试，那便试一试。"褚皓宇微笑道："召出你的灵魄，试着刻画一次给我看看。"

咻！

话音未落，伴随着林夜心念一动，魔龙咒师自他魂府化光飞出。转瞬间，黑雾横溢，龙首巨人便凝结在林夜的身后。

褚皓宇眼中当即精光一闪，赞叹道："这灵魄，倒是不凡！"

陈奇等人眼皮一跳，有些难以置信。

"战将五品灵魄！"

"这家伙……不会真的能够成功吧？"

林夜面色淡然，定住心神，运转金刚罗刹镇狱咒。

嗡！

魔龙咒师躯体上的纹路顿时亮起，眸内亦是精光暴绽。它双臂一扬，玄气喷涌，如墨线勾勒虚空。

一道灵纹渐渐成形，众人瞪大眼睛，满脸骇然，不敢相信。这时"咔嚓"一声响起，将成形的灵纹在最后一步出错，破裂化作灵气散开。

褚皓宇眼中精光绽放，激动问道："林夜，你莫要骗我，真是昨天才开灵成功？天才，真正的天才。比起陈九极来，更加恐怖的天才！"

苏落央看出一夜时间过去，林夜竟只靠自己领悟，便又有长进。

"褚教习，我可作证！林师兄的开灵，是我助他完成的。"语气当中，又带着淡淡得意。

陈奇面色极其难看，嘶声道："褚教习说过，差一步就是差很多，除非他能够在半个月内刻画出真正的灵纹。否则，他就是比不上九极族兄！"

林夜扫了他一眼，又请教道："褚教习，还请为我解惑。"

褚皓宇点头，令自己平静下来，随后说道："你确实极有天赋。昨夜开灵，今日便能够有如此领悟……但，你的心不够冷静。你失败的时候，玄气震动，显然是有些心急了。"

……

偌大的灵玄殿，此时却是一片寂静，只有褚皓宇的声音回荡。林夜神色认真，将所有教诲一字不漏记在心间。其他人的目光集中在他身上，所有人都在等待，等待他的下一次尝试。

“……可以了。”褚皓宇也有些难以抑制的振奋，说道，“再来一次。”

“好！”林夜点头，吐出一口浊气。他目光悠远宁静，背后的魔龙咒师凝立，玄气不疾不徐自体内涌出。

嗡！

颤鸣声顿时响起，在林夜的操纵之下，魔龙咒师再一次开始刻画灵纹，所有人都不禁紧张起来。这一次，林夜的速度很慢，每一步都做到了绝对的细致。从头到尾，他的脸色都很冷静。一个时辰的时间眨眼而逝，半空中的灵纹，依旧还没有成形。

陈奇神色轻松些许，讥笑道：“一个时辰已过，想必也不会成功了。林夜，不要再装模作样了！”

嗤！

他的声音还没有落下，一朵火苗在空中突然燃起。手指粗细的火苗，如一朵妖冶的花，落入所有人的眼帘。

“火灵纹，成！”林夜带着笑意的声音在所有人耳畔响起。

陈奇跌坐在地，面色苍白：“这，怎么可能？”

一个时辰，便成功刻画灵纹，这种天赋……远超陈九极。别说是陈九极，历代灵师天才，都未曾做到，也打碎了他们的认知！

褚皓宇颤声道：“此等天赋……有你林夜，我银月学府之幸！”

林夜收回魔龙咒师，摇头道：“褚教习言重了，我能够刻画灵纹，还是要多谢教习帮助……”

“不必如此谦虚！”褚皓宇逐渐冷静，取出一个令牌递给林夜，说道：“这令牌你收着！之后若有任何灵师修炼上的问题，都可来询问我！”

林夜接过一看，只见令牌前面写着“灵玄”二字，花纹玄妙。反面则是刻着褚皓宇的名字。他心中一震，连忙谢道：“多谢褚教习看重！”

“我听说，你想要寻求炼药之法，我虽无法凝药成丹，但也算有所得。”褚教习笑着道，“你若有需求，尽管找我！”说到这，他霍然起身，朗声道：“今日灵玄殿修行，便到此为止！诸位请回！”

殿内的学子纷纷离去，殿中上方其余的白衣教习纷纷睁开双眼。他们先前看似镇定，实则对发生的事情都已洞悉。

“这世上，真有如此天才！简直不可思议，昨天开灵，今日成纹……也不知道，他共映灵魄用了多久？”白衣之中，有一名教习面色微青，眸内掠过一抹凶光。

灵玄殿外，林夜与苏落央结伴而行。苏落央掩嘴笑道，“林师兄，你可真是又给了我一个惊喜啊！你可不知道，当你灵纹成形的时候，那陈奇的面色多难看！”

“陈奇不过是陈家一条废犬而已，不足道也。”林夜哼了一声，又笑着说道：“只不过让他欠了三百个响头没磕，日后迟早让他清算。但我更好奇的还是，那位陈家天骄陈九极！”

苏落央嗤笑一声，不屑道：“林师兄放心，陈家人狭隘至极。你今日破了他的记录，想必下次他便会来灵玄殿找你麻烦……”

砰！

一声重响响起，打断二位的交谈。只见一道人影自战武殿中飞出，倒在地上，痛苦挣扎。林夜瞳孔骤缩。那人身上，赫然穿着的是玄夜堂的服饰。他面色顷刻阴沉下来，快步上前：“发生了什么事情？是谁，敢对我玄夜堂的学子下手？”

“林、林师兄……”倒在地上的学子仍在哀嚎，强忍剧痛道，“是五大学堂！他们的人在里面抢地盘，要孤立我们玄夜堂！还有人因此发难，学堂中的许多弟兄都被打伤了……”

听到这，苏落央望向林夜，连忙道：“林师兄，千万不要冲动。战武殿中有内府来的强大教习，如果真出了什么事情，他们不会坐视不管。”

林夜面色上的阴沉渐渐收敛，但他的双眼，依旧满是寒冷的冰霜，“既然五大学堂如此欺我玄夜堂，那我自然不能坐视不管。”林夜声音如铁，带着一抹杀意，“如果真相如此，那我绝不放过他们！”

他大步走向战武殿敞开的大门，门后几个穿着玄金堂服饰的学子满脸得意，正放声大笑。

“玄夜堂那群家伙，都是一些下等的贱民罢了！”

“还想要和我们争夺修炼的地盘？简直就是异想天开！”

“呵呵，如果不是仗着内府的路师姐撑腰，玄夜堂那个林夜恐怕也只有死路一条……”

有一名尖嘴少年满脸讥讽，嘲笑得最是大声。

就在这时，两道身影自战武殿的大门中走进，其中一道顷刻间化作黑影，飞速掠来。那尖嘴少年目中还有些茫然，视线中就出现一个拳头。玄气四溢，透着一股无法抵抗的强大意味。拳头在他眼中逐渐扩大，尖嘴少年径自飞出，重重摔倒在地。

“在背后说人坏话的时候，最好看一看那人是不是就在你的眼前。”林夜落在众人之前，冷笑道，“我不管叶辰是否真的外府无敌，但我知道……”

他目光森然，逐个扫了过去。被他看到的学子无不瑟缩着低头，不敢与之对视。

“如果我想要杀你的话，你们毫无机会！”林夜并未再度出手，但声音中蕴含的肃杀之气，却令他们身躯一震。有人双腿一软，差点跪了下去！

啪啪！

一阵鼓掌声突然响起，几道身影从战武殿的深处走了过来。领头之人，满脸笑意，眼中有几分戏谑。此人是玄木堂的助教，郑宏。

“不愧是林助教！余海是气海境三重巅峰的修为，相当不弱。然而也挡不住林助教你的一拳！”

林夜目光微寒，望向他，“你们是准备撕破脸皮？”

郑宏微笑道：“学堂之间，有所争斗，就算是学子之间的争斗，也频繁不休。我可无法阻止学子之间的争斗！”他扫了躺在地上痛吟的余海一眼，话锋一转，声音渐冷。“倒是林助教……虽然你也是学子，但可别忘了你还是玄夜堂的助教。在这战武殿中，公然对一名学子出手，可不大好吧？”

郑宏似笑非笑地盯着林夜，眼神愈冷。他身边的几人玄气展露，强大的气势涌出，仿若要将林夜围困中央。

林夜冷声道：“我没有杀他，已经算是我手下留情！”

郑宏面色微变，叱喝道：“林夜，这里是战武殿，你还敢如此大胆？”

伴随着二人的对话，战武殿中的许多学子都看了过来。数十人陆陆续续走来，身上都穿着五大学堂的服饰，满脸讥嘲。其中也有玄夜堂的学子，却皆是身上带伤。

他们走到林夜身边，带着愤慨指责道：“林师兄，五大学堂的人太过分了！战武殿内修行区域这么大，可他们却连一方之地都不给我们！刚才何师弟想要与他们争论，结果被直接打了出去！”

林夜眉头一拧，一脚踩在余海身上，喝问道：“可有这么一回事？”

余海痛苦哀嚎，依旧猖狂道：“是又怎么样？你们一群贱民，根本不配在战武殿中修炼！”

战武殿占百亩之地，其内分有多个区域，足可容纳千人修炼。每个区域当中，都有特定的阵法，能够增幅修炼。

“发生了什么事情？”这时，一名面如冠玉的紫衫青年飘然而至，满脸淡漠。此人便是内府出来的武道强者，亦是掌管战武殿的内府执事，黄玉深。

“黄执事！此人身为助教，却公然对学子出手，违反府规！”郑宏眼中寒光一闪，喝道，“你看他脚下的就是我玄金堂的学子，如此嚣张之人，战武殿容他不得！恳请黄执事开口，将他逐出去！”

五大学堂的学子纷纷大吼，音浪滚滚而出。

“逐出林夜！”

“逐出林夜！”

“安静！全都给我闭嘴！”黄玉深冷哼一声，喝止众人，转眼看向林夜。“我倒是听说过你，是你创立了玄夜堂。而且，还让路师妹来帮你当教习……真是不凡。”

林夜拱手，不卑不亢道：“黄执事谬赞！”

黄玉深又深深看了他一眼，随即飘身回归，只留声音回响。“战武殿不禁学子之间的比斗，既然他是学子，那就没有问题。”

郑宏等人的面色顿时难看了下来。也就是说，林夜打了他们的人，可他们却无法让他付出代价？

林夜突然问道：“敢问黄执事，争夺修炼空间之事，是否也在府规之内？”

黄玉深微微顿足，而后道：“说了不禁比斗，那便是在府规之内。你，还有什么问题？”

林夜微笑道：“那就没有问题了，多谢黄执事指点。”他的目光扫过五大学堂的学子，忽然冷冷一笑。

看着他的表情，五大学堂学子下意识倒退一步。郑宏面色剧变，喝道："林夜，你敢？你若是敢对五大学堂的学子出手，莫说我们，叶辰师兄也不会放过你的！"

听到这个名字，那些畏缩的五大学堂学子，又不自禁提起腰板。

林夜笑得更是畅快，"叶辰这个名字可吓不住我。之前谁挡我玄夜堂弟子修炼，那就要付出代价。"

于是林夜开始向战武殿内殿走去。在他身后的玄夜堂弟子动容，眼中满是崇敬、佩服。他们也跟在林夜身后，默然往前走。在他们的眼神中有火焰正在徐徐燃烧。先前谁占了我们的地盘？又是谁要驱赶我们？现在，林夜来了，玄夜堂的助教来了！谁能一战？

一块上百平方的方形修炼台，修炼台上玉柱散立，形成一个灵阵，光芒微闪。这灵阵能够调节重力，对武者躯体修炼大有好处。因此，只有五大学堂最有潜力的几个弟子才能在这里修炼。玄夜堂的弟子，更是连接近都不行。

而此刻，林夜就立在前面，冷声道："战，或者，滚！"声音不大，却如惊雷炸响。霸道至极！

修炼台上的几个学子睁开双眼，目光愤愤，咬牙道："林夜！你不要太嚣张！"

"我们一人打不过你，我们这里这么多人，难道还能怕了你？"

玄夜堂的一众学子面色微变。有人拉了拉林夜衣袖，低声说道："林师兄，这些人都是五大学堂的顶尖学子！这五个人中最低修为的张纯，都是气海境三重巅峰！若是多人围攻……林师兄，还是要暂避锋芒为好。"

林夜向前踏出一步，眼眸明亮，满是自信之色。"想要多人围攻我？那就尽管来便是！"说完，手中藏虚符光芒闪动，一柄长剑落入手中，凌然杀意渗发而出。

"今日我玄夜堂要的地盘，谁敢留着，谁便受死！谁想当第一个？"

磅礴的剑意轰然而出，顷刻间笼罩整个修炼台。众人脸色一白，但眼中更多的还是愤怒。一个头带长冠的少年长身立起，手中紧抓一柄大戟，喝道："那便由我先来会一会你！记住我的名字，何萧然！"话音未落，他身上土黄色的玄气砰然爆发，浑厚无比。

唰！

大戟凌空，何萧然操持在手，汹涌杀意蓬发。瞬息间，他已经持戟杀来，气势贯空，点点光芒炸开。气海境四重，他并不是新入学的学子。

林夜身后的玄夜堂学子眼中，不由浮现些许担忧之色。

"想要与我一战,却连武魂都不出？"林夜目光淡然,长剑一刺,"自不量力！"

喝声如雷！玄气与剑意一同爆发，横贯长空！

他立在原地，一剑之间将何萧然的攻势全然轰破！诛天剑意笼罩在何萧然身上，锋锐气息爆发，血气与杀意也随之爆发！

"怎么可能？"何萧然面色顿变，惊骇大吼。

砰！

他重重摔倒在地，挣扎难起，身上满是豁口。

"今日饶你一命,下次再敢挑衅,定不饶你！"林夜冰冷的声音在他耳畔响起。整个战武殿都陷入死寂，众人眼中满是震惊。

"他……怎么可能强到这个地步？"玄木堂的一名助教涩声开口，心知唯有叶辰能够压他，可是，一剑击败气海境四重的何萧然，这等战力，堪称妖孽！

程教习面色青得发黑，一咬牙，沉声道："还愣着做甚？人家都欺负到脸上来了，还不出手！"他话音甫落，重力修炼台上的众人堪堪回过神来，压下心中的骇然。

"一起出手！"他们对视一眼，看出各自眼中的坚定，纷纷动手。

嗡!

一瞬间，半空发出颤鸣，四道光芒齐齐闪动!

何萧然已然战败，修炼台上只剩下四人，俱是动用了武魂。有一人背后浮现出火焰般的赤光，其中一头大鹰凝现，双目如电般锐利，直视而来。有人身上的玄气暴动之间，背后有大熊咆哮，声势彪悍。四人，都是战将级别的武魂!

“想要以多欺少？”林夜一人一剑，潇洒闯入其中，淡淡道，“我倒是要看看，你们有多少功夫！”

不退反进，他踏出一步的瞬间，金光轰然而动，魂府震颤。青眸白虎化作一抹灿灿光辉，自魂府中飞入现实，于林夜背后虚空步步而下。强大的威势笼罩，与诛天剑意并起，震慑四周。

“吼！”

惊天的咆哮随之响起，引得战武殿都颤动。青眸白虎破空，倾盆大嘴猛张，一口咬向那大熊武魂，同时长尾扬起，扫向一旁的烈焰大鹰！炸响连连，空气都被打爆!

“嗷！”

大熊吃痛，玄气哗然而动，覆在身躯，却被青眸白虎一口咬破，炸开。灿灿光辉闪动，却有倾灭之势，大熊武魂的拥有者面色顷刻惨白，连连后退。

林夜立在青眸白虎之下，持剑杀出。一剑杀穿!

最深处，以黄玉深为首的几个内院执事微微动容，投来目光。

“同是战将级的武魂，但这小子的掌控力极强！”黄玉深赞叹道，“如此掌控力，根本不像是气海境二重，不愧是连童皇前辈都看好的天才！叶家叶辰，陈家陈九极……本以为这一代会是他们二人争斗，没想到竟杀出一匹黑马！”

战武殿中剑光纵横。四人围攻，却有人一瞬被林夜击破，场面的变化快到令人震骇。

玄夜堂的学子都激动万分。看着在围攻当中潇洒无比的那道身影，眼中的怯懦逐渐化作自信。玄夜堂大多招收平民学子，他们骨子里便有自卑。可看着林夜的神勇，这一抹自卑，渐渐消弭不见。

“谁说平民弟子不能胜权贵？”

“林师兄，外府无人能出其右！战力无双！”

有玄夜堂弟子颤着声音怒吼，于是声聚如雷，响彻整个战武殿。

“林师兄，外府无双！”

苏落央看着这一幕，美眸微圆，心中掀起惊涛骇浪。不仅仅震惊于林夜的战力，还有这一股莫大的凝聚力。只要林夜在，平民学子便不会散。

程教习面色漆黑如墨，颤声道：“不可能！绝对不可能！他，不过是气海境二重……即便是叶辰，都无法在这个修为，做到这一步。”

这时，林夜一剑斩出，浩荡剑芒破空。青眸白虎扑身而出，仿若身御剑光，瞬息来到那头大鹰之前。大鹰身上的玄气顷刻间蓬勃而发，凝成浩荡烈焰，将青眸白虎裹挟。但后者只是大嘴一张，烈焰尽灭。烈鹰也被它撕咬落下，玄气骤然炸开，该武魂顿时碎裂！

又一人，落败！

不到十个呼吸，连败两名气海境四重！剩余二人，目光骇然，刚展露的武魂顷刻间收敛，不敢再动。他们已然怯战！

林夜一步踏上修炼台，朗声问道：“还有谁？”

无人敢应，面对林夜霸道的目光，大多数五大学堂学子都不自禁低头，根本不敢与他对视！

“既然无人敢再应战，那战武殿的规矩，今日就由我定！”林夜冷哼一声，强硬说道，“之前你们欺我玄夜堂学子，我不与你们计较！但之后……任何修炼场所，以玄夜堂弟子优先！谁若是不肯，便是与我作对！现在给我站出来，与我一战！”

战武殿中类似重力修炼台的地方，还有多处。玄夜堂学子不多，不可能将所有区域垄断……但，让程教习等人在意的，是林夜这般作态。以一人之力撑起整个玄夜堂！而且，五大学堂还无法将他压制，这简直是打他们的脸！

郑宏压下心中滔天的怒火，寒声道：“林夜，你太过分了！你有信心能够扛得住叶辰的怒火，扛得住五大学堂……可，你的玄夜堂学子呢？你真以为，你这样是对他们好？”他嗤笑几声，眼中冷意渐重，望了一眼那些玄夜堂学子，威胁之意，溢于言表。

但没有一个玄夜堂学子面露怯意。

“你搞错了一件事情。”林夜收起乌骓逐月，淡淡一笑，“我玄夜堂学子，与你们五大学堂不一样。我们没有太多的背景，没有太多的依靠……我们只能靠自己的努力，靠自己的拳头！只要我们还能喘息，就无所畏惧！”林夜的声音不大，回荡在战武殿上空，郑宏面色更是难看。

“可谁若欺压我们……那我，便与他不死不休！”最后一句话，杀意毕露！

玄夜堂弟子如被点燃，大声呐喊！

“不死不休！”

“不死不休！”

一时间，郑宏等人都心神一凛。再回过神，林夜已经带着一干玄夜堂弟子步向最适合修炼的区域。五大学堂弟子无人能阻挡，也没有人敢阻挡！

“林师兄，虽知你强大，但连我也没有想到你强大到这个地步。”苏落央微叹一声，娇嗔道，“你进步速度太快，我怕是再也追不上了。”

林夜微笑道：“苏师妹谬赞。我只不过是有几分蛮力罢了，倒是在灵师修炼上，我还要跟你请教。”说到这，他突然问道：“苏师妹，我已经刻画出第一道灵纹，但这显然不够。”

“一道灵纹自然不算什么。”苏落央微微颔首，又慨叹道，“但林师兄能以这么快的速度刻画出一道灵纹，足可称谓惊世。”

林夜在灵玄殿的表现若是传到外面，必然又会引起轰动。一天时间，从无到有，刻画出一道完整灵纹。莫说是银月学府，只怕是整个天誉城，都会因此震动。

但林夜却怅然一叹：“但对我来说，还是不够……”灵师一道太过玄妙，想要成为炼药师，更是无比困难，需要刻画的灵纹何止上百？

“林师兄，可是想要成为炼药师？”见他认真如斯，苏落央肃然道，“炼药师首先要学会构建几种灵咒，如熔炼药材的灵焰咒，又有催发火力的叠焰咒……”

她越说，林夜的神色便越发沉重。苏落央叹气道：“炼药师，即便是在灵师当中，亦是不多见。灵玄殿中一众灵师教习，也就只有诸教习是炼药师。我看林师兄似乎有些着急，不若便请诸教习帮忙……”

魔气最多只能压制一个月。这让林夜如何不急？但请他人帮助……他身上有太多秘密，不到最后时刻，他还是想要自己试一下。

“苏师妹。”林夜突然问道，“你说有没有可能，一个月内成为炼药师？”

苏落央果断摇头，沉声道：“绝无这等可能！我熟读史书，整个归月王朝历史上，都未出过这等天才！”

第 14 章 陈九极

林夜笑意渐敛，肃然道：“苏师妹，还请教我其他灵纹的刻画方法。”

金刚罗刹镇狱咒内有诸多灵纹画法，但想要搭配成咒，还是需要寻一名更有经验之灵师，在旁指点。

苏落央摇头道：“我主学是阵法，许多炼药所需的灵咒，还是要褚教习教你为好。”

“褚教习？”林夜心头微动，想起怀中那一块令牌。

“没错，褚教习炼药造诣极高，若不是修为所限，恐怕早可凝药成丹，成为那至高无上的炼丹师……”苏落央眼中浮现一抹向往之色。

炼药师在灵师中，已经是极为尊贵的存在。可若是成为炼丹师的话，放眼整个归月王朝，都算得上举足轻重。即便是六大世族中地位极高者，亦是不敢轻易得罪。

“那看来，倒是需要去一趟了。”林夜点了点头，拱手道：“今日，就谢过苏师妹指点了！”

这时，战武殿中亦有钟声大响。

哐当——

哐当——

黄玉深的声音响起：“今日战武殿，到此为止。诸位请回，半个月后再来。”

众学子带着不舍离去。

在战武殿修行的裨益太大，即便是被林夜强占了最优的修炼区域，五大学堂的弟子只能在边缘区域修炼，依旧获益良多。

林夜体内大梵天九转玄经依旧运转，不禁微微惊讶，“好强的增幅。我在这里修炼不过半个时辰，便抵得上在外数天……”

苏落央知道他在想些什么，笑着道：“林师兄是第一次来战武殿？”

林夜点头。

“战武殿与灵玄殿内布满阵法，对修行有莫大的好处。”苏落央解释道，“不过，想要令其运转，需要消耗的资源却是一个天文数字。即便是银月学府，每半月才只开启一次。据说在两大殿的深处，还有着天大的秘密……”

林夜看了一眼殿内深处，目中升起些许好奇之色，低声呢喃：“天大的秘密？我在这两大殿中，的确感受到了些许不一样。”他深深吸了口气，收回目光，同众人离开。魂府当中，帝天杵剑立于虚空，眸内隐有星光闪动。

“林师兄，那我便先行离去了。”战武殿前，苏落央微微一礼，“之后若还有事，随时可来找我。”

林夜告别众人，回竹林小筑。小筑之内，林林百无聊赖地望着天空，亮丽的眸子内有光芒闪动。听着脚步声渐近，她当即兴奋起身，“林夜哥哥，你回来了！这一股气息？林夜哥哥，你成功了？”

林夜微微颔首，说道：“成功刻画出了一道灵纹，成为灵师。不过……”顿了顿，他苦笑道：“要想更进一步，成为炼药师，还早着呢。”他吐出一口浊气，眼中浮现一抹无奈之色。

“一个月时间，确实有些太短，不过也不是完全没有方法。”林林嘻嘻一笑，挽住他手臂，说道，“我相信哥哥一定可以做到的。”

林夜点点头，握了握手中的令牌，决定明天先行去拜访褚皓宇。

……

天光熹微，晨雾未散。竹林小筑前，几道华服身影飘飘然落至。几人顿足，立在小筑门口，领首之人轻笑询问："林夜可在？"

声音中，透着一股难以遮掩的轻蔑。在他身后的几人满脸嘲弄，放声讥笑连连。

"快点出来！我们少爷都来了，林夜你还不出来找死？"

"呵呵，大家都是学府的学子，死罪可免，跪下来磕几个响头就行！"

林夜颀长身影自房间中徐徐走出，毫不客气地讥嘲道，"又是哪一家的狗？一大早的，就叫个不休！"

小筑前几道身影的面色顿时微沉，怒喝出声。

"大胆！竟敢如此侮辱我们！"

"林夜，你可知我家少爷是谁？还不快给我跪下！"

"林夜，给我跪下！"

声音炸响，惊起林间一群野鸟纷飞。

林夜望了过去，似是细细打量一番，随后摇头："不好意思，真不认识。"

那领首之人面容清稚，脸上满是倨傲之色，冷声道："我听说你昨日，在战武殿中可是嚣张无比！我玄金堂的学子不但被你一招击败，还踩在脚下羞辱！今日，我给你两个选择……要么跪下叫我三声师兄，承认你不如我；要么就是与我一战，到时候，我会打断你的四肢，废去你的修为！让你求生不得，求死不能，受尽折磨！"他身上的玄气轰然爆发，魂光涌现，如云雾升腾。

气海境五重天，隔着一扇门，林夜依旧能够感受到那一股威压，眉头微皱。

林林面色微变，担忧道："林夜哥哥——"

他身后几人脸色得意，大笑出声。

“少爷是玄金堂最有天赋的存在，三年来除了那位叶无敌，无人能够遮盖他的锋芒。”

“这个林夜虽说有几分天赋，但不过刚入银月学府，绝不是少爷对手！”

嘲弄之声起伏间，林夜一步踏出，目光清冷。

嗡！

一声颤鸣，他并未出剑，却有剑鸣传出。一股凌然锋芒顷刻爆发，凝成磅礴之势，轰然而出。面对孙云鹤的威势，其身后随从的嘲讽讥笑，林夜仅以剑意对之，但已经足够！

在剑意出现的瞬间，孙云鹤面色剧变，惊呼出声：“好强的剑意！”

诛天剑意咻然席卷而来，荡得云层出现豁口。孙云鹤身上涌出的玄气须臾破碎，气海境五重的强大气势，立刻消弭。林夜只是踏前一步，他便下意识踉跄后退三步。

小筑的门依旧没有打开。一门之隔，短暂的交锋以林夜的取胜告终。刚才还在嚣张得意的那群随从，面色铁青，只觉脸颊火辣。呼吸之间，便被打脸！

“不错，确实有几分本事！”孙云鹤强自镇定道，“难怪在战武殿中，敢如此嚣张，是我小觑你了！不过既然你不愿意磕头，那便一战！”

林夜没有开门，还是立在原地，微笑道：“叶辰呢？”

孙云鹤一愣，旋即便明白了林夜的意思。整个银月学府外府学子，在林夜看来，值得一战的就只有叶辰。他孙云鹤，没有资格！

想至此，他快步而上。玄气再次爆发，如海啸般涌向林夜。魂光自他背后虚空亮起，如云层层叠，一只仙鹤嘶破云而出。孙云鹤手中藏虚符光芒闪动，一柄长刀落在他手中，挥动之间如风雷之声大作。刀光动，晨雾被击散，天幕都变得明亮。竹林小筑的门颤动，全力一刀，就要破门而入，直斩林夜。

“这一刀，还算是不错。”林夜笑着赞叹一句，旋即话锋一转：“但想要威胁到我，还差得太远！”

再次踏出一步，右臂微抬，长剑乌骓逐月便落入手中，大梵天九转玄经肆意运转。玄气如大河奔流，浩浩荡荡，一剑斩出，林夜身上气势高涨，紫光熠熠，目中满是自信。这是，没有半点保留的一剑!

嗡!

剑鸣声，压过了一切风雷，极致锋锐的剑意中，还带着一股一往无前的磅礴气势!

天穹之森中，他曾以剑意入拳，轰杀胡傲。而今日，他以拳意入剑，大帝开山与诛天剑意两相结合，杀力强到极致。孙云鹤如何能挡?

咔嚓——一阵碎裂声突然响起。孙云鹤停下脚步，身体趔趄，只觉沛然巨力依旧汹涌，足下沉重，竟在地面留下三寸深的足印。他低头，看着自己手中的长刀，满脸惊骇：“这，怎么可能？”

这柄长刀虽比不上乌骓逐月，但也是一等一的宝刃，锋锐过人，也坚硬无比。然而此刻，在其刀身之上却有道道裂痕。那裂痕还在不断扩散，直至一柄刀全部破碎，只剩下刀柄。

林夜还在门后，已经转身：“给叶辰捎一句话，不必过多的试探我。若是想要杀我，让他自己来！”

看着林夜的背影，孙云鹤心中突然升起莫名的惶恐。为了压制住这一股无端的情绪，他猛然大喊出声：“林夜！你不要得意，等叶师兄出关，你必死无疑！”

“少说废话！”林夜脚步微顿，一声轻喝，“滚！”

他的杀意瞬间呼啸而出。伴随着十年沙场征战而来的凶横，笼罩在孙云鹤等人身上!

一行人面色剧变，连忙离去，不敢再逗留。孙云鹤离去之前，冷冷扫了林夜一眼，眼中带着怨恨。

竹林小筑的门依旧紧闭。林林不自禁一笑，显得更是娇俏，略显骄傲道："这么多人，还不是连门都进不了？"

林夜爽朗大笑道："不过是一群土鸡瓦狗罢了。凭什么进我们的门？"他心念微动，抬起手，有玄气在掌心散发光芒。

林夜的面色微微沉了下来，那一双剑眉，也忍不住皱了起来，似是有些痛苦。

"哥哥，是又开始痛了吗？"林林并不清楚魔气侵体会带来多大的后果，她只知道林夜会痛，极痛。看到林夜这番模样，她便焦急，左右徘徊。

林夜压下体内那一股痛楚，深深吸了口气，勉强笑道："没事，林林。我现在便去找褚教习，他是炼药师，一定能够给我帮助的。"

说话间，已经推开了竹林小筑的门。

……

苏落央居所深处，那片布有灵阵的空地中。褚皓宇依旧是一身白衣，脸上却带着些许疲惫之色。

"林夜，你来了。"

林夜歉然道："遇到了些许事情，让褚教习久等了。"

褚皓宇并不在意，摆了摆手。他细致打量了一眼林夜，讶异道："一夜不见，你又有进步？"

苏落央已习以为常，笑着问道："林师兄，昨夜可画出多少道灵纹？"

林夜摇了摇头，遗憾道："我知道三百一十种灵纹画法。但毕竟时间太短……最终，只画出了五种。"此话一出，全场便寂静下来，连风声都消停。

"林夜，你不但是天才！"褚皓宇脸上笑意渐渐收敛，无比肃然道，"还是绝世天才！”

苏落央苦笑道：“即便是传闻中那些妖孽，也没有妖孽到这个地步。”

一夜五道灵纹？林夜出现之前，这是他们无法想象的事情。

“即便是苏家妮子为你说话，告诉我你天赋很好；即便是我亲眼看着你刻画出第一道灵纹……”褚皓宇看向林夜，慨叹道，“但其实今日之前，我都觉得你只和陈九极差不多。因为，陈九极是陈家年青一代最有灵师天赋者。”

林夜摇了摇头，不想在此事上纠结太久，他恭声问道：“褚教习，我有些问题请教，是关于炼药师的。欲成炼药师，先要成咒师，将灵纹凝成灵咒……其中最基础也是最主要的一个灵咒，那便是灵焰咒——敢问教习，此咒如何能成？”

褚皓宇早知道林夜想成为炼药师，听这一番话，他知道对方确实是苦心研究过，满意地连连点头。

“灵焰咒能生咒火灵焰，何止是炼药师的基础灵咒。”褚皓宇没有任何保留，认真教诲道，“灵焰咒最简单，也最难。你一夜明悟五道灵纹，说你是不世出的天才，都像是在辱骂你，但却太快。快……便代表通而不透。”

林夜微怔，想到这些日子确实有些太急，不由陷入沉思。虽说能够刻画灵纹，已经算是领悟。可若是要凝成灵咒，诸多灵纹交互相通，那便要求将每一道灵纹掌握。

“掌握一道灵纹虽不简单，但也不困难。”清风徐来，褚皓宇白衣飘飘。“即便是天赋极普通的灵师，用些日子便可成功。可若是要掌握上十几个乃至数十个灵纹呢？掌握之后，还要将他们凝练，每个灵纹是独立的个体，想将他们融凝可不简单。”

林夜深深吸了口气。虽然早知道想要成为炼药师无比烦琐，也无比艰难。但听得这一番话，他终于明白昨日苏落央的震惊，究竟从何而来。

“一个月内成为炼药师，确实极其荒谬。”林夜在心中想着，眼神却越来越亮，他朝着褚皓宇深深一躬：“还请教习教我！”

褚皓宇愉悦朗笑，“当日陈九极名扬灵玄殿，我问他想不想成为炼药师，他嫌太过麻烦。于是拜入了另外一名灵师座下。那家伙为此跟我炫耀了好些日子，可他又哪里想得到，这一代，还有你这样的存在！”说到这，他霍然起身，背后有青色魂光亮起，温和地扩散开。

青光中有一个高大的身影出现。其身着青衫，手持酒壶，面容模糊，透着一股洒脱而强大之气势。

苏落央惊呼出声：“战将四品灵魄，青衫酒灵！”动容之色无以言表，仅仅只是教导，可是褚皓宇却唤出了自身灵魄。

“难道说……”苏落央美眸微瞪，浮现一抹艳羡之色，“看来，褚教习是真的看重林师兄！”

“林夜，你召出你的灵魄，将领悟的五道灵纹刻画出来。”褚皓宇声音传出，淡然说道，“我以自身灵魄为引，为你剖析推衍！”

苏落央闻听更为震惊，自觉退下了。

林夜注意到这一点，心有讶异，但还是听从了褚皓宇，心念微动。

嗡！

颤鸣声中，一道紫光从他魂府飞蹿而出，于半空凝结。魔龙咒师俯瞰八方，龙角峥嵘，如今却覆着一层神秘微光。那是灵师的光芒！

林夜迅速运转金刚罗刹镇狱咒，紫光闪动之间，玄气贯通魔龙咒师。魔龙咒师扬手刻画，不过须臾间便将五道灵纹悉数画出，于空中亮着光芒。远远看着，就如一道道悬空图腾，神秘而璀璨。

“果然是五道！”褚皓宇感叹了一句。虽然知道林夜不至于在此事上骗人，但眼见为实，依旧心生震撼。

“青衫酒灵，去！”他开口轻喝一声，灵魄拎起酒壶仰头灌口，旋即“噗”一声喷出！

酒水落在魔龙咒师刻画的灵纹之上，竟是由虚转实。最终为青衫酒灵运手一抓，握入了手中，光芒大放。紧接着那道灵纹就如绢布般铺展开来，其中玄气的行走路线，清晰可见。

林夜瞪大了双眼，心中惊叹：“原来如此！”

明悟灵纹，他只是会画出来，实则并不了解为什么灵纹有诸多妙用。为什么有些灵纹能够构建成灵焰咒，而有些不行？基础灵纹何止三百道，然而每一道灵纹之间，又有什么区别？林夜彻底明白，掌握灵纹，就是要掌握这等变化。

“林夜，看好了！”褚皓宇面色微白，施展这等手段，对他而言亦是消耗不小。

“你可明白了？”半炷香时间过去，褚皓宇脸色愈白，挥手将青衫酒灵收回魂府。

林夜眼中生出感激之色，恭敬道：“明白了，褚教习。”

“那便试一试！”褚皓宇朗声笑道，“你天赋如此之高，跟着我修行，最多三个月！就让你成为炼药师！”

闻言，林夜微微颔首，又忍不住询问道：“褚教习，还能再快一些吗？”

褚皓宇一愣，苦笑道：“三个月难道还不够快？要知道，银月学府有史以来，最快成为炼药师的也足足花了一年时间。”

沉默半晌，林夜还是道：“我还是想要更快一些。”

褚皓宇摇了摇头，说道：“还是先行学会灵焰咒、叠焰咒……即便是最低等级的炼药，也需要许多基础咒术。”他只当林夜尚不知道此道艰辛，只要真正上手了，就会觉得此等说法何其可笑。想到此他不禁哂笑，这个林夜毕竟年轻，倒是天真。他望向林夜，微微一笑：“还是先学刻画灵纹吧。”

林夜自己潜修一夜，便能刻画出五道灵纹。而今有褚皓宇在旁边指点，速度却没有更快，因为他现在追求的是完全掌握。只有完全掌握，才能够以最快的速度凝练成咒。

……

此时，婢女快步走到苏落央身旁，低声道：“小姐，陈公子求见。”

苏落央皱眉道：“让他在会客厅里等着，我稍后就去。”

婢女面色有些苍白，说道：“陈公子不只想要见小姐，还有褚大人。”

听到这话，苏落央眉宇间怒色更重，喝道：“他要见不会自个去请？想见褚教习跑到我这里来，算是怎么回事？”

婢女见她发怒，张了张口，也不知说些什么。便在这时，一个温和中难掩傲意的声音，自不远处的走廊传来。

“苏师妹不必发怒。”一个白衫青年嘴角噙笑，缓步走来。“你知道，我不只是想要见褚教习。我闭关多时，甫一出关，便听闻了那林家贼子的事情。知道了我陈家为他不惜在外府下达了封杀令，我更知道在内府他也一样被封杀……”

转眼间，白衫青年就走到苏落央面前，坐在她对面。他的目光温和，然而扫过苏落央时，魂府震颤，她额头不由渗出些许冷汗，那是一种等级上的压制。灵师一道上，白衫青年压制她太多！

半天苏落央终于开口，声音满是苦涩：“百道灵纹，你突破到了气海境七重！成功刻画出了一百道灵纹！”

偌大银月学府外府，学子中所出灵师极少，但也有上百人。苏落央在其中足以称第二。可面前的白衫青年仅仅只是用了一个眼神，就让她生出莫大的紧张。因为他，就是陈九极。在灵师一道上，银月学府五十年不出之天骄！

“林夜此人啊，本来我是不想搭理的。”陈九极微笑着说道，“无论他弄出多少风雨，无论我陈家是否对他下了封杀令……这些，都是无趣之事。”

苏落央冷冷一笑：“但他破了你的记录，所以你来了。陈九极，你还是这般心胸狭窄。”身为苏家大小姐，她自然知道更多的隐秘，嘲弄道：“当日褚教习只是觉得你心性不定苛责你两句，你便拒绝与他学习！今日林夜的天赋比你高，你便想要过来为难他！”

陈九极面色淡然，摇了摇头：“谁说我是要来为难他？我只是来……杀了他！”

苏落央还未作声，瞬间被他震飞出去。

……

空地之上的三根玉柱散发光芒，林夜立在其间，背后魔龙咒师升腾。一道道灵纹逐步在魔龙咒师身周出现，就像是一个个图腾，飞舞在它身周，显得有些神圣。

“十道灵纹！”褚皓宇倒吸一口冷气，惊骇道，“一日明悟灵纹刻画，又一日便刻画出十道灵纹！别人用几年时间都未必做得到的事情，你两天就解决了！”

林夜表情淡然，“这，还不够！”虽然已经很快了，但还是不够。

“褚教习！”此时，一道身影飘然而来，是陈九极。“没想到，教习竟从内府出来了。更没想到，会亲自指点一个平民学子。”

褚皓宇眉头微皱，大手一挥，三根玉柱所成之阵当即散开。林夜也收回了魔龙咒师。看着来人，他先是一怔，旋即明悟过来：“陈家的人？”

陈九极颔首，略有诧异道：“你倒是有几分眼力。”

林夜自然不会客气，微笑道：“我眼力其实并不好，总分不清人。但看狗，却是很准。”

此话一出，陈九极双眼顿时眯了下来。

褚皓宇眉头微皱，看了一眼林夜，“林夜，说什么呢？九极可是你的师兄，我知道你与陈家有些恩怨，但也不可如此。”

陈九极眼中寒芒闪烁，冷声道：“都说林师弟很是盛气凌人，今日一见果真如此。不知道，你除了牙尖嘴利，还有什么本事？今日，我特来领教！”

褚皓宇眉头皱得更深，沉声道：“陈九极，你想干什么！”

“褚教习，不必拦他！”林夜说道，“既然要比，就比灵师上的造诣，我们用灵师手段来比！”

褚皓宇只觉得荒谬。就连陈九极都微微愣住，半晌，才不屑笑道：“我看，林师弟是脑子有些问题？”

林夜在灵师一道上才修炼多久？他这是在找死！

褚皓宇忍不住相劝道：“林夜……”

“放心，褚教习，我有信心。”林夜目中精芒绽放，嘴角掀起笑意，“如果连他陈九极我都无法击败，谈何成为炼药师？”

陈九极嗤笑道：“林夜，你真把自己当成什么东西了？一个从边境侥幸跑进银月学府的野狗罢了！以前只是没人在乎你，能够让你蹦跶几下，但现在不一样了……我若是想让你死，谁能阻我？”

“陈家，好大的威势啊！”林夜慨叹一句，冷声道，“一个月后，灵玄殿，你我比炼药，如何？”

陈九极眉头一挑，“莫说一个月，就算给你三年时间，你又如何比得上我？林夜，我等着你！”

褚皓宇看着他离去的背影，良久后说道：“不管你胜利与否，他都不会放过你。”

林夜并不否认，说道：“褚教习，我与陈家早已经是不死不休。无论怎样，陈九极都只会是我的敌人。”

褚皓宇白衣飘飘而起，皱眉问道：“即便如此，你今日仍旧有些不理智。你不可能在这么短时间内，成为炼药师。”

林夜看着褚皓宇，沉声道：“星元灵草！褚教习，如果有星元灵草，我便能够以最快的速度将灵纹交互，凝练成咒！”

褚皓宇身躯微震。他的眼神当中流露出极其复杂的色彩，“没想到，你竟然会知道此物。”

林夜笑道：“世间灵物极多，然而能帮助灵师通悟的却极少。不瞒褚教习，我对星元灵草早已了解。”

星元灵草，能够令灵师进入通悟状态，迅速拆分灵纹，将其交互凝练。但此物极其罕见，放在外界万金难求。星元灵草不仅价格昂贵，而且还有极大的副作用。用了一次之后便会头疼欲裂，玄气无法与灵魄继续共映，且会持续很长一段时间。除非意志力极其强大，能够强行将其克服。不然的话，很少有新手灵师，会选择吞服星元灵草。

“星元灵草倒是一种方式，但其实……”这时，褚皓宇突然说道，“我知道更多的方式。你进过奇山书海，却不知在外府当中，还有一处地方也极其不凡。那便是灵玄殿二层。”

林夜脑海里映照出那座富丽堂皇的建筑，想起灵玄殿内无数的灵阵玉柱。一时间，他不禁震诧：“灵玄殿，还有二层？”

第 15 章 灵海玄露

“自然是有的。”褚皓宇笑着说道，“不过灵玄殿的二层不在更高处，而在地下。”

林夜更是震惊不能言。灵玄殿中的一切，对于银月学府外府而言，已经属于极豪奢的资源。然而在脚下百尺之处，竟还藏着另一个洞天?

“灵玄殿是教导学子成为灵师的地方，自然不仅仅只有阵法，也不仅仅只有我们这几个灵师教习。”褚皓宇的声音字字如雷，响彻林夜耳畔，“里面有无数灵师之资源，但却不是那么好拿到的。”

林夜冷静下来，拱手问道：“那，我该如何进入其中？”

褚皓宇目光温良，泛起阵阵希冀的光：“持我之令，进入其中。想得到那些天材地宝，自然会有无数艰险……但你只能做到！”

林夜笑着答应道：“既然褚教习都这般说了，那我就会做到。”

褚皓宇也笑了起来，说道：“那便再画十道灵纹。”

……

深夜，某处昏沉殿堂中，婴儿小臂粗细的油烛兀自散发着光亮。陈九极端坐蒲团之上，双眼微阖修炼。

堂下，侍卫沉声禀报，“少爷，褚皓宇果然疯了！他竟然让那个废物去闯灵玄殿二层！”

陈九极皱起眉头，缓缓睁开双眼：“灵玄殿二层？”

他陷入长久的沉默。灵玄殿二层藏有珍宝无数，每一件都对灵师修炼大有裨益。但想要得到却不简单，甚至可以说极其危险。一个气海境二重的初修灵师，想要闯入其中，分明就是找死。然而他心性细谨而阴狠毒辣，连一抹希望都不想留下。

“你下去安排一下。”陈九极忽然开口，“那小畜生想要看到希望，可我偏不随他愿。一个月，太长。”

侍卫立即领命，转身离开。陈九极目光无比漠然，没有冷厉也没有愤怒。

“林夜？跳梁小丑一个！我要你死在比试之前！”

……

竹林小筑里，林林眼中满是担忧，“哥哥，外面都已经传疯了，说你已经疯了，要寻死……”

林夜揉了揉她脑袋，笑着说道：“那你觉得我疯了没有？”

“哥哥怎么会疯？分明是那些人疯了！”林林愤愤不平说道，“什么陈九极，什么叶辰，才都是疯子！”

林夜点头，笑得更是开心：“没错，他们都是疯子！”

星夜灿烂，光芒铺路。灵玄殿半月一开，不开时便是豪奢建筑，看着并无异常。林夜不想耽搁太多时间。可当他靠近之时，周遭依旧响起一声声长啸：“站住！灵玄殿未开，学子不可靠近！”一个个侍卫自阴影中走来，身披重甲。

林夜亮起褚皓宇的令牌，拱手道：“各位侍卫大哥，我是……”

嗖！

破空声骤响，一只精铁箭矢破空杀来，玄气激荡，荡得半空都生出阵阵涟漪，令人心生骇然！林夜眼神一沉，玄气登时爆发，转身避过。

砰!

箭矢击在地上，光华漫过，发出一声巨响，地面却毫发无损。林夜一抬手，紫光涌动之间，颓然倒地的箭矢飞入他手中。他看了一眼，箭镞处刻着一个极细微的“叶”字。

阴影中，一个高大身影走来，脸上浮现一抹憨厚笑意，“陈九极也想要杀你，但这一次，似乎我家少爷要赢了。”

“我还以为，来的会是陈家的人。”林夜看着来人，眸内浮现一抹凝重之色，“没想到，是叶家！”

那高大身影乃是灵玄殿的侍卫统领，但他还有一个身份，叶家叶重迟。他是叶辰的人!

“少爷要你死，你只能死在我手里！”叶重迟收起长弓，身影忽然间消失于原地，迅速逼近林夜，其余几名灵玄殿侍卫也在这时动手!

噗噗噗!

空中无尽光点炸开，一柄柄朴刀挟带风雷之势斩破空气。这些灵玄殿侍卫都是玄元境巅峰修为，若寻常时候，在林夜眼中不堪一击。但他们联起手来，要的就是林夜出手斩出这一击，这一击斩出，叶重迟便有机会，直接将林夜镇杀!

“好计谋，好手段！”林夜立在原地，不吝赞叹道，“这等攻势，换成任何人都防不住！”可他，不需要防!

嗡!

剑鸣声自夜色中响起，乌骓逐月落入他的手中，剑芒四射。林夜一步踏出，紫色玄气汹涌而出，将天幕上的星月都衬得黯然，剑光斩出，划破长夜!

诛天剑意开启，浩荡剑意若大河奔腾，斩在那几个灵玄殿侍卫身上，轰然炸开。呼吸之间，这些人便尽数落败，倒飞而出。紧接着，林夜的剑光依旧不停，继续向前，直至斩在叶重迟的身上!

“来得好!”叶重迟怒吼一声，周身光明璀璨，玄气如烈焰焚烧而起。顷刻之间，夜幕都被照亮!一只赤色大蛟虚影顿时出现，散发无尽威势!

赤炎玄蛟，战将一品武魂!

林夜眼眸微闪，微微一笑，“天赋倒是不错，就是可惜了，为什么要给别人当狗呢?”

叶重迟闻听目露森寒，完全爆发的气海境五重，身上的气息登时变得异常可怕，骇人!

“哼!谁是狗未必可知，但我知道你一定要死!”叶重迟得意大笑，背后赤炎蛟嘶声长鸣，破空杀来!

林夜的剑光依旧大放光明。但叶重迟不退反进，身躯在剑光当中如朽木点点崩坏，但身上玄气却更磅礴。他要换命，用自己的命换林夜的命!

林夜面色微变，旋即又摇了摇头:“真是叶辰的好狗!”

“魔龙咒师!”

伴随着他一声低喝，紫光如剑激射而出，凝成一尊龙角巨人。龙角巨人双臂只是一颤，滚滚玄气便汹涌而出，于他身旁空中凝成一道道灵符。足足十六道灵纹!

灵纹飞舞之间，隐隐有相互渗透之势，并渐渐凝合。最终化作一道薄如蝉翼的光片，泛着金属光泽，悬在林夜面前，如同光盾。

陈九极一瞬之间刻画出二十七道灵符，凝练成金盾咒，这一点，林夜自然无法做到。实际上他如今也只会刻画二十道基础灵纹，但其中有十六道，都属于金盾咒二十七道灵纹之列。

他之前看见了陈九极凝练的过程，于是心念一动，便去尝试灵纹……然后挡住了叶重迟这一击。

“噗！”

叶重迟魁梧的身躯停在林夜的跟前，气息开始不稳，他背后的赤炎蛟武魂依旧峥嵘，依旧强大无比，却在不断哀嚎。烈焰之上，还有一股剑意。林夜的诛天剑意，此刻正在不断地摧毁它！

林夜静静地望向叶重迟，笑着道：“看来，还是我略胜一筹！”

说话间，他已经再次挥起长剑，又一剑落下！

砰砰！挡在身前的几个灵玄殿普通侍卫直接被斩杀，气息断绝。林夜继续往前走，一脚踩在叶重迟身上。

叶重迟浑身是血，双眼却怒火灼灼，大喝道：“我不服，你明明只是气海境三重，凭什么能够赢我？”

林夜微微一笑，魔龙咒师依旧悬在他的身后，灵纹耀眼无比。“就算你的主子来了，都未必是我对手。你输给我，再正常不过！”

话音落，长剑已经再度斩下，叶重迟眸光渐渐暗淡。

林夜大步走向灵玄殿。靠近殿门之际，他右手一翻，将褚皓宇的令牌取出。符纹玄妙的殿门顿时散发出无尽光芒，如大日凌空般刺眼非凡。

轰隆！

一声巨响！殿门未开，然而门下的地面上，却霍然洞开一道方形的入口。

“这便是通往二层的路？”见状，林夜呢喃出声。

入口内一片漆黑，有一道威严无比的声音传来：“不，这条路通往的……是真正的灵玄殿。”

“真正的灵玄殿！”林夜眼中精光顿时暴绽，大步往下。

甬道的两壁顿时亮起道道璀璨光芒，照亮一道道梯阶，光芒中透着一股玄妙气息。

“你拿了褚皓宇的令牌，想必已经得到他认可。”那威严声音再度传来，说道，“那你求的是什么？”

林夜脚步不停，如实说道：“我需要星元灵草，或者更好的灵物。”

“我问你求的是什么？”

林夜一笑说道：“我要在一个月内成为炼药师！”

说话间，梯阶已经到了末路，他脚步一顿，抬头望去。只见身前是一条宽敞大道，一道身影立在道路的末端，目光冷漠。那是一名老者，大袍加身，胡髯皆白，却有一股极重的威严。

“我记得你，林夜！”威严老者继续说道，“开灵几日便想要成为炼药师，这是何等好高骛远。褚皓宇怎会将令牌给予你？还不快快退去，脚踏实地，先去好好修炼！”

林夜眉头一拧，拱手说道：“前辈，我只想一试！褚教习同我说过，只要我能够通过试炼，便能够得到星元灵草！”

闻言，威严老者嗤笑道：“通过试炼？虽然你确实天赋不凡，几日时间就刻画出十几道灵纹，但这可不够！想要拿到星元灵草，除非你能够在三天之内，就在这里凝练出灵焰咒！”

林夜没有半点怯意，微微颔首：“那，便一言为定！只要我能够凝练出灵焰咒，前辈便将星元灵草给我！”

威严老者摇了摇头，不满道：“你还真敢答应？你若是真的能做到，一株星元灵草算得了什么？就算是你要灵海玄露，我都取来给你！”

林夜眼前一亮，“那可说好了！”灵海玄露，是比星元灵草效果更好的灵物！

威严老者哼了一声，“我郑乾元还不至于骗你一个毛头小子！”

林夜再度拱手，便原地盘膝坐下。

郑乾元眉头微挑，讶然道："现在就要开始了？好不容易进来这里，不先看一看这真正的灵玄殿，是怎样一番境况？"

林夜心神沉下，说道："等我凝练出灵焰咒，自然是随便可看。如今就算是看了，拿不到那些灵物，又有何作用？"

郑乾元微微一怔，随即抚须笑道："你这小子，倒是有些意思。说你好高骛远，你可心性倒是不差。"

林夜说道："前辈，我其实……只是自信！"

"三日时间，从无到有，凝练出灵焰咒。"郑乾元大皱眉头，喝道，"你管这个叫自信？我活了上百年，就没遇到过这种事！"

林夜摇了摇头，不再争辩，心中微念一句，魔龙咒师便自魂府飞出。龙首巨人在他身后半空端坐，周身图腾散发出诡谲光芒，双目亦是微微闭合。

"这个灵魄……"郑乾元目光扫过，啧啧称奇，"明明只是战将品级，但给我的感觉，竟是如此不凡。难道这小子真有几分本事？"

想到这，他又不禁摇头，觉得这种想法实在荒谬。开灵几日便想要凝练出灵焰咒？就算是上古灵师大能转世，都绝对做不到这种事情。不过看着就此盘膝坐下的林夜，郑乾元眼中又浮现一抹欣赏之色。

"如此璞玉，可不能白白被毁了。"他略动脑筋想了想，低声笑道，"大不了，就留他在灵玄殿里，同我一起修炼。修个八年十年，陈家那小子又算得了什么？"

这时，林夜身上已经泛起阵阵霞光般的紫色玄气。运转金刚罗刹镇狱咒，凝练灵焰咒所需的灵纹，基本上都已经能够刻画。而且不仅仅只是明悟，是彻底的掌握。不过想要在三日之内将灵焰咒凝练出来，依旧有着极大的难度。

"这卷功法？"道路尽头的郑乾元更是诧异，讶然道，"这小子，看来奇遇不少啊。不但进了奇山书海，竟然连这卷功法都拿出来了！”

嗤嗤！

这时林夜身上突然传来些许奇异的声响。

郑乾元皱起眉头，有些担忧地想着：“这孩子不会是为了凝练灵焰咒，而不惜用什么邪魔禁术吧？若是这样……”

此刻，魔龙咒师睁开了双眼，双臂挥舞了起来。林夜已经掌控的二十道灵纹飞舞而起，其中又有两道新的灵纹被刻画出来。他不但是在尝试凝练灵焰咒，而且还在不断学习新的灵纹。

“好恐怖的天赋！”郑乾元大为震惊，心中已经掀起惊涛骇浪，“绝不能让此子夭折！”

……

时间流逝，三日之期越来越近，他眉头皱得更深。灵焰咒只需要一十九道灵纹，却没有他想象中那么简单。在林夜魂府当中，帝天忽地微颤，金光如粉而落，他紧闭双眼，视线当中却有无穷光明绽放。

一旁的郑乾元看着魔龙咒师，越发惊叹：“天才啊，真正的天才！”

魔龙咒师身周的灵纹，已经有三十九道。林夜一开始刻画灵纹很快，但现在已经开始慢了下来，不过一天还是能够领悟五六道。给他一个月时间，定能迈过百道灵纹之桎梏。到了那时，即便是陈九极，想必也不能真正地击败林夜！

“林夜！你好大的胆子！”就在这时候，林夜背后的甬道突然传来一道愤怒的吼声：“竟敢强闯灵玄殿禁地？按照府规，此罪足可治你凌迟！”数道披甲身影快步而下，当头一人满脸愤然，手持一柄长枪，看见林夜背影，他便大步而来，玄气爆发。

嗖！

破空一枪，径自杀向林夜，速度快如雷霆！

郑乾元面色一沉，大袖一挥，正欲出手。这时，林夜猛然睁开双眼，轻笑出声：“来得好！”

他并未起身，只是挥了挥手。魔龙咒师立即转身，身周的三十余道灵纹当中，有十几道都燃起火光。玄气弥散，竟让空气都升温。十几束火光飞射而出，在那人面前凝合成环形图腾，纹路玄妙。赤光照耀而出，那是一团烈焰。

郑乾元双眼微瞪，惊讶万分：“竟……竟然成功了？”

就连他都感到无比的震惊。三日时间将过，然而就在他以为林夜要失败之时，有人闯了进来。而林夜也第一次施展了灵焰咒，赤金色的烈焰能将玄气点燃，眨眼间就烧成一道骇人的火墙。那群披甲之人，至少都是气海境修为，尤其是偷袭林夜的那名领袖，更是气海境五重！然而此刻，竟是在火墙之后，寸步不得进！

林夜缓缓起身，冷哼道：“强闯灵玄殿禁地？好一番冠冕堂皇的说辞！我有褚教习令牌，前来接受试炼，难道这也称得上是罪？”

持枪中年面沉如水，“就算你有褚教习令牌，可你杀光了灵玄殿的侍卫！就连侍卫统领叶重迟都未放过！无论你怎样为自己开脱，也无法改变你有罪的事实！”

持枪中年一步踏前，玄气再度爆发，白光铺地。半条直道都被这一道光芒照亮，一头似虎似狼的凶横兽影出现，咆哮震天。武魂现，玄气熠熠发光！持枪中年没有犹豫，也没有去管道路尽头的郑乾元……他只想杀了林夜！

林夜双眼一眯，低喝道：“气海境六重！”他浑身紧绷，雷霆玄气就要散出，诛天剑意也蓄势待发！

“住手！”郑乾元震怒出声，喝道，“谁敢在灵玄殿中打斗？若是殿中有所损坏，你们担当得起吗？”他大袖一挥，袖间便有一道灵符飞出，绿芒如雾散开。

持枪中年杀气凛凛的白光顿时沉寂，两壁上的灵光依旧明亮，场中却陷入了一片死寂。持枪中年浑身一震，收起长枪，拱手说道：“郑长老！我无意冒犯，只是前来逮捕一名罪犯，此人……”

“他身上，无罪！”郑乾元冷冰冰说道，“你们陈家想要做什么，我没有意见，但不要把爪子伸到我灵玄殿来！”

持枪中年眉头顿时大皱，说道：“郑长老，我家少爷……”

话音未落，郑乾元袖间又有绿芒飞出，落到持枪中年脸颊之上。

砰！

持枪中年瞬间被扇飞，撞击在甬道之上。

“统领大人！”一众披甲卫士纷纷大惊失色。

“聒噪！”郑乾元淡淡道，“扰我灵玄殿清净，才是真正的罪！”

持枪中年剧痛难忍，恨恨地看了林夜一眼，最终转身。

郑乾元抚须笑道：“你这小子，惹麻烦确实厉害。这人可是外府的执事，而且还有陈家背景，他若是想要对付你……”

林夜微微一笑，纠正道：“他们之前就想要杀我。前辈，我已经通过考核，还请给我灵物。”

郑乾元脸上笑意渐渐收敛，微叹一声：“倒不是舍不得给你，只是灵物终归会有副作用……你的天赋那么好，为何不能一点一点来？”

林夜微笑着说道：“褚教习跟我说过，若是跟他学习，我三个月便能够成为炼药师。”

“褚皓宇的炼药造诣确实不凡，三个月也没有太大差错。”郑乾元赞叹一句，又说道，“那你为何还要动用星元灵草这些外物？”

“因为……三个月还是太长。”说到这，林夜再度拱手，说道，“还请前辈将灵物给我。”

见他心思坚定，郑乾元叹了口气，转身往深处走去，“你跟我来。”他大步向前走去，每走一步，两壁光芒便更亮一分，光明亮彻整座地下殿宇。一座座由白玉或是青玉雕篆而成的书架，落入林夜眼中。

青白玉书架足有上百，整齐排列，然而书架之上，却没有任何东西。即便是灵师修炼之功法，都放在奇山书海中。灵玄殿，乃是灵物存纳之地，因此有书架而无书，书架之间有一团团温和的光团，光中便是银月学府这些年来珍藏的灵物。

“很多年前，这里摆满了灵师修炼功法，而没有这么多的灵物。”郑乾元走在前方，淡然说道，“但后来，前人将修行功法放在了奇山书海，而把灵物放在灵玄殿。你可知道，为什么？”

林夜微愣，思索片刻，说道：“因为灵物终究是外物。”

郑乾元赞赏道：“你果真聪慧，一下子便能够想到其中的关系。”

林夜自谦一笑，心中却明悟。灵玄殿旁边便是战武殿，两大殿内设施极优，能为广大学子提供更好的修行环境。但那些终究只是外力罢了，若是过分沉溺，只会为自己修行的前路蒙上一层阴影。

虽然林夜的天赋很好很强大，但郑乾元依旧不想看到他如此。

林夜微微顿足，作揖恭敬道：“多谢前辈指点。只是晚辈，实在有不得不在一个月内成为炼药师的原因。”

郑乾元走到一个青玉书架前，闻言眉头狠狠一皱，说道：“因为陈家那小子？意气之争，其实是很没有意义的！你若是愿意，大可留在这里，我指点你修行……”

林夜摇了摇头，笑着道：“前辈多虑了，我又不迂腐。如果真的无法战胜，那我自然便不会答应……但，区区一个陈九极罢了，我为何不能胜他？”

郑乾元叹了口气，大手一抓，手臂之上无数灵纹映现。他伸入书架前的光团中，将一个瓷瓶抓在手中。“你成了炼药师，是想要炼些什么药？可还有想要的东西？若是不过分，我可再给你一些。”

林夜微微一怔，苦笑着道：“多谢前辈，我确实需要一些……”

他念出数种灵药的名字，其中有些很是珍稀罕见，在外界购置需要大价钱。郑乾元却满脸不在乎，步履走过，大手伸入一个个光团。一株株药材落入他的手中，再递给林夜。整个过程当中，他都没有将瓷瓶递过来，只是给药材。

“林夜，你可否答应我一件事？”大步行风中，郑乾元突然开口，这一次无比认真。

林夜笑着道：“前辈直说便是。”

郑乾元没有回头，还在找寻药材，只是声音传来：“我也是一个平民学子。你的事情，吴天早已经跟我说过。既然他看好你，那你就不要让我们失望，要赢下来。”

林夜身躯微震，停下脚步，“晚辈，定然不负前辈所托。”

郑乾元叹了口气，说道：“所有的希望，都在你身上了。如果你输了……那之后的平民弟子，就再无出头之日了！”

林夜心中微沉，肃然点头道：“一定……不负所托！”

郑乾元眼中光芒闪动，将瓷瓶放入林夜手中，“我说过，只要你通过考核，便给你灵海玄露。此灵物比起星元灵草效果更好，更容易令你通悟灵纹，而且副作用也小一些。”顿了顿，又叮嘱道：“但也还是会有副作用。你使用之前，必然要做好准备。”

听着郑乾元的叮嘱，林夜心中淌过阵阵暖流。瓷瓶入手，略微沉重。低头一看，瓷瓶如玉，上刻繁密图案，其中隐见一枚青色水滴。只是看了一眼，他魂府中的魔龙咒师，便微微颤动。

渴望，它渴望得到此物。林夜压下心中的悸动，拱手告辞，“那前辈，我先走了！”

“去吧去吧！”郑乾元大手一挥，甬道再度亮起，一路畅行。

第 16 章 炼药

星月在天，光辉璀璨，为林夜铺路。虽然是深夜，但是一路上，依旧有许多学子。这些学子大多身着锦衣，刻意与林夜拉开距离，又低声嘲讽。

“哼！得罪了叶无敌，又得罪陈九极！”

“原本还想着，学堂大比上能看到叶无敌如何击败他，看来是等不到了！”

“确实，陈九极不会等到学堂大比，一个月后便是他的死期！”

林夜脸上掀起一抹冷笑，眼中充满了不屑。他带着杀意的目光一扫而过，氛围顿时冷寂。那些学子满是恐惧，纷纷后退，不敢再讥嘲半分。

不多时，林夜便回了竹林小筑。推门而入，便看见满脸困意的林林，还坐在苑中的石桌前。

“是咒火的气息，林夜哥哥你凝咒成功了？”

林夜一怔，目光顿时有些古怪。一眼就看出了这么多？恐怕就连郑乾元都未必能够做到这一点。不过他也并未隐瞒，笑着道：“偶有所得，成功凝练出灵焰咒。不过，这还不够……”他摇了摇头，微叹道：“想要成为真正的炼药师，还需要凝练出许多灵咒。区区一个灵焰咒，连入门都称不上。”

林林柳眉皱得更深，苦恼道：“可是，时间不长了……”

“还有机会。”林夜眼中闪烁着自信的光芒，说道，“林林，接下来几日无论是谁来找我，你都说我在闭关。灵师之道，我倒是要好好研究一番。”

林林点了点头，应承下来。

林夜走入房间当中，做好些许准备，便翻手取出灵海玄露。打开瓷瓶，一股玄奥气息立刻渗发出来。

嗡！

魂府当中，神魂帝天一颤，魔龙咒师已然化作紫光飞出。它由虚转实，踏入真实世界。在林夜的操纵之下，大手一抓，将瓷瓶怦然握碎。灵海玄露立刻浸入了它的身躯当中，一瞬间，光芒大放，魔龙咒师全然笼罩在青蓝色光芒之下，林夜心神顿时冷静到了极致。

“金刚罗刹镇狱咒！”他运转此功法到极致，玄气如大河奔腾而出，已经掌握的灵纹悉数绽放。

嗤！

在林夜右手边，十几道灵纹凝合成图腾般的光阵，燃起烈焰。那烈焰似是带着雷霆，很是强大。正是灵焰咒！

“不愧是比星元灵草更为厉害的灵物！”林夜心中微震，慨叹道，“我之前想要凝练出灵焰咒，至少需要半刻钟。而如今，只是一个念头！”

心神澄净，灵师之通悟状态。林夜不敢耽搁时间，立刻开始修行，掌握更多灵纹。同时，他也在试图凝练更多的灵咒……如叠焰咒、静风咒等。想要成为炼药师，最起码掌握八种咒术，难度都不高。可林夜想要炼制元灵散，却需要十六种咒术！这几乎是不可能完成的。

……

日升月落，时间流逝。

“林夜哥哥已经快一个月没出门了……”林林看向门前，碗中饭菜依旧没有动过。她忍不住敲敲门，“林夜哥哥，你要不要吃饭？”

屋内没有应答，反而传来一阵劲风，将木门吹得咣当作响。

“这气息……林夜哥哥突破在即！”林林目光闪烁，手臂缓缓落下。

与此同时，房间内。金色线条在空中飞舞，墨线般勾勒出符咒，漂浮在各个角落。

“十五个咒印……第十六个咒印，就差最后三条灵纹就能成功……”林夜极为专注，身后魔龙咒师神情肃穆，挥手勾画最后的咒印。

嗡——眼见最后的玄灵咒，只差最后一条灵纹。魔龙咒师忽然停止勾勒，眼中泛起一抹焦急的神色。

灵纹不够了！

“一百六十三条灵纹，依旧不够！”林夜眉头紧锁，咬牙低喃，“不能放弃！只差最后一步了！”

脑域中，神魂帝天骤然睁开双眼，体内涌出一道金色长河。长河内能量汹涌澎湃，涌入魔龙咒师体内。顿时，魔龙咒师身躯微震，伸手勾画出最后一条灵纹，第一百六十四条灵纹！

强大的能量形成波澜，似是涟漪荡开。林夜只感觉喉咙一甜，嘴角流出鲜血。强行催动灵纹，让他丹田受伤了。

“成了！”林夜并不在乎，眸子反而越发明亮，看向眼前的咒印。

嗡嗡嗡……

十六条咒印飘飞而起，卷起一股旋风，凝成一尊半人大小、周身闪烁璀璨金光的鼎炉。鼎炉介于虚实之间，光芒流转。这，就是炼药术！

林夜伸出手，掌间藏虚符闪烁，一株株药材飘飞而出，落入鼎炉之中。灵焰咒在鼎炉底部，升起一团玄色火焰，炼化那些药材。运转金刚罗刹镇狱咒，魔龙咒师身上的魔气瞬间升腾，手中不断结印。火焰愈发旺盛，药材化作液体，缓缓流淌、凝结……半个时辰后，鼎炉内的药液已经化作粉末，只剩原来的十分之一。

嗡——

鼎炉消散，化作一道道灵纹，在半空中飘荡、消散。那巴掌大小的粉末，漂浮在半空中，散发沁人心脾的药香。

“元灵散！”林夜伸手一招，元灵散落入手中。淡青色的粉末蕴含着强大的玄气，已经迈入三品之列。他满脸欣喜，没有迟疑，立刻服下元灵散。元灵散入腹，化作温润的药力，流转百骸，修复暗伤。

而此时，丹田之内，一股黑色的魔气猛然窜出，凝成鬼脸咆哮着，“该死的爬虫，你吃了什么？！”

魔气升腾，竟在林夜的丹田内咆哮。他瞬间明悟，他的暗疾，正是因为白夜的魔气残留在体内。诛天剑意入体的那一刻，也携带了许些魔气。

林夜未回应，而是调转玄气，努力吸收药力。玄气汹涌而出，向魔气绞杀扑下。那一缕魔气在浩荡玄气中，就像是海浪中的一叶扁舟，反转、挣扎，但都不再有用！

片刻后，那缕魔气彻底消散。剩余药力流入丹田中，温和药力开始修复丹田、经脉，浸入筋骨之中。林夜的身体内发出“噼啪”响声，筋骨齐鸣。周身玄气变幻，凝成咆哮白虎虚影，随后再变。那白虎虚影开始扭曲、拉伸，在身后形成一道腾飞虚影——腾蛇乘雾！

第二变，天龙变！林夜身上的玄气不断压缩，凝而不发。

轰！

玄气达到极致，终于爆发！强大的气劲引得周身爆鸣，横扫而开，吹得屋内器物“叮当”作响。

“气海境三重天！”林夜豁然睁开双眼，嘴角露出笑容。“这次，我不但把暗疾治好，而且修成了大梵天九变玄功第二变，天龙变。如今的实力，就算是对上叶辰，我也有九成把握能赢！”

一百六十四条灵纹，气海境三重天的实力。灵武双修，让林夜实力暴涨。放眼银月学府，整座外府，他难有敌手。林夜深吸一口气，推门走出。

“林夜哥哥，你终于出来了。”林林早就等在门外，递上热腾腾的饭菜。“你这一个月都没有出门，吃点东西吧。”

“吱吱——”小银从林林的肩头窜过来，跳到林夜的头顶一通乱挠。

“你这家伙，几天没见，胖了不少。”林夜顺手揪下小银，看它圆鼓鼓的大肚皮，皮毛发亮，就知道伙食不错。

小银贼兮兮地笑，挣扎着又跳回到林林的肩头。林林拍了拍小银的头，“小银别闹，让林夜哥哥先吃点东西。”

林夜接过饭菜，多日未进食，此时倒是有些饿了。

……

次日清晨，朝阳初升。

“林夜，别当缩头王八，给我滚出来！”院外传来一声叫骂。

“怎么了？”林林眼神惊慌，从内屋跑出来。

“没事，应该是陈九极的人。”林夜微微皱眉，叮嘱道，“林林，我出去一趟，你在家等着就行了。”

“好，林夜哥哥，你要小心。”

“吱吱——”在林林和小银的注视中，林夜走出院子。

院外，几个身着华贵长袍，面容倨傲的学子冷眼打量林夜。

“你终于肯出来了。”为首是个眼睛细长，身着蓝袍的青年，他嗤笑道：“林夜，你这一个月躲在家里，门都不敢出，是不是吓得只能当缩头王八？”

身后之人哈哈大笑，猖狂笑声回荡不休。

蓝袍青年更为得意，笑道："林夜，你跟我家公子的赌约，你还敢不敢去了？不敢去，就磕头求求我，让我帮你带个话。"

"聒噪！"林夜懒得跟他废话，直接问道："陈九极在哪？"

蓝袍青年不答，继续哂笑道："害怕你就说，只要你肯认错……"

轰!

林夜目光微寒，身后龙首巨影浮现。咚咚咚——一道道灵纹凝结而出，似是墨线在半空中飞舞，凝成巨力咒印，两米见圆的阵符从天而降，压在蓝袍青年的身躯之上。

砰!

蓝袍青年面色震惊，被巨力压倒在地。

"上百道灵纹……"他瞳孔骤然收缩，心底已经升起惊恐之意。这才一个月，林夜竟然凝结了上百道灵纹？连他家公子陈九极，都做不到啊!

林夜嘴角露出冷笑，"你们忘性还真是大！才一个月时间，你们就忘了，我是谁吗？之前六大家族被我打成什么样子，看来你们也记不住了！"

"姓林的，你少得意！我先替少爷教训你！"蓝袍青年怒吼一声，周身灵纹浮现。

"还想反抗？"林夜笑容更冷，挥手间，巨力咒再度扩张，光芒闪烁，再度压下。

砰砰砰!

四周地板龟裂而开，蓝袍青年被砸进土里，摔得满嘴泥土。气海境二重天的灵师，在林夜面前，竟然连反抗之力都没有。他身后那群人，呆若木鸡，愣在当场。

"林，林师兄，我知错了！"他挣扎反抗，却全然没用，只能惊恐求饶。

"陈九极在哪？"林夜冷冷看向蓝袍青年。

"在玄灵殿！"

林夜收回目光，身后魔龙咒师消失，转身向玄灵殿走去。

……

玄灵殿前，人潮涌动。殿前搭建高台，其上站立两人。

“林夜还没有来吗？”褚浩宇眉头微皱，环视四周。

他身旁，陈九极轻笑：“他还敢来？褚教习没听说，林夜为了躲我，已经有一个月没有出门了。”

褚皓宇默然，眼中多了一丝担忧。台下人群哄笑，不时传来质问声。

“林夜怎么还没来？这赌约我外府传得沸沸扬扬，他不会事到临头怕了吧？”

“胡说！林师兄不是那等人！”

“哼！一介乡野粗鄙之民，什么事情做不出来？我看他就是怕了！”

人群中，吴天和王海龙对视一眼，隐隐也有些担忧。

“林哥这是去哪了，都快开始了还不来？”钱多金踮着脚尖四处看。

“可能出事了……”姬云霄眉头微蹙，沉声道，“多金，你去看看。”

“你们不用着急，林师兄肯定会来的。”苏落央心平气和，明眸中满是信心。

“来了！林师兄来了！”此时，人群中响起惊呼声，众人纷纷散开，让出一条宽广大路。少年一袭白衫，随风飘荡，昂首阔步而来。身后几个陈家学子满脸惶恐，垂头丧气地跟着。

“林兄！是林兄！”钱多金眼前一亮，兴奋地大喊。身旁众人也暗舒一口气，展露出笑颜。

“陈九极，你陈家请人可不太客气，我帮你教训了一下这几个下人。”林夜抬头轻笑，挥手间灵纹涌动！

扑通！扑通！那几个陈家学子被灵纹抽打，立刻扑倒在地，哀声高呼。

“公子，我们……”蓝袍青年低头跪倒，满脸羞愧，不敢言语。

众人一片哗然，看向林夜的眼神陡然敬畏起来。一月未见，林夜还是那个林夜！废陈烨，胜苏落央，拳打执事，震退长老……还是他们惹不起的人！

"一群废物！"陈九极脸色阴沉若水，抬眼看向林夜，"打几个废物不算本事，你真有本事，就赢过我！"

"那我就让你输个心服口服！"林夜目光微凝，腾身而起，跃到高台之上。两人对视，眼中战意迸射！

"既然林夜已到，那么就开始吧！"褚皓宇朗声宣布，"今日，林夜与陈九极比斗炼药，炼制一品灵药，唤灵散。你们二人可有异议？"

陈九极眯眼阴笑："褚教习，你只宣布比试，可没说后果。谁若是输了，就要退出玄灵殿，终身不得再修灵师！"

"陈九极，你话太过了！"褚皓宇面色微变，赶忙道，"你们二人皆是天才之列，若是真因为比斗……"

"褚教习，不必劝了，我同意陈九极的说法。"林夜直接打断，再次开口，"既然是比斗，那就要有惩罚才好，否则，比也没有意思。"

台下哗然，众人情绪高涨。天才比斗，必有一伤，众人不断高呼，气氛瞬间到达高潮！

褚皓宇怔然，半晌才叹息一声。"既然如此，我也不多说了……比试开始！"他纵身退后，伸手一挥，灵纹浮动，架起两张青石案几，落到他们两人面前。青石案几之上，摆放着各种药材。

"林夜，看好了，什么才是灵师！"陈九极眼神倨傲，挥手间，数十道白色灵纹震动，荡开波纹。

嗡嗡嗡——

白色灵纹瞬间暴增，越来越多，眨眼间已经破百。灵纹勾勒，形成八道咒印，在半空中飞舞。

“想要成为炼丹师，必须要凝出八道阵符才可以……”陈九极脸上是遮不住的笑意，“林夜，短短一月，你能灵纹破百？”

林夜笑而不语。

“一百零九道灵纹……”此时，褚皓宇倒吸一口凉气，喃喃低语，“一月之内，陈九极竟然增长了十多道灵纹，陈家在他身上下了大手笔！林夜一个月前灵纹不过三十六道……不知道他用什么办法，才能凝出霸道阵符，组成炼药鼎炉。”

炼药鼎炉，凝结的方法各不相同。寻常凝炉之法需要百道灵纹，可若是有秘法，八十道也不是不可。

陈九极更加得意，“就算你能凝成炼丹鼎炉，百道灵纹以下，也十分不稳定，随时可能炸炉。林夜，你拿什么跟我比？”

林夜依旧轻笑，挥手间，眼前亮起墨色灵纹。

嗡——灵纹荡漾而开，由一道开始增长，两道，三道……

十道！

三十道！

八十道！

一百道！

眨眼间，灵纹已经过百。陈九极的笑容凝固，愣愣地看着林夜，“一百道……你怎么可能在一个月内，突破百道灵纹？”

惊叹声四起。无论是学子、吴天等一众长老，还是褚皓宇这等教习……所有人，都震撼不已。

“百道算什么，我的炼药鼎炉，可比你要稳定得多！”林夜挥手间，灵纹继续荡漾，猛然爆开！

轰!

随着一阵强横的气劲,一百六十四道灵纹,全部绽开。墨色灵纹围绕林夜盘旋,如同游龙,起伏流转。

一百六十四道灵纹!

“天才！林夜是我见过天赋最高之人！”褚皓宇再也抑制不住内心的激动,高声称赞。

灵纹旋转间凝结成咒印,结成十六道阵符的鼎炉。林夜不再去看陈九极,开始挥动药材,炼制灵药。

“我求了老祖才拿到晋升的灵药,这小畜生,怎么做到的……”陈九极目光闪烁,冷哼一声:“哼！灵纹多也没用,炼药讲究技巧,我有老祖亲传的炼药秘术……你不可能胜过我！”

他周身的白色灵纹震颤,阵符凝成鼎炉。但这个鼎炉跟寻常不太一样,更为小巧,也更加凝实。

“陈家老祖,竟然连灵药凝练秘术都传给了他。”褚皓宇眼神担忧,“陈九极有备而来,谁输谁赢,还不好说。”

此时,陈九极的周身,灵纹以诡异的波幅震动,气势更强。符文鼎炉中,白色火焰冉冉升腾,将药材融成液体。随着时间流逝,药香味弥漫开,笼罩四周。

砰!

鼎炉中冒起赤红色“蘑菇云”,阵符四散而开。

“我的灵药,炼制好了！”陈九极伸手取回灵药,转头看向林夜。此时,林夜神情专注,还在炼制。

“灵纹比我多又能怎么样,你照样还是得输！”陈九极得意大笑,转身把灵药交到褚皓宇手中,“褚教习,不用再比了,林夜已经输了！”

“林夜还未炼制成，你怎么就能说……”褚皓宇话没说完，怔在原地。他手中赤红色的灵药，散发着淡淡幽光，药香味四处飘散。一品绝佳灵药!

即使是同品级的灵药，也有差别。次等、普通、绝佳这三种之中，绝佳已是巅峰品质，无法再超越。

“绝佳灵药，他炼得出来吗？”陈九极不屑一笑，“褚教习，不要浪费时间了，让他停了吧！”

“等等，也许林夜可以。”褚皓宇心中暗叹，其实也不太相信，林夜能炼成绝佳灵药。

“既然褚教习这么说了，我就给他个机会，让他输得心服口服！”陈九极转头看向林夜，戏谑道：“林夜，你别拖延时间了，所有人都在等你！”

嗡——而此时，林夜身前鼎炉震颤，光芒忽明忽暗。

“成了！”林夜眼中精光闪烁，迅速结印。十六道阵符同时散发光辉，轰鸣不止。

轰!

一声闷响过后，阵符突然崩溃，灵纹四散而开!

砰！砰！砰！四散的灵纹抽打在地面上，轰出一道道裂痕。

“炸炉了？”陈九极怔然片刻，捧腹大笑：“林夜，你是来出丑的吗？炼药练不成，还炸了炉？”

台下众人随声附和，纷纷哄笑。

“想当炼药师可极为不简单，稍有不注意，就会鼎炉炸裂，灵药尽毁。”

“可惜了那些药材，啧啧，这林夜还真是打肿了脸充胖子，从头到尾就是在硬撑。”

“林夜，认输吧！”

有人叫嚣，有人担忧。

林夜的输，似乎已经成为定局。然而，林夜丝毫不慌张，反而轻笑，“褚教习还没有看过我的灵药，你怎么就知道是我输了？”

“这还用看？你都炸炉了，灵药早已经毁了！”陈九极不屑一顾。

林夜并未反驳，而是将灵药交到褚皓宇手中，“褚教习，请过目。”那团黑乎乎的灵药，看起来就是废品。

“这灵药，已经废了……”褚教习仔细看了看，叹息摇头，“唤灵散本是初级修炼灵药，通体赤红，有淡淡草药清香。林夜，你这一团黑乎乎的东西，颜色不对，也没有药香味，是失败了……”

“林夜，你输了！”陈九极的笑容越发猖狂，迫不及待道，“林夜，赶紧自废灵纹，你此生不得再入灵师之列！”

“你高兴这么早干什么？”林夜依旧面色淡然，走到褚皓宇面前，“褚教习，我的灵药，不能与寻常唤灵散一概而论，您可以先尝一尝。”

“尝？”褚皓宇将信将疑，但还是捻起一点，放入口中。

“你以为这是做菜，还要尝一尝？”陈九极不屑冷笑。

“不对！”可他话音刚落，褚皓宇忽然双眼闪亮，惊呼道：“这，废药的药力，为什么比绝佳品质的唤灵散还要强？”说着，他又吃了一点陈九极炼制的唤灵散。

“果然！是强！而且强了四五倍不止！”褚皓宇满脸震惊，赶忙询问林夜，“你是怎么做到的？”

林夜轻笑解释：“这本来就不是废药，而是超越一品的唤灵散！一品的唤灵散赤红，有清香，但我炼制的这种灵药，由于把药力增强了五倍，药力太过浓郁，才会变成赤黑色。褚教习你仔细看看，就会发现，灵药散开的话，还是有淡淡的红色。至于没有气味，是因为多余的药力都被压缩，气息内敛，只有吃下去，才能尝到药香味。”

“超越一品的唤灵散？那就是二品灵药！”褚皓宇面色震惊，“能将一品灵药强行炼制成二品，你的实力，最少达到了三品炼药师！”

林夜点头，“昨日，我刚刚成功炼制过三品元灵散。”

炼药师的品阶之间，实力相差巨大。不仅需要对灵纹的掌控，更需要天赋！三品与一品之间的距离，是天堑！

褚皓宇对陈九极说道：“陈九极，你输了。你和林夜在炼药师一途上，是云泥之别，你不可能再胜过他。”

“我不信！褚教习你偏袒林夜！”陈九极怒吼，“当着这么多人的面，褚教习怎么能说这种话？”

“不信，可以。”褚皓宇冷冷瞥了他一眼，抬起手中灵药，“你可以自己尝试，也可以找任何人尝试，但凡我有偏袒，立刻辞去玄灵殿教习职位！”

“看我如何揭穿他！”陈九极满腔怒容上前，尝试林夜炼制的唤灵散。

“我们也来做个见证。”吴天等长老纵身上台，纷纷上前尝试。

“林夜炼制的灵药，真有那么神奇？”台下众人踮脚观瞧，眼中满是期盼。

“这效果，比三品的元灵散，也差不了多少了！”吴天惊叹一声，王海龙点头笑道：“确实如此，看来，我外府要出一名炼药天才。”

而陈九极，目光呆滞，久久不语。

待到众人都尝试过后，褚皓宇朗声道：“比斗一事，林夜胜出！陈九极，你还有什么话要说吗？”

陈九极身躯战栗，眼中生出一丝惊恐。认输，那代表永不能再踏入灵师之列。对于他来说，那就是天塌祸事！

“我不服！”陈九极面容瞬间狰狞，身旁灵纹浮现，带起阵阵爆鸣声。

“林夜，你有种再跟我比过！我们比符咒！”说话间，他周身灵纹勾勒，化作一道璀璨的白色符阵，向林夜碾压而下。

“陈九极，你大胆！”

“陈九极，愿赌服输！”

褚皓宇和王海龙齐声高喝，已然要出手。其他长老也是面色不善，眼神中生出厌恶之色。

“褚教习，王长老，两位不必动怒。”林夜随意挥手，身旁灵纹涌动，化作墨色符咒，袭向那白色阵符。

轰!

符咒与符阵相撞，灵纹崩溃，攻势瞬间瓦解。

“既然他不服气，那我打到他服气就行了！”林夜眼中瞬间弥漫冰霜，带着一股肃杀之气，向陈九极走去。

“林夜，这场比斗，我们不死不休！”陈九极面色癫狂，周身灵纹震动，背后传来一声长啸。一道庞大身形振翅悬停，浮现在他身后。那是一尊三米多高，人身黑翼的灵魄，面部带有诡异的乌鸦面具，赤红的双眼死死盯着林夜。战将阶四品灵魄——咒杀黑鸦!

“你见过灵魄天赋技吗？”陈九极笑容狰狞，“我的咒杀黑鸦是极为特殊的灵魄，带有攻击型天赋技……迄今为止，还没有人能从咒杀黑鸦的手下逃脱。林夜，受死吧！黑羽咒杀阵！”

咒杀黑鸦双翅一震，冲上十米高空，发出古怪的“嘎嘎”声。数百根黑色的翎羽缓缓飘落，笼罩住林夜，盘旋绞杀。

嗤嗤——黑色翎羽似是宝石，边刃寒光闪烁，瞬间绞碎林夜的衣角。四周弥漫起肃杀之气!

“好强的灵纹气息，陈师兄动真格了！”

“林夜扛不住的，这一招，气海境六重的强者也能直接被绞杀！”

“林师兄实力也很强，林师兄，一定要赢啊！”

“林师兄，一定要赢！”

台下乱作一团，权贵子弟与平民学子分成两派，为台上两人高呼助威。

“黑羽咒杀阵……我原来只听过名字，从未见过。”褚皓宇面色凝重，沉声道，“见过这招的人，都死了。”

“相信林夜，他能赢的。”王海龙盯着场中，眼神中充满信任。

此时，高台中央。黑色翎羽如旋风呼啸，带着杀气向中心的林夜逼近。

“你的天赋技，就这样？”林夜轻笑，挥动袍袖，百十道黑色灵纹浮现在外。翎羽与灵纹撞击，发出阵阵爆鸣，似是金戈交击。他背后，龙首巨人咆哮而出，双手挥动间，数十个墨色符阵浮现，疾射出光矛！

轰！

翎羽飘飞，瞬间被轰出一个巨大缺口。

“你以为，我的天赋技能就只是这样？”陈九极阴笑道，“你中计了！”

话音刚落，黑色翎羽瞬间飘飞，咒杀黑鸦飞扑而下，手中多了两根翎羽刀刃，直刺魔龙咒师。黑色魔气飘飞，魔龙咒师胸前多了一道伤口。咒杀黑鸦一击即退，在翎羽阵的遮掩下，神出鬼没，魔龙咒师毫无办法。翎羽阵也开始合拢，再度将林夜围困。

“林夜，你就乖乖等死吧！”陈九极的笑声，既癫狂，又得意。

“等死？”林夜轻笑，再度挥臂。

“吼——”

一声怒吼响彻当场，庞大身影冲天而起，轰的一声，将翎羽阵冲散！青眸白虎盘旋一周，双眸凶光闪烁，瞬间向高空中扑去。

砰！

鸦面巨人被青眸白虎扑倒在地，一口咬住脖颈，再也无法挣脱。

“嘎嘎——”

咒杀黑鸦发出凄惨叫声，挣扎着扑动双翅。陈九极笑容瞬间凝固，怔在原地。

“别忘了，我还是一个武者！”林夜不紧不慢走向咒杀黑鸦，手腕上金色光轮流转。脑域中，神魂帝天骤然睁开双眼，背后鎏金光轮上符文闪烁，金光长河流淌。炼魂之下，金色光芒中，咒杀黑鸦的叫声愈发凄惨，瞬间化作飞灰。一股强大的魂力流入脑域，神魂帝天力量越发强大。距离晋级，只差一步！

“我的灵魄！”陈九极惨叫一声，跪倒在地。

“发生了什么？”

“林夜把陈九极的灵魄，给抹杀了？”

“这是什么手段？”

众人皆是倒吸一口凉气，看向林夜的眼中多了几分恐惧。

“这股气息……林夜除了魔龙咒师和青眸白虎，还有一个武魂！”只有王海龙眼神闪烁，心中极为震撼。但他并未多说，而是饶有深意地盯着林夜。

“陈九极，你已经输了，终身不能再当灵师！无论是灵魄还是灵纹，对于你而言，都已经没用了！”

林夜转过身，伸出手臂，凌空虚握。墨色灵纹疾射而出，瞬间凝成阵符，将陈九极包裹。那形状，俨然是——阵符鼎炉！

“你，你要干什么？”此时，陈九极心中桀骜消散一空，只剩下了深深恐惧。

“既然你都不能当灵师了，我就帮你一把……帮你把灵纹炼碎！”林夜背后，魔龙咒师挥动双手，鼎炉中燃起熊熊火焰。

“不要！林夜！你放了我！”陈九极周身灵纹扩散开，艰难抵抗着火焰。但无济于事。灵纹以肉眼可见的速度，迅速融化、减少……

林夜目光凝寒，沉默不语。片刻后，鼎炉微微震动，墨色灵纹四散而开。

砰！

陈九极披头散发，落到地上。他两眼空洞，望着湛蓝天空，宛若一具死尸。灵魄消失，灵纹被融……他彻底成为废人！

场下鸦雀无声，众人惊恐地看向林夜。那个从边陲小城杀出来的少年，身上背负着铁血的意志，还有同样铁血的手段。任何跟他作对的人，终会被他一人踏平——千军万马的气势，一个人的铁骑部队！

众人心底发寒，惧意止不住地升腾。

“褚教习，我赢了。”林夜缓缓转头，向褚皓宇露出笑容。

褚皓宇恍然回神，朗声喝道：“这场比斗，林夜胜出！”

台下，平民弟子发出山呼海啸般的呼喊声。

“林师兄！外府灵师第一人！”

第 17 章 灵武真诀

诸位长老几番劝导，才让人群散去。而此时，林夜被钱多金等人围住。

“林哥不愧是林哥，刚才真是给我们玄夜堂出了口恶气！”钱多金胖脸颤抖，说道，“这一个月，你是不知道，叶家和陈家对我们百般压迫！我们几个可吃尽了苦头。”

姬云霄沉声道：“那个叶辰也是麻烦，我本来打算自己去，但你出关了，那就一起去。你打算什么时候解决？”

“对！一鼓作气，给他们一锅端！”钱多金笑得更灿烂了。

苏落央跟在几人身后，盯着林夜的背影眯眼轻笑。只有周正静若古井，深沉的目光看不出任何想法。

“叶辰……”林夜目光闪烁，沉声道，“以我如今实力，已经不惧他，明日我就去挑战他！摘了他‘叶无敌’的称谓！”

正在众人吵闹之际，远处忽然飞来一道流光。

铮——淡蓝色流光破空而来，悬停在林夜面前。

“林夜，刚才打得不错。”长剑之上，路见雪轻笑，“爷爷让我给你带句话，他在蓝天碧海等你。”话音刚落，长剑破空，她已经急匆匆离去。

“路前辈……”林夜目光微凝，随后向众人笑道：“我有点事情，要先离开。”他转身离去。

“路见雪，我不会让你抢先的！”苏落央捏紧秀拳，心底已经升起一股胜负欲。

而此时，周正的目光终于有波动，盯着路见雪离去的背影，不知在想什么。

……

内门之外，山脉延绵，云雾缭绕。山脉正中是一汪湖泊，碧绿色水波荡漾，湖中有一座高山耸立。

“这就是，蓝天碧海？”林夜站在岸边，遥望那座高山。

“这么远，我怎么过去……”一望无际的湖泊之中，并没有可以前行的道路。

正在此时，山巅传来苍老的声音，“林小友，你来了？”是紫袍老者的声音。

林夜赶忙行礼，“前辈，林夜前来赴约。”

“好，你上来吧，我在山巅沧海亭等你。”苍老的声音消失，湖泊中忽然响起哗啦啦的水波声。一条硕大的身影破开水面，裹挟巨浪跃上高空。那是一条十数米长，腹生四爪，通体赤红的大鲤鱼。赤红鲤鱼摇摆尾鳍，游荡到岸边，发出如龙似虎的吼叫声。

“这是气海境巅峰的妖兽，龙鲤……”林夜有些震惊。

龙鲤是龙种，渡过气海境界这道龙门，便能化蛟。如此强大的妖兽，竟然被路前辈驱使？林夜愣神之时，赤红龙鲤眼神有些不耐烦，不断高声嘶吼。

“得罪了。”林夜赶忙跃起，站到龙鲤背脊之上。龙鲤调转头颅，排开巨浪，向着高山游去。巨浪排空，龙鲤游荡得很快，片刻后，林夜已经来到了高山脚下。眼前是一块刻有“蓝天碧海”的石碑，其后是一条青石路，直通山巅。

林夜拾级而上，山路四周是花海，散发着沁人心脾的芳香。

“清静幽雅，倒是个好地方……”林夜收回目光，脚步更快，来到山巅。山巅入眼处是几座屋舍，东面断崖边有一座凉亭，紫袍老者正坐在凉亭中喝茶。

“林小友，来尝尝我这新泡的翠尖儿。”紫袍老者面色和蔼，熟络地招招手。

他身上没有玄气涌动，朴素的气息像是路边树下乘凉的寻常老人。返璞归真，这是隐藏了气息。

“前辈，林夜到访。”他不敢逾越，反而更加恭敬。

两人坐定，紫袍老者给林夜斟了一杯茶，才缓缓开口，“林夜小友，你帮过小雪，对我路家有恩，老夫该答谢你。”

“路前辈言重。”林夜喝了口茶，恭敬道：“还未请教路前辈名讳。”

“老夫名为路乘风，是银月学府的府监。”

府监？林夜目光微凝，虽有过猜测，还是有些震惊。

银月学府分为内外两府，外府只是培育普通学子，内府才是核心所在。内府除去诸位长老，就是府宗地位最高，掌管学院。而府监凌驾于寻常长老之上，有监管学府的职责，虽不及府宗职权大，但地位却是只高不低。

“学子林夜，见过路府监。”林夜陡然起身，想要行礼。

“不必拘束。”路乘风微微挥手，玄气化劲，瞬间将他压回石凳上，“我今日找你来，是有要事告知。我知道，自从你入府开始，就被吴天长老等人委以重任，替平民学子出头，你可知这个中缘由？”

林夜摇头，“学生不知。”

路乘风叹了口气，站起身，遥望远处云海起伏，“此事说来话长……天誉城有五大学府，我银月学府位居其二，之上是王族所建立的天启学府。可近些年天启学府内部动荡，逐渐脱离了王族掌控。为了应对天启学府的变动，王族对我银月学府下了死令，若是今年平民学子再不能有峥嵘者，就要转为贵族学府。”说到这里，他话语微微一顿，“但是，我银月学府的校训是‘寻可用之才，教天下万民。’王族的命令，违背了学府诸位前辈的遗愿……”

林夜恍然大悟，接口道：“所以，要我为平民子弟出头。”原来，吴天等人背后，是这位府监。

“是啊，我寻了许久，才找到你。”路乘风回过头，神情极为复杂，“我银月学府只是开始，若是我们输了，下一个拒绝平民学子的，就是灵虚学府、天行学府……五大学府，将再无平民学子的容身之处，求学之路将难于登天。林夜，我之所以告诉你这些，是要你明白——你身上担的，不仅仅是那些平民学子胸中的恶气，还有银月学府的未来，归月王朝所有学子的未来！”

林夜沉默不语，心中却已是波浪滔天。

“三日后，天剑密境开启。在此之前将会有一场六堂比斗，选取一堂学子，参与其中。六堂比斗，玄夜堂必须要赢。你如果输了，将会输掉所有平民学子的希望。”

路乘风挥手，一个巴掌大小的木盒，飘到林夜面前，“这些日子，你的事情我也听说了许多，你是灵武双修，这东西对你会有帮助。好了，你去为明日六堂争斗做准备吧。”

“学生定当不负众望。”林夜接过木盒，并未离开，而是深吸一口气，问道：“路府监，我能问一句，叶家祖祠里除了我拿到的魂器，到底丢了什么东西吗？”

路乘风斟茶的手微微一顿，一滴茶水洒落。“明日的比斗很重要，你还是把心思放在比斗上！”

“学生告退。”林夜心中极为清楚，这件事情，他还碰不得。他没有再多问，转身走出蓝天碧海。

……

明月高悬，竹林小筑。月光清辉下，林林和小银睡得很香，林夜给他们盖好被子，来到院中。

“路府监给我的东西，到底是什么？”林夜取出那个小木盒，细细打量。小木盒看起来朴实无华，甚至连雕纹都没有，还有些破旧。伸手想要打开，木盒却陡然震颤，浮现出古怪的光纹。一半是灵纹的纹路，而另一半是玄气的纹路。

“只有灵武双修，才能打开它？有意思！”林夜顿时眼前一亮，轻笑催动玄气和灵纹，注入其中。光纹震颤，缓缓消散。小木盒“啪”的一声打开，里面放射出耀眼光芒。一团拳头大小的萤火，自木盒中飞起，明暗闪烁，虚实变幻。萤火摇曳，其中浮现光景，似有山海。

“这是……灵识火种？”林夜怔然。

灵识火种，只有洞玄境以上的强者才能凝结，是强者毕生知识的留影。深吸一口气，伸手触摸那团萤火，顿时，他眼前光景变换——高山之巅，一位白袍少年背对林夜，持剑而立。那少年剑刃之上的灵纹震荡，挥剑斩下，阵阵爆鸣。日复一日，一剑接一剑，练剑千万遍。

画面再度转变——白袍少年已然是青年，依旧持剑，身后红紫两尊虚影，仰天长啸。眼前是数万邪魔大军，一剑斩下，灵纹与玄气爆鸣，那大军如海浪般扩散倒下。

林夜的脑海中，画面一转再转，他似是经历了百十载岁月。再看到时，白袍人已是晚年。他盘坐在练剑的山巅，静坐许久，忽然睁开双眼，踏空而起，向月而行。月光清晖，人影模糊，白袍老者踏月而行，消失在夜幕尽头。

黑暗中，林夜耳边响起生涩的法诀，神音回荡：“灵武两相融，世间真无敌！”

这灵识火种，来自于银月学府开府祖师——银月真君。“没想到，路府监如此看重我，竟然将祖师爷的灵识火种都给我了。”林夜眼神中满是震撼，心中激动不已。

银月真君实力之强，仅次于天启大帝。而且，更重要的是，银月真君留下了一套灵武相融的秘法——灵武真诀！

林夜眼神闪烁，兴奋笑道：“我若能练成这灵武真诀秘法，可将实力提升几倍不止！”

此等秘法，可以比肩神级功法！只是，这秘法限制太大，必须是灵武双修，才可修炼。林夜迫不及待，立刻盘膝而坐，开始参悟灵武真诀秘法。

……

翌日，晨光熹微。

“林夜哥哥，你在院子里干什么呢？”林林睡眼惺忪，看向院中的林夜。

“天已经亮了？”林夜缓缓睁开眼睛，吐出一口气，转头笑道，“修炼太过专注，忘记了时辰。”

昨夜，他参悟一晚，可也只是理解灵武真诀。灵武真诀是秘术，不同于大梵天九转玄功这等功法，可以循序渐进，而是要强行转换玄气和灵纹的运行路线，让两者合而为一。其中凶险万千，比不朽雷霆诀的逆转周身大血还要困难数倍。

“虽然没有练成，但其中理念，也让我受益匪浅。”了解过灵武相融，他的实力又有增长，即使对上气海境七重的武者或是灵师，也可不落下风。

“林夜哥哥，你好像变了……”这时候，林林歪着头，眼睛眨都不眨地盯着林夜看。小银也跳到地上，挠挠头，围绕林夜转着圈地看。

“变了？”林夜还没来得及问，外面忽然传来呼喝声。

“林哥！大消息！”只见门外，钱多金肥肉乱颤，急匆匆跑过来。“玄夜堂接到消息，突然要召开六堂大比，听说还有内府的长老参与。姬兄让我赶紧来找你，我们要去会场了。”

“不用慌，我早就知道了，有准备。”林夜应了一声，转头叮嘱林林两句，向外走去。

……

新人广场之上，六堂学子集结，人山人海。人潮之中，两位红袍老者踏空而立，环视众人。

“林哥，就在前面。”钱多金带着林夜，跟姬云霄等人汇合。

“这场比斗太隐秘了，我也没有收到消息。”苏落央迎上前来，秀眉微皱，“这次比斗，恐怕不简单。”

“只要我们有实力，不必怕比斗。”林夜眼神极为自信，仰头看向半空。

那两位红袍老者缓缓落下，吴天为首的外府长老立刻恭敬上前，“见过两位内府长老。”

红袍长老微微颔首，沉声道：“可以开始了。”

“是！”吴天转过头，朗声宣布，“今日，举行六堂大比，六堂可分别派出五人，组成比斗队伍，进行守擂赛。每个队伍的人，只有一次攻擂的机会，可守擂两次，打赢对面队伍后，可以获得对方全部的分数。”

众人情绪高涨，一片沸腾。

吴天说完，那两位红袍长老同时挥手，四周符文飘飞。广场中央隆隆作响，一座高台升起，其上金光流转，笼罩成光幕，看不到台内的情况。

吴天解释道：“此次选拔是为了两日后的天剑密境，为了防止诸位学子的武技暴露，除去裁判，旁人不能观看。但光幕是不阻碍进出的，但凡被逼出光幕者，就算输！”

众人满脸疑惑，低声议论。

林夜皱眉分析道：“这规则，相当于没有规则……比斗将会十分惨烈！”

姬云霄等人也面色肃穆，各自沉思。

“率先守擂者没有攻擂机会，只能守擂三次，谁先来？”吴天环视众人，但无人应声。守擂就是被动，没人想当冤大头。

“我玄夜堂先来！”林夜高喝一声，纵身想要上前。

“林兄，这种事儿不必你先出手，我来就好了。”姬云霄伸手拦下他，大步上前，身影消失在光幕之中，高瘦的红袍长老紧随其后。

“姬兄！拿下三连胜！”钱多金振臂高呼，身后的平民学子也跟着高喊助威，顿时喊声一片。

“玄夜堂，这风头还轮不到你们来出。”而此时，旁边传来嘲笑声。叶辰在五堂众人包围中，冷冷地看着林夜，“你们玄夜堂，已经是众矢之的！”其余五堂学子，俨然是以他马首是瞻。

“拿你的实力说话。”林夜气势丝毫不弱，淡淡说了一句，不再理他。

叶辰冷哼一声，随后指了一人，“你先上，把那个姬云霄，打下擂来！”

“是！”青袍少年满脸傲然，走入光幕中。

随着一声钟鸣，比试开始。高台之上，光幕水波荡漾，众人看不见比斗场景，只能暗自猜测。

“你说，这次谁会赢？”

“不好说，姬云霄的实力不弱，刚才那人也是玄金堂的佼佼者。”

就在众人讨论之时，光幕突然震动！一道人影轰然倒飞摔出，是刚才那名青袍少年！

“这才十息不到，他就败下阵来？”众人满脸震惊，喧闹声顿时小了不少。

“废物！”叶辰目光微寒，脸色十分难看，又指了一人，“你去！”

这人再上台，同样是十息，又败下阵来！

“叶辰，你怎么不叫嚣了？”钱多金哈哈大笑，“玄金堂两个人轮番上阵，都不是我姬兄的对手，真是废物！”

叶辰面沉若水，眼中寒光锋锐似刀，要将钱多金绞杀！

“叶师兄，让我来，一举拿下他身上的分数！”他身旁一名壮实青年走上前，谄媚拱手。

“徐庆辉？”叶辰面色稍微缓和，沉声道，“你去，若是再输，我饶不了你！”

“叶公子放心，我必然能胜。”徐庆辉自信一笑，昂首阔步上台。

钱多金的笑容收敛，沉声道：“这徐庆辉是玄木堂的助教，三年老生，实力怕是在气海境五重了。”

“姬云霄师兄这场仗不好打！”苏落央也秀眉紧锁。

“相信姬兄。”林夜古井无波，静静看着光幕。

自徐庆辉进入，围观众人不少开始倒数。十息过去，光幕依旧安静。

“这次怎么没有动静？”

“我猜那个姬云霄有什么爆发极强的武技，只能爆发一瞬。”

“有道理，十息过去，姬云霄赢不了，大概要落败。”

可就在众人谈论声正盛的时候，光幕忽然波纹荡漾。徐庆辉灰头土脸，踉跄退出光幕。他身上的衣衫破碎，满身伤痕遍布，狼狈不堪。紧接着，红袍长老和姬云霄也走出光幕。姬云霄衣衫平整，风轻云淡走下台，实力高低立现！

吴天脸上绽放笑容，朗声宣布：“第一场，玄夜堂姬云霄守擂成功。玄夜堂获得三分！”

钱多金哈哈大笑：“叶辰，你的人就这点本事？”

玄夜堂这边的学子不少发出嘘声，让叶辰更为暴怒。

“下一场，我一定要看到三连胜！”他面色阴沉，冷声道，“你们谁去？”

五堂之人都低下头，却没有人主动请战。

“下一场，我们再让你们一次，还是我们玄夜堂先来守擂！”此时，苏落央走上高台，向林夜淡淡一笑，率先走入光幕之中。

“一群废物！赶紧派人上去！”叶辰暴怒大吼。五堂之人极为不情愿，再选出三人上场。结果，依旧是三连败！

“玄夜堂胜出！六分！”

玄夜堂四周欢呼声不断，拥簇着苏落央下台。而叶辰那边，已经阴沉若一潭死水。

“下一场，由本公子来跟你们打！”钱多金十分嚣张，迈着八字步走上高台，向叶辰挥挥手，“叶辰，你要不要亲自来？”

然而叶辰面色阴沉，沉默不语。

“叶师兄，这小胖子太猖狂了，请叶师兄出手打残他！”

“打残他！给他们点颜色看看！”

五堂之人已经忍不住，开始叫嚣。

但他们越是焦急，林夜越是高兴。眯眼轻笑：“叶辰，你不出手，士气就要败光了！”

叶辰依旧沉默不语，眼中精光闪烁。他旁边，一名蓝袍学子轻声劝阻，“叶师兄，出手吧，你再不出手，我们的士气都散光了。”

叶辰思索着，摇摇头，“不行，我玄金堂已经有两人落败，只能有三个名额，就算剩下三人都能赢，也最多能拿九分，可林夜他们还有三个名额，就算我打败这个讨厌的胖子，他们也还能拿六分，这样他们就有十二分……结果，依旧是我们输！”

“那，我们如何是好？”那蓝袍学子十分不甘地询问。

“我有办法，让他们彻底输掉这次比试……”叶辰招了招手，向蓝袍学子低语两声。

“我知道了！”蓝袍学子忽然阴笑两声，悄悄退出人群。

“兵不厌诈，林夜，你可能不知道，我这叶无敌的称谓，不仅仅是实力，还有……让敌人永无翻身之日的计策！”叶辰眯眼轻笑，随意挥手，“你，上去跟那个胖子打！记住，能撑多久就撑多久。”

比赛依旧在继续，只是时间更长了。足足打了半个多时辰，钱多金才打败两名学子。

第三场，五堂开始慌乱，不停催促，“叶师兄，您再不出手，我们彻底没有赢的机会了！”

叶辰沉默不语，抬头仰望内门方向。

“下一场，由谁来？”台上，吴天高声询问，台下却没人应声。

“再无人上场，我要点名了。”

“来了！”

正在此时，叶辰眼前一亮，嘴角露出笑容。只见在远处，一道红光破空而来，忽然悬停在众人面前。那是一位身着绛紫色长袍，面容威严的白须老者。

“内府大长老？”吴天面色微变，赶忙上前请礼，“见过大长老！”

紫袍老者冷冷环视四周，沉声道：“我亲自来监看比试，下一场，由我来主持。”

“是。”吴天眼神闪烁，却不敢多言。

紫袍长老并未多言，转身走入了光幕之中。叶辰面色大喜，轻轻挥手，“这一场，梁天你去！”

梁天面色作难，低声道：“叶师兄，我怕……”

“不用怕，这一场，你肯定能赢！去吧！”叶辰似是胜券在握，说完坐下，开始闭目养神。

苏落央俏脸十分难看，低声道，“林夜，接下来的比赛恐怕不会顺利，刚才来的那位大长老，权利比寻常长老要大得多，而且他姓叶……”

“且看看情况再说，他叶家也不敢公然作弊。”林夜微微皱眉，没再多言语。

梁天走入光幕，没过片刻，就见钱多金砰然倒飞出光幕。

“老头！你，你怎么可以出手帮他！”钱多金捂着胸口跪倒在地，向着光幕大喊。

光幕闪动，那紫袍大长老缓步走出，寒声道：“此子服用禁药，公然破坏比斗规则，成绩作废，就此除名，逐出学府！”

场下一片哗然。

“作弊！玄夜堂公然作弊！”

“原来如此，怪不得他们一直赢，原来是用了禁药！”

钱多金目眦欲裂，怒声大吼，“老头，你欺人太甚！我根本没服用任何药物！”

“叶长老，我相信，玄夜堂的学子，不会作弊！”此时，吴天面容骤变，赶忙上前解释。

“你不信？”那紫袍长老转眼看向吴天，淡淡道，“吴天，你去证实一下！”

“好！”

吴天走到钱多金身边，沉声道：“别说话，配合我的检查。”

“吴长老，我……您来查便是！”钱多金气冲冲起身，任由吴天检查。吴天催动玄气，伸手搭在钱多金的肩膀之上，顿时，清风徐来，包裹住钱多金的身躯。

“啊——”

钱多金忽然惨叫一声，青筋暴起，全身爬满赤红色的纹路！

“追魔散？”吴天惊呼一声，“钱多金，你，你怎么可以用此等禁药？”

追魔散可在短时间内大幅提升实力，但也会将人引入邪道，甚至有可能转变为邪魔！

“长老，我没用过禁药……”钱多金身躯颤抖，似是想起什么，忽然指着紫袍长老大吼："是他，刚才他打我的时候，栽赃嫁祸于我！"

"还敢狡辩！"紫袍长老眉头一紧，挥袖间山呼海啸之势碾下。强横劲气，瞬间将钱多金轰飞出去。

"钱兄！"林夜闪身上前，立刻抱住钱多金。但此时钱多金已是玄气绞入肺腑，彻底昏死过去。

栽赃！这一切都是栽赃！

"吴长老，我相信钱多金不会用禁药的！"林夜面色阴冷，似有滔天怒意。

但，吴天面色难看，沉声道："林夜不要胡闹！钱多金用禁药是事实！钱多金的成绩作废，交于刑堂看管，调查清楚，再做决断！"

"赛事出现问题，之前玄夜堂参加比赛的二人，都上前接受检查！"

台下众人皆是愤怒，不停高喊。

"这就是栽赃！请长老明察！"

"我玄夜堂向来光明磊落，不可能做这等事！"

吴天不为所动，带人下台，给姬云霄两人检查。而他走到林夜身旁，低声道："林夜，今日路府监受命去了王宫，没人可以跟这位内府大长老抗衡，有任何冤情，你都要给我忍住！这都是叶家给你下的套，如果你冲动，那就都完了！一切，都要等路府监回来再做决断！"

林夜死死瞥了那紫袍长老一眼，攥紧拳头，沉声道："好！我知道了！"

比斗暂且停止，所有学子都在等待检查结果。

此时，周正走上前，轻声劝阻："林夜师兄，不必着急，接下来两场，你我只要能连胜，必定能拿下比赛。"

林夜深吸一口气，点点头。

"林夜，将罪人钱多金，交给我们！"两名身穿轻甲之人走上前，冷声命令。

周正沉声道："这是刑堂的师兄，先把人交出去，后面再想办法。钱兄是被诬陷的，你们不要动刑，后面我定然会给一个交代。"

林夜咬紧牙关，强忍住心中怒火，看着两名刑堂学子将钱多金带走。

"下一场，我会亲自上场！"随后，他转头看向叶辰，厉声道："叶辰，你有种下一场跟我打！"

叶辰似笑非笑道："你没法上场了，后院失火……"

林夜眉头一紧，询问道："你这什么意思？"

他话音刚落，远处急匆匆跑来一人，跌跌撞撞穿过人群，来到林夜身前。"林师兄，不好了，你妹妹……"

林夜瞳孔骤然收缩，赶紧拉起那人，"林林怎么了？"

那人喘息两声，赶忙应道："她，她不知道为什么，去了剑门崖下的禁地！"

"不好！"周正面色微变，解释道，"剑门崖下的禁地，镇压着上古邪物，如果贸然进入，必然有大风险。"

"叶辰，你卑鄙无耻！"林夜怒视叶辰。

叶辰满面笑容，轻声道："听说那个姑娘虽然不是你的亲妹妹，但你十分在乎她……你若不救她，她可能会死在里面的。"

林夜来不及再多想，立刻转身，向剑门崖狂奔而去。

"林师兄，我跟你一起去！"周正眉头紧锁，快步跟上。

第18章 真无敌

剑门崖，两岸刀劈似的陡壁，中间只有一条一人通过的缝隙，幽暗阴沉。自缝隙中吹出来的阴风，似是鬼哭狼嚎。童颜白发的少年站在崖外，眉头紧锁，眼中是掩饰不住的担忧。

“童皇前辈！”林夜如疾电狂奔而来，周正紧随其后。

“你来了？”童皇转过身，幽幽叹息一声，“林夜，我们都被人算计了。方才黑日镇魔塔出了变故，那本不该是我去镇守，可路府监不在，就只能我出手去镇压……再回头，剑门崖就出了问题。”

“林林进去多久了？”林夜微微喘息，无心顾及其他。

“一刻钟，应该已经深入鬼门。”童皇面色肃穆，“林夜，我不建议你进去，这剑门崖下是鬼门关，镇压的是黑日镇魔塔里邪魔的所持之物，对普通人有很强的魔化之力……进去这么久，那姑娘估计已经不行了。”

“我要救回林林。”林夜眼神坚毅，望向那漆黑山涧，“童皇前辈，我能进去吗？”

“可以，但你只有一刻钟的时间，否则，你也会出不来。”童皇叹息一声，“如果，你被魔化，我会亲手斩杀你！”

“好！”林夜面色凝重，大步踏入那黑暗之中。

此时，周正往前紧跟两步，高声道：“林师兄，我来帮你。”

可童皇闪身挡在他身前，冷声道："你，不能进去。"

周正眼光闪烁，终是没有多说。

"小子，你身上的气息，我怎么感觉有点熟悉……"童皇打量他两眼，颇为疑惑。

"他们都看不出来，没想到你能看出来，这么多年，你眼力依旧是最犀利的，就像是你的剑……"周正微微一笑，反手取出一物，"童皇，你看过这东西，就都明白了。"

铮——话音刚落，寒芒乍起，直刺童皇胸膛而去!

……

黑暗中，林夜飞身前行，体内玄气汹涌，灌入双腿之中。金鹏凌云诀全力运行，大鹏啼鸣声不断，他的身形一快再快！前方依旧是黑暗，但气息越发阴冷，淡淡的灰色魔气飘荡在陡壁之间。

"林林！"林夜放声大喊，却没有回应。

"吼——"正在此时，前方忽然传来一声嘶吼。

"是小银！"林夜瞳孔骤然收缩，向怒吼声处飞速赶去。

两壁间的缝隙愈发宽大，眼前逐渐开朗，露出一片荒芜的漆黑土地。地面之上黑色魔气升腾，中间有一块巨石，其上插着一柄两米多长的漆黑战斧。战斧上涌出无穷魔气，凝成数十道狰狞黑影，不断向前扑杀。而那狰狞黑影之前，一道五米多高的庞大身影，捶胸怒吼，阻挡住黑影的攻势。但实力差距太大，庞大身影身上已是伤痕累累。

"小银……"虽然那道身影庞大许多，但身上飘荡的银色毛发，还有那熟悉的气息，仍旧能让林夜认出他的身份!

"吼——"小银回过头，狰狞的面容上，双眼赤红，它双臂猛然一震，击退了那群黑影，抱起身后的娇弱身躯，一瘸一拐地狂奔向林夜。

“小银，林林！”小银怀里抱的，正是林林。

林夜飞身而起，一拳轰出。拳劲如龙蛇起陆，砰砰爆鸣，裹挟雷电，狂轰而下！

轰！

强横的拳劲砸在地面上，瞬间砸出一个大坑，将紧追而来的黑影逼退。

而此时，小银脚步踉跄，扑倒在林夜面前。

“呜呜呜……”它低声呜咽，似乎是在说，没能保护好林林。

林夜看到小银身上狰狞的伤口，不禁心中一痛，“小银，你做得很好了……”

小银听到这句话，顿时失去所有力气，身躯瞬间缩小，头一歪，彻底昏死过去。

“林夜哥哥，我又给你惹麻烦了……”此时，林林也十分虚弱，遍体鳞伤，“我听他们说，你遇到了危险，就带小银来救你……没想到，被人骗了……”

“林林，没事的，我来了。”林夜抱起林林，背起小银，转身向外走去。

“林夜哥哥，我好像想起了好多事情，我看到了，在我的家乡，好多这种黑色的魔气……血和火……无尽的杀戮，火光滔天，大家都在痛苦求救……林夜哥哥，我是不是快死了……”林林的眼神逐渐暗淡，仅存的生命力如同风中残烛，无力摇曳。

“林林，你别说话，我是炼药师，我能救好你！”林夜胡乱掏出两瓶灵药，给林林喂下，抱着她继续往前跑。身后那群黑影疯了般追逐，发出刺耳的嘶吼声。

“林夜师兄！不好了！”正在此时，前方一道人影跌跌撞撞跑进来。

“周正？”林夜瞳孔骤然收缩，赶忙询问：“怎么了？”

“童皇前辈，被人杀了！”周正踉跄跪倒在林夜身前，全身染红，似是经历了一场恶斗。林夜赶忙伸出手，想要去搀扶他。铮——就在此时，一柄寒光直刺林夜的胸膛。林夜根本没有防备，瞬间被剑刃洞穿！

“周正，你……”

林夜陡然瞪大双眼，迷茫中带有无边怒火，挥拳想要砸向周正。但强大的威势忽然从周正身上涌出，瞬间将林夜压倒在地。

周正缓缓抬起头，笑容有几分狰狞，“杀童皇的人，就是我！”林夜身旁的两人瞬间被甩飞出去，他也跪倒在地，无力挣扎。

周正的实力，太强了，强大到如同一座山岳压在林夜身上，让他无力反抗。

“为什么？”林夜眼中满是不解，握紧拳头想要挣扎。

“为什么？”周正冷笑上前，一脚将他踹倒在地，“因为，我也姓叶……叶屠，这个名字，你应该听过吧？”

叶屠？归月王朝建立之时，叶家先祖便叫作叶屠，曾为归月王朝打下万里山河，乃当时最强武者，有万人敌之称。但那已经是千年前的事情，他怎么还活着？

“归月王朝，太腐朽了……当年我为王室搏命，打下江山，可他怎么做的，逼得我归隐，引得我叶家内斗，四分五裂，从最强家族，沦落为如今谁都可欺负的田地！这王朝，应该要换一番天地！”

叶家老祖叶屠没有死……这一瞬间，林夜脑海中思绪万千，恍然明悟。

“从青玄卫城叶镇山叛乱开始，你们就开始谋划了，私通雪月帝国，准备谋乱……你们，你们就是要造反！”

“没错！”周正眼神深邃，感慨道：“林夜，你很聪明，从青玄卫城的信息传过来时，我就很欣赏你……只可惜你是个贱民！我叶家这等高贵的血脉，不允许收你这样一个低贱的人。否则，我都想收你为义子。那路家的小子，以为收了我留在祖祠里的东西，就能抗衡我了？可笑！那不过是我留下来的障眼法！其实祖祠里最大的秘宝，就是我的神念……还要多谢你，把我放了出来，我才能夺窍重生。”

说话间，他走上前，踩住林夜的胳膊。随着一阵剧痛，林夜手上的藏虚符不受控制，光芒大作！各种器物稀里哗啦，落了一地。

“有了这东西，取出天剑密境里的神剑，我就可以吸取镇魔塔下那头畜生的修为……放眼天誉城，已无人是我的敌手！小子，你死了以后，我会给你在这里修一座墓碑，纪念你。”周正捡起断剑，展露笑容，冲天而起，化作一道流光消失在天际。

“该死……”林夜跪在地上，忍着剧痛拔出身上的长剑。这一剑，刺破了他的肺脏，无力地躺在地上，他能清晰感觉到，生命力正在飞速流逝。这种无力感，让他绝望。

“不……林夜哥哥，你不会死的……”这时候，林林挣扎着爬到林夜身前，紧紧握住他的手，“你要活下去……”一股强大的生命力，涌入林夜的身躯之内。他背后的蓝月印记忽然放射光芒，开始剧烈蠕动，膨胀。

“林林，你在干什么！”林夜眼神有些惊恐。他清楚，林林正在用自己的生命力，拯救他。

“林夜哥哥，你要活下去……我记起来了，我就是要找到你、保护你……”林林低喃几句，已经虚弱到说不出话。

“林林，放手！”林夜努力挣脱，踉跄上前，抱起林林。但为时已晚……林林已经将所有的生命力灌输给林夜，她身上的气息，不断衰弱。

而此时，黑暗深处，那群黑影飞扑而来。那是一张张狰狞的鬼脸，白色双眼中满是死气，扑杀向林夜。

“咳咳……”林夜挣扎起身，想要反抗，但无奈伤势还在修复，稍稍动用玄气，胸腔伤口就会崩裂。眼见那群黑影就要扑杀上前，一声清脆剑鸣，忽然响彻山间。

远处，一道笔直身影大步走来，单手持剑，一侧空荡。

“童皇前辈！”林夜望向来人，瞳孔骤然收缩。童皇周身血痕，一条胳膊被斩落，不知去向。

“林夜小子，不必怕，往外走便是，这里有我！”童皇淡淡说了一句，与林夜擦肩而过。他身上的剑意汹涌澎湃，凌厉气势宛若一柄出鞘利刃。

“童皇前辈，你受伤了……”

林夜想说什么，被童皇打断：“我童皇镇守剑门崖八十六年，从未出过差错。今日，即使出了一点小差池，也会解决的！小子，我可能要一辈子都留在这鬼门关了……你出去，把叶屠未死的消息，带给所有人。”童皇不再说话，挥剑斩下，直冲黑暗深处。那一抹璀璨剑光，刺破黑暗，映亮四周。

“童皇前辈，保重！”林夜咬咬牙，抱起小银和林林，转身向出口飞冲而去。

……

半个时辰后，林夜冲出剑门崖。

轰！

身后忽然暴起一阵巨响，整座剑门崖都在坍塌。

“小子，你体内那一缕游龙剑意，一定要替我承传下去，我童皇，将以身化剑，永镇剑门崖！鬼门关！”童皇的声音，在林夜身后响彻。

“童皇前辈……”林夜回首瞬间，一股强大的气劲冲击而来，将他掀飞数十米远。巨大的冲击力下，林夜再也坚持不住，昏死过去。

黑暗之中，他感觉自己时而身处烈焰，时而身处冰川。体内冰火两重天，不断折磨他。

“玄气与灵纹失控，再这样下去，我会死……我不能死！我若是死了！叶家的奸计，将无人揭晓！灵武真诀！唯有练成灵武相融，我才可能活下去！”

……

夜色如水，星月无光。竹林小筑前，血光滔天。

“找到林兄了？”姬云霄满脸煞气，放声怒吼。

“没有！他没在这里！”钱多金那痴肥的身影从院中冲出来，焦急回应。

“姬师弟，钱师弟，快走吧！再晚了！我们都走不掉！”之前关押钱多金的两名刑堂学子，此时正满脸惶恐，斩杀追兵。

“你们走！”钱多金咬牙怒吼，“找不到林夜，本公子就算死在这里，也不会走！”可他话音刚落，一道黑影飘到他身后，瞬间将他击昏。

“苏姑娘，钱兄身上有伤，拜托你带他离开。如今天誉城大乱，这里不安全，你们苏家应该有门路能保你平安。”姬云霄抱着钱多金，将其交到苏落央手中。

苏落央怔然，犹豫道：“那你呢？”

姬云霄转头看向剑门崖，沉声道：“三日前，剑门崖崩塌，都传闻童皇前辈已死，就再无人去过……那也是我们最后一个没寻过的地方，我应该去看看。”

“那……你小心。”苏落央本想再劝，可看到姬云霄决然的眼神，选择默默接过了钱多金。

“不必等我了，就算我找到林兄，也会带他离开这里。”姬云霄脚下风雪涌动，忽然踏空而起，化作流光冲向剑门崖。

“他，他会踏空……姬云霄最少是气海境巅峰！”苏落央微微一怔，低声呢喃，“没想到，他藏得这么深……”

“苏小姐，快走！再晚来不及了！”众人催促间，苏落央背着钱多金离去。

与此同时，一道流光裹挟风雪，落在剑门崖废墟之上，睥视四周。

“果然在这里！”姬云霄眉梢一挑，露出喜色，飞落到剑门崖废墟前。此时，林夜就盘坐在他身前，身上气息弱不可察，宛若死人。

“这股气息是……”姬云霄脸上笑容消失，想要上前，但一道银色身影挡在他身前。

“呜——”

小银獠牙外翻，挡在他身前。

“我是林夜的朋友。”姬云霄眉头微皱，想要解释。但小银身躯瞬间膨胀，涨高到五米，怒吼驱赶。正当姬云霄无奈之时，小银背后传来一声淡淡喝令。

“小银，住手！”林夜缓缓睁开双眼，站起身。此时，他身上的气息重归平静，宛若一个寻常人，只是额前头发花白了几缕。小银喜出望外，立刻跑到林夜身前，上下蹦跳。身为天穹领主之子，它的恢复力惊人，看起来没什么事情了。

“小银，谢谢你守护我。”林夜露出笑容，摸摸小银的背脊。

“林兄，你……”姬云霄怔然，他在林夜身上，感觉不到一点属于武者或是灵师的气息。

“灵武相融，返璞归真。”林夜淡淡解释一句，转身将林林抱起来，眼中露出怜惜之色。“林林为我受了太多苦，她需要救治。”林林已经没有了呼吸，但体内还有一缕淡薄的意识，存在脑域之中。

抱起林林，林夜转头问道：“姬兄，你怎么来了这里？”

姬云霄赶忙解释道：“距离大比，已经过去三日，不知为何，周正突然叛变，一人杀进了天剑密境，而且取得了里面的神器。半个时辰前，周正带着叶家的诸位高手，杀到了镇魔塔前，银月学府的长老们也挡不住。如今，天誉城大乱，叶家……反了，集结了十万大军，攻入天誉城内王城，听闻那边战况也不好。林兄，跟我走吧。”

林夜望向黑日镇魔塔，沉声道：“我不能走。”

姬云霄犹豫片刻，说道：“林兄，跟我走，无论归月王朝如何，我都能保你平安！”

听到这话，林夜缓缓转头，盯着姬云霄的目光有些陌生，“王朝都没了，你拿什么保我？”

“雪月帝国！”姬云霄深吸一口气，翻手取出一块雪白色的令牌，扔给林夜。那是一块冰雪玉牌，正面写着雪月帝王，反面刻有“黎九天”三个字。

“雪月帝国三皇子黎九天，这个身份，可以保你子孙万代无忧。”姬云霄真诚笑道：“林兄，归月王朝已腐朽，你跟我走，辅佐我登基帝位，你就可一人之下万人之上！叶家叛乱，归月王朝气运大伤，无论这一战是谁赢，银月学府都脱不掉干系。留在这里，实在不是什么好选择……”

“姬兄……不，黎九天，黎兄，你跟我还是朋友吗？”林夜目光炯炯，忽然打断他的话。

“当然是朋友！林夜，我欣赏你！不只是你的天赋，还有你的果断，你的担当……我黎九天，从未见过如此投缘的人。”黎九天眉头微皱，沉声道：“跟我走，我能让你平步青云。你如果不跟我走……我绑也会把你绑走！我不能眼睁睁看着你死在这里！”

“既然还是朋友，那就尊重我的选择，让我留下。”林夜眼神深邃，沉声道：“我义父教过我，一日为兵，终生为民。我是归月王朝的戍边军……义父教我，铁血戍边军，甲可碎，头可断，但，不能叛国！林林和小银，麻烦黎兄帮我照顾一下，我要去黑日镇魔塔，阻止叶屠。”

“叶屠是千年前的强者，他的实力直追洞玄境！你们王朝数十年没出过洞玄境，你们拿什么跟他打？”黎九天气愤吼道：“你想走，赢过我再说！”

轰！

强大的气势，直追气海境巅峰！

“不错，气海境九重……黎兄，没想到你这么强！”林夜淡淡一笑，“既然你要打，那我就陪你一场！你赢了，我跟你走。我赢了，你帮我带林林和小银走。”

“我不会让你赢！”黎九天深吸一口气，手臂一抖，雪白色的纹路攀附周身。

魔纹！他是半魔！

然而，林夜并未有一丝动容，只是缓步向他走过去。

“北方的雪很冷，而且带着肃杀之气。”黎九天低喃一句，身上气势轰鸣而起，周身魔纹旋转，化作一柄玄冰长剑，直刺林夜！

林夜依旧缓步上前，身后金光隐现！神魂帝天，凝结而出，伸手抓住玄冰长剑！

砰！

长剑碎裂，风雪停顿。林夜走到黎九天身前，将林林交到黎九天手中。

“黎兄，拜托你了，如果可能，帮我治好林林。”

黎九天怔然，震惊道：“你这是……洞玄境？”

“不是！”林夜轻笑摇头，“伪洞玄境……灵武两相融，世间真无敌！虽然我实力不在洞玄境，但可以轰杀洞玄境。叶屠实力在洞玄境不假，但他实力也不是全盛，我和叶屠一战，未尝没有胜算。”

黎九天默然，接过林林。“对不起，林夜，是我雪月帝国跟叶家合谋，才会有这场叛乱……本来我是要看到叶家成功，就会离开的……”

“不用说对不起，立场不同而已，你我还是朋友。”林夜踏空而起，化作一道流光，划破夜空。

“来日再见，我希望能喝到雪国的烧酒……”夜空中回荡着林夜淡淡的笑声。

“我也是。”黎九天抱起林林，带着小银转身离去。

……

黑日镇魔塔。四周喊杀声不断，火光中，不时有人倒在刀刃下。

“杀！杀出重围！”一群银月学府的学子咬牙怒吼，冲向数十名黑甲骑兵。

正在此时，一道流光破空而来，落在两军阵前。众人怔然，纷纷转头看来。

“是林师兄！林师兄回来了！”

“林师兄竟然没死！”

众学子大喜，纷纷高呼。

“林夜？”黑甲骑兵中，领头的硕壮青年眉头一挑，冷笑道：“你竟然还没死？我叶家早就想杀了你……”

可他话未说完，只感觉眼前黑影一闪即逝。紧接着，一股巨力狠狠轰击在他的胸膛之上，将他掼倒在地，只听“砰”的一声巨响，那硕壮青年被砸入地面。瞬间，地面龟裂，尘土飞扬。那硕壮青年惨叫一声，抽搐两下，没了声息！此时，一股阴冷肃杀之气弥漫开，四周温度骤降！

“无双统领可是气海境五重天，竟然被他一拳轰杀？”一时间，那群黑甲骑兵皆是面色惶恐，连退几步，想要逃跑。

“都给我站住！”可还未转身，就听到身后传来一声冷冽低喝。随之，一股强横的帝王之气，轰然碾压而下！

轰！

林夜身后，神魂帝天虚影若隐若现，强横气势一涨再涨。四周如同被冰雪笼罩，阴冷刺骨的气息包裹众人，让其寸步难行！

“叶屠在哪里？”林夜一步踏出，身形瞬间闪到一人身前，顺手提起那人的脖颈。这群人不过气海境三重天左右，根本无法反抗，林夜仅凭气势，就能将那群骑兵压得喘不过气来！

“我，我……”那人支支吾吾，半晌没说出个所以然。林夜扭断他的脖子，身形再闪，又提起一高瘦青年。

“叶屠，在哪里？”那阴森话语如同九幽魔神，吓得那高瘦青年身躯乱颤。

“我说！林师兄！”那高瘦青年面色惶恐，“在黑日镇魔塔之中……”

林夜随手将那高瘦青年一丢，低声喝道：“青眸白虎！”

只见他身上青光璀璨，青眸白虎展翅盘旋，虚影凝聚，仰天长啸。青眸白虎眼中凶光闪烁，怒吼一声，向人群中扑杀而去！

“不要！放过我！”

“我知道错了！饶命！”

随着一阵阵惨叫声，不过短短几息，十几名骑兵尽数身死！

“你们几个，逃命去吧。”林夜叮嘱一声，转头又向前走去。

黑日镇魔塔中不断发出凄惨的吼叫声，万人骑兵包围四周，严阵以待。忽然，一声剑鸣响彻当场。铮——林夜手持长剑，一步步走向那群骑兵。

“还有敌人！”那几人身上玄气升腾，五光十色的光芒齐聚，向他围攻而来。

“挡我者，死！”林夜身上杀气升腾，手中长剑一抖，声声争鸣。剑刃蓝光大作，三尺剑芒，吞吐而出！无灭剑芒起势，身形一闪，冲入人群之中，手中长剑挥舞，剑气震荡而出！

那淡蓝色剑芒如同死神镰刀，收割着生命。眨眼间，几人已是沉尸，跌倒在地。仅剩那人也衣衫褴褛，满身剑伤，挣扎着向后退。三息之间，眼前的黑甲骑兵，竟被屠戮殆尽！

“不想死的，都给我滚开！”林夜挥剑一指，剑意高涨，瞬间，一道长剑虚影凝结，倒悬在众人头顶之上！

“这，这家伙是个疯子，快让开！”众人面色惊恐，再无战意，纷纷转身逃窜。

林夜深吸一口气，持剑走向镇魔塔门前。此时，门扉大开，其中光线暗淡，看不清情况。

嗤——林夜刚走到门前，一声破空声忽然响起，自塔楼深处传来。下一刻，一股凌厉劲气扑面而来！

林夜微微皱眉，并未闪躲，立刻运转不朽雷霆诀，伸手去接那劲气。手臂之上紫电奔走，随着“当”的一阵金戈交击声，徒手接住一道寒芒。

那是一柄乌黑匕首，十分锐利。林夜稍稍用力，立刻将匕首捏得扭曲变形。

“林夜！没想到，你还活着！”叶辰阴恻恻一笑，在黑暗中走出，“那日，老祖说你死了……没想到你还会诈死。你逃过一劫，不赶紧去逃命，还敢回来找死？”

“叶辰，你早该死了！”林夜目光凝寒，手中长剑直刺而出！

“没用的。”叶辰微微一笑，伸手虚抬，一团青色光芒闪烁。那青色光芒瞬间高涨、凝形，成为一道六米多高的武魂！

“吞剑式！”

那武魂低吼一声，尚未凝形的手臂虚影狠狠抓下，一把抓住剑刃。那武魂通体青甲，身背四米高的剑匣，冷冽白眸之中，似有剑气回荡。这，竟是一尊战将四品的人形武魂！

叶辰眼神略带傲气，得意笑道：“我这尊剑侍武魂天生带有魂技，青云剑三式，是所有剑修的克星。你遇上了我，就没有赢的可能！”

林夜沉默不语，手中长剑一抖，又是一剑刺出。淡蓝色剑芒高涨，化作一道一米长的剑气，斩向剑侍武魂！

“我说过了，没用的。”叶辰摇头轻笑，“剑侍武魂，青云剑三式！”

话音刚落，那剑侍武魂低喝一声，手臂一翻，背后的剑匣立于身前。剑匣之上青光璀璨，缓缓打开！

呲！

淡蓝色剑气斩入其中，立刻没有了声息。

林夜淡淡一笑："原来你这尊剑侍武魂能够吸收剑气，怪不得刚才能击退我！"

"剑侍，杀了他！"剑侍武魂双眼爆出白芒，冷喝一声："运剑式！"

只见那剑匣之上青光再现，轰然展开。两道淡蓝色剑气直刺而出，凌厉斩来！

"无灭剑芒？"林夜眉头微皱，冷笑道："用我的剑招打我？"

说话间，他身躯一震，一股浩荡剑意冲天而起。浩然剑意瞬间笼罩四周，在林夜面前形成一道无形墙壁。两道剑气来到他身前三米处，忽然一颤，化为无形！

"这怎么回事？！"叶辰面色一怔，眼中满是惊骇之色。

"死人，就没必要知道结果了！"林夜挥动剑刃，寒芒闪烁，叶辰的人头抛飞，满脸不甘之色。

轰隆！此时，黑日镇魔塔忽然倒塌，碎石飞溅。紧接着，一股强横的气势，瞬间笼罩方圆数里！

轰！

整座齐月山都为之一颤，地面寸寸龟裂，尘土飞溅。林夜眉头一皱，闪身而出，向夜空中望去。叶屠手持漆黑长剑，一剑斩出，剑斩长空，他身前一道紫色身影径直倒飞而下。

"路府监？"林夜冲身而起，将路乘风接住，缓缓落下。

"林，林夜……"路乘风看清楚林夜的面容，震惊道："叶屠说你已经死了……"

他忽然"哇"地吐出一口鲜血，"林夜，你快走，叶屠拿了天剑密境的天灵剑，还吸收了镇魔塔下邪魔的修为，已重回洞玄境……我银月学府数名内府长老已然战死，无人能再挡他！你，赶紧走！"

"路府监，接下来交给我就好了。"林夜淡淡安抚一句，挥袖将路乘风送回地面。

“这股气息……洞玄？”路乘风怔然。

“林夜？”而此时，叶屠转头看向林夜，轻笑道：“你竟然没死？还……有了突破？不错，有意思！”

一股强横气势，如同山岳碾下，林夜只感觉肩头一沉，“砰”的一声，砸倒在地！顿时，地面碎裂，骨骼似被压裂开来！

这气势，太强。强横的力道要有几十万斤之重！

林夜眉头一皱，运转玄气，再度缓缓升空，“叶屠，你这死了千年的人，就该好好沉睡，出来祸害人，就是你的不对了！”

“够狂妄，林夜，我真是越来越欣赏你了……可惜啊，你要挡我，必须要死！”叶屠眼睛一眯，身上的气势再强一分！

砰！砰！林夜身上不断响起骨裂声，骨头已经开始断裂，可他依旧悬停在半空中，不曾退后一步。

诛天剑意冲天而起！一道巨剑虚影逐渐凝形，倒悬在林夜头顶！

轰！

凌厉剑气肆虐，将四周地面击碎！叶屠古井无波的眼神略微动容，轻笑道：“还挺硬气！可惜，你依旧要死！”他手中长剑金光炸裂，化作数百道光刃，凌空而起！那百十道光刃铺天盖地，向林夜笼罩而下，封锁住林夜的所有退路！

林夜面色狰狞可怖，背后魔气升腾，魔龙咒师凝现，伸手间凝出数道阵符。阵符黑光大作，似是莲花一般，层层绽开，悬浮在半空中。金色光芒疾射在剑匣之上，其上黑色雾气泛起涟漪，竟将那光刃吞没。

“怎么回事？”叶屠面色一怔，眼中隐隐浮现震撼之色。

“你可曾听过，灵武两相容，世间真无敌？”林夜身上忽然燃起金色火焰，身上的玄气发生变化，震荡之中，有灵纹相伴。神魂帝天，陡然凝结。璀璨金光映亮黑夜，绚丽夺目！

林夜手中乌骓逐月轻颤，声声争鸣。神魂帝天豁然睁开双眼，背后鎏金光轮转动，手持长剑，一剑斩下。一剑斩出，四周气劲暴乱，金色剑光破空而去，直刺叶屠面门。

“跟我比剑？”叶屠冷笑，“我手中这柄，可是天剑密境的天灵剑！”他挥动长剑，同样金光璀璨，数百道金光剑刃，轰向那道剑光。

但，无济于事。那剑光似是划破了空间界限，隐于虚实之间。金色剑光无法触及，却又直袭叶屠！

“这剑光，怎么如此古怪！”叶屠心中大骇，闪身躲到几十米之外。但金色剑光比他还要快！

嗤——

长剑破空，叶屠的瞳孔猛然收缩。他看到自己的身体正在缓缓坠落，脖颈上血流如注。

“怎么会这样……”叶屠来不及思索，脑域中神识飞出，向着远处逃遁。

此时林夜额前长发皆白，雪白长发带着迟暮之色。方才那一剑，也耗尽了他的生命力。

“你逃不掉的！”林夜伸出手掌，手腕金色光轮转动。

炼魂之下，金光似是奔涌河流，疾驰而出，拉扯着叶屠的神识，不断炼化。

“我叶屠，三岁觉醒武魂，十八岁破气海境，踏入洞玄，二十五岁征战四方，打下万里江山……我再活一世，理应征战万里，登基皇位，永垂不朽……”

他那苍老的声音，有些凄凉，似是在讲述一段故事……但，故事终究是故事，永远不是现实。片刻过后，凄惨的吼叫声消失。叶家老祖叶屠，魂飞魄散！

“洞玄境的叶家老祖……”远处，路乘风目光微凝，喃喃低语：“竟然，抵不过林夜一剑？”

“爷爷！”夜空中，一道淡蓝色剑光疾驰而来，落在路乘风身前。剑刃之上，落下两道靓影。路见雪扶起路乘风，关切道：“爷爷，你没事吧？”

路乘风摇头，问道：“天誉城那边，如何了？”

“叶家反叛军已被镇压，多亏路前辈及时发现，我才能通知我西门家的先祖出手。”西门钰沉声回应，“如今，监武院已控制住局面，正在彻查叶家党羽……”

“有西门家在，就不会出大乱子。”路乘风长舒一口气，脸色缓和许多。

“叶屠呢？”西门钰秀眉微皱，环顾四周，沉声道，“我已通知我家先祖，随后就会有洞玄境强者前来！”

“不用了，林夜已经将其斩杀。”

三人的目光，都落到远处那白发少年身上。此时，东方泛起一抹淡淡的光芒，刺破黑夜。

“天亮了……”林夜轻笑，轰然倒在地上，感受到那温暖的阳光，缓缓闭上眼睛。

他仿若又回到十年前——一群老兵和他裹着厚重的棉衣，坐在青玄卫城的城墙之上，遥望北方冰封千里的寒川。年幼的林夜吸着鼻子，问道：“各位叔叔伯伯，什么是戍边军？”

万叔豪迈地笑道：“戍边军啊，就是保卫王朝子民的勇士，永远坚守在边疆，保家卫国……”

杨飞龙摸着下巴思索，忽然想起了那个文绉绉的传令官曾经说过的一句话，立刻清了清嗓子，“咳！老万，你说的什么乱七八糟的，没学问就别教坏了孩子。林夜，记住了啊，戍边军，就应该为生民立命，为万世开太平！”

“还是杨头有学问！”庞叔竖起大拇指，“老万，你也学着点！”

年幼的林夜似懂非懂，站起身来，向远处豪迈大喊：“今天起，我也是青玄卫城的戍边军了。我林夜，要为生民立命，为万世开太平！”呼喊声在山川中回荡，老兵们的笑声响彻城头。

东方有一轮朝阳，冉冉升起，照耀大地。

后　记

《蓝月纪元》的创作灵感来自每个少年心中的热血报国情怀。

林夜这样一位在戍边卫城长大的孤儿，从小受到戍边老兵的耳濡目染，立下了为生民立命，为万世开太平的崇高理想。

在这本书里，“蓝月”无疑是一个鲜明的意象。它既代表了一个辉煌的时代，也紧密联系着林夜的身世之谜。蓝月的出现，打开了封印在林夜体内的传承之力，让他逐渐拥有了和敌人对抗的实力。但同时也让他肩负起了解救人类命运的巨大责任。不过这些，就还待后续言说了。

在此，特别感谢上海恺英网络有限公司和杭州如星科技有限公司对本书出版给予的支持，另外也非常感谢特约编辑刘关和孙晓龙对内容方向提出的宝贵建议。

《蓝月纪元》的出版内容已经正式告了一个段落，不过该书的网络版本还在掌阅书城持续连载中，更多精彩的故事细节欢迎大家前去发掘。

最后，感谢各位的阅读。

洛城东

2021 年 12 月 31 日

图书在版编目（CIP）数据

蓝月纪元 / 洛城东著 . —上海 : 上海科学技术文献出版社 , 2022.1

ISBN 978-7-5439-8500-1

Ⅰ . ①蓝…　Ⅱ . ①洛…　Ⅲ . ①长篇小说—中国—当代　Ⅳ . ① I247.5

中国版本图书馆 CIP 数据核字 (2021) 第 260079 号

责任编辑：周永立

蓝 月 纪 元
LANYUE JIYUAN
洛城东　著
出版发行：上海科学技术文献出版社
地　　址：上海市长乐路 746 号
邮政编码：200040
经　　销：全国新华书店
印　　刷：杭州捷派印务有限公司
开　　本：787mm×1092mm　1/16
印　　张：23
版　　次：2022 年 1 月第 1 版　2022 年 1 月第 1 次印刷
书　　号：ISBN 978-7-5439-8500-1
定　　价：58.00 元
http://www.sstlp.com